Nena Tramountani, geboren 1995 in Stuttgart, ist mit Büchern aufgewachsen, schreibt seit zehn Jahren ihre eigenen Geschichten und hat Linguistik und Englische Literaturwissenschaft studiert. Nach dem Studium arbeitete sie als Journalistin, bevor sie nach Wien zog und zu kellnern begann, um sich aufs Schreiben von Fantasy- und Liebesromanen zu konzentrieren. Neben verschiedenen Veröffentlichungen in Anthologien ist 2017 ihr Romandebüt erschienen. Inzwischen lebt sie als freie Autorin wieder in Stuttgart, wenn sie gerade nicht auf Inspirationsreisen unterwegs ist.

Nena Tramountani

City of Elements

Die Magie der Luft

Oetinger Taschenbuch

TESSARECT

CHOYS
CARLA'S
PNOE
YDOR
PYRO

Außerdem bei Oetinger Taschenbuch erschienen:

City of Elements. Die Macht des Wassers (Band 1)
City of Elements. Die Kraft der Erde (Band 2)

Für Sabrina Pohl.
Weil du es schon immer wusstest.

MIX
Papier aus verantwortungsvollen Quellen
FSC® C014496
FSC www.fsc.org

Originalausgabe
1. Auflage

Umschlaggestaltung: Alexander Kopainski
unter Verwendung von Covermotiven von shutterstock.com

Dieses Buch wurde vermittelt von der Literaturagentur
erzähl:perspektive, München (www.erzaehlperspektive.de)
Satz: Arnold & Domnick GbR, Leipzig
Druck: GGP Media GmbH,
Karl-Marx-Straße 24, 07381 Pößneck, Deutschland
ISBN 978-3-8415-0600-9

www.oetinger-taschenbuch.de

EINS

Alabaster

Ich schrie.

Ich schrie, obwohl kein Laut meine Lippen verließ.

Es spielte keine Rolle. Will hörte mich. Würde mich immer hören, ohne dass ich nur ein Wort sagen musste.

Er spürte den Krieg in meinem Inneren. Den Schock. Den Schmerz.

Wie konnte er mir das antun?

Wieso musste ich es jetzt erfahren?

Und am wichtigsten: Wie hatte ich so dämlich sein können?

Ich konnte sie nicht ansehen. Weder ihn noch *ihn*.

Die Wut auf Niyol war schon längst zu einem Teil von mir geworden. Brodelte im Hintergrund und machte sich bemerkbar, jedes Mal, wenn die Erinnerung zurückkehrte. Sie kam mit einem Beigeschmack von Scham und Selbstzweifeln. Die auf Will war neu.

Ich bin nicht wie er, Kiana.

Wortlos drehte ich mich um und rannte die Wendeltreppe

nach oben. Die glitzernde Stadt tauchte das Schlafzimmer zusammen mit dem Mondlicht in ein silbriges Spektakel. Die Regentropfen trommelten aggressiv auf die Dachfenster. Aus den Augenwinkeln bemerkte ich die zusammengeknüllte Decke auf dem Bett. Das Atmen fiel mir schwer, während unsere ineinander verschlungenen Körper vor mir aufblitzten. Wills Geruch. Das Gefühl seiner Hände auf meiner Haut.

Ich hasste ihn. Ich hasste ihn für jedes Wort, für jeden Blick und jeden Moment, der mich dazu gebracht hatte, ihm zu vertrauen, obwohl ich gedacht hatte, nie wieder jemandem vertrauen zu können. Mit Haut und Haar hatte ich mich ihm ausgeliefert. Ich hatte ihm davon erzählt, wie Niyol sich im Auftrag der Omilia in mein Herz geschlichen hatte. Ich hatte mich trösten lassen und war in seinen Armen eingeschlafen. Wieder und wieder hatte ich zugelassen, dass Will mir näherkam, obwohl ein Teil von mir immer gewusst hatte, dass seine Gefühle für mich nicht aufrichtig sein konnten, weil sie bloß meine spiegelten. Aber *das*? Er kannte Niyol? Hatte mit ihm zusammengearbeitet?

Verdammt noch mal, wir hatten einen Gefängniseinbruch hinter uns, ich hatte meine biologischen Eltern wiedergesehen und erfahren, dass Nero ebenfalls eine verbotene Beziehung zu einer fremden Talentierten gehabt hatte – ausgerechnet zu Gaia, der Ältesten der Choys.

Trotzdem war alles, woran ich gerade denken konnte, Wills Verrat.

Mein Blick wanderte weiter zum Kopfkissen. Ich wollte

mein Gesicht hineindrücken und schreien. Diesmal wirklich. Bis ich weder mein pochendes Herz noch ihre Stimmen hören konnte. Sie riefen meinen Namen. Erst Will. Dann der andere Mistkerl.

Ich würde ihnen nacheinander den Hals umdrehen.

Meine Hände begannen zu zittern, und leichter Schwindel überfiel mich. Atmen. Ich musste atmen. Und dann raus hier!

Beim Herunterlaufen richtete ich meinen Blick stur nach vorne, schaute durch die beiden Gestalten hindurch, als seien sie unsichtbar. Ich würde ihnen nicht die Genugtuung geben, irgendeine weitere Reaktion zu zeigen. Besonders Niyol gegenüber nicht. Bei Will war jeder Versuch des Verbergens ohnehin zwecklos, wenn ich nicht bald lernte, mein Gefühlsleben zu kontrollieren.

Mein Name aus seinem Mund drang wie durch Watte zu mir durch. Ich ignorierte sie beide. Drückte mich an ihren Körpern vorbei, bückte mich nach meinen Stiefeln und stieg hinein, ehe ich in meinen Mantel schlüpfte. Ich zog das Handy aus einer der Taschen hervor. Im Gefängnis unter dem Erdboden hatten wir keinen Empfang gehabt, und nun leuchteten gleich mehrere Nachrichten auf dem Display auf, doch ich hatte jetzt keinen Kopf dafür.

»Kia, wo willst du hin? Es ist mitten in der Nacht.« Wills Stimme klang drängend und angsterfüllt zugleich.

Für eine Sekunde erlaubte ich mir, die Augen zu schließen. *Reiß dich zusammen.*

»Lass uns einfach wie erwachsene Menschen miteinander

reden«, meldete sich Niyol zu Wort. Sein arrogantes Grinsen war bei jedem Wort heraushören. »Was passiert ist, ist passiert, wir müssen jetzt –«

Okay. Das war's. Ich wirbelte herum. »Halt die Klappe. Halt einfach deine dumme Klappe.«

Die Wut half dabei, seinem Blick standzuhalten. Sein Lächeln gefror. Er hatte mich noch nie wütend erlebt. In den wenigen Momenten, in denen wir nicht nur hinter Sophias Rücken miteinander geschrieben oder telefoniert, sondern uns tatsächlich getroffen hatten, war ich immer ein kleines naives Mädchen gewesen. Zerfressen von schlechtem Gewissen und berauscht von der verbotenen Nähe zu ihm.

Kaum zu glauben, dass seine dunklen Augen vor nicht allzu langer Zeit mein Herz in Aufruhr versetzt hatten.

Für den Bruchteil eines Moments wünschte ich mir das Herzklopfen zurück. Schmetterlinge, rosarote Verliebtheitsgefühle – die ganze Palette. Will sollte es fühlen, wie meine Beine wegen eines anderen Kerls zu Pudding wurden. Er sollte an allem zweifeln, was ich je getan und zu ihm gesagt hatte, was ihn hatte glauben lassen, dass meine Gefühle für ihn aufrichtig waren. Ich wollte jedes Wort und jede Berührung in den Dreck ziehen. So wie er es getan hatte.

Leider wallte nur das Bedürfnis in mir auf, dem Typen vor mir die hübschen Augen auszukratzen.

»Kiana …«

Mein Blick flackerte zu Will. Er trat vor und berührte meine Schulter. Reue zeichnete sich in seiner Miene ab.

Ich zuckte zusammen und riss mich los. Dann tastete ich mit einer Hand hinter mich und griff nach der Türklinke.

»Fass mich nicht an.« Viel zu oft hatte ich mich von ihm berühren lassen. Das würde jetzt ein Ende haben.

Niyol hatte sich offensichtlich von meiner Reaktion erholt. Sein Grinsen war zurück, er schaute zwischen uns hin und her. »Oh, oh, habe ich einen wunden Punkt getroffen? Sag bloß, aus der Inventi-Schützling-Beziehung ist bei euch mehr geworden?«

»Fahr zur Hölle!« Meine Stimme zitterte bedrohlich. Um zu vermeiden, vor ihren Augen in Tränen auszubrechen, glitt ich durch die Tür und knallte sie hinter mir zu. Ich hastete die Wendeltreppe herunter und klickte mich auf meinem Handy bis zu Darias Nummer durch, während ich zu rennen begann.

Atemlos presste ich mir das Handy ans Ohr. Erst als das Freizeichen ertönte, dachte ich daran, dass sie bestimmt schon schlief. Aber meine Befürchtung war umsonst, schon nach dem zweiten Klingeln klickte es.

»Kia!«

Eine Welle der Zuneigung überkam mich. »Hey, Daria.«

»Hast du meine Nachrichten nicht bekommen? Ich habe tausend Mal versucht, dich zu erreichen! Waren sie schon bei euch?«

Automatisch verlangsamten sich meine Schritte. Ihre Stimme klang gehetzt. »Was meinst du?«

»Na, ganz Tessarect ist wegen uns in Aufruhr. Ich glaub,

mich haben sie nicht gesehen, aber Nate und dich … und Will und seinen Dad. Geht's euch gut?!«

Wir hatten uns vor wenigen Stunden verabschiedet, nachdem sie zusammen mit dem Gondoliere erst Casper und Will und dann Nate und mich mit dem Boot gerettet hatte. Wills Vater war zurückgeblieben – ob er entdeckt worden war oder nicht, wussten wir nicht.

»Bei uns war noch niemand. Niemand von der Omilia, jedenfalls.«

Oh Gott, was, wenn Nero Niyol zu uns nach Hause geschickt hatte?

Ich schüttelte den Kopf. Ich wollte nicht darüber nachdenken, wieso er bei uns war. Ich wollte nie mehr einen Gedanken an ihn verschwenden. Genauso wenig wie an meinen Verräter-Inventi.

»Daria, hör zu, ich weiß, es ist spät, kannst du mich vielleicht trotzdem abholen? Oder mir beschreiben, wie ich zu dir komme?«

»Was ist passiert?«

»Ich erzähl's dir gleich, wenn wir uns sehen, okay?«

Die Neugier in ihrem Schweigen war nicht zu überhören. »Ich kann sowieso nicht schlafen. Wo bist du?«

Ich würde sie umarmen und nie mehr loslassen.

Hastig beschrieb ich ihr meinen Standort, und wir verabschiedeten uns. Gerade wollte ich mich in Bewegung setzen, als mein Handy erneut vibrierte.

Zähneknirschend drückte ich den Anruf weg, sobald ich

den Namen sah. Es nutzte nichts – wenige Sekunden später rief Will erneut an. Wir wiederholten das Spiel so lange, bis mein Geduldsfaden riss und ich das Gespräch annahm.

»Hör auf, mich anzurufen!«, rief ich, während ich losrannte.

»Kia, du kannst nicht einfach abhauen.« Seine Stimme war ruhig, doch darunter brodelte es. Wie ich ihn kannte, musste er sich gerade beherrschen, nicht loszuschreien. Als wäre er derjenige, der ein Recht darauf hatte!

»Ich schlafe heute bei Daria«, brachte ich hervor. »Mir wird nichts passieren, und du wirst die ganze Zeit wissen, wo ich bin. Das sollte ausreichen.«

»Hör mir zu, wir müssen reden. Wir können jetzt nicht voneinander getrennt sein. Nero wird irgendwann auftauchen, und du solltest dir anhören, was –«

»Einen Scheiß werde ich mir anhören. Wenn Nero auftaucht, sag ihm, es war alles meine Schuld. Ich habe euch alle überredet, ins Gefängnis einzubrechen. Schieb es auf mich. Es ist mir egal.«

»Kia …«

Ich drückte ihn weg, stellte das Handy auf lautlos und lief weiter. Die Girlanden zwischen den grauen Häusern wirbelten im Wind über mir, und der Nachthimmel wurde von Blitzen zerrissen. Regen tröpfelte auf mein Gesicht.

Er hatte es nicht geleugnet. Er hatte nicht geleugnet, Niyol geholfen zu haben. Ihm Informationen über mich gegeben zu haben, damit dieser mich leichter manipulieren konnte.

Und jetzt wollte er, dass ich ihm zuhörte?

Ich würde nicht heulen. Nicht seinetwegen. Nicht, wenn er jede Regung in meinem Inneren miterlebte.

Niemand begegnete mir, und das Gewitter tobte immer heftiger über mir. Ich verlor jedes Zeitgefühl, während ich die schmale Straße entlanglief. Ich hielt den Kopf gesenkt und schaute erst auf, als ein lautes Hupen sich unter das Donnern mischte.

Daria hatte das Dach ihres dunkelblauen Cabrios nur zur Hälfte hochgefahren. Im Schein der Straßenlaterne glänzten ihre kurzen Haare feucht. Lächelnd beugte sie sich über den Beifahrersitz und stieß die Tür für mich auf.

In zwei Schritten war ich bei ihr und rutschte auf den Sitz. Sie ließ den Motor aufheulen und fuhr mit quietschenden Reifen los.

»Bist du irre?« Ich deutete auf die Öffnung über unseren Köpfen und musste lachen, obwohl mir gar nicht danach zumute war.

»Wenn du damit ›Danke, dass du mich mitten in der Nacht aufgabelst‹ sagen möchtest, gern geschehen!«, rief sie. »Es geht doch nichts über das Gefühl von Regentropfen auf dem Gesicht, oder?«

Genießerisch warf sie einen Blick in den Himmel.

»Danke, dass du mich mitten in der Nacht aufgegabelt hast«, wiederholte ich aus tiefstem Herzen und tastete nach dem Gurt. »Ich weiß, die letzten Stunden waren auch für dich stressig genug.«

Sie machte eine wegwerfende Handbewegung. »Ich habe ja dank Casper und Nate nicht die Nacht im Knast verbracht. Solche Spielverderber …« Sie klang ernsthaft beleidigt.

»Glaub mir, auf diese Erfahrung hätte ich auch getrost verzichten können. Ehrlich gesagt weiß ich auch nicht, wieso die beiden überhaupt dabei waren.«

»Weil sie sich genauso wenig ein Abenteuer entgehen lassen wollen wie ich. Aber *ich* bin natürlich zu jung dafür.«

»Daria, wir wären fast alle erwischt worden.« Ich runzelte die Stirn. »Ich wäre niemals freiwillig in das Gefängnis eingebrochen, wenn ich nicht meine Eltern hätte finden müssen.«

»Ja, ich weiß. Und im Endeffekt hatte es ja auch was Gutes, dass ich rechtzeitig rausgekommen bin, um ein Fluchtfahrzeug zu organisieren.« Sie zwinkerte mir zu. »Also, spuck's aus. Das letzte Mal, dass ich deinen heißen Inventi und dich gesehen habe, hat er dich im Arm gehalten, als wollte er dich nie wieder loslassen. Was ist passiert?«

Ich starrte geradeaus auf die Straße. »Niyol ist aufgetaucht.«

»Niyol …?«

»Der Ex von meiner ehemaligen besten Freundin, mit dem ich etwas angefangen habe«, platzte es aus mir heraus. »Ich habe dir ja schon mal gesagt, dass mein Männergeschmack zu wünschen übrig lässt. Jedenfalls hat er sich als Pnoe herausgestellt, der was mit Aria am Hut hat. Und höchstwahrscheinlich nach Leeds geschickt wurde, um mich zu manipulieren und von meinen Freunden zu distanzieren.«

»Bitte was?«

Offensichtlich hatte Eve ihr nie von meinem katastrophalen Liebesleben erzählt. Ich holte Luft und schilderte ihr die Geschichte in knappen Sätzen.

Sie unterbrach mich kein einziges Mal, nickte nur. Nachdem ich fertig war, warf sie mir einen verwirrten Blick zu.

»Und was hat das mit Will zu tun?«

»Wie's aussieht, haben sie zusammengearbeitet. Will scheint ihm Informationen über mich geliefert zu haben, damit er mich leichter um den Finger wickeln kann.«

»Ist das dein Ernst?«

»Mhm.«

Kurz schien sie zu überlegen, dann schnaubte sie. »Was für ein Vollpfosten!«

Es klang so nüchtern, dass ich lachen musste.

»Okay … damit ich komplett im Bilde bin«, begann sie nach einer Weile vorsichtig. »Da geht doch was zwischen euch, oder? Deshalb ist sein Verrat besonders schlimm?«

Ich seufzte tief. »Ja«, gab ich schließlich zu. »Da ging was.«

Vergangenheitsform. Und die Untertreibung des Jahrhunderts.

Sie quietschte auf. Ich warf ihr einen vorwurfsvollen Blick zu.

»Sorry, sorry! Es ist nur so: Casper und ich haben gewettet.«

»*Das* macht es jetzt besser.« Ich vergrub mein Gesicht in den Händen.

Ich rechnete es ihr hoch an, dass sie nicht versuchte, jedes Detail aus mir herauszubekommen.

»Und was wollte dieser Niyol bei euch? Wollte er dir nur unter die Nase reiben, dass sie unter einer Decke stecken?«

Ich schaute auf. »Keine Ahnung.«

»Wie jetzt?«

»Ich bin abgehauen.«

Sie hob eine Braue. »Er ist ein Pnoe, meintest du? Glaubst du, er will mit uns zusammenarbeiten?«

»Ich weiß es nicht und will es auch gar nicht wissen.«

»Okay. Lassen wir das Thema. Du siehst aus, als könntest du ein bisschen Ablenkung gebrauchen.«

Das Auto wurde langsamer, und erst jetzt achtete ich auf die Umgebung. Die dunkelgrauen Fassaden im Straßenlaternenlicht verrieten, dass wir uns immer noch bei den Ydor befanden.

»Es gibt da jemanden, der heute Nacht auch kein Auge zukriegt. Und es kaum erwarten kann, dich kennenzulernen.«

Ich legte den Kopf in den Nacken. Die Steintreppen vor mir führten einen kleinen Hügel hinauf und endeten an einem Wintergarten. In diesem Moment wurde dessen Tür mit einem Quietschen aufgestoßen, und ein Glockenspiel ertönte. Kurz darauf kam uns eine Frau mit schlurfenden Schritten die Treppen herunter entgegen. Sie schien sich genauso wenig wie Daria am Regen zu stören.

»Freunde der Nacht«, rief die Frau und breitete ihre Arme

aus. Sie trug eine Strickjacke mit Fledermausärmeln, die bis zu den Knöcheln reichte, ihre dunkelroten Rastalocken waren zu einem Zopf geflochten.

Daria hüpfte zu ihr und umarmte sie. Die Frau stand seelenruhig barfuß in einer schlammigen Pfütze.

Sie wandte sich mir zu. »Kiana. Endlich lerne ich dich persönlich kennen! Ich bin Arielle Lagarde. Nenn mich ruhig Elle.«

Lagarde?!

Wie in … Eve und Nero Lagarde?

Bevor ich reagieren konnte, zog sie mich in eine Umarmung. Der Duft von Vanille stieg mir in die Nase.

Sie gab mich frei und wedelte mit einer Hand in Richtung ihres Hauses. »Los, los, rein da.«

»Du hast uns erwartet?«, fragte Daria und strahlte. Sie zog mich die Treppe nach oben und duckte sich unter dem Ast einer Schlingpflanze hindurch, um in den Wintergarten zu gelangen.

Verdattert ließ ich meinen Blick über die schimmernden Blüten an der Decke wandern. Arielle stieß die Tür hinter sich zu und drehte den großen goldenen Schlüssel doppelt um, bevor sie einen Blick über ihre Schulter warf. »Ich habe von Evelyn geträumt. Sie saß in einer Baumkrone und hat nach mir gerufen. Nachdem ich sie endlich gefunden hatte, hat sie mich gedrängt, den Kontakt zu euch zu suchen.« Mit ihren hellgrünen Augen fixierte sie mich eindringlich. »Wie fühlst du dich?«

»Gut … ich meine …« Ich brach ab. Tausend Gefühle durchzuckten mich gleichzeitig, keines davon gut. Außerdem war sie eine Fremde. Die Neros Nachnamen trug.

»Ein Pnoe ist bei Kia aufgetaucht«, kam mir Daria zu Hilfe, als die Sekunden vergingen und ich immer noch nichts gesagt hatte.

Verwirrt sah Elle zu ihr. »Ein Pnoe?«

Ich räusperte mich. »Sorry, wer sind Sie?« Mein Blick wanderte zu Daria. »Was tun wir hier?«, fügte ich etwas leiser hinzu.

»Ich bin Neros kleine Schwester«, antwortete Arielle prompt und sah mir fest in die Augen. »Ich werde dir auf all deine Fragen antworten, aber bitte sag Du zu mir.« Sie wies mit einem Schmunzeln zur Holztür vor uns. »Lasst uns erst mal reingehen, ja?«

Neros kleine Schwester. Mein Gehirn ratterte vor sich hin. Evelyns Mutter konnte sie nicht sein, oder? Sie war allerhöchstens Mitte dreißig.

Wohlriechende Rauchschwaden kamen uns im Inneren entgegen. Duftkerzen erleuchteten den Raum. Sie standen nicht nur auf den Stufen der gigantischen Wendeltreppe, die sich in der Mitte des Raumes zur zweiten Ebene hochschraubte, sondern auch auf gestapelten Büchern und der Fensterbank. Dazwischen brannten Räucherstäbchen und verbreiteten den Duft von Zimt, Vanille und Nelken. Oder vielleicht stammte dieser Geruch auch von dem dampfenden Topf auf dem Herd.

Wir ließen uns auf drei fellüberzogenen Hockern nieder.

Ich starrte Arielle an. An ihren Armen baumelten unzählige bunte Armreife, und unter der Strickjacke kamen grün glitzernde Pumphosen zum Vorschein. Die einzige Ähnlichkeit zu Evelyn konnte ich in dem dunkleren Teint erkennen. Von Nero fand ich nichts in ihrem Gesicht.

»Sie sind … du bist … Eves Tante?«, traute ich mich zu fragen.

Freundlich nickte sie mir zu. »Sie ist die beste Nichte, die man sich wünschen kann. Nicht zuletzt, weil sie meinen Bruder in regelmäßigen Abständen auf die Palme bringt. Sie hat mir einiges über dich erzählt, Kiana. Besonders während ihrer Zeit in Leeds haben wir regelmäßig telefoniert. Ihr habt euch ziemlich angefreundet, was?«

Ich runzelte die Stirn. Warum hatte Eve mir noch nie etwas über sie erzählt? »Bist du auch eine Ydor?«, fragte ich sie, statt zu antworten.

»Oh nein, mir war dieses Glück leider nicht vergönnt.« Die Ironie war nicht zu überhören. »Ich habe meine gesamte Kindheit damit verbracht, mich zu fragen, was ich falsch gemacht habe – warum es nach Nero und Yara nicht auch mich getroffen hat –, bis ich verstanden habe, dass es Wichtigeres im Leben gibt, als in der Omilia herumzustolzieren und sich wie Gott zu fühlen, weil man in der Zeit herumpfuschen kann.«

Ihr abfälliger Tonfall war mir sofort sympathisch. »Yara ist Evelyns Mutter?«, hakte ich nach.

Eve hatte mir mal an einem besonders alkoholfreudigen Abend in unserer Stammkneipe erzählt, dass sich ihre Mutter aus dem Staub gemacht hatte, als sie keine sechs Jahre alt gewesen war.

Elle schnaubte. »Jedenfalls was das Biologische angeht. Evelyn ist hauptsächlich bei mir aufgewachsen. Nero kam nicht infrage, das wollte ich der Kleinen nicht antun. Unsere herzallerliebste Schwester hat es nie verkraftet, dass sie durch die Schwangerschaft mit Eve ihr Talent verloren hat, und ist irgendwann in einer Nacht-und-Nebel-Aktion abgehauen. Es hat lange gedauert, aber ich habe meine Lektion gelernt – dieser ganze Elementen-Unfug ist nicht nur gefährlich, er hält die Menschen auch davon ab, das Wesentliche zu sehen. Ich meine, Zeitsprünge hin oder her, welche Mutter lässt ihr Kind zurück?«

Mir kam kein Wort über die Lippen. Ich hatte keine Ahnung, wie Evelyns Kindheit gewesen war, sie hatte nie gern darüber gesprochen, und ich hatte sie nie drängen wollen. Gott, wie taktlos ich gewesen war. Immer und immer wieder hatte ich mich bei ihr über meine Eltern beschwert. Immerhin hatte ich Eltern gehabt.

Elle erhob sich und lief zu der kleinen Küchennische. Mit einem Holzlöffel rührte sie im dampfenden Kessel.

Ich schaute Daria an, die sich sehr still verhielt. Noch immer wusste ich nicht genau, wieso sie mich hierhergebracht hatte, doch die Art, wie Arielle über ihren Bruder und über Evelyn sprach, weckte mein Vertrauen.

»Warum stellst du uns jetzt erst vor?«, raunte ich Daria zu. »Sie kann uns doch bestimmt mehr über Nero erzählen!«

Wir konnten jede Info gebrauchen, wenn wir es mit ihm aufnehmen wollten.

Daria deutete auf zwei große Koffer, die unter der Wendeltreppe standen. »Sie war auf Reisen. Nachdem Nero Eve auf die Insel verschleppt hatte, hat sie sich bei mir gemeldet, weil Eve plötzlich nicht mehr zu erreichen war. Ich habe Elle seitdem auf dem Laufenden gehalten, und als meine Inventi-Verbindung zu Eve weg war, hat sie sich dazu entschlossen, zurück nach Tessarect zu kommen. Nero nimmt sie nicht ernst, weil sie keine Talentierte ist. Wir können ihr vertrauen, das verspreche ich. Sie würde alles für Eve tun.«

Bevor ich etwas erwidern konnte, schaltete Arielle den Herd aus und drehte sich zu uns. Sie bückte sich und griff nach einer schwarzen Katze, die hinter einem hohen Bücherstapel hervorgesprungen war und ihr um die Beine strich. Langsam kam sie auf uns zu und ließ sich im Schneidersitz auf dem Hocker uns gegenüber nieder. Die Katze schmiegte sich mit einem Schnurren an ihren Oberkörper, während sie ihr den Kopf kraulte.

»Wo waren wir vorhin stehen geblieben? Was hat es mit diesem Pnoe auf sich?« Elle schaute zwischen Daria und mir hin und her. »Hat mein Bruder ihn gesendet? Wegen eures Einbruchs?«

Die letzte Frage stellte sie ganz neutral. Als sei es selbstverständlich, dass wir ins Gefängnis eingebrochen waren.

»Ich kenne ihn … aus Leeds«, brachte ich schließlich hervor. »Er hat irgendetwas mit Aria zu tun. Ich vermute, dass er zu mir geschickt wurde, um mich von meinen Freunden zu distanzieren, bevor Will mich nach Tessarect gebracht hat.« Ich hob den Kopf und sah Arielle an. »Ich glaube, Nero steckt hinter der ganzen Sache.«

Ihre Lippen bildeten eine schmale Linie. »Für heute Nacht seid ihr hier sicher. Nero wird es nicht wagen, herzukommen. Falls ihm in dem Trubel überhaupt aufgefallen ist, dass ich wieder in der Stadt bin.« Sie nahm mich ins Visier. »Möchtest du mir erzählen, was genau im Gefängnis passiert ist? Was dir deine Mutter über meinen Bruder erzählt hat?«, fragte sie mit schmerzerfüllter Stimme.

Ich schluckte. Daria nickte mir aufmunternd zu.

»Sie meinte, er ist es, der meine Eltern eingesperrt hat, obwohl sie vollkommen gesund sind.« Ich schüttelte kurz den Kopf, um die Erinnerung an Agnia zu verschcuchen, wie sie mit aufgerissenen Augen die Gitterstäbe umklammert hatte. »Er macht Jagd auf mich. Weil er … weil er mich hasst. Und sie. Dafür, dass sie etwas hatten, was ihm weggenommen wurde.«

»Ich wünschte, ich könnte sagen, dass das alles nach Schwachsinn klingt. An den Haaren herbeigezogen. Dass deine Mutter durch die Jahre in Gefangenschaft tatsächlich verrückt geworden ist.« Sie seufzte leise und gab der Katze einen Kuss zwischen die kleinen Ohren. »Leider klingt es exakt nach meinem Bruder.«

»Also stimmt es?«, wisperte Daria und lehnte sich näher. »Nero und Gaia waren zusammen?«

Wir hatten heute Mittag keine Gelegenheit mehr gehabt, uns richtig zu unterhalten, nachdem sie und der Gondoliere uns aus dem Choys-Bezirk gerettet hatten. Casper und Will hatten sie in die Geschehnisse der Nacht eingeweiht, während ich mich zitternd an meinen Inventi geklammert hatte. Bei dem Gedanken wurde mir übel.

Hastig lenkte ich meine Aufmerksamkeit wieder auf Arielle. Ein wehmütiger Ausdruck lag in ihren Augen.

»Ich war damals noch jung. Dennoch ist der Skandal auch an mir nicht vorbeigegangen, obwohl ich nie direkt etwas mit der Omilia zu tun haben durfte. Inzwischen ist es für mich unvorstellbar, doch zu der Zeit habe ich zu Nero aufgeschaut. Ihn bewundert. Meine Schwester war eher von der arroganten Sorte. Sie hat mir immer unter die Nase gerieben, dass ich nicht dazugehöre, weil sie die Elite sind und ich nur ein gewöhnliches Mädchen. Nero war anders. Liebevoll. Hat sich nach den Unterrichtsstunden in mein Zimmer geschlichen und mir Geschichten von der geheimnisvollen Elementenwelt erzählt. In jungen Jahren wollte ich einfach nur ein Teil davon sein, und er hat es mir ermöglicht, soweit er das konnte. Er war mein Held, der beste Bruder, den man sich wünschen konnte. Aber nach dem Skandal … nach Gaia …« Sie stockte und schlug die Augen nieder. Die tanzenden Sommersprossen in ihrem Gesicht schienen innezuhalten. »Am Anfang war er fuchsteufelswild. Er hat getobt, gebrüllt, war außer sich vor Wut. Es war ihm vollkommen egal, was meine Eltern oder die Leute in der Omilia sagten, er hat alles darangesetzt, Gaia wiederzusehen, ist sogar meinem Vater gegenüber handgreiflich geworden, als dieser ihn davon abhalten wollte, das Haus zu verlassen. Und dann plötzlich hörte sein Protest auf. Wir erfuhren nie, was geschehen war. Er kehrte zurück zu uns, nachdem er eine ganze Nacht lang verschwunden war und nicht einmal seine Inventi ihn finden konnten, verkroch sich ein paar Tage und verließ sein Zimmer nicht. Sein Schmerz war allgegenwärtig, er schwebte über dem ganzen Haus, auch wenn unsere Eltern und Yara taten, als wäre alles beim Alten. Ich habe ihn nachts schreien hören. Er hat sich nicht beruhigt, und er hat niemanden an sich herangelassen. Nachdem er das erste Mal wieder sein Zimmer verließ, war er nicht mehr mein Bruder. Er hat mir Angst gemacht. Äußerlich war er wie immer, er ist weiterhin in die Omilia gegangen, saß mit uns am Esstisch. Doch plötzlich umgab ihn diese Dunkelheit. Er hat aufgehört, zu mir ins Zimmer zu kommen. Überhaupt richtig mit mir zu reden. Stattdessen hat er mich von oben herab behandelt, so wie Yara.«

Elle verstummte und wischte sich fahrig mit dem Ärmel über die Augen. »Plötzlich war es das Wichtigste für ihn, die Aufmerksamkeit der Ältesten zu bekommen. Er hat seine Zeit nur noch in der Omilia verbracht, obwohl er sich zuvor immer über ihr Gehabe lustig gemacht hatte. Nachdem er deine Eltern ausgeliefert hatte, haben sie ihn vollständig akzeptiert, und sein Fehltritt war vergessen.«

Sie lächelte bitter. »Ein einziges Mal, Monate später, hat Yara im Streit Gaias Namen erwähnt. Er ist auf sie losgegangen und hat ihr die Kehle zugedrückt. Sie hat keine Luft mehr bekommen, ist krebsrot angelaufen, trotzdem hat er nicht nachgelassen. Kein Wort hat er gesagt. Da war nur Schwärze in seinen Augen. Die tiefste Nacht. Unser Vater konnte eingreifen, um das Schlimmste zu verhindern. Spätestens ab diesem Zeitpunkt war mir klar, dass ich ihn für immer verloren hatte.«

Eine Gänsehaut breitete sich auf meinen Armen aus. »Also hat er sich verändert, nachdem man ihn gezwungen hatte, den Kontakt zu Gaia abzubrechen? Weiß man, was in dieser einen Nacht passiert ist, bevor er sich von allen isoliert hat? Hat er versucht, Gaia zu erreichen?«, fragte ich stirnrunzelnd.

Elle schüttelte den Kopf. »Ich weiß es nicht. Er hat sich selbst in die Psychiatrie eingewiesen und sich einer Konversionstherapie unterzogen, um von seinen Sünden geheilt zu werden. Als sei Liebe etwas, wovon man geheilt werden müsste! Ich habe meinen Eltern nie verziehen, was sie aus ihm gemacht haben. Die Omilia … in Ordnung, die ist voller hirnverbrannter, machtbesessener Idioten, aber unsere *Eltern*? Als Nero ihnen von seiner Liebe zu Gaia erzählt hat, haben sie nicht mit der Wimper gezuckt und sind zu den Ältesten gerannt, um ihnen Neros schmutziges Geheimnis zu beichten.«

»Eure *Eltern* haben Gaia und Nero verraten?«, zischte Daria.

Elle erwiderte ihren Blick voller unterdrückter Wut, dann schaute sie zu mir. »Verstehst du jetzt, wieso ich heilfroh bin, dass Evelyn bei mir aufgewachsen ist und ich sie, so gut es ging, vor diesem Humbug bewahren konnte? Die Ansichten der Omilia sind nicht nur schwachsinnig und menschenverachtend – sie haben ein Monster aus einem liebenswerten jungen Mann gemacht.«

Mit jedem weiteren Satz breitete sich heftiges Mitleid in mir aus. Oder war es Wut? Hilflosigkeit?

Bevor ich die Emotion richtig benennen konnte, die meinen Körper erbeben ließ, schob sich das Bild meiner brennenden Wohnung in mein Bewusstsein. Es folgten meine Adoptiveltern auf dem Friedhof. Und meine richtigen, unter dem Erdboden. »Wir müssen ihn stoppen«, hörte ich mich mit krächzender Stimme sagen. »Wir müssen meine Eltern befreien, und wir müssen dafür sorgen, dass diese verdammte Stadt die Wahrheit erfährt.«

Zu meiner Überraschung zuckte ein grimmiges Lächeln über Arielles Gesicht. »Ja, Liebes. Das müssen wir.«

Sie stand auf, gab die Katze frei und lief zurück zum Herd, wo sie sich daranmachte, das Gebräu in drei Tassen zu füllen.

Ich drehte mich zu Daria. Sie schaute bedrückt zu Boden. Gerade, als ich etwas sagen wollte, hämmerte ihr Techno-Klingelton los. Sie zog ihr Handy aus der Tasche und nahm den Anruf an.

»Nate? Was ist los?«

Abgehackte Laute drangen durch den Lautsprecher. Lautes Atmen … oder Schluchzen.

»Beruhig dich. Erzähl's mir von Anfang an.«

Mein Körper ging sofort in Alarmbereitschaft. Es war seltsam genug, dass Daria in die vernünftige, besonnene Rolle schlüpfte. Noch untypischer war es, dass Nate wohl gerade dabei war, die Nerven zu verlieren.

Ich rutschte mit meinem Hocker näher zu Daria und lehnte mich zu ihr herüber. »Was ist los?«, formte ich mit den Lippen, doch sie war zu abgelenkt, um auf mich zu achten.

»Und wo haben sie ihn hingebracht?«, fragte sie drängend, jetzt nicht mehr ganz so ruhig.

Das Schuldbewusstsein traf mich augenblicklich. Ich biss mir auf die Lippe, bis der Schmerz alles übertönte. Bevor ich wusste, was ich da tat, hatte ich ihr das Telefon aus der Hand gerissen.

»Nate? Was ist passiert? Ist was mit Casper?«

Kurz herrschte Stille am anderen Ende der Leitung, dann erklang ein Räuspern. »Die Wächter haben Casper und Will erkannt. Sie … sie waren gerade in der Omilia und haben meine Mutter davon in Kenntnis gesetzt. Waren sie schon bei euch?«

Scheiße, Scheiße, Scheiße. Ich wollte nicht an Will denken. Und vor allem nicht daran, dass ich der Grund für dieses Desaster war. »I-ich weiß nicht.« Ich schloss die Augen. »Erzähl deiner Mutter, dass es meine Schuld ist. Sag ihr, ich habe euch gezwungen.«

»Kia …« Er klang ruhiger, auch wenn jedes Wort von Tränen getränkt war.

»Nate, es ist mir egal, was mit mir passiert. Es ist alles meine Schuld. Ohne mich wärt ihr niemals in dieses Gefängnis –«

»Hör auf, das bringt uns nicht weiter«, fiel er mir ins Wort. »Ich werde dich da nicht reinziehen. Wir kannten alle das Risiko. Und unabhängig davon wäre es kontraproduktiv, wenn meine Mutter von unserer Freundschaft wüsste. Du musst mir nur sagen, wie die Lage bei euch ist. Ich werde ihr erzählen, dass ich verantwortlich bin und Cas überredet habe. Sie wird nicht zulassen, dass Nero mich wegsperrt.« Er lachte bitter auf. »Ich bin ihr Goldjunge. Allerdings habe ich keine Ahnung, wie ich jemals wieder den Bezirk verlassen soll.«

»Das ist jetzt egal«, wisperte ich. »Am besten *verlasst* ihr nie mehr den Bezirk.«

Ich bekam seine Antwort nicht mehr mit, denn Daria riss das Handy an sich. Sie verdrehte die Augen und klemmte es sich zwischen Ohr und Schulter, während sie eine dampfende Tasse entgegennahm, die Arielle ihr hinhielt.

Ich tat es ihr nach und umklammerte das heiße Porzellan. In goldener, an manchen Stellen abgesplitterter Farbe blitzte das auf dem Kopf stehende Dreieck unter meinen Fingern auf.

Eves Tante sah zwischen uns beiden hin und her, ihr Blick war abwesend, während sie sich immer wieder mit dem Zeigefinger über die Unterlippe fuhr.

»Ja, Selbstmitleid bringt uns jetzt auch nichts«, sagte Daria mit einem energischen Nicken in meine Richtung. »Nein … ja, ich schreib dir. Kümmere du dich jetzt um Casper. Es wird schon gut gehen.«

»Es ist alles meine Schuld«, stöhnte ich, als sie das Telefonat beendet hatte.

»Nein, ist es nicht. Du hast sie nicht gezwungen, mitzukommen. Natey wird für Cas in die Bresche springen, und es wird nichts Schlimmes geschehen. Viel wichtiger ist jetzt, was wir gegen Nero unternehmen.«

Arielle nickte und griff nach meiner Hand. »Talentierten wird nichts angetan.« Sie schien dank unserer Wortfetzen eins und eins zusammengezählt zu haben. »Ich mache mir eher Sorgen um die Inventi, die an der Sache beteiligt waren.«

»Ich … ich werde auch für Will aussagen«, murmelte ich, ohne die beiden anzusehen. Meine Rachegelüste waren auf einen Schlag im Keim erstickt. Ich würde ihm nie verzeihen, wie er mich hintergangen hatte, doch das hieß nicht, dass ich ihn ins Verderben stürzen wollte. Obwohl der Gedanke gerade ziemlich verlockend war.

»Ja, das solltest du. Und darüber hinaus musst du dich kooperationswillig zeigen.«

Mein Kopf ruckte hoch. »Was?«

»Die Gefängniswächter haben vielleicht nur Casper, William und seinen Vater identifizieren können, aber Nero ist nicht dumm. Ihr seid am helllichten Tag in einer Gondel getürmt. Nero weiß, dass du da warst, Kiana. Also wirst du von dir aus zu ihm gehen und Reue zeigen.«

Ich riss mich von ihr los und konnte mich gerade noch davon abhalten, aufzuspringen. »*Reue?*«

Entweder bemerkte Elle meine Wut nicht, oder sie beschloss, sie zu ignorieren. Voller Überzeugung sah sie mich an. »Du wirst ihm sagen, du hast Gerüchte darüber gehört, dass deine Eltern weggesperrt wurden. Außerdem warst du verwirrt, weil du nicht wusstest, wem du vertrauen kannst. Daher bist du auf eigene Faust eingebrochen.«

»Ich …« Mein Mund war staubtrocken. Hatte sie den Verstand verloren?

»Kiana, es ist nur logisch. Du musst ihn in Sicherheit wiegen. Eine andere Möglichkeit bleibt euch nicht.«

»Und … dann? Ich mache in der Omilia auf heile Welt, während ich jeden Augenblick damit rechnen muss, dass er mich umbringt?«

Ich nahm einen vorsichtigen Schluck aus der Tasse, um mich zu beruhigen. Hustend erwiderte ich Elles festen Blick. Eine heiße Mischung aus Waldfrüchten, Zimt und Hochprozentigem floss meine Speiseröhre hinab.

»Er wird dich nicht umbringen.«

»Wie können wir uns da sicher sein?«

»Er will unbedingt das Geheimnis deines Talents lüften, oder?«, mischte sich Daria ein. »Wahrscheinlich denkt er, du könntest noch wertvoll für ihn sein.«

Arielle wandte den Blick nicht von mir ab. »Wenn mein Bruder dich wirklich tot sehen wollte, würdest du nicht hier sitzen.«

Die Gänsehaut beschränkte sich nun nicht bloß auf meine Arme. Na, das waren ja herrliche Aussichten.

Ich bekam keine Gelegenheit, näher darauf einzugehen, denn in dem Augenblick ertönte ein lautes Poltern aus Richtung des Wintergartens. Es machte dem Donner alle Ehre und klang, als würde jemand mit beiden Fäusten gegen die Tür hämmern.

Arielle schlang ihre Strickjacke enger um ihren Körper und setzte sich in Bewegung. »Ist ja gut, ist ja gut, sie gibt gleich nach!«

Daria biss sich auf die Lippe, um sich ein Grinsen zu verkneifen. Sie erntete einen bösen Blick von mir.

»Hör auf, so zu gucken«, zischte ich.

»Hab mich nur schon gefragt, wo er bleibt.«

Zugegeben, Will hatte ungewöhnlich lange gebraucht. Ein naiver Teil von mir hatte gehofft, dass er mir den Abstand geben würde, den ich so dringend brauchte. Aber wem machte ich etwas vor? Wann hatte er mich je in Ruhe gelassen?

Er stürmte an Arielle vorbei. Seine Augen glühten, und seine Schuhe hinterließen matschige Spuren auf dem knarzenden Holzboden. Schnell schaute ich weg. Seine blonden Haare waren heillos zerzaust. So wie vor wenigen Stunden. Als ich meine Hände hineingekrallt hatte, während er … Stopp. Wie bescheuert war ich eigentlich?

»Kia.«

Ich würde ihn nicht ansehen, ich würde ihn nicht ansehen, ich würde ihn nicht ansehen.

»Du hast gesagt, du schläfst bei Daria.«

Ich stellte meine Tasse so aggressiv ab, dass das Gebräu darin überschwappte. Dann baute ich mich vor ihm auf. Wie konnte er es wagen, hier reinzustürmen und wütend *auf mich* zu sein?

»Und du hast gesagt, du hast keine Ahnung, wer Niyol ist«, sagte ich und rang mir ein falsches Lächeln ab.

Er stöhnte auf und packte mich an den Schultern. »Wir müssen reden.«

Ich wollte zurückweichen, sein Griff blieb eisern.

»Schau mich an.«

»Lass mich los.«

»Schau. Mich. An.«

Ich hasste mich dafür, dass ich den Blick hob. Und ihn hasste ich dafür, dass er mich so flehend ansah. Dieses verdammte Dunkelblau, vermischt mit hellem Braun. Wie konnte man nur solche Augen haben?

»Lass mich los, oder ich schwöre bei Gott, ich …«

»Schicke Hütte!«

Ich verstummte sofort.

Will war nicht allein gekommen.

»Du hast ihn mitgebracht?«, fuhr ich Will an. Für einen kurzen Moment lockerte er seinen Griff, und ich schaffte es, mich zu befreien.

»Hey, Hübsche, wieso bist du so überstürzt abgehauen?«

Niyol war genauso durchnässt wie Will. Allerdings schien er deutlich bessere Laune zu haben. Seelenruhig zog er sich die von Regentropfen benetzte Lederjacke aus und zwinkerte mir zu, ehe er Daria ins Visier nahm. Dann krempelte er sich die Ärmel seines weißen Hemds hoch und streckte ihr eine Hand entgegen.

»Gehörst du auch zum Team?«

Darias Augenbrauen wanderten abrupt in die Höhe, während sie ihn abschätzig von oben bis unten musterte.

Er nahm ihre Hand in seine und hauchte ihr einen Kuss auf.

»Ich bin Niyol. Und du?«

Daria schien es die Sprache verschlagen zu haben. So viel Dreistigkeit hatte nicht einmal ich ihm zugetraut. In Leeds hatte er zwar auch immer auf Teufel komm raus vor mir mit Sophia geflirtet, doch damals war er nicht so arrogant gewesen. Oder vielleicht hatte ich die Augen davor verschlossen, weil er in unseren privaten Gesprächen seinen ganzen Schmerz rausgelassen hatte und er mir leidtat.

Ich riss mich von seinem Anblick los und funkelte Will an. »Ihr seid also beste Freunde, und du nimmst ihn überallhin mit?«

Mein Inventi biss die Zähne zusammen. »Ich habe nicht wirklich eine Wahl.«

Diese Formulierung ... Hitze schoss mir ins Gesicht.

»Nee, stimmt ja, du hast nie eine Wahl. Wurdest du auch angewiesen, mir schöne Augen zu machen und mich zu manipulieren?«

»Ich habe dich nicht ...«, begann er, aber Niyol kam ihm

zuvor. Daria hatte sich von ihm losgemacht, ohne ihm zu antworten, und ihm ihre Tasse entrissen.

Er wandte sich wieder mir zu. »Kia, du hast so viel Feuer wie eh und je.«

Gott, ich würde mich wirklich nicht mehr lange zusammenreißen können.

»Was soll das?«

Wir drehten uns alle zu Arielle um, die im Türrahmen lehnte und ihre Arme verschränkte, während sie uns betrachtete. Ich hatte sie ganz vergessen.

»Wie unhöflich von mir!« Niyol reichte auch ihr die Hand, wagte es angesichts ihres Gesichtsausdrucks allerdings nicht, sie wie Daria zu begrüßen. »Sie sind die kleine Schwester von Nero Lagarde, nicht wahr?« Er zeigte auf sich. »Niyol Festida. Freut mich, Sie kennenzulernen.« Mit einem ironischen Lächeln wanderte sein Blick zu dem Aquarium, den schimmernden Pflanzen und den willkürlich herumstehenden Bücherstapeln. »Schön haben Sie es hier.«

Elle rührte sich nicht. »Ich bin mindestens zehn Jahre älter als du, Schätzchen, also schalt 'nen Gang zurück.« Sie wandte sich Will zu. »Was geht hier vor sich? Du bist Kianas Inventi, nicht wahr?«

»Und wieso hast du den mitgebracht?«, fügte Daria naserümpfend hinzu und deutete auf Niyol.

Will verdrehte die Augen. »Wir können ihm vertrauen. Er ist hier, um uns zu helfen. Die Frage ist, wieso *du* Kiana mitten in der Nacht zu einer völlig Fremden bringst.«

Heiße Wut pulsierte durch meine Adern.

Mit dem letzten bisschen Selbstbeherrschung, das ich aufbringen konnte, trat ich einen Schritt zur Seite, weil ich Angst hatte, handgreiflich zu werden, wenn ich ihm zu nahe war. Vertrauen. Wie konnte er dieses Wort überhaupt noch in den Mund nehmen?

»Er ist ein Pnoe«, erklärte Will. »Und er weiß, wo die verfeindete Organisation steckt. Inklusive Evelyn.«

Arielles Miene wandelte sich in Sekunden. Sie ging auf Niyol zu und bohrte ihm einen Finger in die Brust, bis er zurückwich.

»Wo ist sie?«

»Hey, jetzt mal ganz langsam. Ich hab gehört, ihr seid in den Knast im Norden eingebrochen? Wie krass seid ihr denn drauf?« Belustigt schaute er über die Schulter zu uns.

Elle packte sein Kinn und drehte es zu sich, zwang ihn so, ihren Blick zu erwidern. »Ich wiederhole mich nur noch ein einziges Mal: Wo ist meine Nichte?«

Ihre Augen funkelten, und die Sommersprossen tanzten bedrohlich. Obwohl sie einen guten Kopf kleiner als Niyol war, schien er einigermaßen beeindruckt.

»Na schön, bleiben Sie locker. Sie ist bei Phos. Er hat sie rekrutiert, und ihr geht es gut.«

Rekrutiert? Die Gegner der Omilia rekrutierten Talentierte?

»Und wo *ist* Phos?«, fragte Elle gefährlich leise, ohne ihn freizugeben.

Niyol lächelte triumphierend. »In luftiger Höhe. Über den Dächern der Oststadt.«

Daria war aufgesprungen. Ihr Gesicht war bei der Erwähnung von Eve ganz weiß geworden. »Die verfeindete Organisation befindet sich bei den Pnoe?«

»Und warum kommt Eve nicht selbst her, um uns das zu sagen? Warum ausgerechnet du?«, zischte ich.

»Evelyn wird gerade noch mit den Lokalitäten vertraut gemacht und geschult. Und es wäre für sie ein zu großes Risiko, nachdem Nero«, ein schneller Blick zu Elle, »ein gesondertes Interesse an ihr hat.« Er befeuchtete seine Unterlippe mit der Zunge. »Ich war die logische nächste Wahl. Ich habe mich natürlich freiwillig gemeldet, dich einzuweihen und von unserem Plan zu überzeugen.«

»Was für ein Plan?«, hakte Daria nach, aber ich schüttelte den Kopf. Wen scherte es, was dieser Mistkerl zu sagen hatte? Wieso sollte ich auch nur ein einziges Wort davon glauben?

»Das ist alles Bullshit. Wieso sollte ich dir plötzlich vertrauen?« Ich warf Will einen abfälligen Blick zu. »Wieso sollte ich noch *irgendjemandem* vertrauen?«

»Ist mir egal, ob man ihm vertrauen kann«, raunte Daria mir zu. »Wenn er einen Hinweis hat, wo Eve sein könnte …«

»Ich kann dich hinbringen, Kia!«, rief Niyol. »Lasst uns keine Zeit verschwenden.«

Arielle stellte sich auf die Zehenspitzen. Ihre Nase berührte fast seine. »Ich möchte Details. Sofort.«

»Nichts lieber als das«, erwiderte er. »Phos hat mir genau

erklärt, wem ich in dieser Stadt trauen kann und wem nicht. Dank Evelyn wissen wir auch, dass Sie wenig von den Machenschaften Ihres Bruders halten.«

Oh, wie gerne ich ihm dieses arrogante Grinsen aus dem Gesicht schlagen würde …

Ich wurde durch kühle Finger, die sich um mein Handgelenk schlossen, aus meinen Gewaltfantasien gerissen.

Sofort zuckte ich zurück. Vergeblich. Will verstärkte seinen Griff. Er zog mich näher zu sich, jegliches Schuldbewusstsein war aus seinen Augen verschwunden.

»Wag es nicht«, zischte ich.

»Wir zwei werden jetzt miteinander reden«, sagte er bestimmt, bevor er mich mit einer Kraft, gegen die ich im Leben nichts hätte ausrichten können, durch die Tür in den Wintergarten zerrte.

Mir blieb die Luft weg. Die Wut trieb mir Tränen in die Augen.

Unter trompetenartigen blauen Knospen blieb er stehen, machte allerdings keine Anstalten, mich loszulassen.

»Kia. Du verschwendest gerade unsere Zeit.«

»Du …«

»Bitte, hör auf«, verlangte er mit einem Stöhnen.

Ich blinzelte. Ein schmerzhafter Kloß nahm in meinem Hals Form an. Ich musste mich schleunigst auf die Wut konzentrieren.

»Du hast jedes Recht, mich zu hassen, okay? Du kannst mich beschimpfen, du darfst sogar auf mich einschlagen.

Alles, damit es dir besser geht. Ich habe es verdient. Aber nicht jetzt. Nicht, wenn Nero alle zwei Sekunden versucht, mich zu erreichen, und jeden Moment hier auftauchen könnte.«

»Es ist mir egal, ob er hier auftaucht«, brachte ich hervor, ohne ihn anzusehen.

»Wir brauchen einen Plan. Und er ... Niyol kann uns helfen. Er kann uns zur Organisation bringen. Mit ihrer Hilfe können wir vielleicht deine Eltern befreien.«

»Seit wann interessiert dich das?«, schoss es aus mir heraus. »Ich dachte, es geht nur um mein Wohlbefinden?« Ich schluckte mehrmals, um den Kloß loszuwerden. »War das auch gelogen?«

»Ich ... ich weiß auch nicht, was mit meinem Dad ist. Ich glaube, sie könnten ihn erwischt haben.«

Mein Widerstand wankte. Er klang mit einem Mal ganz verletzlich.

Für den Moment ließ ich mich davon ablenken. »Wieso glaubst du das?«

»Er geht nicht ans Handy.« Da war er wieder, der flehende Blick. Will beugte sich zu mir herunter, und ich stolperte automatisch nach hinten, als mir sein Geruch in die Nase stieg.

»*Bitte.* Ich weiß, es ist viel verlangt, aber hör ihm zu. Hör dir bloß an, was er zu sagen hat.«

»In Ordnung.« Ich drehte mich von ihm weg, starrte angestrengt auf die überwucherte Glaswand, die vor meinen Augen verschwamm. »Wenn du mich endlich loslässt.«

Meine Stimme brach, doch das spielte keine Rolle. Denn er gehorchte endlich.

Jetzt gab es kein Zurück mehr. Nicht nur, dass er es nicht geleugnet hatte – er hatte keinen einzigen Versuch unternommen, sich zu erklären.

Du hast jedes Recht, mich zu hassen.

Es war nicht nur meine Stimme, die brach.

ZWEI

Marmor

Mit schnellen Schritten lief ich zurück zu den anderen.

Konzentration. Ich sollte froh um die Ablenkung sein, auch wenn sie in Form meiner Ex-Affäre daherkam.

Arielle, Daria und Niyol saßen inzwischen in ein Gespräch vertieft auf drei Hockern, jemand hatte noch zwei weitere dazugestellt.

Unwillkürlich blieb ich mit dem Blick an Niyols Unterarm hängen. Sehnig, mit leicht hervortretenden Adern. Er war gerade dabei, die schulterlangen Haare zu einem Knoten nach hinten zu binden. Sein Tornado-Tattoo blitzte bei der Bewegung unter dem Ärmel hervor. Mein Blick wanderte zu seinem Gesicht. Er sah aus wie immer. Lange Wimpern, tief liegende Kohleaugen, markante Kinnlinie. Nur dass er damals glatt rasiert gewesen und jetzt einen Dreitagebart trug.

Es schien ihm gut zu gehen – von der tiefen Verzweiflung, die er ausgestrahlt hatte, als wir uns zum ersten Mal begegnet waren, war nichts zu sehen. War er wirklich ein derart guter Schauspieler?

Gerade zwinkerte er Daria zu. Sie verdrehte zwar die Augen, dennoch konnte ich sehen, wie ihre Mundwinkel leicht zuckten, während sie sich von ihm wegdrehte. Ich presste die Lippen aufeinander, spürte plötzlich Wills Blick auf mir.

»Okay, kommen wir zum Punkt! Wie bist du zu der Organisation gelangt?«, setzte sich Arielles Stimme durch. »Und wieso vertraust du dich uns an? Ich könnte meinen Bruder jede Sekunde anrufen und ihm davon erzählen. Außerdem: Woher soll ich wissen, dass ich *dir* vertrauen kann?«

Niyol hob die Schultern. »Evelyn hat mich davon überzeugt, dass man Ihnen vertrauen kann. Und ich wurde von Phos rekrutiert.«

Will drückte sich an mir vorbei, ohne mich aus den Augen zu lassen, und ließ sich auf einem der freien Hocker nieder. »Wie genau funktioniert das Rekrutieren?«

Ich setzte mich ebenfalls in Bewegung, würdigte ihn allerdings keines Blickes. Es war schon viel verlangt, mich auf den einzig freien Hocker neben ihn zu setzen.

»Tessarect ist schon lange gespalten, aber Kias Ankunft hat die Situation verschärft.« Niyol schenkte mir ein schiefes Lächeln. »Phos hat nicht nur Talentierte unter sich, sondern auch Inventi, die die Omilia ausspionieren und sich umhören, wer sich bekehren lassen könnte.«

»Bekehren?«, wiederholte ich abfällig. Das klang, als würde man von einer Sekte in die nächste gelangen.

»Wer bereit ist, sich von Neros und Arias Doktrin zu befreien«, präzisierte er.

Ich erinnerte mich nur zu gut daran, wie ich ihn gemeinsam mit Aria auf dem Dach der Pnoe gesehen hatte. Wie sie ihn umarmt hatte.

»Ist Aria nicht deine Großmutter?« Ich schnaubte. »Hat sie dich nicht angewiesen, nach Leeds zu kommen und mein Leben zu zerstören? Wieso solltest du ihren Befehlen gehorchen und dann auf einmal gegen sie handeln? Das macht keinen Sinn.«

Niyol schien sich köstlich zu amüsieren. Er lehnte sich mit glitzernden Augen nach vorne. »Erstens, Baby, ist Aria nicht meine Großmutter, sondern die Schwester meiner Großmutter. Wäre sie meine Großmutter, wäre sie nicht kinderlos, und somit keine Älteste. Zweitens bin ich nicht für dein Leben verantwortlich. Es zu zerstören, hast du schon ganz gut allein hinbekommen. Und drittens: Selbst, wenn es eine Überraschung für dich sein mag, ich bin auch nur ein Mensch. Der von Zeit zu Zeit und unter gegebenen Umständen seine Meinung ändern kann.«

»Steck dir dein Baby sonst wohin.«

Er warf den Kopf in den Nacken und lachte laut auf. »Mir gefällt diese neue, angepisste Version von dir.«

»Halt den Mund.«

Ich erstarrte. Es war Will, der gesprochen hatte, und er klang weder resigniert noch genervt. Er klang wie kurz vorm Explodieren.

Ich vermied es, ihn anzusehen, dafür drehten alle anderen verblüfft die Köpfe zu ihm.

Niyol fand seine Sprache als Erster wieder. »Hey, ich dachte, du vertraust mir, Romeo.«

»Ich habe dir gesagt, wir können zusammenarbeiten. Was bedeutet, dass ich mich entschieden habe, dir in dieser Zeitspanne nicht …« Er unterbrach sich und holte tief Luft. »Strapazier meine Geduld nicht über.«

Niyol lachte erneut, diesmal hörte es sich eine Spur verunsichert an.

»Zurück zum Thema.« Elle klatschte ungeduldig in die Hände. »Kiana hat recht. Wieso sollten wir dir vertrauen? Ich brauche Beweise.«

Ein paar Sekunden herrschte Stille. Daria warf mir vielsagende Blicke zu, die ich gekonnt ignorierte, Niyol atmete tief durch, und Will knetete seine Hände.

»Sie wollen einen Beweis?«, flüsterte Niyol, und jeglicher Schalk war aus seiner Stimme verschwunden. Er schob seinen Ärmel unsanft nach oben, sodass der nach oben geöffnete Kreisel für alle sichtbar war. »Hier ist Ihr Beweis.«

»Das ist ein Tattoo«, stellte Elle mit sarkastischem Unterton fest, der mich sehr an Eve erinnerte.

»Es ist eine Erinnerung«, widersprach er ihr. »An meine Mutter, die immer das Richtige tun wollte, auch wenn sie damit gegen den Willen ihrer eigenen Familie handelte. Und gegen das System.«

Nichts als Lügen, wollte ich reinrufen. *Er denkt sich alles aus!* Aber etwas in seinem Gesicht hielt mich davon ab. Vielleicht war es auch der Gedanke an unsere nächtlichen Telefonate. An seine von Tränen erstickte Stimme in meinem Ohr. Selbst wenn der Mensch, der gerade vor mir saß, nichts mit dem von damals gemeinsam zu haben schien.

»Wenn meine Mutter sich darüber beschwert hat, dass Aria und Nero an veralteten Traditionen festhalten und die Wahrheit nicht sehen, habe ich die beiden immer in Schutz genommen. Ich stand komplett hinter der Ideologie der Omilia, sodass es keine große Überwindung war, als sie mich nach Leeds geschickt haben. Ich war sogar ein bisschen stolz, bei einer so großen Mission mitzuwirken. Und neugierig, was es mit dir auf sich hatte.« Er nickte mir zu. Aufrichtig, mit einem harten Zug um seinen Mund. »Wieso so viel Wirbel um deine Existenz gemacht wurde. Ich war nicht mal eine Woche in Leeds, da hat mich Aria angerufen und mir eröffnet, dass meine Mum einen Schlaganfall erlitten hat und sofort gestorben ist. Ich wollte nach Hause, aber sie überredete mich, zu bleiben. Es gab nichts mehr, was ich für sie tun konnte. Ich hatte nicht einmal die Gelegenheit, auf die Beerdigung zu gehen und mich zu verabschieden. Ich hatte gar nichts mehr. Außer die Stimme meiner Großtante, die mir befahl, die Mission zu Ende zu bringen. Ich wusste sowieso nichts mit mir anzufangen, also habe ich die Ablenkung dankend angenommen.«

Seine Stimme wurde mit jedem Wort heiserer. Ich sträubte mich gegen das Mitleid, das mich durchflutete.

Er hatte mich tatsächlich als Mission betrachtet. Als Ablenkung. *Darauf* musste ich mich konzentrieren.

»Als … als es mir gelungen war, dich von deinen Freunden zu isolieren, und meine Arbeit getan war, bin ich nach Tessarect zurückgekommen. Habe das Grab besucht, getrauert. Für ein paar Wochen war äußerlich alles wie immer, obwohl ich das Gefühl nicht losgeworden bin, dass der Tod meiner Mutter nur eine Nebensächlichkeit für Aria war. Stattdessen betonte sie immer wieder, wie stolz sie auf mich war, dass wir jetzt in die Zukunft blicken und uns gemeinsam für das größere Wohl einsetzen müssten. *Das größere Wohl.*« Er spie die Worte aus wie eine schlimme Beleidigung. Die ganze Zeit hatte er mich angesehen, doch jetzt schien es ihm schwerzufallen. Sein Blick zuckte hin und her, gehetzt, als wüsste er nicht, wo er innehalten sollte.

»Ein paar Verbündete von Phos haben mich letzte Woche an Mums Grab überrascht. Sie haben mich gefragt, ob ich die Wahrheit über ihren Tod erfahren will. Es hat gereicht, um mich in Unruhe zu versetzen und einzuwilligen. Sie haben mich ins Hauptquartier gebracht, wo mir von Phos höchstpersönlich erklärt wurde, dass meine Mutter nie einen Schlaganfall hatte. Sie wurde aus dem Weg geräumt, so wie jeder, der der Ideologie der Omilia in die Quere kommt. So wie deine Eltern, Kiana.«

Daria hatte die Luft angehalten und stieß sie nun geräuschvoll aus. Arielle schlug sich eine Hand vor den Mund, und Will bewegte sich nicht.

»Nero und Aria haben sie umbringen lassen. Weil sie zu viel wusste und Kontakt mit Phos und der Organisation aufgenommen hatte. Mir hat sie nie davon erzählt, wahrscheinlich wollte sie mich beschützen. Jedenfalls hat sie Phos und der Organisation das perfekte Versteck geliefert. Davon weiß Aria allerdings nichts, und meine Mum hat sich wohl auch geweigert, irgendetwas über den Standort zu verraten, selbst unter Folter. Sie war eine Gefahr für das System. Und außerdem kein großer Verlust ohne ihr Talent, immerhin war sie nie besonders präsent als Mentorin.«

Wills Vater hatte es fast genauso formuliert, als er von der verbotenen Beziehung meiner Eltern erzählt hatte. Eisige Kälte breitete sich in meinem Inneren aus und ließ mich frösteln.

»Was … was ist mit Gaia?«, fragte Will leise. Auch seine Wut war verraucht.

Niyol warf ihm einen verwirrten Blick zu.

»Du redest nur von Phos. Ich dachte, die verfeindete Organisation wird von den Ältesten der Pyro und der Choys geleitet.«

»Ich habe Gaia bisher noch nicht getroffen. Was spielt das für eine Rolle?«, gab er gereizt zurück.

»Komm runter«, antwortete Will ruhig. »Ich versuche nur, mir ein Bild zu machen.«

»Ich habe hier nichts mehr zu verlieren, okay?«

Inzwischen klang er viel mehr wie der Niyol, den ich in Erinnerung hatte. Wütend. Zerbrochen. Einsam.

»Ich will mit Eve reden«, sagte Daria.

»Das wirst du«, erwiderte er. »Sobald ich Kia zur Organisation gebracht habe und wir uns alle sicher sein können, dass wir auf derselben Seite stehen.«

»Wieso können wir sie nicht einfach anrufen?«, beharrte Elle.

»Weil wir nicht riskieren können, dass das Versteck auffliegt.«

»Du hast gesagt, du hast nichts zu verlieren«, nahm ich den Faden wieder auf. »Was genau willst du *gewinnen*? Worum geht's dir bei der Sache?«

»Ist das nicht offensichtlich?« Sein arrogantes Grinsen war auf einen Schlag zurück.

»Du möchtest dich an meinem Bruder rächen«, beantwortete Elle die Frage.

»Ich möchte die Ältesten der Omilia stürzen«, sagte er. »Alles, wofür dieses gottverdammte Zentrum der Elemente steht. Wollt ihr das nicht auch?«

Seine Frage hing in der Luft, bevor sie sich zielsicher in meinen Gedanken einnistete, alles in Brand steckte und das Adrenalin von gestern Nacht zurückbrachte.

»Ich möchte meine Eltern befreien«, hörte ich mich sagen.

Er nickte. »Und Phos wird dir dabei helfen.«

»Okay.« Ich nickte ebenfalls und sah ihm geradewegs in die Augen. »Wann bringst du mich zu ihm?«

»Jetzt mal langsam«, zischte Will von der Seite, aber ich brachte ihn mit einem mörderischen Blick zum Schweigen. War es nicht das, was er gewollt hatte? Dass ich Niyol zuhörte? Dass wir *kooperierten*?

»Ich will mitkommen«, kam es tatendurstig von Daria.

»Ihr könnt jetzt nicht einfach weg!«, rief Will. »Nero wird uns die Hölle heißmachen. Höchstwahrscheinlich sucht er gerade schon jeden Flecken dieses Bezirks nach uns ab.«

»William hat recht.« Arielle klang bestimmt. »Zuerst müsst ihr in der Omilia die Wogen glätten.« Sie drehte sich zu Niyol. »In der Zwischenzeit sagst du mir, wo genau Evelyn steckt.«

»Ich habe nicht die Befugnis, Nicht-Talentierte einzuweihen«, erklärte er überheblich.

Blitzschnell beugte sie sich vor und packte ihn am Kragen. »Jetzt hör mir mal gut zu, Bürschchen. Wenn du nicht sofort mit der Sprache rausrückst, werde ich dir gleich zeigen, wie viel dir dein verflixter Talentiertenstatus nützt.«

Diesmal ließ Niyol sich nicht beirren. Er verzog keine Miene. »Ich habe nur die Erlaubnis, Kia mitzubringen.«

Sie funkelten sich an, bis ein durchdringendes Klingeln die spannungsgeladene Stille zerriss.

Arielle ließ ihn mit einem abschätzigen Blick los und erhob sich. Sie ging um die Wendeltreppe herum und riss den Hörer eines altmodischen Schnurtelefons von der Gabel, die an der Wand befestigt war.

»Lagarde.« Sie drehte sich in unsere Richtung, sodass ich sehen konnte, wie ihr kurz die Gesichtszüge entglitten, ehe sie ihren Zeigefinger auf die Lippen legte und uns einen warnenden Blick zuwarf. Dann straffte sie die schmalen Schultern. »Ja, verflucht, natürlich habe ich geschlafen, es ist mitten in der Nacht«, fauchte sie. »Ach, wie reizend, dass ich deine Stimme hören darf … Natürlich, ich habe sonst nichts Besseres zu tun, Bruderherz.«

Will hob die Hand, als wollte er mich berühren, ließ sie jedoch rasch sinken, sobald unsere Blicke sich trafen. »Wir müssen abhauen …«, flüsterte er wie zu sich selbst. »Wir müssen weg von hier …«

»Wie wär's, wenn du dich zur Abwechslung mal um das Verbleiben deiner Nichte kümmerst, anstatt ein paar Halbwüchsigen hinterherzurennen?«, keifte Arielle weiter. Angriff war immer noch die beste Verteidigung. »Ja, genau so klingt es, als würdest du vor Sorge fast umkommen!«

Sie warf ihm noch ein paar Beschimpfungen an den Kopf, dann knallte sie den Hörer auf die Gabel.

Wir schauten alle betreten zu Boden, nur Niyol stand auf.

»Ich geh dann mal besser.« Er lief auf Arielle zu und tätschelte ihr etwas unbeholfen die Schulter. Sie verschränkte die Arme, schien allerdings zu aufgewühlt von dem Gespräch mit Nero, um ihn zurechtzuweisen. »Danke für den Drink.«

Anschließend winkte er – schon im Gehen – Daria und mir zu. »War mir ein Vergnügen, euch wiederzusehen. Beziehungsweise kennenzulernen. Wir bleiben in Kontakt, ja?«

Was zur Hölle? Ich dachte, er wollte mich zu Eve bringen?

Elle fand zu alter Form zurück, als er schon außer Sicht war. »Ich bin noch nicht fertig mit dir!«, rief sie ihm hinterher und nahm die Verfolgung auf.

Ich seufzte und stupste Daria in die Seite. »Fahren wir zu dir?«

»Kia …«, kam es sofort von Will. Ich drehte mich noch etwas weiter weg von ihm.

Daria sah auf. »Vielleicht fragen wir besser Elle, ob wir bei ihr pennen können, solange Nero noch auf der Suche nach dir ist …«

»Auch keine schlechte Idee. Von mir aus kann ich auch direkt in die Omilia fahren. Ich habe keine Angst vor ihm.«

»Du wirst nirgendwo hinfahren, bis wir einen Plan haben«, sagte Will.

Ich ignorierte ihn.

Arielle kam zurück ins Zimmer gestürmt. »Der Mistkerl ist abgehauen«, zischte sie.

Ich erhob mich. »Ich werde mich von Niyol zu dieser Organisation bringen lassen, sobald ich kann. Versprochen. Aber könnte ich vielleicht heute Nacht hier schlafen?«

Sie lächelte mich warmherzig an. »Natürlich, meine Liebe. Natürlich.«

»Wir sollten nach Hause«, sagte Will, jetzt deutlich resigniert.

Ich ließ Arielle los und fuhr herum.

Ich habe in dieser Stadt kein Zuhause. Mein Zuhause ist in Flammen aufgegangen.

»Ach, weil sie uns dort bestimmt nicht suchen werden?«, versuchte ich es mit Logik.

Für den Moment fiel ihm nichts zum Kontern ein.

»William, du kannst auch hier schlafen.« Elle deutete nach oben. »Ich habe genug Platz für uns alle.«

Daria stand auf und schnappte meine Hand. »Eve und ich haben hier auch schon übernachtet, wenn es mal spät wurde. Komm, ich zeig dir die Aussicht, die wird dich spätestens bei Tageslicht umhauen!«

Ich bezweifelte, dass mich heute noch irgendetwas umhauen konnte, trotzdem schenkte ich ihr ein Lächeln und ließ mich bereitwillig mitziehen. Wills Proteste hörte ich kaum mehr.

Nachdem wir mehrere Umrundungen hinter uns hatten, uns gute drei Meter über dem Boden befanden und auf einer Art Galerie landeten, drückte ich ihre Hand und hielt kurz inne, um mein Kinn auf ihrer Schulter abzulegen. »Danke«, raunte ich ihr ins Ohr. »Danke, dass du für mich da bist.«

Es war schleichend passiert – Eves Freunde waren nicht mehr nur Eves Freunde. Irgendwann zwischen heimlichen Treffen, schlaflosen Nächten und kompromisslosem Zusammenhalt waren sie auch zu meinen geworden.

Jeder Schritt war eine Zumutung.

Mein Blick war auf den See vor dem Hauptgebäude gerichtet. Äußerlich war alles wie immer: bewölkter grauer Himmel, ein paar Gondeln mit Touristen und Geschichtenerzählern. Doch von der Omilia schien eine gespenstische Ruhe auszugehen.

Es war keine Angst, die mich lähmte. Ich hatte nicht

gelogen – ich hatte keine Angst vor Nero. Nicht davor, dass er mich um die Ecke bringen würde, jedenfalls. Eher vor mir und meiner mangelnden Selbstbeherrschung. Noch immer war ich nicht hundertprozentig überzeugt von Arielles Plan, ihm eine heile Welt vorzugaukeln, auch wenn ich zugeben musste, dass er mit ein bisschen Abstand und bei Tageslicht logisch klang.

Es war noch relativ früh am Morgen. Ich hatte zwar nur kurz – aber immerhin ohne Albträume – auf der weichen Matratze in Arielles Dachgeschoss geschlafen, was angesichts der Ereignisse wirklich nicht selbstverständlich war.

»Du weißt, was du zu tun hast?«, fragte Will leise, als wir auf eine der geschwungenen Brücken zuliefen.

Ich machte mir nicht die Mühe, ihn anzusehen. Seine Anwesenheit trug nicht gerade dazu bei, dass ich mich der Situation besser gewachsen fühlte. Ich wusste nicht, wo oder ob er geschlafen hatte – seine Augenringe sprachen eher dagegen –, aber ich war davon wach geworden, dass er unten in Arielles Wohnzimmer telefoniert hatte. Mit Nero, wie es den Anschein hatte.

Wir wurden beide erwartet. Also war nicht einmal das Überraschungsmoment auf unserer Seite.

»Lass es uns einfach hinter uns bringen«, erwiderte ich mit hörbarer Härte.

Das Tor mit den goldenen Elementen-Symbolen flog auf, sobald wir auf der Hälfte der Brücke angelangt waren. Mehrere Gestalten rannten uns entgegen.

Will stellte sich sofort vor mich und blieb stehen, sodass mir die Sicht zur Hälfte genommen wurde. Ich erkannte keines der Gesichter.

»William Lowe!«, rief ein Kerl mit asiatischen Zügen in grauem maßgeschneidertem Mantel. »Du kommst mit uns.«

Er nickte jemandem zu, und keinen Herzschlag später wurde mein Inventi von zwei Paar Händen an den Schultern gepackt und von mir weg in Richtung Haupteingang gezerrt. Zunächst sträubte er sich, doch dann entspannte sein Körper sich plötzlich, und er schaute nur noch einmal zurück zu mir. Seine Miene war unergründlich.

»Wen haben wir denn hier?«

Ich riss mich von Wills Anblick los.

Vor mir stand eine hochgewachsene blonde Schönheit mit mörderischen Absätzen und korallfarbenem Blazer. Und im Vergleich zu unserer letzten Begegnung wirkte sie alles andere als zufrieden.

Ich zwang mich zu einem falschen Lächeln. »Schönen guten Morgen.«

Nates Mutter bekam meinen Arm zu fassen, grub ihre langen roten Nägel in meine Haut und stieß mich nach vorne. »Was hast du mit Nathaniel angestellt?«, zischte sie mir ins Ohr, während ich neben ihr her auf den Eingang zustolperte.

»Wie bitte?«

»Du hast ihn manipuliert, stimmt's? Ihm bei eurer Übungsstunde irgendwelche kranken Gedanken zugeflüstert, um ihn davon zu überzeugen, ins Desmot einzubrechen?«

Mir verschlug es einen Moment lang die Sprache, was nicht sonderlich schlimm war, da sie sowieso keine Antwort erwartete.

»Was hast du ihm versprochen? Zugriff auf dein Talent? Mehr Macht? Ich hätte es besser wissen müssen, als meinen Sohn mit so einer …«

Ich konnte nicht anders – kurzerhand prustete ich los.

Nur zu gerne hätte ich sie gefragt, ob sie sich mal die Mühe gemacht hatte, sich ernsthaft mit ihrem Sohn auseinanderzusetzen. Nate und machtgierig? In welcher Welt lebte sie eigentlich?

»Ich weiß nicht, wovon Sie sprechen.« Ich gab mir alle Mühe, aufrichtig verwirrt zu wirken.

Ihr Griff wurde fester. »Natürlich weißt du das nicht«, fauchte sie.

Bevor wir unser reizendes Gespräch fortführen konnten, wurde eine Tür hinten im Gang aufgerissen. Das Licht des nächstliegenden Kronleuchters blendete mich, doch ich musste nicht lange rätseln, wer uns da entgegenkam. Die Gestalt zog ein Bein hinter sich her.

»Dylara«, sagte Nero mit weicher Stimme, als er nur noch wenige Meter von uns entfernt war. »Wir hatten eine Abmachung.«

Nates Mutter ließ mich mit einem Schnauben los und stapfte an ihm vorbei in Richtung seines Büros, aus dem er eben gekommen war.

Seine vernarbte Gesichtshälfte lag im Schatten, sodass sein

Gesicht auf den ersten Blick unversehrt wirkte. Allerdings zeichneten sich unter den eisblauen Augen genauso dunkle Ringe ab wie unter Wills. Eine silbrige Strähne hatte sich von den zurückgegelten Haaren gelöst und fiel ihm in die Stirn. Er schien es nicht zu bemerken.

Ein paar Sekunden taxierte er mich mit ausdrucksloser Miene, dann umspielte der Anflug eines Lächelns seine Lippen.

Ich fröstelte und war mir plötzlich meines Herzschlags bewusst. *Du hast keine Angst, Kia. Du hast keine Angst vor diesem Idioten. Du bist nur wütend.*

Trotzdem konnte ich mich nicht gegen das Bild meiner abgemagerten Mutter hinter Gittern wehren. Und auch nicht gegen die Erinnerung an Niyols Worte, als er uns geschildert hatte, was sie mit seiner angestellt hatten.

»Es wird nicht langweilig mit dir, Kiana Lyberth. So viel steht fest.«

Ohne mich zu Wort kommen zu lassen, schob er seinen Arm unter meinen, und mir blieb nichts anderes übrig, als mich bei ihm unterzuhaken. Die Berührung machte mein Herzrasen nicht besser.

Ich wagte es nicht, zu sprechen, während wir uns auf den Weg zu seinem Büro machten. Stattdessen richtete ich meine Konzentration auf alles andere. Das gläserne Kuppeldach über uns. Die blauen Gemälde. Die Marmorplatten unter unseren Füßen. Der Gang lag verlassen vor uns, und das Geräusch von Dylaras Absätzen war verklungen. Nur leises

Gemurmel war zu vernehmen, es drang aus Neros Büro, vor dem wir nun stehen blieben.

Er ließ seinen Arm sinken und deutete mit dem Kinn in das Innere. »Nach dir.«

Ich war schon mehr als einmal hier gewesen, aber noch nie war es so voll gewesen. Vor dem majestätischen Bücherregal saßen über zehn Leute in eine Diskussion vertieft, alle in verschiedenen Blau- und Grautönen gekleidet. Sie verstummten augenblicklich, sobald ich den Raum betrat.

Dylara und der Kerl, der mich gemeinsam mit ihr ausgefragt hatte, um meinem Talent auf die Spur zu kommen, saßen ganz vorne. Dahinter lauter unbekannte Gesichter von über Vierzigjährigen und … die Älteste der Pnoe. Ihre weißen Haare fielen ihr offen über die Schultern, und sie war die Einzige, die mich nicht beachtete. Stattdessen schaute sie mit verträumtem Blick aus dem Erkerfenster.

Ich sah mich nach Nero um, er gab einer Frau ganz hinten ein Zeichen. Diese sprang auf, wich meinem Blick aus und schob einen freien Stuhl in die Mitte des Zimmers, direkt vor die Menschengruppe.

»Setz dich«, befahl Nero leise.

Er gesellte sich zu Dylara, winkte jedoch ab, als ihm mehrere Stühle angeboten wurden.

Ich gehorchte. Faltete meine Hände im Schoß und ließ den Kopf hängen. Es waren zu viele Blicke, die auf mir lagen.

»Was ist vorgestern Nacht passiert, Kiana? Oder sollte ich besser sagen: gestern Mittag?« Seine Stimme klang gelassen.

Warum brüllte er mich nicht an? Mit Zorn konnte ich umgehen. Dann wären die Karten auf dem Tisch. Falsche Höflichkeit war gefährlich.

Ich öffnete den Mund und schloss ihn wieder. Arielle hatte gesagt, ich sollte Reue zeigen. Aber wie konnte ich das glaubhaft rüberbringen, wenn ich nichts als kalten Hass in mir spürte? Da half auch die Erinnerung an seine tragische Vergangenheit mit Gaia nicht.

Die Stille drückte auf meine Ohren, die Spannung war zum Zerreißen gespannt.

»Ich bin in das Gefängnis im Norden der Stadt eingebrochen.«

Die Worte kamen zu hastig, und sie klangen viel zu trocken – weder schuldbewusst noch ängstlich. Eher trotzig.

Ich riskierte einen flüchtigen Blick. Ein Raunen ging durch die Gruppe. Jemand fluchte. Mir schlugen Abneigung, Überraschung und sogar ein bisschen Ehrfurcht entgegen. Nero bildete mit seinem Pokerface die Ausnahme.

»Wieso?«, fragte er und brachte damit alle zum Schweigen.

Verdammt noch mal, ich war noch nie eine gute Schauspielerin gewesen. So würde ich nicht weiterkommen. Ich brauchte Emotionen. Irgendetwas Reales.

Fieberhaft starrte ich auf meine ineinander verschränkten Finger. Wie fühlte sich jemand, der seine biologischen Eltern unter dem Erdboden gefunden hatte und jetzt davon überzeugt war, dass die Omilia die ganze Zeit über recht gehabt hatte?

Reue stand nicht im Vordergrund. Verzweiflung musste her. So wie in der Soteria, nur schlimmer. Viel schlimmer, weil es nun keine Hoffnung mehr gab.

Meine Gedanken verharrten diesmal nur kurz bei meiner Mutter. Sie wanderten weiter zu anderen Gesichtern. Nate und Casper. Liam und Will. Gefangen im Bunker, nur weil ich zu meinen Eltern wollte. Was würde mit Casper geschehen, wenn Nate es nicht schaffte, seine Mum von seiner Unschuld zu überzeugen? Wo steckte Wills Vater? Hatten die Wächter ihn doch erwischt?

Und was war mit Will? Wo war er gerade? Bekam er auch die Chance, sich zu erklären? Arielle hatte gesagt, um Talentierte mussten wir uns keine Sorgen machen. Was war mit unseren Inventi?

»Ich … ich habe gedacht, Sie hätten mich angelogen«, presste ich hervor, ohne den Kopf zu heben. »Ich habe Gerüchte gehört, dass meine Eltern überhaupt nicht verrückt sind. Deshalb musste ich mich selbst überzeugen.«

Wieder folgte Gemurmel, empörter diesmal.

»Was für Gerüchte?«, hakte Nero sofort nach. »Von wem?«

Ich presste die Augen fest zusammen. »Hier in der Omilia habe ich etwas auf den Gängen aufgeschnappt, ich weiß nicht, wer es war, ich konnte kein Gesicht erkennen.« Das würde er mir niemals glauben, aber irgendetwas musste ich ihm ja erzählen. »Außerdem … ist doch vollkommen egal, von wem ich es habe. Ich musste es nur wissen. Weil ich keine Ahnung habe, wem ich in dieser Stadt vertrauen kann!«

Vertrauen.

Ich hatte mit Will geschlafen. Das war nicht das Schlimmste. Das Schlimmste war, dass ich ihm vertraut hatte. Sein Liebesgeständnis hatte mir den Boden unter den Füßen weggezogen, nachdem ich so lange davon ausgegangen war, seine Gefühle wären nicht mehr als eine Spiegelung meiner eigenen. Wenn man etwas wirklich wollte, dann ignorierte man alle Alarmglocken.

»Genauso wie du jetzt bist und wie du morgen sein wirst, das ist in meinen Augen perfekt. Nur, weil er zu blind war, um das zu sehen, heißt es nicht, dass ich es auch bin.«

Gehörte es zu irgendeinem kranken Plan, dass ich mich in ihn verliebte, so wie bei Niyol damals?

»Und? Hast du dich selbst überzeugen können?« Nero klang lauernd.

Ich öffnete die Augen. Tränen rannen mir über die Wangen. »Ich … ich habe meine Eltern gesehen«, brachte ich mühsam hervor. »Warum halten Sie sie gefangen, wenn sie doch angeblich krank sind?«

»Weil sie eine Zumutung für die ganze Stadt sind«, zischte eine männliche Stimme aus der hinteren Reihe.

Nero brachte den Mann mit einem Blick zum Verstummen.

»Es spielt keine Rolle«, fuhr ich hastig fort. »Es ist egal. Alles, was zählt, ist, dass ich mich getäuscht habe. Sie waren genauso apathisch wie in der Soteria.« Mit beiden Händen wischte ich mir über die Wangen und schniefte. »Ich … ich wusste mir nicht anders zu helfen. Mir wird das alles hier zu viel. Seit ich aus meinem alten Leben gerissen wurde, kann ich nicht richtig schlafen. Es wurde immer schlimmer. Ich habe ständig ihre Gesichter vor Augen. Und dann … dann meine Adoptiveltern … meine Freunde. Die mich für tot halten.«

Meine Stimme war mit jedem Wort schriller geworden, und ich wünschte, es läge noch immer an der Rolle, die ich verkörpern wollte. »Nichts ergibt Sinn, verstehen Sie? N-nichts ergibt Sinn!«

Ich vergrub mein Gesicht in beiden Händen.

Vielleicht hatte Agnia recht. Vielleicht musste ich fliehen, solange ich noch die Möglichkeit hatte. Solange sie mich nicht zu ihnen in die Zelle warfen. Der Gedanke war momentan gar nicht so übel.

»Ganz ruhig, ganz ruhig. Niemand macht dir Vorwürfe«, durchbrach Nero die Stille.

Ich erstarrte.

»Es ist absolut natürlich, dass du verwirrt bist. Wir haben alle sehr viel Verständnis für dich.«

Bitte?!

Ich nahm die Hände von meinem nassen Gesicht und blinzelte. Nero trat einen Schritt auf mich zu und lächelte sanft. Im warmen Deckenlicht war seine Narbe nun wieder Furcht einflößend wie eh und je.

»Wir hätten offener mit dir kommunizieren sollen, Kiana, dann wäre es nie so weit gekommen. Aber du kannst nicht einfach losziehen und in einem fremden Bezirk ins Gefängnis einbrechen.«

Entgeistert zwang ich mich, zu nicken. »Ich weiß. Ich weiß, es tut mir leid.«

Sein Lächeln wurde breiter. Dann machte er eine leichte Kopfbewegung zur Tür und schnippte mit den Fingern, ohne jemanden Bestimmtes dabei anzusehen. Trotzdem erhoben sich alle nacheinander und marschierten, nicht ohne mir noch einen feindseligen Blick zuzuwerfen, aus dem Büro. Alle außer Aria.

Sie machte jedoch auch keine Anstalten, sich näher zu uns zu setzen oder sich am Gespräch zu beteiligen.

Nero ließ sich mit einem leisen Seufzen auf einem der vorderen Stühle nieder, sodass wir uns direkt gegenübersaßen.

Er wartete, bis die Tür sich hinter dem Letzten geschlossen hatte, dann sah er mir fest ins Gesicht. »Deine Freunde und du habt ein ziemliches Durcheinander zurückgelassen.«

Hitze schoss mir ins Gesicht. »Sie sind nicht meine Freunde! Sie waren Mittel zum Zweck, um mein Ziel zu erreichen.« Ich konnte wohl kaum erzählen, dass ich allein gewesen war. Unzählige Wächter hatten uns gesehen.

»Wer? Wer war alles dabei, Kiana?«

Ich schüttelte den Kopf. »Sie haben alle nicht aus freien Stücken gehandelt.« Wie hatte Dylara so schön gesagt? »Ich habe sie manipuliert.«

Nero lachte heiser. »Dylara möchte gerne glauben, dass ihr Sohn absolut willenlos ist, weil es besser in ihr Weltbild passt.«

»Ich habe Nathaniel bei unserer Übungsstunde in ein Gespräch verwickelt«, fuhr ich verbissen fort.

»Und das hat gereicht, um ihn davon zu überzeugen, eine Straftat mit einer Unbekannten zu begehen und auch noch einen seiner Inventi mit ins Boot zu holen?« Nero klang amüsiert, aber die Schärfe hinter seinen Worten entging mir nicht.

»Ich bin ja wohl kaum unbekannt!«, rief ich und sah wieder auf. »Jeder kennt meinen Namen. Inklusive der Gerüchte. Ich habe ihm irgendein Märchen aufgetischt, was meine Gabe alles könne. Ich habe ihn an der Nase herumgeführt.«

»Was hast du ihm erzählt?«

Der Wächter vor dem Gefängnis, der später auch Damek und Daria zur Flucht verholfen hatte, kam mir in den Sinn. »Ich habe ihm erzählt, ich könnte einen Blick in seine Zukunft werfen.«

Nero lachte erneut. »Und das hat er dir geglaubt?«

»Ich kann überzeugend sein.«

»Gut, lassen wir mal die Sache mit Nathaniel. Was ist mit William? Wie hast du ihn überzeugt?«

»Ich musste ihn nicht überzeugen«, zischte ich. »Er folgt mir doch überallhin.«

»Du bist ausgerissen?«

Ich nickte.

»Und weshalb hat er nicht sofort Alarm geschlagen, wie es ihm befohlen wurde, wenn etwas Derartiges geschieht?«

Oh, wenn er wüsste, wie oft Will schon keinen Alarm geschlagen hat …

»Wahrscheinlich hatte er Angst vor Ihrer Reaktion – oder was weiß ich«, antwortete ich.

»Wieso sollte er Angst haben?«

Weil Sie skrupelloser Mistkerl ihn mit seiner Familie erpressen.

Oh Gott. Mein Magen machte einen Satz. Was war mit Wills Familie? Er hatte gesagt, er müsste sich vor Nero und der Omilia beweisen. Was würde mit seiner Schwester und seiner Mutter passieren, nachdem er sich einen solchen Fehltritt geleistet hatte?

»Sie lügt.« Aria hatte gesprochen, obwohl sie uns immer noch nicht anschaute. Ihr herzförmiges Gesicht war ganz entspannt, die weißen Haare umspielten es in der sanften Brise, die durch eines der gekippten Fenster kam.

»Ich lüge nicht!«, protestierte ich. Mir war soeben eine Idee gekommen. Keine Ahnung, ob sie mich nur noch mehr in Teufels Küche bringen würde. Sie war meine einzige Chance. Wills Chance. »Ich weiß nicht, was in Will vor sich geht, ich weiß nur, dass er mir immer jeden Wunsch von den Lippen ablesen muss. Es … es ist nicht wie bei anderen Inventi. Er fühlt alles, was ich fühle. Das heißt, dass er sich meinen Bedürfnissen nicht widersetzen kann.«

Ein Glitzern erschien in Neros Augen, und selbst Aria löste ihren Blick vom Fenster und nahm mich jetzt ins Visier.

»Wiederhol das!«, verlangte er.

Ich schluckte. »Wir haben eine echt seltsame Verbindung. Wahrscheinlich, weil er mein einziger Inventi ist. Er kann nichts dafür, dass er mir gefolgt ist. Er war praktisch dazu gezwungen.«

Nero hob eine Hand. Das Blau seiner Augen war fast durchsichtig. »Du … du kannst den Willen deines Inventi auf direktem Wege beeinflussen?«

Kälte durchflutete mich. Und es lag definitiv nicht am offenen Fenster.

»Es fällt ihm nur schwer, sich zu widersetzen.«

Eine ganze Weile betrachtete Nero mich. Ich konnte die Emotionen nicht deuten, die über sein Gesicht zuckten. Dann zog er ein Smartphone aus seiner Anzugjacke, tippte darauf herum und hielt es sich ans Ohr.

»Ihr könnt aufhören.« Mehr sagte er nicht, bevor er das Telefonat beendete.

Aufhören. Aufhören womit?

»Also.« Nero räusperte sich. »Du hast Nathaniel bestochen und William durch eure Verbindung gezwungen. Was ist mit den Wächtern im Desmot? Wie hast du sie zur Kooperation überreden können? Wie konntest du auch nur durch das erste Tor gelangen?«

Mein Herz klopfte wild in meiner Brust.

Okay. Ganz ruhig. Anscheinend hatte er keine Ahnung von Daria oder Damek. Und auch Wills Vater hatte er nicht erwähnt. Das war gut.

Jetzt musste ich nur dafür sorgen, dass nicht noch mehr unschuldige Menschen meinetwegen litten.

»Wir haben einen Wächter überwältigen können. Ihn bedroht, damit er uns den Zugangscode verrät. Es tut mir leid, es ist außer Kontrolle geraten.« Ich wagte es nicht, zu blinzeln.

»Ihr musstet nur einen einzigen bewaffneten Wächter überwältigen?« Nero zog eine graue Braue nach oben. »Das hat gereicht, um reinzukommen?«

Ich nickte. »Sonst war niemand involviert.«

Er wirkte, als würde er einen besonders unterhaltsamen Kinofilm ansehen. »Schwer zu glauben.«

»Sie müssen mir nicht glauben«, schoss ich zurück. »Sie können mich jetzt bestrafen. Ich habe es verdient.«

»Niemand wird bestraft werden. Nur verstehst du sicher, dass Lücken im Sicherheitssystem eines Gefängnisses eine ernst zu nehmende Sache sind.«

Aria gab ein leises Geräusch von sich, doch er beachtete sie nicht.

»Wer hat das Boot organisiert, das euch zurück in die Stadt gebracht hat?«

Ich biss mir auf die Unterlippe.

Sein Lächeln war zurück. »Die Beschreibung der Wächter trifft auf einen Mann mittleren Alters zu. Er soll in Begleitung eines Jungen gewesen sein.«

Ich schwieg. Darias Kurzhaarfrisur hatte ihre Vorteile.

»Kiana?«

»Dann haben die Wächter offensichtlich nicht sonderlich gut hingeguckt.«

»So kommen wir nicht weiter. Du ruhst dich jetzt erst mal aus und gehst noch mal in dich. Wer weiß, was deine Erinnerung noch zutage fördert. Morgen fahren wir mit den Tests fort.«

»Tests?«, wiederholte ich.

»Na, wir wollen doch nicht unser Ziel aus den Augen verlieren, dein Talent aufzuspüren. Oder hast du diesbezüglich schon Fortschritte gemacht, die du mit uns teilen möchtest?«

»Sie … Sie wollen einfach so weitermachen wie zuvor?« Wo wer der Haken? Oder die versteckte Kamera?

»Natürlich. Allerdings wünsche ich mir von nun an vollkommene Transparenz. Von beiden Seiten.«

Ich nickte bloß.

»Du kannst gehen.« Er wies zur Tür. »William wird dich nach Hause bringen.«

Mit wackeligen Beinen stand ich auf. Arias eiserner Blick verfolgte mich bei jedem Schritt. Ich konnte das mulmige Gefühl nicht abschütteln, auch nicht, als ich mich wieder im Gang befand.

Niemals hatten meine Tränen und meine fadenscheinigen Erklärungen sie in so kurzer Zeit überzeugt. Was zum Teufel ging hier vor sich?

Im Gehen fuhr ich mir mit einer Hand über das verheulte Gesicht. Noch immer war ich die einzige Person im Flur. Wo steckte Will? Sollte ich hier auf ihn warten?

Ich hätte Nero danach fragen können, doch ich hatte keine Sekunde mehr in diesem Raum verbringen wollen.

Irgendetwas lief gerade schrecklich schief. Was, wenn sie mich genauso in Sicherheit wiegen wollten wie ich sie?

Direkt vor meiner Nase flog eine Tür auf. Ich schnappte nach Luft und stolperte in letzter Sekunde zurück, bevor sie mich erwischte.

Der asiatische Kerl von vorhin kam heraus, gefolgt von zwei kleinen, stämmigen Typen. Seltsamerweise musste ich bei seinem Anblick an den kleinen Ydor-Jungen denken. Daxton.

Ihre Blicke streiften mich nur kurz, bevor sie mit zügigen Schritten in die Richtung liefen, aus der ich gerade kam. Irgendwie wirkten sie durch den Wind.

Gerade wollte ich wieder loslaufen, da wurde mir der Weg erneut versperrt. Will trat aus dem Raum. Er hatte seinen Mantel über seinen Arm gelegt. Über seinen zitternden Arm. Mit einer wütenden Bewegung schob er sich die blonden Strähnen aus dem Gesicht. Er hielt ein zerknülltes Taschentuch in der Hand. Dunkelrote Flecken waren darauf zu sehen.

Mein Herz setzte einen Schlag aus, nur um anschließend an Tempo aufzunehmen.

Seine Unterlippe war aufgeplatzt. Zusätzlich zu den Müdigkeitsschatten befand sich jetzt ein roter Abdruck unter dem zweifarbigen Auge.

Als er mich erblickte, fuhr er zusammen.

»Kia.« Mein Name ging in einem erleichterten Stöhnen unter.

»Was ist passiert?«, fragte ich atemlos.

»Wieso haben sie aufgehört?« Er blinzelte öfter als gewöhnlich, schien mich kaum fokussieren zu können.

Mir war mit einem Mal sehr, sehr schlecht.

Ich öffnete den Mund, aber er kam mir zuvor.

»Vergiss es, lass uns erst abhauen.« Mit seiner freien Hand packte er meine. Mit der anderen presste er sich das Taschentuch an die Lippe.

Ich merkte kaum, wie wir durchs Tor nach draußen und in den Regen liefen. Meine Beine bewegten sich wie von allein. Vielleicht schleifte Will mich auch mit. Alles drehte sich. Der Sauerstoff reichte nicht aus.

»Der Wächter ist tot.«

Ich klammerte mich an seiner Hand fest. »*Was?*«

»Und mein Dad ist im Gefängnis.«

»Will, ich –«

»Es ist nicht deine Schuld«, fiel er mir wütend ins Wort.

Mein Körper war taub.

Wir liefen um den See herum. Die Wolkendecke hatte sich ein bisschen gelichtet. Obwohl es regnete, konnte man hier und da einen Sonnenstrahl sehen, der auf die dunkelgrüne Wasseroberfläche traf.

»Woher …?«

»Sie haben mich ausgefragt. Und immer, wenn ich ihnen nicht geantwortet habe, haben sie übernommen. Mal mit Worten, mal ohne.«

»Will.«

Wir hatten es irgendwie zum Straßenrand geschafft, an dem das Auto parkte.

»Was hast du ihnen gesagt?«, flüsterte er und drückte mich sanft gegen die Beifahrertür. »Wieso haben sie aufgehört?«

»Dass du … du …« *Behalt jetzt die Nerven!* »Dass ich dich praktisch gezwungen habe. Wegen unserer Verbindung zueinander. Dass du keine Wahl hattest.«

»Bist du wahnsinnig?«

Die Angst zerrte an mir, sie drohte, meine Fassade einstürzen zu lassen. Noch konnte ich es nicht zulassen. Wir befanden uns auf dem Gelände. Überall Kameras.

»Schau dich doch an«, gab ich zurück und unterdrückte ein Fluchen. »Wie lange hätten sie dich weiterbearbeitet, wenn ich ihnen das nicht erzählt hätte?«

Mit zitternden Händen schob er mich beiseite, riss die Beifahrertür auf und ging um das Auto herum.

Ich stand wie festgenagelt da und starrte auf den See. Ein Touristenpaar lief mit einem Kleinkind am Ufer entlang. Der Mann schoss Fotos, während die Frau das Kind in die Luft warf und auffing. Sein vergnügtes Lachen rauschte in meinen Ohren. Ihr Glück war so nah und konnte doch ferner nicht sein.

»Der Wächter ist tot?« Es waren die ersten Worte, die mir über die Lippen kamen, seit wir ins Auto gestiegen und zurück zum Haus bei den Ydor gefahren waren.

Will versuchte gerade, sich seine Jacke mit einer Hand auszuziehen, woran er kläglich scheiterte. Seine Bewegungen wurden immer wütender.

»Woher weißt du das?«, fragte ich weiter, als er keine Anstalten machte, zu antworten.

»Verdammt noch mal, sie haben es mir gesagt! Es war derjenige, der uns reingelassen und den Inhalt seines Flachmanns über das Feuer gekippt hat, damit ihr abhauen könnt. Luke, das war doch sein Name, oder? ›Das ist es, was mit Verrätern passiert‹, haben sie gesagt. Und dann haben sie gefragt, ob ich das gleiche Schicksal für meinen Vater möchte.«

Tränen schossen mir in die Augen. Es würde einer dieser Tage werden. »Es ist meine Schuld. Es ist meine Schuld. Es ist alles meine Schuld.«

»Nein, ist es nicht. Der Wächter hat uns aus freien Stücken geholfen, du hast ihn nicht gezwungen. Genau wie mein verfluchter Vater, dem es ausgerechnet jetzt einfällt, mich zu unterstützen.« Seine Stimme war mit jedem Wort lauter geworden.

Auch er drohte die Fassung zu verlieren. Wir konnten uns nicht aneinander festhalten. Wir würden nur Seite an Seite den Abgrund hinabschlittern.

Ich blinzelte die Tränen weg. »Nero hat nichts von ihm gesagt. Er hat mich über alles ausgefragt, aber deinen Vater hat er nicht erwähnt.«

Seine Mitternachtsaugen fanden mich. Hielten sich an meinem Gesicht fest, als sei es das einzig Reale in diesem Flur. Er atmete tief ein. »Was genau ist passiert? Wieso hat er dich einfach so gehen lassen?«

Ich schüttelte den Kopf. »Es ergibt keinen Sinn. Ich habe

ihnen irgendeinen Schwachsinn erzählt, und weder er noch Aria haben mir wirklich geglaubt. Irgendwann hat er gesagt, er versteht mich, es sei nur nachvollziehbar, weil ich so verwirrt bin. Und er möchte von nun an offener mit mir kommunizieren.«

Je länger ich sein Gesicht betrachtete, desto schlimmer wurde das flaue Gefühl in meinem Magen. Seine Lippe hörte nicht auf, zu bluten, und die Stelle neben seinem Wangenknochen war jetzt sichtlich geschwollen.

Der Wächter war tot. Wills Vater im Gefängnis.

»Offener kommunizieren.« Ein irres Lachen entwich ihm. »Er wird uns alle umbringen, wenn er erfährt, dass wir Kontakt zu Phos aufnehmen.«

Und wessen Idee war das?

Die Worte kamen mir nicht über die Lippen.

»Wir hätten nie in dieses Gefängnis einbrechen dürfen. Wir sind kein Stück weitergekommen. Uns wurde nur bestätigt, dass Nero ein skrupelloser Mistkerl ist.«

»Was bringt es, darüber nachzudenken?« Will presste die Kiefer aufeinander. »Was bringt es, Pläne zu schmieden? Wir haben keine Chance.« Er wandte sich von mir ab und stapfte ins Wohnzimmer.

Ich folgte ihm. Seltsamerweise half mir sein Pessimismus dabei, den optimistischen Part zu übernehmen.

»Wir müssen die Organisation finden und mit Phos sprechen. Und ihm helfen, Nero zu stürzen, bevor der noch mehr Unheil anrichten kann.«

Vor dem Kamin blieb Will stehen und drehte sich um. »Wir wissen nicht einmal, ob Niyol sich alles nur ausgedacht hat.« Mit dem Handballen fuhr er sich über die Stirn.

Meine Augen wurden schmal. »Ich dachte, du vertraust ihm.«

»Ich vertraue niemandem. Ich glaube nur, er hat nichts mehr zu verlieren.«

Niemandem? Ernsthaft?

Ich schüttelte den Kopf. Ließ mich auf das Sofa fallen, nur um Sekunden später wieder aufzuspringen.

»Du kannst mich jetzt anschreien.«

Ich sah ihn an.

»Ich hätte dir früher sagen sollen, dass ich ihn kenne«, fuhr er fort, und ein gequälter Ausdruck trat in seine Augen. »Ich …«

»Stopp! Hör auf. Ich will das jetzt nicht hören.«

»Kia …«

»Es gibt gerade so viel Wichtigeres zu besprechen«, sagte ich mit einem Stöhnen.

»Vertraust du *mir* noch?«, fragte er leise.

Ich wandte mich ab. Es war zu viel. Sein Gesicht. Seine Stimme. Ich war nicht bereit dafür. Nicht jetzt. Nicht, nachdem ich erfahren hatte, dass jemand gestorben war, weil er mir geholfen hatte. »*Dir* vertraue ich nicht«, brachte ich hervor. »Nur darauf, dass du immer noch mein Inventi bist und mich beschützen wirst, sollte es nötig sein.« Ich unterdrückte ein Schluchzen. »Das reicht mir.«

»Kiana.« Er flüsterte meinen Namen, und zu allem Übel klang er, als würde er ebenfalls mit den Tränen kämpfen.

Im nächsten Moment hätte ich mir am liebsten selbst eine Ohrfeige verpasst. Natürlich litt er, genau wie ich. Wie könnte es auch anders sein, verdammt?

Das laute Vibrieren eines Handys lenkte mich ab. Automatisch fuhr ich mit der Hand zu meiner Manteltasche. Alles ruhig. Mit den Fingerspitzen verwischte ich die Tränenspuren auf meinen Wangen und drehte mich zu Will um.

Er betrachtete mit versteinerter Miene sein Display, bevor er sich das Telefon ans Ohr hielt. »Nero.«

Was zur Hölle wollte er jetzt noch von ihm? Wollte er sich dafür entschuldigen, dass er ihn so hatte zurichten lassen?

Inventi sind austauschbar, flüsterte eine kleine Stimme in meinem Hinterkopf, die wie Arielles klang. *Nicht so wie Talentierte.*

Aber meiner war es nicht, oder? Meiner war genauso einzigartig wie ich.

Meine Gedanken wurden jäh unterbrochen, als Wills Stimmung kippte.

»Nein«, zischte er. Er ließ die Hand, mit der er sich das Taschentuch gegen die Lippe gedrückt hatte, sinken. Er schien nicht zu bemerken, wie der blutige Papierfetzen zu Boden glitt.

Seine Finger umklammerten das Handy, als wollten sie es zerbrechen. »Das … können Sie nicht machen. Ich habe alles getan … alles, was Sie von mir verlangt haben.«

Ohne zu wissen, was ich da tat, stolperte ich auf ihn zu. Streckte einen Arm aus. Niyol und sein Verrat verschwanden in der hintersten Ecke meines Gedächtnisses. Ich wollte einfach nur das Entsetzen aus Wills Gesicht wischen.

»Nein, ich tue alles, ich schwöre Ihnen, ich …« Er brach ab. Nahm das Handy vom Ohr. Der Anruf war beendet. Hektisch tippte er darauf herum. »Das kann nicht sein, nein, nein …«

Er hielt es sich ans Ohr.

»Mum, geh ran, geh ran, verfluchte Scheiße noch mal, geh ans Telefon!«

Wieder schien er keinen Erfolg zu haben, denn er holte aus und schmetterte das Handy aufs Sofa, wo es abprallte und auf den Boden schlitterte. Schwer atmend ging er in die Knie, griff sich in die Haare. Es drangen keine zusammenhängenden Worte aus seinem Mund. Nur Laute. Abgehackte, schmerzerfüllte Laute.

»Will?« Mein Puls schoss in die Höhe. Was passierte mit ihm? Was hatte Nero ihm gesagt? Verdammt, wieso hatte er versucht, seine Mutter anzurufen? Hatten sie seiner Familie etwas angetan?

Ich überbrückte den letzten Abstand zwischen uns und streckte eine Hand aus, berührte ihn an der Schulter. Keine Reaktion. »Will?«, echote ich.

Seine Augen lagen in vollkommener Dunkelheit. Seine Lippen teilten sich.

»Alessa«, krächzte er.

DREI

Nymphe

Niemand wird bestraft werden. Das waren Neros Worte.

Wieso wurde ich dann gerade Zeuge davon, wie Will den Verstand verlor?

Er griff nach der Stehlampe und schleuderte sie gegen den Kamin. Ich zuckte zusammen, als der Lampenschirm mit einem Scheppern zersprang.

Es gab nichts, was ich tun konnte, er war nicht mehr erreichbar für mich. Der Grund, wieso er jemals nach Tessarect gekommen war, wieso er Nero gehorcht hatte – dieser Grund existierte nicht mehr, wenn seine schlimmsten Befürchtungen wahr geworden waren.

Er hob sein Handy auf, versuchte erfolglos, seine Mutter zu erreichen. Zweimal, dreimal, viermal. Dazwischen bekam er immer etwas anderes zu fassen. Eine leere Kaffeetasse. Bücher. Einen kleinen Sessel. Die Gegenstände flogen quer durchs Wohnzimmer.

Ich war automatisch zurückgewichen, um nicht zur Zielscheibe zu werden.

»Was … hat er genau gesagt?«, brachte ich hervor, sobald er nach einer Ewigkeit schwer atmend stehen blieb und sich nach dem nächsten Objekt umsah, an dem er seinen Frust ablassen konnte.

Als erinnerte er sich jetzt erst wieder daran, dass er nicht allein war, schaute er zu mir. Seine Lippe hatte zu bluten aufgehört. »Dass ich froh sein kann. Er hätte sie auch zu einer Inventi eines anderen Bezirks machen können. Er wollte mir einen Gefallen tun, deshalb hat er einen Ydor zu ihr geschickt. Nett von ihm, oder?«

»Will.« Seine falsche Gelassenheit war schlimmer als der Wutausbruch.

»Er hat gesagt, ich kann sie sehen, sobald sie hier ist und sich eingelebt hat. Dass wir ohnehin nicht viel Zeit miteinander haben werden, weil ich sie ja nicht von ihrer Ausbildung abhalten solle.«

Ich biss die Zähne zusammen.

»Immerhin gibt es jetzt keinen Zweifel mehr. Ich habe mich immer gefragt, ob meine Sorge unbegründet ist. Es hätte ja sein können, dass ich der Einzige bin, der dieses *gottverfluchte* Gen in sich trägt!« Er war immer lauter geworden.

Beide Hände zu Fäusten geballt, kehrte er mir den Rücken zu und setzte dazu an, auf den Kamin einzuschlagen.

Das holte mich aus meiner Schockstarre.

Er war mein Inventi, der Mensch, der dazu ausgewählt worden war, mich zu beschützen, ob er es wollte oder nicht. Aber irgendjemand musste auch ihn beschützen.

Mit zwei großen Schritten war ich bei ihm, packte seine Arme von hinten, als er gerade ausholte, um sie gegen den Stein zu hämmern. Ich erwischte ihn unvorbereitet. Das war der einzige Grund, wieso ich auch nur ansatzweise etwas gegen ihn ausrichten konnte.

Ich verstärkte meinen Griff, schmiegte mich gegen seinen Rücken. »Hör mir zu. Deine Familie war das Einzige, was er gegen dich in der Hand hatte. Wenn er diesen Trumpf jetzt ausspielt, bedeutet das, er ist verzweifelt.« Ich sprach schnell, verhaspelte mich fast. »Wir werden alles dafür tun, Kontakt zu Alessa und deiner Mum aufzunehmen. Wenn er deine Schwester wirklich bei den Ydor unterbringt, kann sich Daria um sie kümmern. Sie haben sie noch nicht auf dem Schirm. Du darfst jetzt nicht die Nerven verlieren. Wir müssen so schnell wie möglich zur verfeindeten Organisation und uns anhören, was Phos zu sagen hat. Wenn er in der Lage ist, meine Eltern aus dem Gefängnis zu holen, dann kann er auch deinen Vater befreien. Und dann kümmern wir uns um deine Schwester.«

Er wirbelte so schnell herum, dass ich das Gleichgewicht verlor. Doch bevor ich fallen konnte, packte er mich an den Unterarmen. »Verstehst du nicht?«, zischte er. »Wenn sie schon zur Inventi geworden ist, gibt es nichts mehr, was wir tun können!«

Seine Worte holten meinen eigenen Schmerz zurück. Doch jetzt war nicht der Zeitpunkt für Gewissensbisse. »Ich weiß, dass es das Letzte ist, was du je für sie wolltest, aber es wird nicht so schlimm sein wie bei dir. Sie wird nicht so abhängig sein. Schau dir Daria an oder Casper. Denen geht es doch auch gut.«

Sein Blick wanderte hin und her, ohne mich zu fokussieren. Er ließ meine Arme los. »Du verstehst …«

»Sag mir nicht, dass ich es nicht verstehe«, fiel ich ihm hart ins Wort. »Ich weiß vielleicht nicht, wie es ist, wenn die eigene Schwester zum gleichen Schicksal verdammt wird wie man selbst. Dafür weiß ich, wie sich Ohnmacht anfühlt. Ich weiß, wie es ist, wenn jemand gezwungen wird, etwas zu tun, was er nicht will. Meinetwegen.«

Alessa war sein Ein und Alles. Sie zu schützen, war seine Hauptmotivation.

Er hörte mir überhaupt nicht mehr zu, das sah ich in seinen Augen, die Verzweiflung hatte von ihm Besitz ergriffen. Das konnte ich nicht zulassen.

»Willst du wenigstens versuchen, Alessa und den anderen ein besseres Leben zu ermöglichen?«, rief ich. »Oder willst du einfach aufgeben?«

Seltsam, wie meine Stimme so voller Distanz sein konnte, während ein Sturm in mir tobte.

»Du hast doch bestimmt Niyols Telefonnummer, oder?«, fuhr ich schnell fort. »Ich sollte ihn direkt anrufen, um ein Treffen zu vereinbaren. Wenn du Alessa helfen willst, dann müssen wir zu Phos.«

Will folgte mir nicht nach oben, als ich mich ohne einen weiteren Kommentar aus dem Staub machte. Er hatte mir sein Handy mit Niyols Nummer hingehalten, sodass ich sie bei mir eintippen konnte. Es passte nicht zu ihm, dass er sofort gehorchte, ohne mir eine Standpauke darüber zu halten, wie riskant mein Vorhaben war. Immerhin machte er auch nicht den Eindruck, als würde er sein Werk von eben weiterführen.

Er hatte Niyol als »Pnoe« eingespeichert. Nur dieses eine Wort. Ich erinnerte mich genau daran, dass er mit Verwirrung auf Niyols Namen reagiert hatte. Also eine Lüge weniger. Doch was spielte es schon für eine Rolle, *wie oft* er mich angelogen hatte? Er hatte ganz genau gewusst, von wem die Rede war, als ich von meiner Affäre erzählt hatte.

Ich brachte es nicht über mich, Niyol in mein Handy einzuspeichern. Diese Nummer hatte mich schon einmal ins Verderben gestürzt, weswegen ich sie damals gelöscht hatte.

Oben angekommen, traf mein Blick auf den Ganzkörperspiegel. Nein, die Sorge war unbegründet. Ich war nicht mehr dieselbe wie damals. Meine schulterlangen dunklen Haare wurden eins mit dem schwarzen Strickpullover. Selbst aus der Entfernung schimmerten meine Augen knallrot in meinem hellen Gesicht. Ärgerlich wischte ich die Tränenspuren fort und trat näher.

Ich war stärker. Ich hatte jetzt ein Ziel vor Augen. Eines, dem selbst meine dämlichen Gefühle nicht in die Quere kommen würden.

Entschlossen drückte ich auf das grüne Anruf-Symbol und hielt mir das Telefon ans Ohr.

Die Antwort ließ nicht lange auf sich warten.

»Was?«, raunzte eine Stimme mir ins Ohr. Eine Mischung aus verärgert und nervös. Obwohl wir schon unzählige Male miteinander telefoniert hatten, konnte ich sie nicht einordnen.

»Hi, ich bin's«, antwortete ich vorsichtig. Besser nicht meinen Namen erwähnen. Wer wusste schon, ob Aria und Nero nicht auch *sein* Handy konfisziert hatten.

»Ach so, du bist's, na dann.« Pure Feindseligkeit. Doch jetzt bestand kein Zweifel mehr, dass ich den Richtigen an der Strippe hatte.

Ich verdrehte die Augen. »Kiana. Hier ist Kiana.«

Eine kurze Pause entstand. Dann: »Süße, du bist besonders, keine Frage, aber du kannst doch nicht erwarten, die einzige Frau in meinem Leben zu sein.«

Auflegen. Ich sollte einfach wieder auflegen.

Er lachte. »Hey, was gibt's?«, unterbrach er mein Schweigen schließlich. »Hätte nicht gedacht, dass es so schnell gehen würde. Oder dass William dich mit mir telefonieren lässt.«

Durchatmen und auf Durchzug schalten. »Wann kannst du mich zu Phos bringen?«

»Jetzt mal langsam, man beginnt für gewöhnlich mit ein bisschen Small Talk. Willst du mich nicht fragen, wie mein Tag läuft?«

»Blendend, deiner Begrüßung zufolge. Hast du Zeit?«

»Für dich habe ich immer Zeit. Wir können Phos und

die Organisation auch einfach vergessen und zu mir fahren. Warte, bis du mein Loft siehst. Das ist nicht zu vergleichen mit dem Drecksloch, das sie mir in Leeds gemietet haben. Obwohl uns das ja auch nicht sonderlich am Spaßhaben gehindert hat …«

Keine Frage, ich würde ihn umbringen.

»Ich bin inzwischen auch kein emotionales Wrack mehr. Es sei denn, du stehst drauf. Dann lässt sich das natürlich einrichten. Ehrlich, ich hätte nie gedacht, dass das so gut funktioniert. Du leidest bestimmt unter diesem Menschenretter-Syndrom, oder?«

Ohne zu zögern, beendete ich das Gespräch und warf das Handy im hohen Bogen aufs Bett.

Vielleicht war Will nicht der Einzige, der Gefahr lief, das Haus in Schutt und Asche zu legen.

Etliche Minuten vergingen, bis ich klar denken konnte und nicht mehr nur von meiner Wut gesteuert wurde. Ich ließ mich auf die Matratze sinken und atmete ein paarmal tief durch.

»Kia?«

Ich richtete mich hastig auf. Die Stufen der Wendeltreppe knarzten unter seinen Schritten.

»Was willst du?«

Das Knarzen verstummte. Es war besser für uns beide, wenn er mir jetzt nicht unter die Augen trat.

»Ich kann dich nicht allein mit ihm zu den Pnoe gehen lassen.«

Freudlos lachte ich auf und hielt mich gerade noch davon ab, ihn zu fragen, ob er eifersüchtig war. »Keine Sorge, wenn er so weitermacht, gehe ich nirgendwohin.«

»Ich hätte es dir sagen müssen, ich wusste nur nicht, wie.«

Nein, nein, nein, ich hatte mich gerade erst wieder unter Kontrolle, er hatte nicht das Recht, sie mir mit einem jämmerlichen Satz zu entziehen.

»Spar dir den Mist«, fauchte ich. »Du hast ihn gehört. Ich bin die Einzige, die mitgehen darf.«

Er holte tief Luft, doch die Antwort blieb aus. Stattdessen trat er den Rückzug an.

Gleichzeitig vibrierte es unter mir. Ich tastete mit einer Hand hinter mich und bekam mein Handy zu fassen. Es war zwischen zwei Kissen gerutscht.

Ich hatte eine Nachricht von einer nicht eingespeicherten Nummer.

17:30 im Luftschloss über der Oper. Sei pünktlich. Und komm allein.

Das Schicksal meinte es gut mit mir. Absurder Gedanke an einem Tag wie diesem. Aber Will verließ nur eine Stunde später die Wohnung, um in die Omilia zu fahren. Er hatte etwas davon gemurmelt, Nero zur Rede stellen zu wollen, während ich so tat, als würde ich schlafen.

Ich wehrte mich gegen die nagende Angst, die aufkam, wenn ich zu lange an ihn in der Omilia dachte. Denn gerade zählte nur eins: Ich musste die Chance nutzen. Für uns alle.

Und das tat ich auch – ausgestattet mit einem überdimensionalen Regenschirm, einem dicken Schal, der mein halbes Gesicht verdeckte, und einer dunklen Mütze, über die ich noch zusätzlich die Kapuze meiner Jacke stülpte.

Man würde mich nur erkennen, wenn man nach mir Ausschau hielt.

Durch Wills Schlafzimmer betrat ich den Tunnel und stapfte los in Richtung Osten.

Unter anderen Umständen hätte ich ein schlechtes Gewissen, seine momentane Gefühlslage auszunutzen.

Unter anderen Umständen wäre ich gerade auch nicht auf dem Weg, mich mit Sophias Exfreund zu treffen. Freiwillig. Mehr oder weniger.

»Gleis sechs, Weiß vier Richtung Oststadt, bitte Vorsicht bei der Einfahrt.«

Mit gesenktem Kopf stieg ich durch die weiß-silbern gemusterten Waggontüren, die mit einem *Pling* aufsprangen, während weißer Rauch von den Gleisen aufstieg. Ich ließ mich auf einem freien Sitz nieder und verstaute den zugeklappten Regenschirm unter mir. Mein Herz klopfte wie wild, als die Bahn sich nach einem kurzen Klingeln vibrierend in

Bewegung setzte, und diesmal lag es nicht nur daran, dass wir abrupt in die Tiefe stürzten.

Was tat ich hier? Was, wenn mich jemand aus der Omilia fand? Nero würde bestimmt nicht wieder so locker reagieren wie heute früh.

Ich wandte den Kopf und beobachtete das Spektakel draußen. Der Rauch war verschwunden, stattdessen tobte ein Sturm um uns herum, die Windstöße hatten begonnen, sich kreisförmig zu bewegen, immer schneller, immer lauter. Das Tosen war deutlich durch die Scheibe zu hören. Wir fuhren nicht über Gleise – wir flogen inmitten eines Wirbelsturms durch die Untergrundstadt.

»Nächster Halt: Oper. Für Verbindungen Richtung Nordstadt bitte umsteigen.«

Erst als sich eine alte Dame in strahlend weißem Trenchcoat mit einem unwirschen Laut durch die Türen nach draußen drängte, löste ich mich aus meiner gebückten Position und starrte nach oben auf die Anzeige. Der Schoßbügel sprang hoch.

Oper. Verdammt, ich war schon da!

Hastig folgte ich der Frau, stolperte im letzten Moment aus der Bahn, bevor die Türen hinter mir zuschnappten.

Die Eindrücke prasselten auf mich ein. Glas. Stahl. Es war so hell, obwohl der Himmel voller dunkler Wolken war. Hochhäuser reihten sich hinter der Station aneinander, und ein lautes Jubeln ertönte neben mir. Zu beiden Enden des Bahnsteigs führte eine Treppe nach oben, nur die obersten

Stufen waren zu sehen, dicht an dicht standen vor mir Menschen.

Schon wieder ein Geschichtenerzähler?

Im nächsten Augenblick blieb ich abrupt stehen, als ein Körper aus der Menschengruppe nach oben geschleudert wurde. Ein roter Zopf, wie eine Flamme. Dann ein weißer Ganzkörperanzug. Zwei, drei Meter flog er durch die Luft und überschlug sich. Das Mädchen, wie ich jetzt erkennen konnte, streckte ihren Körper durch, schwankte und kam zum Stehen. Sie schwebte über den Köpfen. Wie war das möglich? Meine Beine machten sich selbstständig.

Kaum war ich am Fuß der Treppe angelangt, löste sich das Rätsel: Das Mädchen stand auf den Schultern eines schmächtig aussehenden Kerls. Er grinste übers ganze jugendliche Gesicht und griff mit beiden Händen nach ihren Fußgelenken. Das Mädchen verneigte sich vor der Menge unter ihr.

Weiterer Jubel.

Ein paar Sekunden starrte ich wie hypnotisiert auf das Akrobatenpaar, dann riss ich mich los und drückte mich an einer Familie mit drei Kindern vorbei und bekam das Geländer der Treppe zu fassen.

Oben angekommen, musste ich meine Augen zusammenkneifen, weil die Helligkeit fast unerträglich wurde. Weiße moderne Architektur, klare geometrische Formen, verspiegelte Fassaden, in denen die bauschigen Wolken vorbeizogen. Gebäude, die man im Finanzviertel von Metropolen erwartete.

Mir rutschte das Herz in die Hose, während ich einen Blick auf meine Füße warf und die hellen Waggons mehrere Meter unter mir sah, die gerade vorbeizischten. Bei dem Höhenunterschied schwirrte mir der Kopf. Das Glas war so durchscheinend und blitzblank, dass es wirkte, als würde ich in der Luft schweben wie das Akrobatenmädchen. Die verglaste Fläche, auf der ich stand, war kegelförmig, in einen weißen Marmorboden eingelassen und mündete in eine weitere majestätische Treppe. Ich hatte noch nie einen so sauberen öffentlichen Platz gesehen.

Schnell weiter! Ich durfte mich nicht ablenken lassen. Was nicht ganz einfach war, da mich oben tatsächlich ein Geschichtenerzähler erwartete, der zwar weniger Zuschauer um sich geschart hatte als die Akrobaten, dem aber gebannt gelauscht wurde. Er saß in weißem Kapuzenpullover und mit baumelnden Beinen auf dem breiten Geländer, seine Zuhörer hatten es sich im Schneidersitz vor ihm gemütlich gemacht. Seine Augen waren geschlossen, und er wippte leicht vor und zurück. Mein Herz machte einen Satz. Scherte er sich nicht um den Abgrund hinter sich? Die dramatische Stimme, die zu mir herüberwehte, ließ keinen Zweifel daran, dass er ganz in die Erzählung vertieft war.

»… sodass die wenigen Auserwählten, die sich nach dem Sündenfall der Menschheit noch die Kräfte der vier Elemente zu eigen machen durften, nicht nur durch Einschränkungen, was den Zeitpunkt und die Dauer der Zeitsprünge angeht, in Schach gehalten wurden, sondern auch den Kontakt zueinander meiden mussten, um bei Verstand zu bleiben und weiterhin Gebrauch von ihrem Talent machen zu können. Eine Kreuzung zweier Elemente stellt eine Gefahr dar, die jenseits unserer Vorstellungskraft liegt. Aber auch wenn die Auserwählten den gewöhnlichen Menschen mit ihren Fähigkeiten überlegen waren, so trugen sie doch die schlimmste aller menschlichen Eigenschaften in sich.«

Er legte eine theatralische Pause ein und wischte sich eine helle Strähne aus der Stirn. Bei der Bewegung blitzte ein silbernes durchgestrichenes Dreieck auf seinem Handgelenk auf. Wie eine Narbe hob es sich von seiner leicht gebräunten Haut ab.

»Welche Eigenschaft?«, rief eine junge blonde Frau ganz vorne. Ich verstand ihre Stimme kaum, denn jetzt fegte ein heftiger Windstoß über den Platz, der schmerzhaft in meinen Ohren vibrierte und an meiner Mütze zerrte.

Der Geschichtenerzähler lächelte. Seltsamerweise hatte ich bei ihm keine Probleme, ihn zu verstehen, auch wenn er ganz ruhig sprach. Der Wind war nur eine angenehme Untermalung seiner Worte. »Die Unfähigkeit, sich mit dem zufriedenzustellen, was er hat. Die Gier nach mehr und immer mehr.«

»Wieso ist das so schlecht?«, gab die Frau zurück. Zwei Kerle neben ihr grinsten. »Streben nach etwas Besserem?«

»Weil die Elemente nicht dafür da sind, den Menschen mächtiger zu machen. Sondern dafür, das Gleichgewicht zu halten. Und Größenwahn zerstört jedes Gleichgewicht.«

Ich gab mir einen Ruck und wandte mich ab, um weiterzulaufen. Neros Gesicht erschien detailgetreu vor meinem inneren Auge, während ich eine Stufe nach der anderen nahm und meine Schritte beschleunigte, um nicht doch meiner Neugierde zu verfallen und dem Geschichtenerzähler weiterhin zu lauschen.

Lebte Nero auch in dem Glauben, nach etwas Besserem zu streben? Oder saß der Schmerz, den die Liebe zu Gaia ausgelöst hatte, so tief, dass er um jeden Preis verhindern wollte, dass jemand den gleichen Fehler machte wie er?

Meine Jackentasche vibrierte und verscheuchte den Gedanken. Schwer atmend blieb ich stehen und zog das Handy hervor. Will. Schnell drückte ich ihn weg. Er hatte mir auch mehrere Nachrichten hinterlassen. Ich machte mir nicht die Mühe, sie anzuklicken. Stattdessen schaltete ich das Telefon aus und steckte es zurück in die Tasche.

Leider hatte ich keine Ahnung, wo die Oper war. Geschweige denn das Luftschloss. Was auch immer das sein sollte.

Ich nahm die letzten Stufen bis zur nächsten Plattform und schaute mich um. Es gab keine weitere Treppe. Weiße Cafés im Industrie-Chic umgaben den Platz, und in der Mitte thronte die verchromte Statue eines überdimensionalen Vogels, der seinen offenen Schnabel in die Luft stieß. Bei näherer Betrachtung erkannte ich kleine silberne Musiknoten und einen Notenschlüssel, die über der Statue zu hängen schienen.

Ich gesellte mich zu einer Frau mittleren Alters im Businesslook, die gerade erfolglos versuchte, sich eine Zigarette anzuzünden. Verärgert zog sie die perfekt nachgezogenen Augenbrauen zusammen und warf böse Blicke gen Himmel. Definitiv keine Touristin. Und auch keine verrückte Sektenanhängerin.

»Entschuldigen Sie, können Sie mir sagen, wo ich die Oper finde? Oder das Luftschloss?« Ich kam mir so schon blöd vor, und das Gefühl verstärkte sich noch, als sie mich genervt von oben bis unten taxierte.

Anstelle einer Antwort wies sie mit dem Ellenbogen vor uns in Richtung eines der Hochhäuser.

Ich rührte mich nicht. »Ist das die Oper? Oder das Luftschloss?«

Sie stieß ein tiefes Stöhnen aus und ließ die Hand mit der Zigarette sinken. »Die Oper ist dieser futuristische Scheiß da unten. Links vom Haupteingang befindet sich der Eingang zur Bar.«

»Bar?«

»Die Rooftop-Bar. Der neueste Schrei.« Sie deutete aufs Dach des Hochhauses, dann traf mich ein weiterer vernichtender Blick. »Man kommt allerdings nur rein, wenn man volljährig ist. Und angemessen gekleidet.«

Ich verkniff mir einen patzigen Kommentar und lächelte. »Danke. Könnten Sie mir vielleicht noch die Uhrzeit sagen?«

Sie hielt mir ihre große silberne Armbanduhr hin, deren Zeiger auf 17:38 Uhr zeigten. Keine Sekunde später kehrte sie mir den Rücken zu und fuhr fort, ihr Feuerzeug mit wütenden Bewegungen anzuknipsen.

Wenn alle Leute in diesem Bezirk eine solche Bombenlaune hatten, war es kein Wunder, dass aus Niyol ein Mistkerl geworden war.

Ich lief los und steuerte geradewegs auf das Hochhaus zu. Zwischen zwei Lokalen befand sich ein schmaler Durchgang, über dem Lampions im Wind hin und her geschleudert wurden. Ich duckte mich unter ihnen hindurch. Im linken Schaufenster stapelten sich pastellfarbene Törtchen neben Porzellanteekannen, im rechten war ein Sushi-Meister zugange, der seine Kreationen akkurat auf einer silbernen Bambusmatte platzierte. Sie sahen aus wie kleine Kunstwerke und waren viel zu schade zum Essen – genau wie die Süßspeisen im gegenüberliegenden Laden. Das Ambiente war Dekadenz pur, und ein flüchtiger Blick auf die Klientel verriet mir, dass sie alle vom Schlag der Businessfrau waren.

Ich seufzte leise, als ich am Ende der Gasse angelangt war und mich vor der nächsten Treppe wiederfand, die diesmal nach unten führte. Sie war deutlich steiler als die anderen beiden, doppelt so lang und endete an einem Gebäude, auf das die Bezeichnung »futuristischer Scheiß« zugegebenermaßen wie die Faust aufs Auge passte. Es war Ufo-förmig, und aus seiner Mitte schoss das Hochhaus in die Höhe wie eine Rakete. Rechts und links befanden sich flügelartige Aussichtsplattformen, die den Eindruck erweckten, als könnten sie jeden Moment zu flattern beginnen. Trotzdem schienen sie einiges an Gewicht auszuhalten, denn ein paar sich bewegende Menschenpunkte waren auf ihnen zu sehen.

Ich war schon immer eher ein Fan von Altbauten gewesen, am besten im viktorianischen oder gotischen Stil und mit reicher Geschichte, aber das sah schon ziemlich beeindruckend aus.

Zügig sprang ich die Stufen herunter, während mein Herz immer schneller klopfte.

Unten vor dem Haupteingang hatte sich eine kleine Schlange von schnatternden Touristen vor der Absperrung gebildet. Auf den verglasten Türen waren in silberner Farbe die Worte *Tessarect Royal Opera* und ein kleiner singender Vogel eingraviert. Darunter Eintrittspreise und Öffnungszeiten. Vier Security in weißen Anzügen kontrollierten die Taschen und Tickets der Besucher. Ich kämpfte mich bis zur Absperrung vor, versuchte, nicht allzu sehr auf die erbosten Blicke zu achten, und wartete, bis einer der Türsteher Blickkontakt mit mir aufnahm.

»Hinten anstellen«, schnauzte er mich an und wiederholte den Satz in drei verschiedenen Sprachen, bevor ich auch nur die Chance hatte, zu antworten.

»Ich will nicht in die Oper. Sondern in die Rooftop-Bar«, erwiderte ich hastig.

Er hatte sich schon halb weggedreht, hielt nun inne und hob eine Braue. »Die ist für Erwachsene.«

Verdammt sei Niyol, dass er sich eine Bar für das Treffen ausgesucht hatte.

»Man muss volljährig sein«, setzte er mit einem süffisanten Grinsen nach.

Ich würde mich nicht von ihm einschüchtern lassen. »Bin ich. Und ich habe dort eine Verabredung.«

Seine Augen wurden schmal. »Mit wem?«

Ich setzte ein zuckersüßes Lächeln auf, während mein Herz schmerzhaft in meiner Brust hämmerte. »Das sollten Sie wissen.«

Oh Gott, hoffentlich war das kein riesengroßer Fehler und er ein Komplize von Phos.

Einer seiner Kollegen hatte sich zu uns gesellt und den letzten Teil offenbar mitbekommen. Inzwischen wurde genervtes Gemurmel hinter uns laut.

»Ist schon okay, lass sie durch, Greg.«

»Wir können keine Kinder da reinlassen. Hast du nicht gehört, was sie das letzte Mal mit dem armen Schwein gemacht haben, der …«

»Tu einfach, was ich dir sage!«, fiel ihm der andere hart ins Wort. Sie tauschten einen langen Blick, dann zuckte Greg die Achseln.

»Gut, auf deine Verantwortung. Ich habe nichts damit zu tun.«

Er nahm das Absperrband aus der Halterung und winkte mich durch. »Heute ist dein Glückstag, Kleine.«

Es kostete mich einige Anstrengung, mein Lächeln beizubehalten, als ich seiner Anweisung Folge leistete. Heute war so ziemlich das Gegenteil von einem Glückstag.

Das mulmige Gefühl in meinem Magen nahm mit den steigenden Zahlen auf der Anzeige neben der verspiegelten Aufzugstür zu. Ein sanftes Klavierstück drang durch die Lautsprecher. Es sollte vermutlich beruhigend wirken, löste in mir allerdings genau das Gegenteil aus.

Im 14. Stock sprangen die Türen auseinander. Endstation. Nach einem letzten Blick in mein übermüdetes Gesicht trat ich über die Schwelle. Sofort umwehte mich eine Brise. Nicht so stürmisch wie unten, eher frühlingshaft mild.

Der Boden war weiß-silbern gekachelt, und große verschnörkelte Lettern bestätigten, dass ich mein Ziel erreicht hatte.

Das war also das Luftschloss. Noch edler als alle Cafés unten. Durch die gläserne Eingangstür konnte ich einen Blick auf die cremefarbenen Ledersofas und eine funkelnde Bar in Wolkenform erhaschen. Ebenso wolkenförmig waren die Papierlampenschirme, die ihr sanftes Lichterspiel auf die dicken weißen Pelzteppiche und die Möbel warfen. Gut besucht schien das Lokal allerdings nicht zu sein. Zwar stand ein Kellner im weißen Frack hinter der Bar, aber sonst konnte ich niemanden entdecken.

Ich trat näher und wollte schon den Arm nach dem dreieckigen Türknauf ausstrecken, als ein kleines Schild direkt daneben meine Aufmerksamkeit erregte. *Geschlossene Gesellschaft* stand dort in verschlungener Schrift.

Na prima. Hatte Niyol sich einen Scherz erlaubt?

Ich zögerte kurz, dann stieß ich die Tür trotzdem auf.

»Entschuldigen Sie«, sagte ich vorsichtig in den leeren Raum hinein. Der Blick der Businessfrau hatte mich schon eingeschüchtert – das hier war noch mal eine komplett andere Liga. Bei jedem Schritt hatte ich Angst, Spuren auf den sicherlich kostbaren Teppichen zu hinterlassen.

Der Kellner trat hinter der Bar hervor. Sein Gesichtsausdruck war höflich, aber sein Blick, der über meine Kleidung glitt, gab mir zu verstehen, dass auch er mich hier für fehl am Platz hielt. »Geschlossene Gesellschaft«, sagte er mit einem reservierten Lächeln.

»Ja, ich weiß … Ich dachte nur … Haben Sie vielleicht einen jungen Mann mit längeren dunklen Haaren hier gesehen? Hat er eventuell draußen gewartet? Vor … ungefähr fünfzehn Minuten?«

Er hielt inne und starrte mich an. »Wie ist Ihr Name?«

Ich öffnete den Mund und schloss ihn wieder. Gespräche, die mit dieser Frage anfingen, endeten in letzter Zeit selten gut.

Doch plötzlich veränderte sich sein Blick. »Sie sind zu spät, Miss Lyberth.« Er trat auf mich zu und hielt mir einen Arm hin. »Kommen Sie.«

Hatte Niyol etwa die ganze Location gemietet, um sich hier mit mir zu treffen? Ich dachte, er würde mich direkt zu der Organisation bringen, also was sollte dieses Theater? Wollte er mich mit so einem noblen Schuppen beeindrucken?

Stirnrunzelnd nahm ich den Arm des Kellners und ließ mich an den Sofas vorbeiführen. Wir bogen um eine Ecke und blieben an einer breiten Glasfront stehen. Hochhäuser, grüne Berge und helle Häuserfassaden unter uns. Draußen war eine überdachte Terrassenlandschaft mit den gleichen Sofas wie hier drinnen zu sehen.

»Sie werden erwartet. Kann ich Ihnen gleich etwas zu trinken bringen?«

»Danke, ich brauche nichts.« Wo steckte der Mistkerl?

Ich ging durch die Glastür, die der Kellner mir aufhielt, und trat auf die Terrasse. Auch hier war alles verlassen. »Wo genau werde ich denn erwartet?«

Er erwiderte nichts, doch die Gestalt, die sich am Ende der Terrasse erhob und mit großen Schritten näher kam, war Antwort genug. Ich schluckte. Jetzt bloß nichts anmerken lassen.

Es war eine Sache, ihm in Gesellschaft anderer zu begegnen, aber noch einmal eine ganz andere, mit ihm allein zu sein. Und dann auch noch über den Dächern der Stadt in einer verdammten Bar.

Ein Grinsen lag auf seinen Lippen. Seine Haare waren zu einem Man Bun nach hinten gebunden, aber ein paar Strähnen hatten sich aus dem Zopf befreit und wehten im Wind. Die dunklen Augen blitzten, er scannte mich von oben bis unten. Er trug Jeans und einen cremefarbenen Pullover, dessen Ärmel er nach oben gekrempelt hatte.

»Hey, Babe, hatte ich nicht gesagt, du sollst pünktlich kommen?« Dicht vor mir blieb er stehen und schaute amüsiert auf mich herab.

Zu dicht. Ruckartig trat ich zurück. »Was soll der Mist?« Ich wies auf die Sofas. »Hast du die ganze Bar gemietet?«

»Wir wollten keine neugierigen Blicke auf uns ziehen.«

»Wir?« Nicht einatmen, nicht einatmen, nicht … zu spät. Zimt und Moschus und … Stopp!

Wie sehr ich es hasste, dass ein einziger Geruch jede kleine Erinnerung triggern konnte! Mein Gehirn wusste, dass ich mich hier in der Elementenstadt mit meiner Ex-Affäre im Bezirk der Pnoe befand. Aber mein Körper … Mein Körper lag in einer kleinen, minimalistisch eingerichteten Wohnung am Stadtrand von Leeds.

»Kia? Hörst du mir zu?«

»Was?«, fauchte ich und blinzelte heftig. Leider blieb mein Blick an seinen Lippen hängen. Ich musste mich zusammenreißen.

Seine dunklen Brauen waren hochgezogen. »Deine Augen sind ein bisschen glasig. Wenn du willst, können wir nach dem Treffen dein Kopfkino zur Realität werden lassen. Es wäre unhöflich, Phos sitzen zu lassen, auch wenn der Gedanke mehr als verlockend ist.«

»Sei einfach ruhig«, zischte ich und kniff die Augen zusammen. »Er ist *hier*? Ich dachte, du bringst mich zum Versteck der Organisation?«

»Er möchte dich erst besser kennenlernen.«

Ich verschränkte die Arme. »Woher soll ich wissen, dass das keine Falle ist?«

Gespielt bestürzt riss er die Augen auf. »Sehe ich wirklich

so aus, als könnte ich es mit meinem Gewissen vereinbaren, dich in eine Falle zu locken?«

Mit Feindseligkeit würde ich nicht weiterkommen. Er würde mich nur provozieren, bis ich einen Schreikrampf bekam.

Ich blickte ihm geradewegs in die Augen. Scheiß auf die Übelkeit und die Flashbacks. Wenn die Geschichte mit seiner Mutter stimmte, dann war nicht alles in Leeds gespielt gewesen. Das hieß, unter dieser ekelhaften Maske steckte ein Mensch, der einen schlimmen Verlust erlitten hatte. Auch wenn das keine Entschuldigung für sein Verhalten war – damit konnte ich arbeiten.

»Wie hältst du es nur mit dir selbst aus?«, wisperte ich.

Seine Miene blieb erst unbewegt, aber je länger ich ihn einfach nur ansah, ihn mit meinem Blick so gefangen hielt, wie Will es immer bei mir tat, desto heftiger wurde der Krieg in seinen bodenlos schwarzen Augen.

Niyol war ein Arschloch, er war eine Marionette der Omilia gewesen, und er hatte mir etwas Unverzeihliches angetan. Herzlos war er ganz bestimmt nicht. Das hier, das war echt. Das konnte ich trotz meiner kläglichen Menschenkenntnis sagen.

Er schluckte hart und schaute zur Seite. »Komm. Er wartet nicht ewig.« Mit diesen Worten wandte er sich ab und lief los.

Vermutlich sollte ich Triumph empfinden. Stattdessen war ich plötzlich erfüllt von Schmerz. Diese Stadt war voller kaputter Menschen. Und das würde so weitergehen, wenn sich niemand gegen Nero und diese beschissene Ideologie stellte.

Ich hielt meine Mütze fest, damit sie mir nicht vom Kopf geweht wurde, während ich Niyol mit zügigen Schritten folgte. Wir liefen die komplette Terrassenfront entlang. Der Wind trieb mir Tränen in die Augen, sodass ich nichts erkannte, bevor wir ganz am Ende vor einem der Sofas stehen blieben.

Ein Mann in einem bodenlangen, zerknitterten Trenchcoat erhob sich. Ich kehrte dem Geländer und somit auch dem Wind den Rücken zu und kniff die Augen leicht zusammen.

Er war unscheinbar. Um die fünfzig, mit lichten Stellen am Haaransatz, abstehenden Ohren und einer zeltförmigen Nase, die irgendwie zu groß für das schmale Gesicht war. Nicht wirklich das, was man von dem Ältesten des Feuer-Elements erwartete. Seine Augen glänzten metallisch grün, und ein warmes Lächeln umspielte die dünnen Lippen.

Er war nur ein, zwei Zentimeter größer als ich, und er strahlte nicht halb so viel Autorität wie Nero aus. Dafür war auch nichts von dessen Kälte zu spüren.

Er streckte eine Hand aus. »Wie schön, dass wir endlich das Vergnügen haben. Ich bin Phos Colville.«

Ich schüttelte seine Hand. Ohne mich allzu sehr zwingen zu müssen, erwiderte ich sein Lächeln.

»Vielen Dank für deinen Mut, Kiana. Ich weiß es angesichts der Lage zu schätzen, dass du heute hergekommen bist.«

Seine Worte klangen aufrichtig. Aufrichtiger als alles, was ich je in der Omilia gehört hatte.

»Niyol hat gesagt, er würde mich zur verfeindeten Organisation bringen«, erwiderte ich.

Phos trat einen Schritt zurück und setzte sich auf eines der Sofas. Auf dem Tisch stand eine Glaskaraffe mit einer dampfenden weiß-silbrigen Flüssigkeit neben drei winzigen Cognacgläsern. Lavendelzweige waren darin zu sehen.

Niyol zog einen fellüberzogenen Sessel heran und ließ sich Phos gegenüber nieder. Der Schalk von vorhin war vollständig aus seiner Miene verschwunden. Ich entschied mich für einen Sessel mit genügend Sicherheitsabstand zu ihm, sodass wir ein Dreieck bildeten.

»Verfeindete Organisation«, wiederholte Phos und strich sich den Kragen seines Mantels glatt. »Du hast offensichtlich schon Bekanntschaft mit der Gehirnwäsche der Omilia gemacht.«

»Also stimmt es nicht? Sie bilden nicht den Gegenpol zu den Überzeugungen von Nero und Aria?«

Er schien sympathisch, aber das war kein Grund, vorschnelles Vertrauen zu verschenken. Diesen Fehler würde ich kein weiteres Mal begehen.

»Das tun wir in der Tat. Allerdings würde ich uns nicht als Organisation bezeichnen. Das klingt mir zu sehr nach einer Sekte, wie die Asphalia es ist. Wir sind lediglich ein paar Freunde, die sich für das Gute einsetzen wollen.«

Ich hob eine Braue. »Freunde? Ich habe gehört, Sie rekrutieren Talentierte und Inventi, um gegen die Omilia zu kämpfen.«

»Kiana, ich möchte Tessarect die Augen öffnen, weil ich es schon seit Jahren satthabe, dabei zuzusehen, wie jeder, der mit ein bisschen Talent gesegnet wurde, von den Ältesten der Ydor und Pnoe manipuliert wird.« Er sah mir fest in die Augen. »Wir sind alle nur Menschen, Zeitbeeinflussung hin oder her, und es ist eine Schande, dass die veralteten Regeln unserer Vorfahren so lange überlebt haben. Sie schüren nichts als Diskriminierung, Hass und Vorurteile. Du bist der Beweis dafür, dass sie nichts als Märchengeschichten sind.«

»Wieso hält Nero so sehr daran fest, wenn sie nichts als Märchengeschichten sind?« Ich versuchte, mein Pokerface zu bewahren, auch wenn es in mir bereits heftig brodelte. Noch wusste ich nicht, ob er mir nur das erzählte, was ich hören wollte, um mich zur Kooperation zu überreden.

»Du bist vertraut mit seiner bedauernswerten Vergangenheit?«

Ich nickte knapp. »Bin ich. Wo steckt Evelyn?«

»Sie ist vor Kurzem zu uns gestoßen, wie du sicherlich auch mitbekommen hast.«

»Wieso ist sie nicht auch hier? Wäre das nicht der sicherste Weg, um mich auf Ihre Seite zu ziehen?« Automatisch sah ich mich in meinem alten WG-Zimmer stehen, in das ich mich vor Will verbarrikadiert hatte. Damals hatte Eve mir auch eine Nachricht geschickt. Damals. Es war kaum einen Monat her und fühlte sich schon jetzt an wie vor einem halben Leben, als ich mich gefragt hatte, ob ich ihr vertrauen konnte oder nicht lieber die Polizei benachrichtigen sollte.

»Niemand will dich gegen deinen Willen auf eine Seite ziehen. Ich möchte dir lediglich eine neue Sichtweise darlegen. Eine Möglichkeit, die dir zusteht, wenn du die Wahrheit über dich und deine Herkunft erfahren willst. Mir ist bewusst, dass du bisher keine guten Erfahrungen mit den Führungspersönlichkeiten in Tessarect gemacht hast und deshalb berechtigterweise Probleme hast, Vertrauen zu fassen.«

»Was ist mit Eve?«, beharrte ich. Niyol verdrehte die Augen und griff nach der Karaffe, um sich eins der Gläser aufzufüllen. Er warf mir einen schnellen Seitenblick zu und füllte auch ein zweites bis zum Rand, das er mir hinschob.

Ich würdigte ihn keines Blickes. Ganz bestimmt würde ich mich nicht mit Alkohol weichklopfen lassen.

»Evelyn wird gerade unser Quartier gezeigt. Aber ich soll dir Grüße ausrichten. Und ganz viel Liebe.« Sein Lächeln vertiefte sich. »Sie ist wirklich eine bemerkenswerte junge Frau. Es ist nicht einfach, sich gegen die eigene Familie zu stellen.«

Meine Augen wurden schmal. Woher sollte ich wissen, dass er sich das nicht nur ausdachte? »Was ist mit Ihnen? Und mit Gaia? Haben Sie sich nicht auch gegen Ihre Familien und das System gestellt?«

»Meine Familie war voller Rebellen. Leider Gottes ist keiner von ihnen mehr am Leben.« Seine Lippen wurden noch schmaler, und die breiten Nasenflügel bebten leicht.

Ich schluckte. »Das tut mir leid.«

»Das braucht es nicht. Es ist nur eine weitere Motivation, das Richtige zu tun.«

»Und was genau wollen Sie von mir?«

Er lehnte sich zurück in das dicke Lederpolster und faltete die Hände im Schoß. »Ich nehme an, das Gleiche, was du willst.«

Ich widerstand dem Bedürfnis, aufzustöhnen. Kryptisches Gerede stand wohl auch bei ihm hoch im Kurs. »Und was soll das sein?«

»Gerechtigkeit für deine Eltern. Die Vermischung der Talentierten und die Abschaffung der Bezirksgrenzen.«

Er klang todernst.

»Wie genau wollen Sie das erreichen, ohne dass wir alle im Gefängnis unter dem Erdboden landen, wenn die Omilia so viel Macht hat, dass Sie sich vor ihr verstecken müssen?«

Phos lachte auf. »Verstecken? Du denkst, wir verstecken uns? Wer hat dir das eingeredet? Nero höchstpersönlich?«

»Wurden Sie etwa nicht vertrieben? Niemand weiß doch, wo sich das Versteck befindet, in dem Sie all die Talentierten untergebracht haben, oder?«

»Es gibt einen großen Unterschied zwischen fliehen und freiwillig gehen, Kiana. Nero ist derjenige, der sich vor uns fürchtet, nicht andersherum. Gerade weil wir im Verborgenen leben. Das System bröckelt, und er spürt es mit jeder Sekunde, in der er sich fragt, wo ich stecke. Noch hat er mehr Talentierte auf seiner Seite als wir – das ist sein einziger Vorteil. Unser ist der Überraschungsfaktor.«

»Sie wollen gegen Nero in den Krieg ziehen, verstehe ich das richtig?« Ich beugte mich leicht vor. Ich war weder überrascht noch sonderlich abgeneigt angesichts seiner Worte. Nero würde nicht kampflos untergehen, so viel stand fest.

Gelassen erwiderte er meinen Blick. »Ich bin überzeugt davon, dass das nicht nötig sein wird, wenn mein Plan aufgeht. Wir arbeiten darauf hin, unsere Probleme gewaltfrei zu lösen.«

Ich verschränkte die Arme vor der Brust. »Und wie soll das aussehen?«

»Wir haben nicht nur Talentierte in unserer Mitte, sondern auch Mentoren. Das bedeutet, unsere Gemeinschaft wächst. Der Wandel in Tessarect wird von ganz allein kommen, wenn wir es schaffen, Respektspersonen von der Wahrheit zu überzeugen. Wenn die Leute erst einmal sehen, mit welchen schmutzigen Tricks ihr Anführer arbeitet, wie er Inventi erpresst und Talentierte unnötig kontrolliert, werden sie sich gegen ihn stellen, ohne dass wir Gewalt anwenden müssen. Das ist das Ziel.«

Ich nickte und griff nun doch nach einem der Gläser. Ich ließ meinen Blick schweifen. Efeuranken zierten die Glasfront, in der sich die unterschiedlichen Pastelltöne des Himmels spiegelten. Violett, Zartrosa und Blassblau.

Eine eigenartige Ruhe breitete sich in mir aus, während ich die Abenddämmerung über den Dächern der Stadt beobachtete. Es war so befriedigend, diese Worte von jemandem wie Phos zu hören, dem die Leute gewillt waren zu folgen.

Ich drehte mich wieder zu ihm, wobei ich an dem Glas nippte. Der Geschmack von Limette und Lavendel breitete sich in meinem Mund aus, und ich nahm einen größeren Schluck. Alkohol schmeckte ich nicht heraus.

»Sie wollen meine Eltern aus dem Gefängnis befreien?«

Er nickte. »Eins nach dem anderen. Aber ja. Sie sind ein wichtiger Bestandteil des Plans.«

»Was für ein Plan? Und was spiele ich für eine Rolle?«

Niyol kicherte leise. »Warst du immer schon so misstrauisch, oder ist das erst passiert, nachdem sie deine Wohnung abgefackelt und dich entführt haben?«

Ich warf ihm einen vernichtenden Blick zu, und auch Phos besah ihn mit strengem Gesichtsausdruck.

»Zunächst ist es wichtig, dass die Omilia keinen Verdacht schöpft, bis du dich entschieden hast, ob du uns helfen möchtest oder nicht. Wie ich mitbekommen habe, ist gerade kein guter Zeitpunkt, um durch rebellische Aktivitäten aufzufallen. Geschweige denn den Bezirk der Ydor zu verlassen.«

Er hatte sich gut informiert, das musste man ihm lassen.

»Was ist mit deinem Inventi? Auf William ist Verlass, oder?«

Zorn durchfuhr mich. »Nero hat ihn damit erpresst, dass er seine Schwester nur in Ruhe lässt, wenn Will ihm bedingungslos folgt. Aber wegen des Gefängniseinbruchs wollte er sich wohl an ihm rächen. Er hat sie in die Stadt geholt und zur Inventi gemacht. Will dürfte also mehr denn je auf meiner Seite stehen.«

»Sehr schön.« Phos fuhr sich über die Lippen, dann zuckte er zusammen. »Bitte entschuldige, natürlich ist es alles andere als schön, wenn ein weiterer junger Mensch gezwungen wird, sein Leben hinter sich zu lassen. Immerhin wird er dich vermutlich nicht daran hindern, dich uns anzuschließen.« *Falls ich beschließe, dass ich dir trauen kann.* »Evelyn hat erzählt, du und er habt eine außergewöhnlich enge Verbindung zueinander? Trotz der kurzen Zeit, in der ihr euch kennt?«

»Ja.«

Weder Niyol noch Phos konnten wissen, was dieses kleine Wort mit mir anrichtete.

Ja, Will und ich hatten eine enge *Verbindung*. Weil wir es mussten. Etwas anderes würde es nie sein.

»Gut.« Phos' ruhige Stimme holte mich wieder ins Hier und Jetzt. »Die Zeit läuft uns davon, ich werde dir so schnell wie möglich das Quartier zeigen. Und bis dahin sollte es deine allergrößte Priorität sein, dich kooperationswillig zu zeigen. Sicherlich wird es nicht leicht, nach allem, was du über Nero erfahren hast, doch es ist immens wichtig, dass sie keinen Verdacht schöpfen.«

Ich schüttelte den Kopf. Das war nichts anderes als das, was Arielle mir auch geraten hatte. »Kein Problem. Ich bezweifle nur, dass sie mir jemals vertrauen werden.«

Phos lächelte ein wenig breiter. »Ich gebe dir voll und ganz recht. Momentan haben sie wohl keinen Grund, dir zu vertrauen. Daher musst du ihnen etwas bieten, was alles andere in den Schatten stellt.«

Verständnislos sah ich ihn an. Auch Niyol wirkte verwirrt.

»Was ist das eine, was sie von dir wollen, Kiana?«

»Sie möchten mich als Waffe missbrauchen? Um an mehr Macht zu gelangen?«

Er nickte ungeduldig. »Ja, ja. Aber wie schaffen sie das? Was hält sie noch zurück?«

Das Rauschen des Windes war alles, was ein paar Augenblicke zu hören war. Dann mischte sich das heftige Pochen meines Herzens in die Stille. Wie schon so oft schien mein Körper schneller zu reagieren als mein Verstand. »Mein Talent«, sagte ich leise. »Sie wollen wissen, was mein Talent ist.«

»Ich werde dich nicht fragen, wie gut oder ob du es überhaupt kennst. Das geht mich nichts an, und es interessiert mich auch nicht. Allein deine Existenz ist Beweis genug, dass Nero und Aria sich irren und dass die Vermischung nichts Schlimmes ist. Lass mich dir nur einen Ratschlag geben: Solltest du schon irgendetwas über dein Talent in Erfahrung gebracht haben, wäre jetzt ein guter Zeitpunkt, dieses Wissen mit ihnen zu teilen. Es mag dir leichtsinnig vorkommen, doch es ist dein einziges Ass im Ärmel. Unter anderen Umständen würde ich dir vorschlagen, dich bedeckt zu halten, aber die Zeit arbeitet gegen uns. Wir müssen schnell handeln und ihn ablenken. Schlimm genug, dass er schon die Asphalia auf dich gehetzt hat, ich will mir nicht ausmalen …«

Der Rest seines Satzes wurde zu undefinierbarem Akustikbrei. Ich hielt mich an meinem Glas fest und beugte mich vor. »Er hat … er hat die Asphalia auf mich gehetzt?«

Phos verstummte sofort und musterte mich neugierig. »Angeblich gab es einen Verräter in ihren Reihen, der die

Asphalia über deine Existenz unterrichtet hat. Aber die Zahl der Menschen, die eingeweiht waren, ist sehr begrenzt. Wir hatten jedenfalls nichts damit zu tun. Was hätten Gaia und ich für einen Grund, dich tot sehen zu wollen?« Es klang beinahe belustigt, doch seine Augen blitzten wütend. »Wir sind nicht diejenigen mit der verqueren Weltansicht. Wir hatten nie ein Problem mit der Beziehung deiner Eltern, geschweige denn mit deiner Geburt.«

»Aber warum hat er mich dann hier in Sicherheit gebracht? Wieso hat er mich aus meiner Wohnung retten lassen, bevor sie in die Luft gesprengt wurde, und meinen Tod inszeniert? Wenn er mich doch tot sehen will?«

»Er will dich nicht tot sehen. Dann säßest du jetzt nicht vor mir. Nero ist ebenso fasziniert von dir, wie er dich abstoßend findet.«

»Ja, und? Was *will* er von mir?«

»Ich kann natürlich auch nur spekulieren. Aber ich kenne Nero sehr gut, wir haben lange Seite an Seite gearbeitet. Er möchte dein Vertrauen, das zeigt ja auch sein bisheriges Verhalten. Mehr noch, er möchte dein Mentor werden. Deine Bezugsperson. Ist doch klar: Wenn du ihm aus der Hand frisst, kann er die Welt verändern. Vor allem schließt du dich dann niemand anderem an. Und auf der anderen Seite hasst er dich für alles, wofür du stehst.«

»Das klingt sehr bipolar«, stellte ich nüchtern fest.

Phos zuckte mit den Achseln. »Er tickt jedenfalls nicht mehr ganz richtig. Das müssen wir uns zunutze machen.«

Ich ließ meinen Blick über das Geländer schweifen. »Also erzähle ich ihm von meinem Talent? Und dann bringen Sie mich zu Evelyn und den anderen und helfen mir, meine Eltern zu befreien?«

»Das verspreche ich dir.« Er kramte in seiner Manteltasche und holte ein goldenes Etui hervor, das er aufschnappen ließ und mir hinhielt. »Hier findest du meine Kontaktdaten. Melde dich sofort, sobald du Zeit hast. Wir stecken gerade mitten in den Vorbereitungen für unseren nächsten großen Schritt im Kampf gegen die Omilia – eine Rebellionsfeier. Es ist wichtig, dass wir jetzt kein Aufsehen erregen. Wenn du dich für uns entscheidest, werde ich dir hundertprozentiges Vertrauen entgegenbringen. Du bist nicht allein, Kiana.«

Ich griff in die Metallpackung und schnappte mir eine der Visitenkarten. Ein goldenes Dreieck war in das dicke Papier eingestanzt. Bei jeder kleinen Bewegung änderte sich das Symbol, mal war es durchgestrichen, mal stand es auf dem Kopf. Die vier Elemente, alle vereint. Bevor ich die Schrift darauf entziffern konnte, spürte ich eine Bewegung neben mir und sah auf. Niyol und Phos hatten sich beide erhoben.

»Es ist besser, wenn wir unsere Zeit im Luftschloss nicht überstrapazieren. Ich bin mir sicher, auch nach dir wird bereits gesucht.« Phos betrachtete mich mit einem warmen Lächeln. »Du kannst mich immer erreichen, wenn du Fragen hast. Ich bitte dich jedoch, dieses Treffen für dich zu behalten. Erzähle deinen engsten Verbündeten davon, deinem Inventi, wenn es dir bei deiner Entscheidung hilft, aber es sollten nicht die Falschen mitbekommen, dass du dich mit dem Ältesten der Pyro getroffen hast.«

Ich schüttelte ihm zum Abschied die Hand. »Okay.«

Niyol nickte ihm zu, dann legte er mir eine Hand auf den Rücken. »Komm, ich bring dich wieder runter.«

Seine Berührung traf mich wie ein Stromschlag. Hastig beschleunigte ich meine Schritte.

Wir sprachen kein Wort, bis wir beim Aufzug angekommen waren. Vom Kellner war auch nichts mehr zu sehen.

Wieso fuhr Phos nicht mit uns runter? Nahm er einen Geheimausgang, um nicht gesehen zu werden?

Demonstrativ drehte ich mich von Niyol weg, nachdem sich die Automatiktüren hinter uns schlossen. Zu seinem Glück berührte er mich nicht mehr.

»Ich mag es. Mit dir im Aufzug. Die Stimmung ist unschlagbar, oder?« Mit Sarkasmus und anzüglichen Kommentaren trieb er mich vielleicht auf die Palme, doch dieser leise, ernsthafte Ton war deutlich schlimmer.

Ich warf einen Blick über meine Schulter. Er lehnte an der verspiegelten Wand und hatte beide Handflächen hinter sich gepresst. Setzte ihm das Wackeln des Aufzugs zu? Seine Brauen waren zusammengezogen, und sein Blick … sein Blick schien geradewegs in mein Innerstes zu gucken.

Ich drehte mich wieder weg. »Hör auf, mit mir zu reden. Wir sind keine Freunde, und ich will nichts mit dir zu tun haben. Wenn es nicht um meine Eltern und um Eve ginge, wäre ich nicht hier.«

»Du hast recht, Kia. Ich wollte nie dein Freund sein. Weißt du, dass ich einfach nur mit dir flirten wollte, an diesem Abend vor der Kunstgalerie? Das war der ursprüngliche Plan. Ich hatte vor, an die Empfangstheke zu kommen und Süßholz zu raspeln. In dem Moment hat Aria mich angerufen. Und mir von meiner Mum erzählt. Ich wollte nicht mehr denken oder fühlen. Und dann bist du rausgekommen und hast gefragt, ob alles okay ist, als sei es das Selbstverständlichste auf der Welt. Du hast dich neben mich auf die Stufen gesetzt, am helllichten Tag, während ich wollte, dass alles zu Ende geht. Es hat eine Weile gedauert, bis ich verstanden habe, dass du es bist. Es war nie geplant, diese dumme Mitleidsschiene zu fahren. Glaub mir, ich weiß, wie man Frauen verführt, und Heulen gehört definitiv nicht dazu. Aber da warst du. Du hast einfach auf mich eingeredet, bis ich mich beruhigt habe.« Seine Stimme zitterte.

Verdammt. Verdammt, er klang genau wie damals.

»Ich wollte nie dein Freund sein. Ich wollte dich einfach nur in den Arm nehmen und nicht mehr loslassen.«

VIER

Kristall

Die Panik setzte ein, als ich die Tür hinter mir schloss. Schon von außen hatte ich gesehen, dass kein Licht brannte. Erst nachdem ich im Ydor-Bezirk angekommen war, hatte ich daran gedacht, wieder auf mein Handy zu schauen. Die Begegnung mit Phos und vor allem mit Niyol hatte meine Gedanken beherrscht. Bis auf den weggeklickten Anruf von Will hatte ich keine neuen Nachrichten. Das allein war schon Grund zur Sorge.

»Will?«

Meine Stimme hallte gespenstisch von den Wänden wider. Ohne mir die Mühe zu machen, meine Jacke oder die Schuhe ausziehen, schaltete ich das Flurlicht ein und lief ins Wohnzimmer.

Er saß mit dem Rücken zu mir auf dem Boden vor dem Kamin. Seine weißblonden Haare standen in alle Richtungen ab, und er trug seine Lederjacke.

»Was machst du da?«

Keine Reaktion. Ich trat auf ihn zu, bis ich sein markantes Profil sehen konnte, das stur auf die abgebrannten Holzscheite gerichtet war.

»Hallo, ich rede mit dir.«

Ganz langsam drehte er sich zu mir, schaute nach oben, ließ seinen Blick beinahe gelangweilt über mich wandern, und sah wieder weg. »Was willst du von mir?«

Na, immerhin hatte er seine Stimme nicht verloren.

»Ich hab mich nur gewundert, wieso du dich nicht mehr gemeldet hast, obwohl ich abgehauen bin.«

Er lachte auf. Es klang unecht. »Willst du dich streiten? Möchtest du, dass ich herumbrülle und dir sage, was du zu tun hast, so wie sonst immer?«

Heiße Wut durchfuhr mich. »Nein, du hast recht. Es sollte mich nicht wundern, dass deine Sorge um mich immer nur eine Farce war, genau wie der Rest.«

Für ein paar Sekunden versteifte sich sein Körper, dann war er mit einem Satz auf den Beinen und kam auf mich zu.

»Du … weißt *gar nichts*!«

»Ich weiß, dass du mich angelogen hast.«

»Ach, weil ich dein Vertrauen missbraucht habe, bringst du dich aus Rache in Lebensgefahr? Ich hätte dich begleiten sollen!«

»Es geht nicht immer nur um dich.« Ich presste die Lippen zusammen und trat zurück, weil mir seine Nähe zu viel wurde.

»Nein. Es geht nie um mich. Ich bin ein gottverdammter Inventi.«

Es ging hier um Alessa.

»Hast du etwas zu deiner Schwester rausgefunden?«

»Was interessiert dich das?«

»Ich bin kein Monster. Nur weil du ein Verräter bist, heißt das nicht, dass ich mich an deinem Schmerz erfreue.«

»Tust du nicht? Deshalb dachtest du, du setzt noch einen drauf, indem du dich ohne zusätzlichen Schutz mit diesem Mistkerl triffst?«

Ich schüttelte den Kopf. »Du bist unglaublich, weißt du das? Erst verbrüderst du dich mit ihm, aber sobald ich Kontakt mit ihm habe, wirst du eifersüchtig? Ist das der Inventi, der aus dir spricht? Oder kommt einfach nur der Kontrollzwang in dir durch?«

»Du hast keinen blassen Schimmer!«

Ich wollte ruhig bleiben. Wirklich. Doch ich konnte nicht anders. Die Erinnerung an seine Nähe, an seine Worte, an seine Blicke nahm alles ein.

»Hab ich nicht?«, rief ich. »Meinst du nicht, dass ich inzwischen ein ziemlich klares Bild von deinen *Gefühlen* habe?«

Ich verfluchte ihn für seinen wutentbrannten Blick. Als hätte ich ihm die schlimmste Beleidigung an den Kopf geworfen. Als wäre nicht *er* derjenige, der mein Vertrauen missbraucht hatte.

»Oder ist es normal für dich, die Leute, in die du dich *verdammt noch mal verliebst,* zu belügen?«, machte ich weiter. »Du hast es echt drauf, ich muss schon sagen. Machst sogar

Niyol Konkurrenz. Ich bin so dämlich! Ich wusste von Anfang an, dass du nur mein Inventi bist, dass …«

… diese gottverfluchte Verbindung dich diese Dinge sagen lässt, wollte ich fortführen, doch so weit kam ich nicht.

»So siehst du das also.« Seine Stimme war leise, doch sie bebte vor Zorn. »Wag es nicht, mir zu sagen, was ich fühle.«

»Ja, was fühlst du denn, Will?«

Er fuhr zusammen, dann packte er mich mit einem Ruck an den Schultern. »Alles«, brachte er hervor. Seine ganze Wut löste sich in diesem Wort auf. Übrig blieb nur Verzweiflung.

Eine Weile starrten wir uns nur schwer atmend an. Ich hatte nicht einmal die Kraft, mich aus seinem Griff zu lösen. Er schien nichts Dummes zu planen, auch wenn sein Blick kurz zu meinen Lippen und dann wieder wegzuckte. Irgendwie hatte ich das Gefühl, dass er nicht mich hielt, sondern sich selbst festklammerte.

»Lass mich los.« Meine Stimme klang gefasst. Keine Ahnung, wieso.

Er blinzelte.

»Ich will nicht von dir berührt werden. Das solltest du wissen, wenn du doch *alles* fühlst.«

Sofort nahm er seine Hände von meinen Schultern und trat einen Schritt zurück.

»Ich habe mich nicht in Gefahr gebracht«, fuhr ich mit Kälte in der Stimme fort. »Ich habe das getan, was getan werden musste, um meine Eltern und deinen Dad zu befreien. Und uns alle zu retten.«

Mit einem Stöhnen fuhr er sich durch die Haare. Dann schaltete er das Licht ein und wies aufs Sofa. »Setz dich. Und dann erzähl's mir.«

Der blaue Schatten unter seinem Auge war im Licht der Wohnzimmerlampe noch schlimmer anzusehen. Ich schluckte, ließ mich neben ihm nieder und fasste meine Begegnung mit Phos in ein paar hastigen Sätzen zusammen. Den Ratschlag, den er mir gegeben hatte, um Neros Vertrauen zu gewinnen, ließ ich aus. Das war eine Sache, die ich mit mir selbst ausmachen musste. Und es war sinnlos, Will nach seiner Meinung zu fragen – ich wusste bereits, was er sagen würde. Beziehungsweise schreien.

Er unterbrach mich nicht, runzelte nur ein paarmal die Stirn. Auch nachdem ich fertig war, kam keine Antwort. Da war keine Wut mehr. Nur Resignation.

»Okay«, durchbrach ich nach ein paar Sekunden die Stille. »Jetzt du. Was hast du über Alessa herausfinden können?«

»Sie haben mich nicht zu Nero gelassen. Er hat mir ausrichten lassen, dass alles zwischen uns geklärt sei und ich meine Gefühle im Schach halten solle, da ich ja sicherlich nicht möchte, dass Lessa einen schlechten Start hat. Und dass ich sie bald sehen darf, wenn ich mich benehme.«

»Hast du versucht, Daria zu kontaktieren?«, fragte ich in möglichst neutralem Ton.

Zu meiner Überraschung nickte er. »Sie hat gesagt, sie tut, was sie kann, um etwas herauszukriegen. Aber es kann eine Weile dauern, bis neue Inventi mit den anderen trainiert werden. Sie meinte, wahrscheinlich bekommt Alessa erst mal Einzelunterricht.« Die Worte klangen monoton.

»Phos hat gesagt, um Tessarect von der Wahrheit zu überzeugen, müssen wir den Leuten zeigen, wie es hinter den Kulissen abläuft. Wie Inventi erpresst werden. Das könnte doch ein Beweis sein.«

»Beweis.« Er spuckte das Wort förmlich aus und wandte sich von mir ab. »Als gäbe es nicht schon genug Beweise, seit deine Eltern weggesperrt wurden.«

»Ich bin mir sicher, nahezu jeder Inventi, der sich nicht von den Drohgebärden der Omilia beeindrucken lässt, hat eine Menge zu erzählen. Wir müssen nur die richtigen Leute finden und sie zum Reden bringen. Meine Eltern scheiden leider vorerst aus.«

»Ja.« Er lachte trocken auf. »Als wäre das so einfach.«

»Ich habe nicht gesagt, dass es einfach wird.« Ich stemmte die Hände in die Hüften und bohrte meinen Blick in seinen Rücken. »Wir haben eine Chance. Und wir haben mindestens einen Ältesten auf unserer Seite. Der im Übrigen Worte wie ›Gehirnwäsche‹ verwendet und mir erzählt, dass Nero und Aria mit hoher Wahrscheinlichkeit die Asphalia auf mich gehetzt haben.«

Sein Körper wurde ganz starr. Ich verkniff mir ein triumphierendes Lächeln. In Zeitlupe drehte er sich wieder zu mir um. »Wie bitte?«

»Phos zufolge hat Nero mich absichtlich in Gefahr gebracht, um mich anschließend nach Tessarect zu holen und den Retter zu spielen. Es gab keinen Verräter in ihren Reihen, der diese komische Sekte in das Geheimnis meiner ach so schlimmen Existenz eingeweiht hat. Oder doch: Der Verräter war Nero selbst.«

»Das …«

Ich wappnete mich für seine Widerworte, doch seine Züge glätteten sich mit einem Mal.

»Das würde einiges erklären. Angefangen mit dem ersten Übergriff auf dich an der Raststätte. Und dann dem zweiten, als wir auf dem Weg zu deiner Beerdigung waren. Für wen war die Beerdigung eigentlich, wenn nicht für die Asphalia? Die wollte dich ja anschließend immer noch umbringen. Überhaupt, wieso du nie in Tessarect angegriffen wurdest, macht keinen Sinn. Wieso sollten fanatische Freaks mit realitätsfernen Weltansichten sich vor der Omilia fürchten, wenn es ihre oberste Priorität ist, deine Existenz auszulöschen?«

Fast könnte man meinen, es sei alles wie vorher, wie wir so dasaßen und die Situation analysierten … Ich nickte grimmig. »Hab eh schon vermutet, dass du mich da nur hinfahren solltest, damit ich noch mehr leide.«

Eine Weile blieb er stumm, während er wie so oft, wenn er nachdachte, im Zimmer auf und ab lief. Schließlich stöhnte er leise auf. »Ich möchte nicht, dass du noch einmal allein zu ihm fährst. Wir können es uns nicht leisten, Vertrauen voreilig zu verschenken.«

Es war wohl kontraproduktiv, ihn daran zu erinnern, dass ich erstens nicht allein gewesen war und er zweitens kein

Recht mehr hatte, etwas von mir zu fordern. Allerdings brachte ich es auch nicht über mich, zu lügen und einzuwilligen. Also schwieg ich.

Ein Klopfen mischte sich in das leise Tröpfeln des Regens. Ein Klopfen, das sich schnell in energisches Hämmern verwandelte.

Wir drehten zeitgleich die Köpfe in Richtung Eingangstür.

»Bleib hier«, raunte Will mir zu, während er schon den Flur entlanghastete.

Anstelle einer Antwort verdrehte ich die Augen und folgte ihm. Jäh durchfuhr mich die Erinnerung an Nates und Caspers Gespräch unten im Gefängnis. *»Kannst du mal eine Sekunde diesen Macho-Scheiß lassen?«*

Meine Mundwinkel zuckten, aber bevor sich ein richtiges Lächeln auf meinen Lippen ausbreiten konnte, holte mich die Realität ein. Casper. Oh Gott, wie sehr ich hoffte, dass Nate einen Weg fand, um ihn aus dem Schlamassel zu retten!

»Sag mal, hast du keine Erziehung genossen? Lass mich durch, ich triefe!«

Daria stand in einem türkisfarbenen, pitschnassen Kleid und ohne Jacke auf dem letzten Treppenabsatz. Sie machte Anstalten, sich an Will vorbeizuquetschen, dessen Gehirn wohl erst jetzt in die Gänge kam. Er machte ihr hastig Platz, sodass sie quasi in meine Arme stolperte.

Ihre Begrüßung fiel flüchtiger aus als sonst, sie drehte sich sofort wieder zu Will, der gerade die Haustür hinter ihr zuschlug. »Sie hat deine Haarfarbe, richtig? Ungefähr so groß wie ich, ein bisschen schlanker. Um die dreizehn, vierzehn, schätze ich?«

Wills ganzer Körper spannte sich an. Er starrte sie an, als wolle er sie zwingen, schneller zu sprechen. »Zwölf«, erwiderte er heiser. »Du hast sie gesehen? Wo? Ist sie in der Omilia? Wie geht's ihr?«

»Nee, die sind ja nicht doof. Dank meiner spitzenmäßigen Kombinationsgabe kam ich darauf, dass sie sie wohl mit einem Ydor konfrontiert haben, der ebenfalls ein Kind ist. Also bin ich in meiner Mittagspause ein bisschen spazieren gegangen und hab unserem herzallerliebsten Daxton einen Besuch abgestattet.«

Wills Hand lag in Sekundenschnelle auf der Türklinke. »Wieso hast du mir nicht vorhin schon gesagt, dass sie so vorgehen?«

»Weil auch ich nicht doof bin und genau diese Reaktion verhindern wollte. Was glaubst du, was sie mit dir anstellen, wenn du dort in der Gegend rumlungerst, nur wenige Stunden nach der Gefängnisaktion? Und was ist überhaupt mit deinem Gesicht passiert?«

Wills Miene versteinerte sich. Er presste die Lippen zusammen, bis sie ganz weiß waren.

»Sie haben ihn zusammengeschlagen, um Informationen über genau diese Aktion aus ihm herauszubekommen«, antwortete ich bitter.

Daria drehte sich mit Entsetzen in den dunkelgrau geschminkten Augen zu mir. »Dein Ernst?«

»Ja. Du wirst den Teufel tun und ihn zu der Adresse schicken.«

»Sag mir sofort, wo sie ist«, knurrte Will.

Daria seufzte leise und wandte sich ihm wieder zu. »Es bringt nichts. Sie sah relativ zufrieden aus, sie war zusammen mit Dax im Garten und hat seiner Mutter geholfen, die Regenplane über die Möbel zu spannen. Hat sogar gelacht, als er sie mit seiner Wasserpistole angespritzt hat.«

Wills Hände begannen zu zittern. Ich sah es sofort, auch wenn er sie rasch in seinen Hosentaschen vergrub.

»Daxtons Mum hat mich gesehen, ich hab wohl ein bisschen zu lange über die Hecke gelugt«, fuhr Daria fort. »Wenn du dich jetzt direkt auf den Weg dorthin machst, wird Nero sicher eins und eins zusammenzählen können. Noch weiß er nicht, dass wir zusammenarbeiten. Ich wurde nicht von den Wächtern erkannt. Lange kann's dann allerdings nicht mehr dauern.«

»Sie hat recht!«, schoss es aus mir hervor. »Das dürfen wir nicht riskieren. Und selbst wenn du Alessa siehst, glaubst du nicht, es wird schlimmer für sie, wenn auch sie dich entdeckt und dann gleich wieder von dir getrennt wird? Vielleicht weiß sie momentan gar nicht, dass du auch in der Stadt bist.«

»Ich habe nicht vor, sie in diesem Haus zu lassen«, presste Will hervor.

»Daria hat recht!« Ich machte einen Schritt auf ihn zu, um ihn im Notfall am Arm festhalten zu können, sollte er einfach plötzlich die Tür aufreißen. »Was genau ist der Plan?

Möchtest du Neros Zorn noch mehr auf dich ziehen? Jetzt, da er dir nicht mehr damit drohen kann, deine Schwester zur Inventi zu machen, muss er sich nicht mehr an die Spielregeln halten und nett zu dir sein.«

»Nero geht mir am …«

»Denk an Alessa!«, schnitt ich ihm das Wort ab. »Denk daran, wie viel Angst du ihr machen wirst, wenn sie dich in diesem Zustand sieht.«

Wir schauten uns an, und für einen Augenblick vergaß ich, dass Daria mit uns im engen Flur stand.

Als es in seinen Augen nicht mehr loderte, zwang ich mich, den Blick abzuwenden.

»Gut, dann hätten wir das geklärt«, kam es von Daria. »Ich nehme deine Schwester unter meine Fittiche, sobald sie mit uns trainiert wird. Niemand wird das seltsam finden, solange ich nicht mit euch in Verbindung gebracht werde. Und du wirst sehen, schon bald werde ich allein Zeit mir ihr verbringen können, und du kannst dazustoßen.«

Will sagte nichts mehr, sondern stampfte an uns vorbei. Ich atmete auf. Keine Minute später hörte ich das Quietschen der Falltür, die in sein Schlafzimmer führte.

»Wie ist die Lage zwischen euch?«, wisperte Daria.

Ich verzog das Gesicht. »Lass uns das Thema wechseln, ja? Komm, ich mach dir einen Tee und erzähle dir, was ich bei den Pnoe erlebt habe.«

Die Nacht war eine einzige Katastrophe. Daria blieb viel zu kurz, weil sie zu ihrer nächsten Inventi-Schicht musste. Ich hatte ihr versprechen müssen, sie direkt zu kontaktieren, wenn ich mich das nächste Mal mit Phos traf oder gar zu Evelyn gebracht wurde.

Will blieb im Keller, und auch wenn ein Teil von mir froh war, dass ich von weiteren Konfrontationen verschont blieb – Ablenkung war gerade alles, was ich wollte. Kurz durchzuckte mich der Gedanke, ob ich nicht sofort zu den Pnoe aufbrechen sollte. Die Visitenkarte des Ältesten der Pyro schien tonnenschwer in meiner Tasche zu liegen.

Meine Entscheidung war längst gefallen. Mir blieb ja überhaupt keine andere Wahl. Mein Bauchgefühl bekräftigte mich darin. Ich hatte seine Worte nicht vergessen, als wir auf meine Gabe zu sprechen gekommen waren. Er interessierte sich überhaupt nicht für sie. War das nicht Absicherung genug?

Doch der Gedanke an meinen Inventi hielt mich zurück. Natürlich. Wie könnte ich ihn hier allein lassen und riskieren, dass er sich in Gefahr begab?

Ich wälzte mich eine halbe Ewigkeit im Bett herum, bis ich in einen unruhigen Schlaf fiel.

Als ich von Schritten auf der Wendeltreppe geweckt wurde, war mein Schlafzimmer in hellgraues Licht getaucht, und ich war mir sicher, vor höchstens dreißig Minuten eingeschlafen zu sein.

»Geh weg, ich will schlafen«, krächzte ich und drückte mein Gesicht ins Kopfkissen. Um genau zu sein, wollte ich den gesamten Tag mit Schlafen verbringen. Oder die nächste Woche.

»Steh auf.«

Will klang hellwach. Vielleicht hatte er ganz auf Schlaf verzichtet, wundern würde es mich nicht.

»Hau ab!«

»Wir sollen sofort in die Omilia kommen.«

Ich stöhnte auf und hob den Kopf. »Wir?«

»Ja, wir. Keine Ahnung, was das wieder soll, ich hätte Trainingsstunden gehabt. Nicht, dass ich vorhatte, hinzugehen. Und jetzt steh auf. Bitte.«

Eine halbe Stunde später hatte ich es tatsächlich geschafft, zu duschen, mich anzuziehen – ich wählte einen mitternachtsblauen Pullover zu Jeans, Anpassung konnte wohl nicht schaden, wenn ich Neros Vertrauen gewinnen wollte – und meine Müdigkeit mit einem heißen Milchkaffee herunterzuspülen, den Will mir kommentarlos zugeschoben hatte. Ja, er war ein Mistkerl – kein Grund, auf Koffein zu verzichten.

Während der Fahrt zur Omilia sprachen wir kein Wort. Das Autoradio schaltete er sofort ab, als würde die fröhliche Musik, die daraus schallte, ihn den letzten Nerv kosten. Ich drückte meine Stirn gegen die Fensterscheibe. Beobachtete die Girlanden, die zwischen den dunklen Häusern gespannt waren und vom wütenden Herbstwind herumgewirbelt wurden. Meine Gedanken wanderten zu meinem Vorhaben. Es würde sich schwierig gestalten, von meinem Talent zu erzählen, wenn Will bei mir war. Noch vor ein paar Tagen hätte ich so etwas nie vor ihm verheimlicht. Ich erinnerte mich nur zu gut an die Intensität in seinem Blick, nachdem wir gemeinsam die Wahrheit herausgefunden hatten und er mich auf dem Dach angefleht hatte, niemandem davon zu erzählen. Das war der Auslöser gewesen. Der Auslöser für …

Zornig presste ich meine Augen zu. Unser erster Kuss war das Letzte, woran ich denken sollte.

Ich sollte Angst spüren. Aufregung. Irgendetwas. Sie wussten dank der Wasserfallexkursion zwar, dass mein Talent schon ausgelöst worden war, und auch die medizinischen Untersuchungen hatten ihnen zu denken gegeben, aber sie konnten sich nicht sicher sein.

Sie wussten, dass wir ins Gefängnis eingebrochen waren. Sie wussten es und hatten mich nicht bestraft. Nur meinen Inventi. Will konnte sich keinen Fehltritt mehr leisten. Ich schon.

Nachdem wir das Auto geparkt hatten und die Brücke zum Eingang entlangliefen, hatte ich mich fast vollständig davon überzeugt, dass ich mir keine Sorgen machen musste.

Am See vor der Omilia waren weder Gondeln noch Touristen zu sehen, und auch die Brücken waren menschenleer. War es so früh?

Wir wurden von Picabo Irving in Empfang genommen, dessen faltiges Großvatergesicht untypisch verschlossen war.

»Guten Morgen.« Ich lächelte ihn an, doch er nickte uns nur zu und deutete auf den Gang, der sowohl zu Neros Büro als auch zum Zentrum der Ydor führte.

»Hier entlang.«

»Wo sind denn alle hin?«, murmelte ich, während wir an den blauen Gemälden vorbeieilten.

»Die Konzentration liegt heute ausschließlich auf euch.«

In dem Satz lag so viel Endgültigkeit, dass ich mich nicht mehr zu sprechen traute, bis wir vor der Steintreppe zu stehen kamen, die nach unten zum Wasserbecken führte.

»William, du wartest hier. Du wirst gleich abgeholt. Kiana, folge mir.«

»Also doch Trainingsstunden?«, fragte Will genervt und verschränkte die Arme. »Was sollte dann der ganze Stress?«

Picabo schenkte ihm einen flüchtigen Blick. »Es wird kein Training geben.« Mit diesen Worten hielt er mir seinen Arm hin.

Will sah mich an, und auf einen Schlag war seine Miene angsterfüllt.

Hastig senkte ich den Blick und ließ mich von Picabo hinunterführen.

Ich atmete die kühle Luft ein, die mit jeder Stufe feuchter wurde, und ließ meine freie Hand im Vorbeigehen über die Wand gleiten. Spürte das Nass der daran herunterlaufenden Wassertropfen an meinen Fingerspitzen.

Picabo blieb abrupt stehen, obwohl wir noch nicht am Fuße der Treppe angekommen waren.

»Ist alles in Ordnung?«

Keine Ahnung, wieso ich flüsterte.

»Ich wurde angewiesen, dir die Augen zu verbinden.«

Picabo kramte einen seidenen Stoff aus seiner blauen Jacketttasche und drehte sich leise seufzend zu mir.

»Was?«

»Es tut mir leid.«

»Wozu soll das gut sein? Ich war doch schon mehrmals im Zentrum der Ydor.«

Das Licht hier unten war schummrig, doch mir entging nicht, dass sich das Blau seiner Augen verflüssigt hatte. Waren das Tränen? »Darum geht es nicht, Kiana.«

Mein Herz begann, nervös zu flattern, und ich verfluchte es dafür. Ich wollte nicht aufgeregt sein. Ich hatte den gestrigen Tag überlebt, schlimmer konnte es doch nicht werden!

»Worum geht es dann?«

»Dreh dich um, damit ich dir die Augen verbinden kann.« Jedes Wort schien ihm Schmerzen zu bereiten.

Ich starrte ihm eine Weile ins Gesicht, registrierte die Fältchen um seine Augen, die Knubbelnase, die grauen buschigen Brauen. Er kannte meinen Großvater. Er hat ihm geschworen, mich zu beschützen. Wie ein Mantra wiederholte ich die beiden Sätze immer wieder in Gedanken.

Schließlich ergab ich mich und kehrte ihm den Rücken zu.

»Sie stehen immer noch auf meiner Seite, oder?« Ich senkte die Stimme, aus Angst, sie würde zu zittern beginnen.

Kühler Stoff an meiner Haut. Ich schloss die Augen.

Mit einem sanften Ruck zog er die Augenbinde fest und band sie auf meinem Hinterkopf zusammen. Doch auch als er fertig war, ließen seine Finger nicht von mir ab.

»Ich darf es dir nicht sagen. Du sollst unvorbereitet sein, damit der Effekt größer ist. Aber ich kann dir das nicht antun, ich kann nicht …« Er brach ab, und ein krächzender Laut drang an meine Ohren.

»Sagt dir der Begriff Waterboarding etwas?«, raunte er. Sein Pfefferminzatem kitzelte mich.

Ich schüttelte den Kopf.

»Sie wollen eure Verbindung zueinander testen. Sie wollen ihn beobachten, während sie dich … während sie dich …«

Wieder Stille.

»Während sie mich *was*?«, brachte ich hervor. Mir war, als würden sich eisige Finger um mein Herz legen.

»Sie werden dich foltern. Nichts, was bleibende Schäden hinterlässt. Wenigstens keine physischen.«

Schwindel überfiel mich.

»Simuliertes Ertrinken nennt sich das. Es ist barbarisch. Du wirst auf eine Liege …«

Schon wieder verstummte Picabo, doch diesmal lag es wohl nicht an seinem inneren Kampf.

Schritte. Das Quietschen von Türangeln.

»Seid ihr so weit?«, hallte eine weibliche Stimme nach oben.

»Wir sind sofort da!«, rief Picabo zurück und fasste mich an beiden Ellenbogen.

»Es tut mir leid, Kiana. Es tut mir so unendlich leid. Ich habe alles versucht, um sie davon abzubringen …«

Das waren seine letzten Worte, ehe er mir einen kleinen Schubs gab und mich die restlichen Stufen nach unten führte.

Wie hatte ich mich auch nur eine Sekunde in falscher Sicherheit wiegen können?

Es konnte immer noch schlimmer werden.

A

Alles okay. Alles okay. Alles okay.

Das Rauschen der Wellen. Der salzige Geschmack von Meerwasser auf meinen Lippen. Darauf musste ich mich konzentrieren.

Parallelwelten.

Ich konnte nichts sehen, die Augenbinde tauchte meine Umgebung in Dunkelheit. Ich könnte genauso gut am Strand stehen. Möwengeschrei, gut gelaunte Menschen, Eiscreme, Normalität.

»Bringt sie nach hier drüben.«

Die Stimme der Frau kam mir bekannt vor. Die Parallelwelt verschwand.

Ich ließ mich von Picabo führen, obwohl alles in mir danach schrie, mir die Augenbinde vom Gesicht zu reißen.

Simuliertes Ertrinken.

Folter. Sie wollten mich foltern. Die Angst schnürte mir die Kehle zu, verwandelte meine Atemzüge in ein abgehacktes Röcheln. Wie sehr ich mir wünschte, Picabo wäre dazu gekommen, seinen Satz zu beenden! Das Schlimmste war die Ungewissheit.

Oder wäre es noch viel schlimmer, wenn ich wüsste, was

genau mich erwartete? Würden sie meinen Kopf unter Wasser tauchen? Warum hatte er eine Liege erwähnt?

Alles okay. Ich war wertvoll für sie. Keine bleibenden Schäden, hatte Picabo gesagt. Keine körperlichen.

Scheiße.

Wie durch einen milchigen Filter nahm ich wahr, dass mir mein Mantel von den Schultern gezogen wurde. Die schwere Eingangstür fiel mit einem lauten Klicken ins Schloss.

»Wir werden dich jetzt in eine liegende Position befördern«, sprach die weibliche Stimme. Irgendein teures Parfüm stieg mir in die Nase, vermischte sich mit Picabos Pfefferminzgeruch.

War das Dylara, Nates Mutter und Pyro-Mentorin? Wie viele Leute befanden sich noch in diesem Raum?

Ich nickte. Zwang mich zu einem neutralen Gesichtsausdruck. Zu kontrollierten Atemzügen. Ich durfte ihnen meine Angst nicht zeigen. Je weniger Regungen, desto einfacher würde es für Will sein, ebenfalls Ruhe zu bewahren, nicht wahr?

Ich ließ mich nach hinten drücken. Auf irgendetwas Hartes. Mehrere Hände stützten mich an den Schultern, zogen mich weiter nach oben, bis meine Füße sich vollständig auf dem Untergrund befanden und mein Kopf nach hinten fiel. Reflexartig wollte ich wieder runterrutschen, damit er Halt hatte, aber die Griffe fixierten mich an Ort und Stelle.

»Nein, so ist es gut. Der Kopf muss sich tiefer als der restliche Körper befinden.«

Ich kniff die Augen zu, obwohl es kaum einen Unterschied machte. Sollte ich mich wehren?

»Kiana.«

Mein Herz setzte beim Klang von Neros tiefer Stimme einen Schlag aus.

»Was … was genau machen Sie mit mir?«

»Für diesen Test ist es notwendig, dass du unvorbereitet bist«, antwortete er ruhig. Er befand sich nicht so nah wie die Leute, die mich festhielten, die Worte mischten sich unter das leise Plätschern der Wellen.

»Was für ein Test?«

»Wir werden anschließend mit dir darüber sprechen. Jetzt solltest du dich nur auf deine Empfindungen konzentrieren. Überlass dich einfach ganz deinen Gefühlen. Versuche, sie nicht zu unterdrücken.«

Ich öffnete den Mund, um etwas zu erwidern, doch im selben Moment wurde mir die Augenbinde mit einer schnellen Bewegung über den Kopf gezogen.

Überrumpelt schnappte ich nach Luft und blinzelte. Die Dunkelheit war weg, dennoch konnte ich nichts erkennen. Nur schemenhafte Schatten. Ein helles Tuch lag über meinem Gesicht. Frottee. Es roch nach Seife. Ein Handtuch?

Gleichzeitig spürte ich Finger an meinen Fuß- und Handgelenken. Sie drückten meine Arme und Beine fest auf die Liege.

Ein Reißen ertönte. Klettverschluss. Die Berührung verschwand, stattdessen spürte ich kühlen Stoff. Irgendetwas befestigte mich auf der Liege. Automatisch versuchte ich, ein Bein anzuheben. Nichts. Festgeschnallt.

Ich musste mich wehren. Ich konnte es nicht einfach geschehen lassen, ich …

»Stillhalten, bitte.«

Meine rechte Hand wurde leicht hochgehoben, dann schnappte etwas an meinem Zeigefinger zu. Ich zuckte zusammen. Es tat nicht weh, es kam nur unerwartet. Keine Sorge …

Mein Herzschlag dröhnte nun in meinen Ohren, übertönte alles andere.

Alles okay. Alles okay. Das war auch nicht schlimmer als der Moment, in dem ich versucht hatte, mein Talent in der Badewanne auszulösen. Und jetzt war ich von Menschen umgeben. Die mir helfen konnten, wenn es ernst wurde.

Die mich folterten, um meinen Inventi zu testen.

Arielles Worte kamen mir in den Sinn, dann Phos'. Nero war nicht ganz klar im Kopf. Er tickte seit der Sache mit Gaia nicht mehr richtig. Und Aria, die Älteste der Pnoe … Aria hatte ihr eigenes Fleisch und Blut töten lassen. Ich konnte es mir einreden, sosehr ich wollte – ich war hier nicht in Sicherheit. Noch nie war ich weniger in Sicherheit gewesen. Hilflos. Ausgeliefert.

Zum Glück hatte ich bloß Kaffee zu mir genommen. Mir war kotzübel.

Mein Zusammenzucken von eben war kein Vergleich zu dem, das jetzt folgte. Mein Kopf fiel nach hinten ins Leere.

Ein Ruck ging durch meinen Körper. Als würde ich elektrisch geschockt werden. Das Geräusch von spritzendem Wasser, viel näher als die Wellen, war meine einzige Warnung, nur Millisekunden zuvor. Sie reichte nicht aus.

Wasser. In meiner Nase. In meinem Mund. Keuchen. Würgen. Das nasse Tuch schmiegte sich an mein Gesicht, an meine geöffneten Lippen.

Was zum …

Nicht einatmen! Ich durfte nicht einatmen!

Der Gedanke kam zu spät. Die nächste Wasserladung ergoss sich über meinem Gesicht. Oder war es die gleiche und sie hatten den Fluss nur verlangsamt? Meine Reflexe ignorierten meinen Verstand. Erneut schnappte ich nach Luft. Prustete. Röchelte. Verflucht noch mal. Das war nicht wie in der Badewanne. Das war kein beschissener Selbstversuch. Das hier war Kontrollverlust. Die schlimmste Sorte.

Ich riss die Arme nach oben. Warf meinen Kopf hin und her, um das Tuch abzuschütteln, dem Wasser zu entkommen. Der Stoff schnitt mir in die Haut. Da waren plötzlich Hände in meinem Nacken. Ein Griff, der mich erbarmungslos in die richtige Position rückte und nicht lockerließ.

Niemand sprach auch nur ein Wort. Keine Anweisungen, keine Bitte, ich solle stillhalten. Nur mein verzweifeltes Japsen.

Mein Herz würde mir in Kürze aus der Brust springen.

»Bitte«, wollte ich schreien. *Bitte aufhören.* Aber es kam immer mehr Wasser. Und ich musste endlich aufhören, durch meine verdammte Nase zu atmen. Schmerz. Brennender Schmerz. Tränen schossen mir in die Augen. Ich kniff sie zu. Parallelwelten. *Scheiß auf Nero, scheiß darauf, was er gesagt hat. Trenn dich von deinen Gefühlen. Alles okay. Alles ist okay, das passiert nicht wirklich, du bist okay. Keine bleibenden Schäden. Keine Schäden. Alles okay. Und auch keine Todesgefahr, die die Visionen triggert. Parallelwelten. Denk an die gottverdammten Parallelwelten!*

Will. Mein Gott, Will. Er würde den Verstand verlieren.

Der Gedanke schickte weitere Stromschläge durch meinen Körper.

Erst, als mein Keuchen verklang und mein Brustkorb nicht mehr vibrierte, wurde mir bewusst, dass kein Wasser mehr folgte. Das Tuch verschwand.

Ich verharrte genau so, wie ich war. Ich wollte die Augen nicht öffnen. Wollte die Gesichter nicht sehen. Weder Picabos noch die der anderen. Niemand hatte es verhindert. Sie hatten mich festgehalten.

Wie konnte man nur so irre sein?

»Wie lange?«

Das war Nero.

Ich sollte ihm ins Gesicht spucken. Die panische Angst wich glühender Wut. Vergessen war der Plan. Ich wollte ihn anbrüllen. Ihm wehtun.

»Knapp fünfzehn Sekunden.«

»Gut.«

Gut? GUT?

Ich zwang meine Lider auseinander. Wandte den Kopf. Sah ihn gerade noch einem Mann an meiner Seite zunicken, dem ich noch nie begegnet war und der das Tuch über meinem Gesicht schwenkte.

»Nein«, keuchte ich. »Nein, nein, nein, bitte, ich tu alles, bitte, hören Sie auf.«

Fünfzehn Sekunden. Nur ein bisschen Wasser. Und ich wurde zu einem bettelnden Häufchen Elend.

Niemand reagierte. Niemand schien auch nur ansatzweise Mitleid zu empfinden. Das Letzte, was ich sah, war das Kabel, das meinen Finger mit einem blinkenden Apparat verband.

Sie maßen meinen Puls. Welche Zahl ihnen wohl angezeigt werden musste, bevor sie aufhörten?

Das nasse Handtuch traf auf mein Gesicht.

Nur ein bisschen Wasser. Nur ein bisschen mehr Schmerz.

So langsam sollte ich daran gewöhnt sein.

A

Mein Zeitgefühl schwand mit jedem weiteren Schwall, der mich glauben ließ, unter Wasser zu sein und nie wieder an die Oberfläche zu gelangen.

Gegen mein Keuchen konnte ich nichts unternehmen, aber immerhin schaffte ich es, die Luft ab und zu anzuhalten und das Flehen zu unterlassen.

»Das reicht.«

Neros Worte drangen aus weiter Ferne an meine Ohren.

Hände machten sich an mir zu schaffen, zogen das Tuch weg, nahmen mir die Fesseln ab, stützten mich, damit ich mich erheben konnte.

Mein Gesicht war komplett nass – eine Mischung aus kaltem Schweiß, Wasser und Tränen. Jemand zog mir den Fingerclip ab. Ich sah durch jedes Gesicht hindurch, als ich mich mit wackeligen Beinen aufsetzte und nach dem Mantel griff, der mir hingehalten wurde. Nicht einmal Nero erkannte ich durch den Nebelschleier, der sich über meinen Blick gelegt hatte. Die ganze Welt hatte sich verlangsamt. Keine Farben mehr. Nur Weiß und Grau.

Die Wellen brachen sanft im Becken. Das Geräusch war sonst so beruhigend. Jetzt kam mir dabei die Galle hoch. Zwei Hände hielten einen weißen Wasserkanister in den Händen.

Ich musste weg hier. So schnell wie möglich, sonst würde ich ihnen auf die Füße kotzen.

Ganz von allein bewegte ich mich Richtung Tür.

»Wir sind noch nicht fertig, Kiana.«

Sollte ich ihn ignorieren? Würde mich Neros Gefolge zurückzerren?

»Mir ist schlecht.« Ich gab mir nicht die Mühe, mich umzudrehen.

»Bringt sie nach oben, wie besprochen. Gebt ihr Wasser und eine Decke.«

Um ein Haar hätte ich laut aufgelacht. Sollte das Fürsorge sein?

Obwohl mein Magen bei der Berührung an meinem

Rücken erneut rebellierte, ließ ich mich die Wendeltreppe nach oben und irgendeinen schmalen Flur und dann eine weitere Treppe entlangführen. Meine Bewegungen waren mechanisch, als hätten sie mich programmiert und gefügig gemacht. Ich hatte keine Kraft, zu protestieren.

Wo war Will?

Egal, wie schrecklich die vergangenen Momente für mich gewesen waren – für ihn waren sie unerträglich, da war ich mir sicher. Ich war dafür geboren worden, dem Tod nahe zu kommen, doch er lebte, um mich zu schützen.

Erst nachdem sich die Tür hinter uns geschlossen hatte und ich auf einen weißen Stuhl gedrückt wurde, lichtete sich der Nebel in meinem Kopf ein wenig. Der Raum war verglast, die dunklen spitzen Gebäude waren in der Ferne zu sehen, die moosgrünen Berge und die bedrohlichen Wolken darüber.

Vor mir befand sich ein dunkler Bildschirm. Und noch eines dieser Pulsmessdinger. Von einer Liege oder einem Wasserkanister keine Spur. Ich hätte Erleichterung verspürt, wäre ich nicht so taub gewesen.

Die Decke und das Glas Wasser neben mir würdigte ich keines Blickes.

»Was tue ich hier?« Die Worte klangen, als hätte sie eine Fremde ausgesprochen.

Der Kerl neben mir hatte sich am Bildschirm zu schaffen gemacht und hob nun den Kopf. Als hätte ich nichts gesagt, hielt er ein weißes Kabel in die Höhe, ließ den Clip aufschnappen und hielt in mir hin. »Dein Zeigefinger, bitte.«

Das weckte meinen Widerstandsgeist, ich setzte mich auf meine Hände und funkelte ihn an.

Er wiederholte im exakt selben Ton: »Dein Zeigefinger, bitte.«

Kooperation. Es ging um Alessa, es ging um Nate, es ging um meine Eltern. Ich gehorchte. In diesem Augenblick flackerte der Bildschirm vor mir auf, aus Schwarz wurde … meine neuste persönliche Hölle. Das Zentrum der Ydor.

Schlagartig fiel die Taubheit von mir ab. Weshalb ausgerechnet das Zentrum? Wieso hatten sie mich nicht in irgendeinen beliebigen Raum gesteckt, um mich dort zu foltern? Vielleicht, weil mich dort niemand hören würde.

Vielleicht auch, weil er kameraüberwacht war.

Vier kleine Rechtecke zeigten ihn von allen Seiten. Das Wasserbecken. Die Felsen. Die gigantische Wanduhr. Drei Leute, versammelt um die verdammte Liege. Und eine Gestalt mit weißblondem Haarschopf, die darauf niedergedrückt wurde.

Nein!

Farben explodierten vor meinen Augen. Die unterschiedlichsten Rottöne nahmen mir die Sicht. Überließen mich der Emotionsflut.

Was spielte Nero für ein krankes Spiel? War das seine Vorstellung von Back to normal?

Erst als mich Hände zurück auf den Stuhl drängten, realisierte ich, dass ich aufgesprungen war. Ich wollte schreien. Ich wollte mich losreißen und nach unten rennen.

Die Tür aufbrechen und sie alle umbringen.

Aber ich durfte keine Regung zeigen. War Will ruhig geblieben? Hatte er die Kontrolle behalten, während sie mich gequält hatten?

Der Kerl drückte am Bildschirm herum, bis das Bild, das die Liege zeigte, herangezoomt wurde.

Meine Finger krallten sich an der Sitzfläche fest.

Will wirkte ganz entspannt. Leistete keinerlei Widerstand. Die Videoübertragung war nicht scharf genug, um den Ausdruck in seinen Augen zu erkennen.

»Warum?«, presste ich hervor, während sie ihm die Fesseln anlegten, die sich eben noch um meine Gelenke geschlungen hatten.

Bevor der Typ meine Frage beantworten konnte, falls er das überhaupt geplant hatte, öffnete sich die Tür, und Nero trat ins Zimmer. Seine Miene war unergründlich, sein Blick ruhte auf mir.

»Was tun Sie?«, zischte ich.

Er zog einen Stuhl heran, setzte sich mir gegenüber, glättete sein hellgraues Hemd und faltete die Hände in seinem Schoß. »Es ist leider notwendig.«

»Notwendig?«, echote ich. Ich sprach leise, damit so wenig Emotionen wie möglich herauszuhören waren.

»Du musst uns verstehen, Kiana. Wir arbeiten unter Zeitdruck, und die Angelegenheit ist auch für uns neu. Bedauerlicherweise ist uns kein effektiverer Weg in den Sinn gekommen, um die Verbindung zwischen William und dir zu analysieren.«

Meine Beherrschung bröckelte. Die Wut nahm mir erneut die Sicht. Doch da wurde die Lautstärke am Fernseher aufgedreht, und mein Blick zuckte zum Bildschirm.

Sie hatten bereits begonnen. Wills ganzer Körper erbebte, Beine und Arme zuckten unkontrolliert, dann kam er zur Ruhe. Das Handtuch über seinem schönen Gesicht. Seinem schönen, entstellten Gesicht. Das Keuchen. Er war mein Inventi. Nicht mehr. Dafür hatte er gesorgt.

Die Tränen, die mir in die Augen schossen, ließen mich erblinden. Es war egal. Ich würde lieber Stunden an seiner Stelle auf dieser Liege verbringen, als nur eine weitere Sekunde zuschauen zu müssen, wie seine Finger sich an der Liege festkrallten. Seine Haut wirkte noch durchscheinender als sonst.

AUFHÖREN!

Das Wort war in einem erstickten Schrei aus meinem Mund hervorgeschossen, ohne, dass ich mich dagegen wehren konnte.

Sie hörten nicht auf. Sie ließen ihn nach Luft schnappen. Viel kürzer als mich. Er röchelte, atmete geräuschvoll ein, schluckte immer wieder. Sein Adamsapfel hüpfte auf und ab.

Der Mann hinter ihm hielt seinen Kopf hoch, sagte etwas, das ich nicht verstand. Das Handtuch erschien über ihm. Will presste die Lippen zusammen. Blinzelte. Plötzlich riss er den Kopf nach oben. Starrte geradewegs in die Kamera, als hätte er von Anfang an gewusst, dass sie sich dort befand. Seine Augen waren zwei schwarze Abgründe in seinem kalkweißen Gesicht. Es dauerte kaum einen Herzschlag lang. Er suchte meinen Blick. Da war so viel Entschlossenheit in seinen Zügen. Er nickte kurz, bevor das Bild unscharf und seine Gestalt wieder nach unten gedrückt wurde. Zweite Runde.

Er wollte tapfer sein. Für mich. Er wollte mir zeigen, dass es in Ordnung war. Dass ich die Nerven behalten sollte.

Ich fixierte Nero, und obwohl sein Gesicht immer wieder vor mir verschwamm, wandte ich den Blick nicht ab. »Ich tue alles.«

Es war mir egal, dass ich gerade einen riesengroßen Fehler beging. Es war mir egal, dass ich ihnen meine Gefühle für Will auf dem Silbertablett servierte. Nichts war von Bedeutung, solange sie aufhörten. Solange all das hier aufhörte.

Wie oft hatte er mich gerettet? Mich aus der Gefahrenzone gezogen oder dafür gesorgt, dass ich nicht auseinanderfiel, wenn der Schmerz die Überhand gewann? Wie oft war er bei mir gewesen, wenn meine Welt unterging? Wie oft hatte er mich im Arm gehalten, bis ich wieder atmen konnte?

Wer war für ihn da?

Sein Vater hatte ihn verlassen, seine Mutter in gewisser Weise auch. Und jetzt hatten sie ihm seine kleine Schwester weggenommen.

»Du tust alles?« Nero wiederholte meine Worte ruhig, während ein Glitzern in seine Augen trat.

»Hören Sie auf. Sie müssen uns nicht testen. Ich kann Ihnen erzählen, wie unsere Verbindung funktioniert. Er würde sterben für mich. Er kann gar nicht anders. Und ich … ich …« Ein Schluchzen drohte zu entweichen, ich schluckte es mühsam hinunter. Tapfer. Ich musste tapfer für ihn sein, so wie er es für mich war. »Er ist nur ein Mensch, der zur falschen Zeit am falschen Ort war. Er hat das nicht verdient.«

»Ist das der Grund, wieso du nicht möchtest, dass er leidet?«

»Verdammt, welcher normale Mensch will andere leiden sehen?«, schrie ich, während mein Blick immer wieder zum Bildschirm huschte. Ich wollte nicht hinsehen. Ich ertrug es nicht. Und doch musste ich. Das war ich ihm schuldig.

»Ich glaube nicht, dass du deshalb so außer dir bist und dein Puls auf 200, meine Liebe.«

»Hören Sie auf!« Meine Stimme überschlug sich.

Nero hatte sich in seinem Stuhl nach vorne gebeugt. Gier war ihm ins Gesicht geschrieben. »Funktioniert der Beschützerinstinkt auch in die andere Richtung, Kiana?«

Das war es, was er herausfinden wollte?

Ich wollte ihm die Worte entgegenschleudern, wollte ihn anbrüllen, dass er sich den Beschützerinstinkt sonst wohin stecken konnte, dass meine Gefühle für Will einen feuchten Dreck mit unserer übernatürlichen Verbindung zu tun hatten, dass ich mich auch unter allen anderen Umständen, in jedem anderen Universum, in diesen Menschen verliebt hätte, der so selbstlos war, so stark, so *gut*, so, so …

Ein furchtbares Geräusch ließ mich innehalten. Sie hatten ihm das Handtuch erneut vom Gesicht gezogen, und Will richtete sich auf, würgte und spuckte Wasser. Das triefend nasse Gesicht war schmerzverzerrt, seine Unterlippe zitterte. Egal, welcher Gedanke ihm eben noch dabei geholfen hatte, nicht den Verstand zu verlieren, er existierte nicht mehr.

Dachte er jetzt daran, dass er nur ein Inventi war? Dass sie mir nichts Ernstes antun würden, bei ihm jedoch nicht zögern würden?

Sein Verrat war nichts. Nichts im Vergleich zu diesem Gefühl. Er konnte mir noch hundert Mal das Herz brechen und mir falsche Hoffnungen machen – ich würde alles ertragen. Ein gebrochenes Herz konnte man wieder zusammenflicken. Es würde Zeit brauchen, aber irgendwann würde es nicht mehr so wehtun. Doch mein Herz fühlte sich nicht gebrochen an. Es fühlte sich an, als hätten sie es in Brand gesteckt. Damit es mich von innen heraus verbrannte.

Sie werden uns gegeneinander ausspielen, Kia.

Wenn herauskommen sollte, was mit deinem Herzschlag geschieht, jedes Mal, wenn ich dir zu nahe komme, dann sind wir beide verloren.

Simuliertes Ertrinken, Wasser in meiner Nase, in meinem Mund, ja selbst in meiner Lunge. Es war nichts. Das hier, das war die wahre Folter. Und sie wussten es.

Mit einem Schlag versiegten meine Tränen. Ich zog mir den Clip vom Finger und ließ ihn achtlos zu Boden fallen. Mit beiden Händen wischte ich mir über die Wangen, wandte den Blick vom Bildschirm ab und nahm Nero ins Visier.

»Sie werden sofort damit aufhören!«

Eine seiner silbrigen Augenbrauen wanderte angesichts meines Tons in die Höhe. Seine Mundwinkel zuckten.

Ich ließ ihm keine Zeit. Auch ich beugte mich vor, obwohl ich ihm dadurch so nah kam, dass ich sein widerliches Rasierwasser riechen konnte.

»Und dann werde ich Ihnen verraten, wie man mein gottverfluchtes Talent auslöst.«

FÜNF

Nebel

Nero fing sich schnell. Nicht einen Augenblick lang schien er in Erwägung zu ziehen, dass ich bloß bluffte. Humpelnd verschwand er aus dem Raum, und nur ein paar Sekunden später wurden Will auf dem Bildschirm die Fesseln abgenommen.

Der Kerl vor mir schaltete den Fernseher aus und starrte mich ungeniert mit einer Mischung aus Faszination und Angst an, bis die Tür wieder aufflog.

»Raus!«, wies Nero ihn an und strich sich über die zurückgekämmten Haare.

Er gehorchte sofort.

»Du hast dein Talent bereits ausgelöst.« Es war keine Frage.

Nero ließ sich mit einem leisen Ächzen auf den Stuhl mir gegenüber sinken und verzog leicht das Gesicht, als wäre er derjenige, der noch die Nachwirkungen der Folter spürte.

Ich nickte.

»Wie oft?« Seine Stimme war kontrolliert, doch er drehte unaufhörlich den protzigen Silberring an seinem Mittelfinger, in dem das Zeichen der Ydor eingraviert war.

Alles in mir schrie nach Flucht.

»Ungefähr fünf Mal.«

Neros Finger stoppten mitten in der Bewegung. Kurz wandte er sich von mir ab, sodass mir seine Narben förmlich entgegensprangen. »Erzähl mir alles, was du weißt«, flüsterte er.

Also begann ich. Ganz von vorne. Ich berichtete von den Bildern in meinem Kopf, von den Stimmen, dem Strudel an Informationen und von den Pfaden, die in verschiedene Richtungen führten. Ich stellte die Visionen bewusst wirr dar, erzählte nichts Konkretes, nichts von Sophia oder Niyol oder Agnia.

»Der Trigger«, beendete ich meinen Monolog schließlich, »der Trigger meines Talents, was auch immer es genau sein soll, ist die Nähe zum Tod.«

Neros Blick wurde glasig, er schien mich kaum wahrzunehmen.

Nach einer halben Ewigkeit breitete sich ein Lächeln auf seinen Lippen aus. Das Eis in seinen Augen schmolz. »Brillant … Das Extrem aller Elemente! Alles ergibt Sinn …«

Ich sammelte all meine Kraft. »Ich habe es selbst nicht verstanden und wusste nicht, wie ich die Geschehnisse einordnen soll. Inzwischen habe ich eingesehen, dass es das Beste für alle ist, wenn ich offen damit umgehe und mir bei der Ergründung meines Talents helfen lasse. Aber jetzt möchte ich gehen. Ich brauche Ruhe. Mir ist bewusst, dass wir mein Talent näher erforschen müssen, trotzdem …«

Er hob die Hand, um mich zum Schweigen zu bringen.

»Natürlich, natürlich. Du ruhst dich schön aus, schonst deine Kräfte. Alles wird gut, Kiana. Du kannst dich auf uns verlassen.«

Ich brachte es nicht über mich, zu antworten. Nicht einmal nicken konnte ich. Genug war genug. Eine Sekunde länger, und die Heuchelei würde einem Wutausbruch weichen, der das gesamte Hauptgebäude der Omilia zum Einsturz bringen könnte.

Ich stolperte irgendwie die Stufen hinunter, musste mich am Geländer festhalten, um der Verlockung nicht nachzugeben, mich einfach sinken zu lassen.

Die Kronleuchter warfen ihr Lichtspiel auf die Marmorstufen. Sonnenlicht fiel durch das verglaste Kuppeldach. Das Eingangstor sprang auf, die Gänge füllten sich mit Inventi und Talentierten mit müden und aufgeregten Gesichtern.

Ich sah alles. Ich sah nichts. Außer den Menschen am Fuß der Treppe.

Will trug einen grauen Kapuzenpullover. Seine Kleidung war mir auf dem Bildschirm nicht aufgefallen.

Seine Schultern hingen herunter, der Blick war auf seine Schuhe gerichtet. Zuerst dachte ich, er hätte mich nicht gesehen, aber als ich auf der letzten Stufe angekommen war, hielt er mir eine Hand hin, ohne den Kopf zu heben. Die feuchten Strähnen an seinem Haaransatz ließen meinen Magen rebellieren. Genau wie die Farbe seines Teints. Aschgrau. Seine Augen konnte ich nicht sehen.

Meine Hand schlüpfte in seine. Sie war eiskalt.

Die nächsten Momente verschwanden im Strudel meiner Gefühle. Keine Ahnung, wie wir es nach draußen schafften.

Irgendwann saß ich auf dem Beifahrersitz neben ihm, und er gab Gas, während ein penetrantes Piepen den Wagen erfüllte, weil er sich nicht angeschnallt hatte.

Seine Mauer war wiedererrichtet. Wie konnte er sie so schnell aufbauen? Woher nahm er die Kraft?

Er drückte das Gaspedal durch. Der See und das Hauptgebäude wurden im Rückspiegel immer kleiner. Immer noch hatten sich unsere Blicke nicht getroffen.

Ich wünschte, er würde meine Hand wieder in seine nehmen. Mir irgendein Zeichen geben. Es war so kalt.

»Wo fahren wir hin?« Meine Stimme zitterte.

Keine Reaktion. Kein Bremsen. Selbst die rote Ampel ignorierte er. Wir rasten durch verwinkelte Gassen, erst den Hang hinab, dann einen steilen Hügel hinauf, schon bald folgte uns ein Hupkonzert. Das Autoradio zeigte Viertel vor elf an – so langsam füllten sich die Straßen. Will nahm keine Notiz davon.

An einer Kreuzung gelang es ihm nur haarscharf, einen Unfall zu vermeiden. Die wütenden Gesten der Fahrer waren eindeutig.

Obwohl mir Wills Zustand Sorgen bereitete, blieb ich stumm. Nicht einmal mein Herz klopfte schneller, als hätten ihm die jüngsten Ereignisse eine Immunität verschafft. Als könnte es nun weder Angst noch Aufregung erkennen.

Wir fuhren so lange, bis der Regen versiegte, bis moderne

Häuser die düsteren viktorianischen Bauten ersetzten und die Wolken einem satten Kornblumenblau wichen. Am Fuß einer breiten Stahlseilbrücke verringerte Will zum ersten Mal das Tempo. Den Blick hielt er nach wie vor stur nach vorne gerichtet. Er bog scharf nach rechts ab und parkte am Bordstein vor einem schicken Wohnblock zwischen zwei weißen Oldtimern. Ohne ein Wort knallte er die Tür hinter sich zu.

Ich folgte ihm nach draußen. Der Blick in die Sonne ließ die Umgebung vor meinen Augen zunächst in Flammenpünktchen verschwinden. Ein heftiger Wind blies mir ins Gesicht und zerzauste mir die Haare. Trotzdem waren die Temperaturen hier milder. Es roch nach Blumen. Ein gepflegter Garten erstreckte sich hinter einem niedrigen Gitter.

Will verriegelte den Wagen per Knopfdruck und lief voraus Richtung Brücke. Er sah sich nicht einmal nach mir um.

Wenn ich es nicht besser gewusst hätte, würde ich sagen, er hatte von dem Gespräch zwischen Nero und mir erfahren. Dem Grund, wieso sie mit seiner Folter aufgehört hatten. Aber das war unmöglich. Weshalb sollte Nero diese Information mit ihm teilen?

Nur mit Mühe hielt ich mit ihm Schritt. Er wurde immer schneller. Genau wie am Steuer schien es nichts anderes als das Ziel vor seinen Augen zu geben.

Anstatt es den Passanten gleichzutun und die Brücke anzusteuern, duckte er sich unter Ästen hindurch und verschwand direkt daneben im Dickicht. Ein paar Sekunden starrte ich zwischen die Stahlseile der Brücke auf das Wasser, das unten in der Sonne glitzerte. Es waren keine Gondeln zu sehen, dafür reihten sich ein paar Jachten am Ufer.

Ich riss mich von dem Anblick los und zwängte mich ebenfalls durch die Äste, zerkratzte mir die Hände und verlor beinahe das Gleichgewicht, als ich am anderen Ende wieder herauskam. Eine Treppe. Schmal, steil und von weiterem Gebüsch umgeben. Will befand sich schon fast auf der Hälfte, der Wind peitschte seine Haare in alle Richtungen und trieb mir Tränen in die Augen, sodass ich nicht erkennen konnte, was sich unten befand. Ich konzentrierte mich ganz auf meine Füße. Auf meine zittrigen Beine war heute kein Verlass, und es gab kein Geländer, das mir Halt geben konnte.

Als ich unten ankam, erwartete mich kniehohes Unkraut und weiteres Gebüsch, durch das ich mich kämpfen musste. Meine Geduld war am Ende.

»Will!«

Wir befanden uns auf einer kleinen Wiese, die durch dichtes Gestrüpp vom Ufer abgetrennt wurde. Das Rauschen des Wassers war allgegenwärtig. Unter anderen Umständen sicher ein hübsches Plätzchen abseits der Menschenmassen. Der Schatten der Brücke schirmte uns von der Sonne ab.

Will hatte mir den Rücken zugekehrt. Er bewegte sich nicht vom Fleck.

Ich machte einen Schritt auf ihn zu, bis uns nur noch wenige Zentimeter trennten. »Bitte rede mit mir.«

Seine Arme hingen schlaff an seinem Körper herunter. Die Hände ballten sich zu Fäusten. Weitere Sekunden vergingen.

Meine Angst war auf einen Schlag zurück. Ich wollte ihm helfen. Ich musste irgendetwas tun, verdammt!

Gerade, als ich den Entschluss fasste, mich direkt vor ihn zu stellen, ihn zu zwingen, mich anzusehen, kam Leben in seinen Körper, und er wandte sich zu mir um.

Mir stockte der Atem. Sein Gesicht war weiß. Kreidebleich. Der Bluterguss auf seinem Wangenknochen bildete einen grotesken Kontrast dazu. Seine Unterlippe bebte, genau wie vorhin auf dieser furchtbaren Liege, und das Braun und Blau seiner Augen verflüssigte sich. Tränen sammelten sich in Sekundenschnelle in seinen Augenwinkeln.

Er machte Anstalten, die Arme nach mir auszustrecken, ließ sie aber auf halber Strecke wieder sinken.

Mit einem Mal verstand ich. Er hatte Abstand zwischen uns und die Omilia bringen müssen. Und hier konnte er loslassen. Trotzdem hatte er Angst davor, meine Nähe zu suchen. Wegen allem, was zwischen uns stand.

Ich musste kein Inventi sein, um zu spüren, was in ihm vorging. Panik. Verzweiflung. Wut. Hilflosigkeit. Es war ihm alles ins Gesicht geschrieben. Und es war nicht lediglich der Spiegel meines eigenen Innenlebens.

»Es tut mir leid.« Seine Stimme war erstickt und gab mir den Rest.

Bevor ich es mir anders überlegen konnte, überbrückte ich den geringen Abstand zwischen uns und schlang ihm die Arme um den Hals.

Ich hatte Schockstarre erwartet, doch die Antwort folgte

sofort. Mit einer Hand fuhr er unter meinen geöffneten Mantel, krallte sich an meiner Hüfte fest und zog mich so nah, dass kein Blatt mehr zwischen uns gepasst hätte. Mit der anderen drückte er mein Gesicht in die warme Kuhle zwischen Hals und Schulter. Ich inhalierte seinen unvergleichlichen Duft nach Regen und Wald und Zuhause. Schlagartig fiel die Anspannung von mir ab. Wie konnte ich hart bleiben, wenn er aufgegeben hatte? Binnen Sekunden war seine Haut nass von meinen Tränen.

»Es tut mir leid. Es tut mir so unendlich leid, dass ich das zugelassen habe … Ich …«, murmelte er an meinem Haar.

»Es ist nicht deine Schuld.« Ich wiederholte den Satz immer wieder, mal lauter, mal leiser.

Am Rande bekam ich mit, wie wir zu Boden gingen. Aneinandergeklammert. Feuchtes Gras an unseren Knien. Nichts war genug. Ich musste ihn näher spüren, wollte die Bilder seiner zuckenden Gliedmaßen, seiner verzweifelten Atemzüge für immer aus der Erinnerung löschen, sie mit der Wärme seines Körpers ersetzen. Dem Gefühl seiner Hände in meinem Haar. Seines Herzschlags an meiner Brust.

Die Sekunden verstrichen, doch er beruhigte sich nicht. Mein Körper erbebte unter seiner Brust, weil er so heftig atmete.

Ich wich zurück, tastete nach seinem Gesicht, nahm es fest zwischen die Hände.

Eine Erinnerung flackerte in mir auf. Meine erste Nacht in Tessarect. Als er mir den Nachrichten-Stream auf seinem

Laptop gezeigt hatte. Meine brennende Wohnung. Die Panikattacke.

»Schau mich an!« Unsere Nasenspitzen berührten sich. Ich presste meine Stirn gegen seine. »Wir werden es überleben«, wiederholte ich seine Worte von damals. »Und dann machen wir weiter. Wir müssen uns zusammenreißen, sonst werden wir wahnsinnig. Und das können wir uns nicht leisten, Will. Okay? Das lassen wir nicht mit uns machen.«

»Es … tut mir … so …«

Ich wich von ihm zurück und presste ihm meine Hand auf den Mund. »Hör auf. Hör sofort auf damit. Nero ist ein krankes Schwein, das hat nichts mit dir zu tun. Die Folter war nichts! Nichts im Vergleich zu dem Gefühl, dich dort liegen zu sehen.«

Er atmete tief durch, seine Atemzüge wurden regelmäßiger. Erst als er langsam nickte, nahm ich die Hand von seinen Lippen, sank wieder gegen seine Brust.

»Ich werde mir das nie verzeihen«, flüsterte er in mein Haar. »Es war meine Aufgabe, euch zu schützen. Alessa, meine Familie, dich. Das war meine einzige Aufgabe, und ich …« Er brach ab, und plötzlich spannte sein ganzer Körper sich an. »Ich werde ihn umbringen.«

»Ich habe eine bessere Idee.«

Jetzt war er es, der mein Gesicht in die Hände nahm und zurückwich, um mich ansehen zu können. Mit dem Daumen verwischte er die Tränenspur auf meiner Wange.

»Lass mich Phos anrufen. Lass uns gemeinsam zur

verfeindeten Organisation fahren. Du musst ihn kennenlernen, dir anhören, was er zu sagen hat. Und dann lass uns diesem Wahnsinn in Tessarect ein für alle Mal ein Ende setzen.«

Einen Moment lang sahen wir uns in die Augen, ich entschlossen, er mit glühender Wut.

Schließlich nickte er und räusperte sich.

»Was glaubst du, wieso ich uns in den Osten gebracht habe?«

Es klingelte ein einziges Mal, bevor mein Anruf angenommen wurde.

»Ja, bitte?« Die Stimme war weiblich und distanziert. Auf der Hut.

»Ich … ich möchte bitte mit Phos sprechen.« Unsicher warf ich einen Blick auf die zerknitterte Visitenkarte in meiner Hand. Die Nummer stimmte. »Phos Colville.«

»Wer ist da? Woher haben Sie diese Nummer?«, kam es zurückgeschossen.

Okay, ich war auf dem richtigen Dampfer. »Kiana Lyberth.«

Mein Blick traf auf Will, der mich mit gerunzelter Stirn betrachtete. Er saß vor mir im Gras, sein ganzer Körper war angespannt.

Anstelle einer Antwort piepte es kurz, bevor eine sanfte Melodie ertönte. Warteschleife. Klassische Musik. Klavier.

Irgendwo hatte ich das Stück schon einmal gehört. Es klang mystisch, wehmütig …

»Guten Morgen, Kiana.«

Unwillkürlich setzte ich mich gerader hin. »Hallo.«

»Wie schön, so zeitig von dir zu hören.« Phos klang genau, wie ich ihn in Erinnerung hatte – warm, aufrichtig und herzlich.

»Ich hoffe, es passt gerade für Sie, ich weiß, Sie haben mit den Vorbereitungen für die Rebellionsparty zu tun, aber ich wollte Ihnen sagen, dass ich mich entschieden habe. Und dass ich … dass wir gerne Ihr Quartier besuchen würden. Jetzt sofort.«

Kurze Pause. Ich hörte nur meine eigenen Atemzüge.

»Wir?«

»William Lowe und ich. Er ist bei mir. Wir …« Ich holte tief Luft. »Sie haben uns gefoltert. Um unsere Beziehung zu testen. Ich kann keine Sekunde mehr warten, ich …« Meine Stimme verlor sich im Wind, als ich Wills Miene registrierte.

»In Ordnung«, sagte Phos ruhig. »Wo befindet ihr euch?«

»An einer Brücke im Luft-Bezirk. Ich weiß nicht genau, wie …« Hilfe suchend sah ich zu meinem Inventi auf.

»Anema Overpass«, kam es tonlos von ihm.

Ich wiederholte den Namen.

»An der Kreuzung der Royal und der Clearette Street befindet sich eine Telefonzelle, gleich vor einer Cocktailbar. In zehn Minuten wird das Telefon dort klingeln, und ich werde euch weitere Anweisungen und eine Adresse geben. Seht zu, dass euch niemand folgt. Das ist wichtig, Kiana.« Noch immer war seine Stimme ruhig, doch die Dringlichkeit seiner Worte war nicht zu überhören.

»Alles klar.«

Ich beendete das Gespräch und wiederholte das Gesagte für Will. Zu meiner Überraschung und Erleichterung fragte er nicht nach. Wir liefen die Steintreppe wieder nach oben und machten uns auf die Suche nach der Telefonzelle. Dies war der falsche Zeitpunkt, um ihm zu offenbaren, was ich getan hatte. Was Nero nun wusste.

Oben herrschte gewöhnliches Treiben. Gestresste Büromenschen auf dem Weg zur Arbeit, ein paar vereinzelte Touristen, die die eindrucksvollen Hochhäuser oder die Brücke fotografierten. Hupende Autos, blinkende Neonplaketten. Cafés mit breiten Terrassen vor verglasten Fensterfronten, Menschen in Erkern, die Zeitung lasen.

Der Luft-Bezirk wirkte schnelllebiger als die anderen und deutlich weniger magisch. Wie das bessere Viertel einer normalen Großstadt. Hier erschienen die vergangenen Stunden noch surrealer. Genau wie der Gedanke an Zeitsprünge.

Wir hatten kein Problem, die von Phos beschriebene Straßenecke zu finden. Die Telefonzelle war silbern und stand wie ein Denkmal zwischen einem kleinen Kiosk und der Hauptstraße. Keine fünf Meter trennten uns von ihr, als ein schrilles Klingeln aus ihr ertönte.

Die meisten Passanten ließen sich davon nicht beirren – viele wirkten gestresst oder hatten Kopfhörer in den Ohren.

Will beschleunigte seine Schritte. »Schnell rein da!«, raunte er mir zu und hielt mir die Glastür auf.

Ich schlüpfte hinein und griff nach dem edel aussehenden Hörer. Kurz ließ ich mich von meiner Spiegelung an der rechten Seite ablenken. Kein Wunder, dass Nero den Trigger meines Talents nicht angezweifelt hatte. Tiefe Augenringe, zerzauste Haare, bleich wie ein Blatt Papier – ich sah nicht nur aus, als wäre ich dem Tod schon einige Male begegnet, eher, als hätte er Besitz von mir ergriffen.

»Hallo?«

»Kiana?«

»Ja.« Mit einem Mal war ich außer Atem. Ich würde Eve wiedersehen. Antworten bekommen. Unterstützung.

»Sehr schön. Euch ist niemand gefolgt?«

Ich warf einen Blick über die Schulter. Will lehnte lässig an der Zellentür, doch sein Blick zuckte in alle Richtungen, und sein Körper war angespannt – bereit, jeden Moment einzugreifen, wenn ihm irgendetwas seltsam vorkam.

»Nein, ich denke nicht.«

»Dann hör jetzt gut zu und präge dir jedes Wort ein«, sagte Phos ruhig.

Will bestand auf ein warmes Frühstück und Kaffee, bevor wir loszogen. Obwohl ich mir sicher war, keinen Bissen runterzukriegen, schaufelte ich zehn Minuten später bergeweise Rührei und Buttertoast in meinen Mund.

»Folter macht also hungrig«, sagte er trocken.

Ich hatte mir gerade den ölverschmierten Mund abwischen und nach der Kaffeetasse greifen wollen und erstarrte.

Wir sahen uns an. Die Sekunden vergingen. Und plötzlich löste sich der Knoten in meinem Bauch, und Wills bewegungslose Miene bröckelte.

Seine Mundwinkel zuckten, und dann war es um mich geschehen. Ein leichtes Glucksen kroch meine Kehle empor, und ehe ich mich's versah, waren wir beide in schallendes Gelächter ausgebrochen.

Es war kindisch – und gleichzeitig die größte Erleichterung. Mit einem Schlag waren wir nur ein Mädchen und ein Junge an einem ganz normalen Morgen. Da stand nichts mehr zwischen uns. Nicht sein Verrat, nicht unsere widersprüchlichen Gefühle füreinander, nicht einmal die Tatsache, dass Nero Bescheid wusste.

Wie konnte ich ihm böse sein? Wie konnte ich an die dunklen Momente denken, wenn er unversehrt vor mir saß und sein ganzes Gesicht aufging? Seine Augen strahlten, die Lachfältchen darum vertieften sich, und er warf den Kopf in den Nacken.

Schon bald liefen mir Tränen über die Wangen. Hitze sammelte sich in meinem Bauch und kroch mir in die Fingerspitzen. Ich wollte für immer hier sitzen.

»Es gibt nichts Schöneres, als dich so zu sehen«, brachte er hervor.

Mein Lachen verstummte abrupt, als unsere Blicke sich

wieder trafen. Ich schluckte. Keine Spur mehr von Schalk in seinen Zügen.

Fahrig wischte ich mir über die Wangen. Ich wehrte mich dagegen, doch ich konnte nichts gegen Niyols Gesicht machen, das in meine Gedanken drängte wie eine Mahnung.

Du könntest mich jeden einzelnen Tag so sehen. Hättest du nicht alles in den Dreck gezogen, was ich für dich empfunden habe.

Die Worte blieben mir im Hals stecken. *Empfinde.* Gegenwart. Verdammter Mist.

»Wir sollten uns auf den Weg machen«, hörte ich mich sagen.

In seinen Augen lag Schmerz. Er hatte mal wieder in mein Innerstes geblickt und wusste sofort, was Sache war.

»Es tut mir leid«, flüsterte er nach einer kleinen Pause. Ich schüttelte nur den Kopf. Nicht jetzt. *Keine Ahnung, wann, aber bitte nicht jetzt.*

Schweigend zahlten wir und verließen das Café. Noch vor wenigen Minuten hatte ich ihn im Arm gehalten, sein pulsierendes Herz an meinem gespürt. Nun liefen wir mit kaum einem Meter Abstand zwischen uns auf der Straße, und doch waren es Welten, die uns trennten. Ich biss die Zähne zusammen und konzentrierte mich auf das, was Phos uns aufgetragen hatte.

Wir liefen zurück ans Ufer, wo inzwischen vereinzelte Gondeln zwischen den Jachten aufgetaucht waren. Google Maps zufolge befand sich unser Ziel dort, wo der Fluss in einen Waldsee mündete – das bedeutete, sie waren das schnellste Fortbewegungsmittel. Wenn auch nicht das Unauffälligste. Der Blick des in die Jahre gekommenen Gondelführers verharrte einen Augenblick zu lange auf uns. Hastig quetschten wir uns in die letzte Reihe zwischen zwei besonders breite Männer mit Sonnenhüten und Stadtkarten auf dem Schoß.

Die Wasseroberfläche funkelte im Sonnenlicht, Millionen kleine Diamanten tanzten darauf, bewegten sich in sanften Wellen und kamen wieder zum Stehen. Das Wasser war klar und friedlich, ganz im Gegensatz zu der ungestümen dunkelblauen Strömung im Bezirk der Ydor. Man konnte die Pflanzen auf dem Grund sehen und sogar ein paar Fische.

Will hielt den Kopf gesenkt. Es war hier so eng, dass unsere Oberschenkel aneinandergepresst waren. Ich konnte mich nicht gegen die wohlige Wärme wehren, die mich durchströmte. Nur zu gerne hätte ich seine Wirkung auf mich einfach ausgeknipst. Oder mich tief in eine Parallelwelt gestürzt, in der alles beim Alten war und ich nie erfahren hätte, dass er sich mit Niyol verbündet hatte.

Verrückt, wie ich mir den Anfang in Tessarect herbeisehnte, obwohl mir diese Zeit in dem Moment als schlimmste meines Lebens vorgekommen war. Will hatte es geschafft, mich inmitten dieses Desasters etwas anderes als Schmerz fühlen zu lassen.

»Wir legen einen kleinen Zwischenstopp ein, verehrte Herrschaften!«

Die heisere Stimme des Gondolieres riss mich aus meinen Gedanken. Ich schaute auf. Das Boot hatte sich verlangsamt und war etwas von der Route abgekommen. Wir steuerten direkt auf eine kleine mit Unkraut bewachsene Insel zu. In ihrer Mitte thronte, ganz in zart schimmerndem Weiß, ein Geschichtenerzähler. Die übergroße Kapuze tief ins Gesicht gezogen, saß er im Schneidersitz mitten im Grün. Ein Lächeln umspielte seine schmalen Lippen, der Rest war nichts als Schatten.

Die Gespräche auf dem Boot verstummten, während sich alle Köpfe zu ihm drehten. Will seufzte, offenbar genervt von der Verzögerung, aber mich durchfuhr ein aufgeregtes Kribbeln.

Nicht nur die unterschiedliche Pflanzenwelt und die Architektur in den vier Bezirken faszinierten mich, auch die Geschichtenerzähler trugen einen großen Teil zu der Magie bei, die Tessarect umgab. Wenn ich die Kapuzengestalten sah, war in mir nichts als Stille. Wie nach Hause kommen. Als hätte irgendetwas in mir schon immer geahnt, dass diese Welt mehr zu bieten hatte.

»Bereits im letzten Teil unserer Geschichte haben wir erfahren, dass das Gleichgewicht auf unserer Erde nur durch eine strenge Trennung der Elemente bewahrt werden kann. Und dass eine dunkle Energie hervorgerufen wird, sollte sich jemand dem obersten Gebot widersetzen. Die Menschen in der Antike betrachteten diese Energie als Göttin, als schwarz geflügelte Nacht, vor der selbst Zeus, der mächtige Vater des

Olymps, in Ehrfurcht erzitterte. Sie war alles und nichts, der Anfang und das Ende, niemals greifbar oder für das bloße Auge sichtbar. Nur der Wind über den Weltmeeren konnte sie erwischen, und er umwarb sie so lange in einem nahezu tödlichen Tanz, bis sie ein silbern schillerndes Ei in den Schoß der Dunkelheit legte. Dem Ei entschlüpfte ein kleines Mädchen, so die Sage, und setzte mit ihrer bloßen Existenz das All in Bewegung. Die Göttin selbst war die Einheit aus Wasser, Erde, Luft und Feuer, und niemand wusste, welche Kräfte ihr dadurch verliehen wurden, weil niemand sie sehen konnte.

Auch ihrem verbotenen Kind wurden diese Eigenschaften zugeschrieben, doch es war im Gegensatz zu ihr von menschlicher Gestalt und bewegte sich unerkannt auf der Erde. Das Schlimmste für die Menschen war die Angst vor dem Unbekannten – die Möglichkeit, dem Mädchen jeden Moment begegnen zu können, und der Glaube daran, das Kind könne mit einem Wimpernschlag nicht nur unseren Planeten, sondern das gesamte Universum in Schutt und Asche legen. Die Menschheit, so hieß es, hätte keine Chance, die Gefahr zu wittern, da es ihnen in irdischer Gestalt begegnen würde, unschuldig, rein, wie Kinder es sind.«

»Ein ganz gewöhnliches Mädchen, das die dunkle Energie in sich trägt?«, meldete sich eine Frau mittleren Alters mit stark südländischem Akzent in der vordersten Reihe zu Wort. »Das muss sich doch irgendwie geäußert haben?«

Ein Lächeln umspielte die Lippen des Geschichtenerzählers. Er faltete seine Hände im Schoß und neigte leicht den Kopf. »Der Legende zufolge wusste das Kind selbst nichts von seinen kraftvollen bösen Fähigkeiten, es wuchs als Waise auf, bis es zum ersten Mal mit den Schattenseiten des Lebens in Berührung kam. Bis man seinen Kopf zu lange unter Wasser drückte, seine Finger zu lange ins Feuer hielt, es einen Abgrund hinunterstieß oder bei lebendigem Leib vergrub.«

Jemand zog zischend Luft durch die Zähne, während sich Gemurmel erhob. Ich gab keinen Laut von mir, doch mein Herz … mein Herz klopfte und tobte und schrie.

»Es war unsterblich?«, rief ein rothaariger Junge.

»Oh nein, unsterblich war es nicht. Es nährte sich lediglich von Tod und Verderben. Und sein zarter Körper war nicht geschaffen für so viel Dunkelheit, sodass es sich langsam und von innen heraus selbst zerstörte, je öfter es in diese Extremsituationen kam.«

»Was hat das zu bedeuten? Wenn es sich selbst zerstörte, dann war man das Problem doch los, oder nicht?«, hakte die Frau von vorne nach.

Es war verrückt, wie die unheilvoll klingende Stimme binnen Sekunden Menschen unterschiedlichsten Alters fesseln konnte, obwohl niemand von ihnen ahnte, wie viel Wahrheit in dieser Erzählung steckte.

»Ganz im Gegenteil, verehrte Damen und Herren, ganz im Gegenteil! Eine Zerstörung des Kindes würde die böse Energie für immer im Universum freisetzen, die Elemente miteinander vermischen und die Welt in Chaos stürzen. Doch dazu mehr im Westen der Stadt, morgen Abend bei Anbruch der Dunkelheit.« Der zierliche Kapuzenmann erhob sich in einer fließenden Bewegung und salutierte uns, während die Gondel bereits losfuhr.

Es dauerte eine Weile, bis die Gespräche verstummten. Wir ließen die Jachten hinter uns, der Fluss verengte sich. Dicke Äste reichten bis ins Wasser, und wir mussten uns bücken, um keinen ins Gesicht zu bekommen.

Ich wagte es kaum, Will anzusehen. War diese Erzählung neu? Hatte Nero sie nach dem, was gestern geschehen war, in Auftrag gegeben? Zu welchem Zweck? Was für einen Grund hätte er, dieses Wissen mit den Touristen zu teilen?

Will war nach wie vor angespannt und rührte sich keinen Millimeter, bis wir an einem von Schilf umwachsenen Steg zum Stehen kamen und die Gondel sich leerte.

»Viel Spaß!«, rief der Fremdenführer den letzten Touristen hinterher. »Tickets erhalten Sie links im silbernen Wohnwagen. Beehren Sie uns immer wieder gerne mit Ihrer Anwesenheit!«

Will streckte im Gehen eine Hand nach mir aus, die ich nach kurzem Zögern nahm. Seine Haut an meiner schickte wie immer kleine Stromschläge durch meinen Körper, doch das war nicht alles. Ich fühlte mich sicher. Fast friedlich. Eine Parallelwelt. Unter anderen Umständen hätte ich einen Teufel getan, den Menschen, der mein Vertrauen mit Füßen getreten hatte, zu berühren. Doch die heutigen Umstände rückten alles in ein neues Licht. Er war mein Inventi. Würde es immer sein. Ob ich wollte oder nicht – wir gehörten zueinander.

Der besagte Wohnwagen mit dem Ticketverkauf tauchte vor uns auf der Wiese auf. Unzählige Veilchen wuchsen drum herum. Eine junge Frau in weißem Overall schaute aus einem Fenster hervor und bediente die Leute in der Schlange. Ich beachtete sie nicht weiter, denn der Anblick dahinter zog mich magisch an.

Majestätische Berge in sattem Grün bildeten die Kulisse für unser Ziel und die anscheinend wichtigste Attraktion im Luft-Bezirk: die Seilbahn. Ein silbriger Waggon, der an einem dicken Stahlseil befestigt war und etwa ein Dutzend Leute aufnehmen konnte, hielt mit einem Quietschen direkt am Fuß des Berges. Ein kleiner Mann im ebenfalls weißen Frack lotste die Touristen ins Häuscheninnere.

Wir reihten uns in die Schlange ein und ergatterten die letzten beiden Tickets, die uns die Fahrt in diesem Waggon ermöglichten. Ein Zeitplan neben dem Verkaufsfenster verriet, dass die Seilbahn in 15-Minuten Intervallen verkehrte.

Die meisten Passagiere drückten ihre Nasen und Kameraobjektive an die blitzblanken Fensterfronten, während wir uns in Bewegung setzten. Ein fröhliches Gitarrenspiel schallte aus den Lautsprechern über uns. Alle Fensterplätze waren besetzt, aber das war mir nur recht. Das vertraute Kribbeln in meinem Magen hielt mich davon ab, in die Tiefe schauen zu wollen, je höher wir stiegen. Will trat näher zu mir. Er musste mein Unbehagen gespürt haben.

Phos' Anweisungen waren klar gewesen: Wir mussten bis zum letzten Stopp mitfahren. Und sobald der Waggon sich leerte …

»Alle mal kurz herhören!«, ertönte es vom anderen Ende. Der Mann im Frack hielt eine weiße Fahne in die Höhe. »Wegen Umbauarbeiten, die Ihnen in Zukunft ein unvergessliches Abenteuer in einem Erlebniskletterpark bescheren sollen, wird der letzte Halt die nächsten Monate leider nicht angefahren. Keine Sorge, die Panoramaaussicht werden Sie trotzdem genießen können, und auf der Aussichtsplattform gibt es eine Runde Kakao für alle als kleine Entschädigung.«

Will und ich tauschten einen schnellen Blick, während um uns herum freudiges Gemurmel lauter wurde.

Alles verlief nach Plan. Der Typ hatte uns zwar bisher nicht beachtet, doch er gehörte offenbar zur verfeindeten Organisation. Und er würde uns zum letzten Stopp mitnehmen. Die Bauarbeiten waren der perfekte Vorwand, hatte Phos mir erklärt, und die Seilbahn fuhr sehr wohl weiter – nur eben nicht zur nächsten Attraktion, sondern geradewegs ins Hauptquartier. Nach intensiver Planung war es dem Ältesten der Pyro gelungen, seine Leute in das Team einzuschleusen. Niemand würde einen Verdacht hegen, bis der Umbau beendet war.

Phos hatte sich für den Bezirk der Pnoe entschieden, weil Niyols Mutter ihm dieses Versteck geliefert hatte und es der letzte Ort war, an dem Aria und Nero die Organisation und ihn suchen würden.

Ein kleines Lächeln stahl sich auf meine Lippen. Hoffnung keimte in mir auf. Ich würde Eve wiedersehen. Und der Wahrheit ein Stück näherkommen. Wir waren nicht allein in diesem Kampf.

A

Nebelschwaden. Pastellblauer Himmel. Und überall dieses Grün. Je höher wir stiegen, desto mehr kam mir die Szenerie wie aus einem Traum vor. Das Wackeln des Waggons war so gleichmäßig, dass ich keine Panik empfand. Als würde es uns in den Schlaf wiegen. Die Gespräche der Leute verstummten, alle waren viel zu sehr mit Staunen beschäftigt. Das leise Klicken der Kameras mischte sich unter das Hintergrundlied, und auch der Fremdenführer meldete sich nicht mehr zu Wort, sondern betrachtete versonnen den Ausblick, obwohl er ihn sicherlich bereits unzählige Male zu Gesicht bekommen hatte.

Schon bald konnte ich zwischen den imposanten Bergen einen Blick auf das Tal erhaschen, auf die spitz zulaufenden Häuser, das Kuppeldach der Omilia und den blau schillernden Fluss, der sich seinen Weg wie eine Schlange durch die Bezirke bahnte. Die Menschen wurden zu kleinen, sich hektisch bewegenden Punkten.

Nach zwei weiteren kurzen Stopps leerte sich das Häuschen, während Will und ich in unserer Ecke verharrten und auf ein Zeichen des Seilbahnführers warteten. Er verabschiedete sich einzeln von den Touristen, gab ihnen Tipps, aus welchem Winkel sie die besten Fotos auf der Plattform schießen konnten und welches Eis am Snackstand am empfehlenswertesten war.

»In fünfzehn Minuten werden Sie hier wieder abgeholt, es sei denn, Sie möchten auf den nächsten Lift warten.«

Mit diesen Worten schloss er die Glastüren hinter ihnen und betätigte einen Hebel links davon. Erst als wir uns mit einem Rattern wieder in Bewegung setzten, wandte er sich zu uns um. Sein fröhliches Lächeln war ihm wie aus dem Gesicht gewischt, dafür strahlten seine kleinen Knopfaugen eine seltsame Intensität aus.

»Kiana Lyberth und William Lowe. Ihr habt keine Vorstellung davon, was für eine Ehre es mir ist.«

Obwohl die Begrüßung an uns beide gerichtet war, fixierte er ausschließlich mich, während er auf uns zukam und mir seine Hand hinstreckte. Seine Augen standen nah beieinander, und die Brauen darüber waren hell, fast unsichtbar, sodass sie seinem Gesicht einen gruseligen Ausdruck verliehen.

»Augustus Wellington.«

Wir schüttelten nacheinander seine Hand, und obwohl ich mich nicht zu Will drehte, spürte ich seine Anspannung.

»Sie bringen uns ins Quartier?«, fragte er kühl.

Mr Wellington neigte seinen Kopf, und ein höfliches Lächeln zierte sein schmales Gesicht. »Das tue ich.«

»Wie kann es sein, dass niemand auf die Idee gekommen ist, die Bauarbeiten zu hinterfragen, wenn Sie nach dem letzten Stopp einfach weiterfahren, anstatt dort auf die Leute zu warten, um sie wieder zum Ausgangspunkt zu bringen?«

Ich unterdrückte ein Seufzen und lächelte den Kerl an, um die Stimmung ein wenig zu lockern.

»Wir fahren nur eine Station weiter, direkt vor die Baustelle, den Rest des Weges müsst ihr selbst zurücklegen. Und selbst wenn jemand die Bauarbeiten hinterfragt – sie sind echt. Es wird tatsächlich ein Erlebnispark gebaut. Doch warum sollten Touristen das hinterfragen?«

Will hob eine Braue und verschränkte die Arme. »Sie glauben nicht, dass Nero und Aria Spitzel unter ihnen haben? Oder unter den Arbeitern?«

Jetzt grinste der Typ. »Ich mag junge Leute, die etwas in der Birne haben. Selbstverständlich gibt es Spitzel, die in der Omilia Bericht erstatten, ob in Tessarect alles nach Plan verläuft. Und sie gehören hier alle zu Phos. Aria hat die Bauarbeiten angeordnet, aber was glaubst du, wessen Idee das war? Wir sind nicht von gestern, mein Lieber, wir agieren seit Jahren im Verborgenen. Und dieses Versteck hier ist bisher das sicherste, weil es uns gelungen ist, alle Inventi innerhalb des Teams, das die Seilbahn betreibt und an der neuen Touristenattraktion arbeitet, auf unsere Seite zu ziehen. Die normalen Arbeiter werden angemessen entschädigt, um den Mund zu halten.«

»Also sind Sie alle Doppelagenten?«, klinkte ich mich ein.

Er zwinkerte mir zu. »So kann man es nennen.«

Will wirkte, als könnte er noch mindestens eine Stunde lang über seine Zweifel mit dem Typen diskutieren, doch zu meiner Überraschung und Erleichterung hielt er sich zurück. Wir sprachen kein Wort mehr, bis der Waggon am Hang des Berges vor einem Absperrband wieder zum Stehen kam.

Riesige Gerüste aus schwarz schimmerndem Metall durchbrachen die grüne Idylle hier. Sie ragten aus dem schlammigen Boden und waren an meterhohen Birken befestigt, die wie eine Mauer wirkten. Vermutlich war das gar nicht so weit hergeholt – sie bildeten eine Festung, um das Versteck dahinter zu verbergen. Vereinzelt waren ein paar Arbeiter zu sehen, die in weißen Uniformen und Schutzhelmen herumhantierten, unsere Anwesenheit allerdings vollkommen ignorierten. Jeder schien hoch konzentriert für sich zu arbeiten, sie riefen sich keine Befehle zu, und auch sonst wurde nicht gesprochen.

Die Glastüren sprangen auf, und Augustus Wellington machte eine einladende Armbewegung nach draußen. Ein dramatisches Geigenstück tönte zu uns herüber.

Es war angenehm warm, wenn auch kein Vergleich zum Süden der Stadt, da zusätzlich zu den Sonnenstrahlen, die durch die Schäfchenwolken hervorlugten, eine frische Brise wehte. Mit wackeligen Beinen trat ich auf den bemoosten Boden.

»Seht ihr den Baum hinter dem Kran?«, meldete sich Wellington zu Wort und deutete auf eine besonders große Birke. »Von dort aus gelangt ihr auf eine Hängebrücke. Dann folgt ihr einfach dem Weg in den Baumkronen, bis ihr zu einem Tor gelangt, und …«

»Und niemand der Arbeiter wird sich daran stören, dass wir die Baustelle überqueren?«, fiel ihm Will ins Wort.

Ich warf einen Blick auf einen muskulösen Kerl, der nur wenige Meter von uns entfernt war. Sein Gesicht war frei von jeglichen Emotionen.

Wieso kümmerte sich Will um die Arbeiter? Die würden unser kleinstes Problem sein. Die Erwähnung von Baumkronen machte mir eher zu schaffen. Wie zur Hölle sollten wir so weit nach oben klettern?

Augustus Wellington neigte den Kopf. »Keine Sorge«, erwidere er nun eine Spur ungeduldig. »Wie gesagt, sie sind eingeweiht. Außerdem werdet ihr von Phos erwartet.«

Ehe Will protestieren konnte, schloss er die Tür, winkte uns ein letztes Mal zu und wandte sich ab. Im nächsten Augenblick setzte sich die Seilbahn mit einem Ruck in Bewegung und fuhr los in die Richtung, aus der wir gekommen waren.

»Was, wenn es eine Falle ist?«, raunte Will mir mit finsterer Miene zu, als wir losliefen. »Und sie uns hierhergelotst haben, um uns fernab der Zivilisation um die Ecke zu bringen?«

»Wenn, dann wollen sie nur mich aus der Welt schaffen«, gab ich trocken zurück.

Er hatte noch nicht die Bekanntschaft von Phos gemacht und sich selbst davon überzeugen können, wie viel vertrauenswürdiger er schien als jeder Einzelne aus der Omilia – mit Ausnahme von Picabo Irving vielleicht. Schlagartig war mein Mund trocken. Die Bilder von vorhin blitzten in meinen Gedanken auf. Ja, ihm waren in Neros Nähe die Hände gebunden, aber er hatte nicht mal Anstalten gemacht, es zu verhindern.

Will schnaubte. »Na dann kann ich mich ja entspannen.«

Niemand sah auch nur ein einziges Mal auf, während wir uns unseren Weg zum besagten Baum bahnten. Das Geigenspiel wurde immer lauter, auch wenn ich keine Ahnung hatte, aus welcher Richtung es kam.

»Sie wirken wie programmiert«, flüsterte Will misstrauisch und warf ständig Blicke über die Schulter. Ich packte ihn am Arm und zog ihn weiter.

»Solange sie uns nicht angreifen, können wir doch froh sein. Komm!«

Wir passierten den Kran und kamen vor dem dicken Baumstamm dahinter zum Stehen. Unsere Blicke trafen sich, meiner unbehaglich, seiner ungläubig, und schließlich legten wir zeitgleich den Kopf in den Nacken. Der Stamm war mindestens zehn Meter lang, die Sicht auf die Baumkrone wurde uns durch ein Holzbrett genommen, das wirkte, als wäre es vom Stamm aufgespießt worden.

»Übersehe ich irgendwas Offensichtliches?« Stirnrunzelnd betrachtete ich die weiße Borke. Wellington hätte ruhig ein bisschen präziser sein können. Und auch Phos hatte mir am Telefon nur erklärt, ich sollte den Anweisungen seines Freundes folgen.

Anstelle einer Antwort lief Will um den Baum herum und blieb abrupt stehen.

Das Geigenstück war unheimlich. Das Schweigen der

Arbeiter ebenfalls. Mein Herz raste, und die Übelkeit von vorhin kehrte zurück.

Hastig folgte ich ihm. Er ging gerade in die Hocke. Irgendetwas am Boden schien seine ungeteilte Aufmerksamkeit zu fordern. Ich konnte nur giftgrünes Unkraut, Laub, Gebüsch und dicke Wurzeln erkennen. Auch ich kniete mich hin, und da sah ich es. Die wuchernden Pflanzen lenkten auf den ersten Blick davon ab, doch da war eine Öffnung im Stamm mit kaum einem Meter Durchmesser.

Ich streckte die Arme aus und schob das Unkraut beiseite. Das Loch vergrößerte sich, davor war eine Vertiefung im Erdboden zu sehen.

»Wir sollten umdrehen«, sagte Will leise. Seine Stimme klang nicht mehr misstrauisch. Eher verunsichert.

»Der Baum ist hohl, oder?« *Meine* Stimme hingegen klang einfach nur hysterisch.

»Wie ist das möglich?«, hauchte er.

Tief durchatmen. Wir hatten eine Mission. Und außerdem weitaus Schlimmeres überstanden.

Ohne mir eine weitere Gelegenheit zum Durchdrehen zu geben, setzte ich mich und griff nach der Öffnung im Baumstamm. Es roch nach Harz und frischer Erde. Beruhigend. Vorsichtig tastete ich das Innere ab, ehe ich meinen Kopf in die Dunkelheit streckte.

»Kia, komm sofort wieder raus, du wirst da sicher nicht als Erste reingehen«, erklang Wills gedämpfte Stimme von draußen. Ich achtete nicht auf ihn. Stattdessen stützte ich mich im Bauminneren ab, bekam zwei dicke Wurzeln zu fassen und zog mich in die Öffnung. Ein dünner Lichtstrahl fiel von oben auf mich herab. Er reichte zwar noch lang nicht aus, um Details zu erkennen, dafür sah ich die Einkerbungen im Holz, die in regelmäßigen Abständen den Weg nach oben markierten. Außerdem sagte es mir, dass ich mit meiner Vermutung ins Schwarze getroffen hatte.

»Jetzt bin ich schon drin!«, rief ich. »Und die gute Nachricht lautet: Es ist gerade so schummrig, dass ich nicht richtig erkennen werde, wie hoch ich klettere.«

»Kiana!« Es war kaum mehr als ein Knurren, und die Geräusche, die daraufhin ertönten, waren unverkennbar: Er folgte mir. Weil er mir überallhin folgen würde …

Ich griff nach den Wurzeln über mir und begann mit dem Aufstieg. Zu zweit passten wir nur übereinander in den hohlen Stamm.

Halbherzig versuchte er, mich von meinem Vorhaben abzubringen, doch nachdem ich zwei, drei Meter nach oben geklettert war, blieb ihm nichts anderes übrig, als es mir gleichzutun. Es war erstaunlich leicht, die Einkerbungen zu ertasten, und die Wurzeln waren so dick, dass ich kein einziges Mal abrutschte. Mein Herzschlag beruhigte sich mit jedem Handgriff – vielleicht war ich es inzwischen einfach gewohnt, mich in Extremsituationen zurechtzufinden.

Je höher wir kletterten, desto mehr blendete das Licht, und desto kühler wurde es. Trotz der Sonne schienen die Temperaturen zu fallen. Oben angelangt, streckte ich meine Arme durch die kleine Öffnung, stützte mich auf der Holzplattform ab und zwängte meinen Körper hindurch ins Freie. Schon tauchte Wills blonder Haarschopf hinter mir auf. Er hob den Kopf und funkelte mich an.

»Wo ist das Frühlingswetter plötzlich hin?«, fragte ich betont locker, während ich mich vollständig aufrichtete und ihm eine Hand hinhielt. Er hatte die Lippen fest zusammengepresst, jetzt zuckten seine Mundwinkel leicht. Nach einem kurzen Zögern umschlang er meine Hand mit seinen langen Fingern und ließ sich von mir aufhelfen. Doch auch als er wieder festen Boden unter den Füßen hatte, gab er mich nicht frei.

»Die Vermischung der Elemente«, raunte er. Sein intensiver Blick und seine Berührung machten es schwer, mich auf seine Worte zu konzentrieren. »Wenn sich hier tatsächlich verschiedene Talentierte auf einem Haufen befinden, gibt es einen Wetterausgleich, und wir haben wieder einen ganz normalen schottischen Herbst wie im Umkreis der Omilia.«

Klang sinnvoll. Einen viel zu langen, viel zu kurzen Moment sahen wir uns noch in die Augen, dann ließ er meine Hand mit wehmütigem Gesichtsausdruck los.

»Und das hier ist vermutlich die Brücke, die wir überqueren müssen«, sagte er nach einem Räuspern und wies mit dem Kinn hinter mich. »Sieht ja sehr verlockend aus.«

Ich fuhr herum. Das war es, was Wellington mit dem Weg zwischen den Baumkronen gemeint hatte …

Zwischen den Bäumen war eine schmale Seilbrücke gespannt, die leicht im Wind schaukelte und zu einem Felsvorsprung führte. Die Seile waren dünn, und sie bestanden auch nicht aus Stahl, so wie beim Anema Overpass. Auf einen Schlag fühlten sich meine Füße an, als wären sie mit der Plattform unter mir verwurzelt. Alles in mir wehrte sich dagegen, vorwärtszulaufen.

Hier auf der Plattform waren wir von unzähligen Ästen und Blättern umgeben, was ganz gut vom Blick in die Tiefe ablenkte. Auf der Brücke schien er unausweichlich.

Abrupt drehte ich mich weg und schaute wieder zu Will. Seine Miene war wie erwartet ein einziger Protest. Er öffnete den Mund, höchstwahrscheinlich, um mir zu sagen, dass ich es nicht wagen sollte.

Ich war dem Tod in den letzten Wochen so oft nahe gekommen. Ich war stark. Und ich würde Eve wiedersehen, wenn ich diese verdammte Brücke überquerte!

Auf wackeligen Beinen stolperte ich vorwärts. Meine Finger umfassten die gespannten Seile rechts und links von mir. Die Brücke bestand aus flachen Holzbrettern, die etwa einen Fußbreit voneinander entfernt lagen.

Ich wagte mich weiter vor, und mein Herz rutschte eine Etage tiefer. Das war der helle Wahnsinn. Es wackelte viel zu sehr.

Wills Fluchen erklang hinter mir. Ich machte mir nicht die Mühe, mich nach ihm umzusehen. Mein Blick war stur auf den Felsen mir gegenüber geheftet.

Nicht nach unten schauen, nicht nach unten schauen, nicht nach unten schauen.

Bevor ich einen weiteren Schritt wagen konnte, packte er mich von hinten an der Hüfte.

»Beweg dich nicht«, zischte er mir ins Ohr.

Leider schien es unmöglich, mich loszureißen, ohne mein Gleichgewicht dabei aufs Spiel zu setzen. »Will«, begann ich mit bebender Stimme. »Wie du dir vielleicht vorstellen kannst, kostet mich das hier gerade eine Menge Überwindung. Ich brauche niemanden, der mich darauf hinweist, wie wahnsinnig und riskant mein Vorhaben ist, ich brauche jemanden, der mir Mut macht und mir sagt, wie unbesiegbar ich bin.«

»Ich …«

»Nein!« Mein ganzer Körper zitterte, und weil es zunehmend härter wurde, der Versuchung nicht nachzugeben und nach unten zu schauen, legte ich den Kopf in den Nacken und starrte in den bewölkten Himmel. »Bitte. Lass es uns einfach hinter uns bringen, es sind nur ein paar Meter.«

Die Sekunden vergingen. Mein Herzschlag dröhnte in meinen Ohren. Dann, ganz langsam, löste er den Griff von mir.

»Du bist unglaublich«, murmelte er, aber irgendwie klang es nicht mehr wütend, sondern fast ehrfürchtig. »Diesmal lässt du mich zuerst gehen.«

Entschlossen schüttelte ich den Kopf. »Wenn du zuerst gehst, fängt mein Gehirn an, sich ein Horrorszenario nach dem anderen auszumalen, und mich verlässt der Mut.«

Darauf fiel ihm wohl nichts mehr ein, oder vielleicht hatte er kapiert, dass es nichts nützte, auf mich einzureden.

Wie in Zeitlupe setzte ich einen Fuß vor den anderen, während ich mich mit schweißnassen Händen an den Seilen festklammerte. Als mich nur noch eine Armlänge vom sicheren Felsen trennte, traf mich plötzlich ein heftiger Windstoß. Ich erstarrte und krümmte mich. Die Brücke ächzte bedrohlich, und reflexartig wanderte mein Blick an meinem Körper hinab.

Mein Magen machte einen Satz. Oh, verflucht noch mal … Alles begann sich zu drehen. Das Grün der Bäume verwischte vor meinen Augen. Die Bauarbeiter waren kleine weiße Punkte.

Wir waren so weit oben. Viel zu weit. Wenn ich ausrutschte, war es vorbei. Niemals würde ich …

»Es ist alles gut«, tönte Wills Stimme zu mir rüber. »Kia, es ist alles okay, hörst du? Du hast es gleich geschafft.«

Ich riss meinen Kopf nach oben und biss mir so fest auf die Unterlippe, dass ich Blut schmeckte. Der Wind ließ meine Haare flattern, die Strähnen nahmen mir die Sicht.

Will hatte recht. Sobald die Böe abebbte, bewegte ich mich wieder vorwärts. Einen Schritt. Noch einen. Und noch einen.

Meine Beine knickten augenblicklich ein, als ich den rettenden Felsen erreichte. Ich stieß die angestaute Luft aus.

»Und ich dachte, Waterboarding ist heftig!«, rief ich Will entgegen, der den Kopf schüttelte und sich kurz die Haare raufte, ehe er die Brücke betrat.

Auch er wagte keinen Blick nach unten, während er sich doppelt so schnell wie ich über die wippende Brücke bewegte.

»Angeber«, brachte ich hervor. Mein Herz kam nicht zur Ruhe. Schmerzhaft donnerte es gegen meine Brust. Genau wie vorhin war es viel schlimmer, ihn so schutzlos zu sehen, als es selbst zu erleben.

Er war gleich bei mir. Kein Grund zur Sorge.

Ich hatte mich inzwischen wieder erhoben, und auch wenn mir immer noch schwindelig war, trat ich näher an den Abgrund.

In diesem Moment geschah es.

Will beschleunigte seine Schritte, und mit einem Fuß trat er in die Lücke zwischen den letzten beiden Brettern.

Die Welt verlangsamte sich. Alle Geräusche verschwanden und die Umgebung mit ihnen. Übrig blieb nur sein panischer Gesichtsausdruck.

Ich stürzte vorwärts, bevor ich auch nur einen einzigen klaren Gedanken fassen konnte.

Die falsche Bewegung hatte ihn zum Straucheln gebracht, und er rutschte ab.

Mit einem großen Schritt war ich bei ihm und packte ihn am Unterarm, zerrte ihn mit gesammelter Kraft zu mir auf den sicheren Felsvorsprung.

»Ist das dein Ernst?«, schrie ich ihn an, nachdem wir uns ein paar Herzschläge lang nur schwer atmend und mit weit aufgerissenen Augen angestarrt hatten. »Wozu die verfluchte Eile? Um zu beweisen, was für ein toller Hecht du bist?«

Wir stolperten den Felsen hinauf. Ein unsicheres Lachen entwich ihm. »Danke fürs Retten. Dachte eigentlich, das ist mein Job.«

Ich wollte ihn an mich drücken – so fest, dass ich meinen viel zu schnellen Herzschlag nicht mehr von seinem unterschieden konnte. Stattdessen stieß ich ihn von mir. »Du kannst mich mal«, fauchte ich und kämpfte mich durchs Gebüsch.

»Jetzt weißt du, wie es mir immer geht«, hörte ich ihn hinter mir, als ich ein paar Brennnesseln auswich und mich an einem besonders widerspenstigen Ast vorbeidrückte.

Gerade wollte ich ihm eine wütende Antwort entgegenschleudern, da lichtete sich das Gebüsch vor mir, und ich entdeckte die Gestalt.

Ein Mann, vielleicht in Arielles Alter, stand bewegungslos und mit verschränkten Armen vor einem hölzernen Tor. Er hatte dunkles lockiges Haar, breite Schultern und trug einen Mantel, der bunt im Sonnenlicht schillerte. Rot, blau, weiß, gelb. Zunächst war sein Gesicht so ausdruckslos wie die der Arbeiter unten, aber als ich weiterlief und er mich ebenfalls entdeckte, breitete sich ein geheimnisvolles Lächeln auf seinen Lippen aus.

»Ihr habt es fast geschafft«, raunte er und besah mich mit einem Blick, der mir durch Mark und Bein ging. Seine Stimme war sanft.

Will kam hinter mir aus dem Gebüsch gestolpert und stellte sich dicht neben mich. Gott, er konnte den Mist wirklich keinen Augenblick lang lassen, selbst nachdem *ich ihm* sein Leben gerettet hatte. »Wer sind Sie?«, fragte er in seinem feindseligsten Ton.

Das Lächeln des Kerls wurde breiter. »Das letzte Hindernis, das euch von eurem Ziel trennt«, erwiderte er ruhig. Hinter ihm konnte ich durchs Tor einen Blick auf weitere Bäume und eine verspiegelte Hausfront erhaschen.

»Was soll das heißen?«, brummte mein Inventi und erweckte dabei den Eindruck, als sei er bereit, jeden Moment seine Kampfsport-Skills zum Besten zu geben, sollte der Kerl auch nur eine falsche Bewegung machen.

Ich verdrehte die Augen und packte ihn am Arm, um ihn zurückzuziehen. Dann lächelte ich den Typen freundlich an. Wenn er zu Phos gehörte, konnte er nicht so schlimm sein. »Wir möchten zu …«

»Ich kenne euer Ziel«, fiel er mir ungerührt ins Wort. »Und ich lasse euch gewähren, solltet ihr das Rätsel lösen.«

»Hören Sie mal, Sie …«

»Will, halt die Klappe!«, zischte ich ihm zu und trat vor ihn, als könnte ich den Kerl damit von seinem unhöflichen Verhalten ablenken. »Was für ein Rätsel?«, fragte ich, so ruhig ich konnte.

Die Interaktion zwischen meinem Inventi und mir schien den Typen köstlich zu amüsieren. Er betrachtete uns eine ganze Weile lang wortlos, bis ein weiterer Windstoß die Blätter zum Rascheln brachte. Plötzlich verschwand sein Lächeln. Und auch von Teilnahmslosigkeit war keine Spur mehr. Sobald er sprach, hatte sich seine Stimme verändert, als würde ein anderer Mensch in ihm zum Vorschein kommen. Dunkel. Tief. Rau. Irgendwie aus einer anderen Zeit.

»Erst glühe ich, dann brenne ich«, wisperte er im Rauschen des Winds, »im Sturm, der mich antreibt, warte ich geduldig, bis nichts als Staub von dir bleibt.« Eine kurze Pause entstand, und er fixierte mich mit seinen dunklen Augen. »Wer bin ich?«

Ich sah das Zentrum der Pyro vor mir. Dann das Feuer im Gefängnis. Nate und ich mittendrin … Flammen, die an mir hochstiegen … diese Hitze …

»Ernsthaft?«, murmelte Will genervt, doch ich brachte ihn mit einem schnellen Blick zum Verstummen, ehe ich mich wieder dem Kerl zuwandte.

Die Worte hallten in meinem Inneren wider. Mit einer ausladenden Armbewegung in Richtung Himmel fuhr der Mann fort. Unterdessen starrte er mich an, als seien diese Worte ausschließlich für mich bestimmt.

»Hoch hinaus trage ich dich in meinen Armen, du fällst, und Nebel nimmt dir Sicht. Ohne Erlaubnis, ohne Erbarmen erfülle ich meine Pflicht.«

Gänsehaut breitete sich auf meinem Körper aus, mein Mund war auf einmal staubtrocken.

»Wer bin ich?«, flüsterte er unheilvoll.

Von Will kam kein Laut mehr. Für den Moment verschwand die Szenerie, und es erschienen andere Bilder vor mir. Ich im Strudel. Umgeben von Wortfetzen, von Gesichtern, von Geräuschen, bis ein einziger Satz, ein einziges Symbol mich aus der Endlosschleife riss und ich fiel …

»Du lässt dich in meine Tiefen ziehen, ich verschlucke dich und steige auf«, fuhr er fort und wurde immer leiser. »Unzählige, die versuchten, vor mir zu fliehen, doch immer nehme ich meinen Lauf. Wer bin ich?«

Unter Wasser mit Eve. Hand in Hand.

Du bist stärker, als du denkst.

In der Badewanne. Im Zentrum der Ydor auf der Liege.

Eve! Ich musste zu Eve.

»Wie die Dunkelheit umhülle ich, bin der Ursprung und das Ende, bedecke dich, begrabe dich, du wünschtest, ich wäre eine Legende.«

Ein mulmiges Gefühl breitete sich in meinem Bauch aus. Ein Blick zu Will verriet mir, dass er nicht mehr genervt war – er wirkte eher konzentriert. Und vollkommen verwirrt.

Was hatte das zu bedeuten?

Jedenfalls passten die Worte hervorragend zur Story des Geschichtenerzählers …

Ehe wir auch nur ein Wort sagen konnten, nahm ich eine Bewegung hinter dem Tor wahr. Eine Gestalt näherte sich uns mit zügigen Schritten. Phos trug den zerknitterten Trenchcoat vom letzten Mal, darunter einen braunen ausgebeulten Pullover, der ihm viel zu groß war. Auch die dunkle Cordhose schien nicht so recht zu passen.

Seine Augen funkelten, als sein Blick auf uns traf. »Benedict, du kannst sie durchlassen«, sagte er mit sanfter Stimme, und der Mann trat augenblicklich zur Seite, um das Tor für uns zu öffnen.

»Kiana, William, wie schön«, begrüßte der Älteste der Pyro uns. Will ließ mir den Vortritt, und ich erwiderte Phos' warmen Handschlag.

»Wie geht es dir?« Seine Stimme war ruhig, doch eine Falte bildete sich zwischen seinen grauen Augenbrauen.

Ich probierte ein Lächeln. »Ganz gut.« Dann warf ich einen Blick hinter mich. »Will, das ist Phos Colville.« Auch mal eine schöne Abwechslung, dass ich diejenige war, die ihm jemanden aus dieser Stadt vorstellte.

Wills Miene war ausdruckslos. Weder freundlich noch feindselig. Nicht einmal auf der Hut. Allerdings waren die roten Äderchen im Weiß seiner Augen noch deutlich sichtbar, also vielleicht fehlte ihm schlichtweg die Energie für eine Reaktion. Er trat neben mich und schüttelte Phos die Hand, ehe dieser hinter sich wies und wir uns in Bewegung setzten.

Hinter weiteren Birken erstreckte sich ein längliches, komplett verglastes Gebäude vor uns. Die Fassade reflektierte nicht nur die Bäume, sondern auch den Himmel und die Sonne. Eine breite weiße Veranda zog sich einmal komplett darum herum. Auf den ersten Eindruck wirkte es wie ein Museum für moderne Kunst, nicht wie das Hauptquartier der Organisation, die gegen die Omilia kämpfte.

Das Moos unter meinen Schuhen war butterweich, und das Gefühl, zu versinken, verstärkte den traumähnlichen Zustand, der Besitz von mir ergriffen hatte.

»Was haben sie mit euch gemacht?«, fragte Phos, an Will gerichtet.

Dieser zögerte. Seine Augen verschmälerten sich, dann schüttelte er ganz leicht den Kopf, wie um die Erinnerung zu verscheuchen. »Waterboarding.«

»Um eure Beziehung zueinander zu testen, hast du gesagt?« Jetzt schaute Phos zu mir.

Ich nickte und presste die Lippen aufeinander.

»Sie ist intensiver als bei normalen Inventi und ihren Schützlingen, nicht wahr?«

»Woher wollen Sie das wissen?«, schoss es aus Will hervor.

Ich unterdrückte ein Seufzen. Da war er wieder, mein misstrauischer Inventi.

Phos zuckte die Achseln. »Nur eine Theorie. Du bist Kias einziger Inventi, deine Gabe muss viel präziser funktionieren.«

Zu meiner Überraschung löste sich Wills Anspannung, und er nickte. »Das ist nicht alles. Ich spüre jedes ihrer Gefühle in mir.«

Ich starrte ihn nur an. Seit wann ging er mit diesen Informationen hausieren? Und dann auch noch vor Fremden?

Der Älteste der Pyro schien nur mäßig beeindruckt. Er nickte und legte Will eine Hand auf die Schulter. »Kommt erst mal, ich zeige euch das Quartier. Und dann gehen wir die nächsten Schritte durch. Ich freue mich sehr, dass ihr heute hergekommen seid, vor allem nach dem Morgen, den ihr hattet.«

Erst als er sich abwandte und die Richtung vorgab, konnte ich mich wieder auf unsere Umgebung konzentrieren. Ein breiter weißer Steg lag hinter dem länglichen Haus, in der Ferne konnte ich eine Aussichtsplattform erkennen, die über der Hügellandschaft in der Luft thronte. Sie wurde von mehreren Seilen gehalten, die wiederum an den dicken Ästen der Bäume befestigt waren. Eine bunte Flagge flatterte im Wind. Blau, gelb, weiß, rot. In der Mitte prangte ein Symbol, das komplexer als ein Dreieck wirkte, aber über die Entfernung konnte ich es nicht wirklich erkennen. Drei Gestalten standen auf der Plattform und waren dem Anschein nach in ein Gespräch vertieft. Als hätten sie unsere Anwesenheit gespürt, drehten sie sich im nächsten Moment zu uns um.

Ich hatte mit ihr gerechnet. Mit der Wucht meiner Gefühle nicht. Unsere Blicke trafen sich, obwohl gute dreißig Meter zwischen uns lagen. Eve trug enge Jeans und einen pinkfarbenen Wollpullover, die Haare verschwanden unter einer grauen Mütze. In der Hand hielt sie etwas, das sie dem Kerl neben sich in die Hand drückte.

Zeitgleich rannten wir aufeinander zu.

Das Gefühl eines Déjà-vus ergriff Besitz von mir, während ich in Eves offene Arme stolperte und sie an mich presste. Ihr Verschwinden war zur Gewohnheit geworden, seit ich nach Tessarect gekommen war.

»Hey, meine Süße.« Sie schlang ihre Arme um meinen Hals.

»Kannst du bitte aufhören, ständig aus meinem Leben abzuhauen?«, raunte ich in ihr vertraut duftendes Haar.

Kichernd drückte sie mich noch fester an sich. »Ich wünschte, ich hätte eine Wahl.«

Ohne sie loszulassen, wich ich ein Stück zurück. »Geht's dir gut? Daria und Arielle sind am Durchdrehen. Und Casper und Nate ...«

»Alles gut.« Sie strahlte mich an. Ihre dunklen Augen funkelten, und sie strich eine schwarze Ponysträhne zur Seite. »Was ist mit euch?«

Ich öffnete den Mund und schloss ihn wieder. Ein Mensch war meinetwegen gestorben. Wills Dad saß im Gefängnis. Die Worte kamen mir nicht über die Lippen. Stattdessen stiegen mir Tränen in die Augen. Wütend schüttelte ich den Kopf.

»Ihr seid wirklich ins Desmot eingebrochen?«, fuhr sie fort, sobald auch ihr klar wurde, dass es keine einfache Antwort auf die Frage gab.

Ich zwang mich zu einem Nicken.

»Tut mir leid, dass ich nicht dabei sein konnte.«

Jetzt fixierte ich sie wieder. »Nein. Glaub mir, darüber bin ich froh. Ich weiß nicht einmal, wieso die anderen mir ...«

»Wieso sie dir geholfen haben?«, fiel sie mir entrüstet ins Wort. »Kia, du kannst ihnen vertrauen. Das kann man nicht über viele Menschen in Tessarect sagen, aber glaub mir, sie gehören zu den Guten.«

»Ich weiß.« Mit dem Ärmel wischte ich mir über die Augen. »Ich weiß, dass ich ihnen vertrauen kann, das ist ja das Problem. Sie stecken alle in der Klemme wegen mir.«

Eve verdrehte die Augen. »Bist immer noch die Alte, wie ich sehe.«

Das brachte mich tatsächlich kurz zum Lachen.

»Eve, wenn du wüsstest, was passiert ist …«

»Keine Sorge, ich bin bestens informiert«, erwiderte sie, jetzt mit grimmiger Miene. »Mein werter Onkel hat wohl endgültig den Verstand verloren, was?«

»Wieso … wieso konntest du keinen Kontakt zu uns aufnehmen?«

Sie runzelte die Stirn, und für einen Moment wanderte ihr Blick hinter mich, wo ich Will und Phos zurückgelassen hatte. »Wir können nicht riskieren, aufzufliegen. Es hat mich verrückt gemacht, leider ging es nicht anders.«

Wenn Eve willentlich im Verborgenen geblieben war, dann musste das einen triftigen Grund haben. Oder?

»Mit ›wir‹ meinst du Phos und die verfeindete Organisation?«

Ein Lächeln umspielte ihre Lippen, während sie ihre ganze Konzentration wieder auf mich richtete. »Die Migma. Es ist keine Organisation, wie wir dachten, Kia. Keine Sekte wie die Asphalia oder die Omilia.« Ihre Augen versprühten wütende Funken, und sie sprach das letzte Wort aus, als wäre es eine Beleidigung.

»Das hier, das alles, ist nichts als die Wahrheit, nach der wir so lange gesucht haben.«

SECHS

Elfenbein

»Also kann ich Phos vertrauen?«

Ich suchte ihr Gesicht nach irgendeinem Anzeichen von Zweifel ab, fand allerdings nichts als Entschlossenheit.

»Ich wäre nicht hier, wenn ich mir nicht zu hundert Prozent sicher wäre. Ich hätte schon längst Kontakt zu euch aufgenommen.«

Obwohl mir mehrere Fragen auf der Zunge brannten, nickte ich. Wie viele Tage waren vergangen, seit Eve verschwunden war? Wie hatte Phos sie so schnell überzeugen können? Woher konnten wir wissen, dass er nicht seine eigene Agenda verfolgte?

Bevor ich noch etwas sagen konnte, kam Bewegung in die Gestalten, die mit Eve auf der Plattform gestanden hatten.

Ich presste meine Lippen aufeinander und machte mich von Eve los. »Bitte, bitte sag mir, dass du ihn vorher nicht kanntest.« Mit dem Kinn wies ich über ihre Schulter, wo Niyol mit einem Grinsen auf den Lippen und in Begleitung einer großen schlanken Frau auf uns zukam.

In Leeds war Eve ihm nie begegnet, dafür kannte sie ihn nur zu gut aus meinen Erzählungen und hatte das Desaster hautnah miterlebt.

Sie musste sich nicht umdrehen, um zu wissen, von wem ich sprach. Stattdessen beugte sie sich vor und sah mir fest in die Augen. »Ich fasse diese Frage als Beleidigung auf. Meine erste Aktion, nachdem ich herausgefunden habe, wer dieser Mistkerl ist, war, ihm eine runterzuhauen.«

Ich stieß die Luft aus. »Sorry. Aber von Will hätte ich es auch nie erwartet.«

»Ja.« Sie schnaubte und warf tödliche Blicke zu meinem Inventi, der wohl immer noch hinter mir stand. »Dem schulde ich auch noch eine Schelle.«

Sie machte Anstalten, auf ihn zuzulaufen, und ich packte sie hastig am Arm. »Lass mal. Heute ist vielleicht der falsche Tag dafür.«

Ihre Augenbrauen schossen in die Höhe. »Gibt es einen falschen Tag dafür, um jemandem, der mit deinen Gefühlen gespielt hat, die Hölle heißzumachen?«

Ich versuchte, den Stich zu ignorieren, der mich bei ihren Worten durchfuhr, und nickte knapp. »Nero hat seine kleine Schwester zur Inventi gemacht. Nachdem er ihn hat verprügeln lassen, um Informationen über den Gefängniseinbruch herauszubekommen. Und heute Morgen … wurden wir abwechselnd gefoltert. Waterboarding, kennst du das? Ich kannte es nicht.«

Eves Kinnlade klappte herunter.

Niyol und die Frau waren bei uns angelangt. Er trat, immer noch grinsend, neben uns und legte uns je einen Arm um die Schultern. »Hey, Ladys.«

»Nimm sofort deine Schmutzfinger von uns, Festida, bevor ich gezwungen bin, sie dir abzuhacken«, antwortete Eve seelenruhig.

Eine Welle der Zuneigung durchfuhr mich. Das war genau die Art von Unterstützung, die ich in Gegenwart dieses Idioten benötigte. Ich wartete nicht ab, bis er ihrer Anweisung Folge leistete, sondern riss mich los und verschränkte die Arme.

Niyol lachte, machte allerdings keine Anstalten mehr, näher zu kommen. »Na, wie geht's heute?«

Ich musterte seinen silbernen Parka und die offenen dunklen Haare, bis ich bei seinen müden Kohleaugen angekommen war. »Ich hätte nicht gedacht, dass mein Tag noch schlimmer werden könnte, aber du belehrst mich eines Besseren.«

Er zwinkerte mir zu, und seine Lippen teilten sich, doch da legte ihm die Frau neben ihm eine schmale Hand auf die Schulter.

»Niyol.«

Ihre Stimme klang rau und tief und … Ich hielt inne und wandte mich von ihm ab. Sie waren etwa gleich groß, und auch sie trug eine schicke Jacke, darunter ein weißes Kleid. Ausgeprägte Wangenknochen, spitzes Kinn, schwarze kleine Augen.

Wieso kam sie mir so bekannt vor?

»Kia, das ist Sabiya Fadel«, sagte Niyol gelangweilt.

Die Frau starrte mich unverhohlen an.

»Meine liebste Pnoe-Mentorin«, ergänzte er in etwas freundlicherem Ton.

»Kennen wir uns?« Ich starrte genauso zurück, unfähig, mich von ihrem Röntgenblick zu lösen.

»Wie schön, ihr habt euch schon kennengelernt.«

Wir wandten uns alle um, als Phos' Stimme ertönte. Ich hatte ihn nicht näher kommen gehört. Mit einem kleinen Lächeln stieß er zu uns – von Will war nichts mehr zu sehen.

»Kiana, vielleicht erinnerst du dich noch an Sabiya. Sie hat vor ein paar Wochen versucht, dich abzufangen, als du einen Ausflug zum Marktplatz im Süden unternommen hast.«

Für ein paar Sekunden herrschte nichts als Finsternis in meinem Gedächtnis, dann riss ich die Augen auf. »Sie … Sie wirkten so …« Heruntergekommen, war das richtige Wort. Ihr weißes Kleid war schmutzig gewesen, ihr Gesicht ausgemergelt, ich sah es genau vor mir. Sie hatte meinen Namen gekrächzt und mich an die zwei Asphalia-Mitglieder auf der Raststätte erinnert. Weswegen ich auch schleunigst Reißaus genommen hatte.

Sabiyas Lippen formten sich zu einem Lächeln, und plötzlich strahlte ihr Gesicht nur noch Wärme aus. »Ich habe mich als Bettlerin getarnt. Auch ich hatte eine Menge zu verlieren, sollte mich jemand bei den Pyro entdecken, wo ich doch seit Wochen spurlos verschwunden war.«

Ich räusperte mich. »Ich habe schlechte Erfahrungen mit

Menschen gemacht, die aus dem Nichts erscheinen und meinen Namen kennen.«

»Absolut verständlich«, antwortete Phos an ihrer Stelle und legte mir eine Hand auf den Rücken. »Ich würde vorschlagen, bevor wir dich weiteren Freunden vorstellen, zeigt dir Evelyn die Umgebung und beantwortet ein paar deiner Fragen.«

Dankbar nickte ich. Eve war gerade diejenige, mit der ich am dringendsten reden wollte.

Niyol musterte mich zwar, als würde er sich jeden Moment wieder aufdrängen wollen, doch Phos' bestimmte Miene schien ihn in seine Schranken zu weisen.

»Was ist mit Will?«, fragte ich, als sich die drei zum Gehen wandten.

»Ach, habt ihr euch wieder vertragen?«, kam es direkt von Niyol.

Ich würdigte ihn keines Blickes.

»William wird das Quartier gezeigt.« Phos nickte Eve zu. »Ihr könnt ruhig ein wenig spazieren gehen und dann zum Mittagessen wieder ins Haus kommen.«

Eve nickte und hakte sich bei mir unter. »Komm.«

Wir liefen an der Aussichtsplattform vorbei, an der die bunte Flagge hing. Jetzt war es eindeutig zu sehen: Sie vereinte nicht nur alle Farben der Elemente, auch die vier Dreieck-Symbole prangten darauf. Ineinander verschlungen. Man konnte kaum sagen, wo das eine begann und das andere aufhörte.

War das der richtige Weg? Die Vermischung der Elemente? Wieso wurde überall in der Stadt das Gegenteil gepredigt? Und was war meine Rolle in dem ganzen Durcheinander?

A

Eine halbe Stunde später drohte mein Kopf zwar immer noch vor lauter Fragen zu platzen, aber immerhin war ich mit Eve zusammen. Vielleicht half auch der Anblick der Hügel und des wolkenverhangenen Himmels dabei, mir ein bisschen Seelenfrieden zu schenken. Wie klein und unbedeutend man sich hier fühlte …

Wir gingen so lange, bis das verglaste Haus nicht mehr zu sehen war und wir an den Rand eines Waldes kamen. Direkt am Hang wuchsen Bäume, zwischen den Stämmen schwebten tatsächlich Dutzende silbrige Zelte, die das dunkle Grün durchbrachen. Und wenn ich mich nicht täuschte, konnte ich in ein paar davon menschliche Silhouetten erkennen.

»Cooler Schlafplatz, was?«, kommentierte Eve meine entgeisterte Miene. »Der Ausblick von da oben ist echt abgefahren, und die Zelte sind supergemütlich.«

Insgesamt waren über zwanzig Leute hier, erzählte sie mir. Mal mehr, mal weniger. Aus allen Bezirken. Inventi, Mentoren, Talentierte. Die Talentierten verließen das Quartier nur im äußersten Notfall, so wie Niyol, der zu mir geschickt worden war, um mich zu überzeugen. Eve war es verboten, zu den Ydor zurückzukehren, weil es zu gefährlich war. Aria und Nero ahnten, dass die verschwundenen Leute bei Phos waren, und da sie immer schon rebellische Ansichten gehabt hatte, lag ihre Motivation auf der Hand.

»Ist Dameks Schwester hier?«, fragte ich, als wir einen Augenblick lang stehen blieben und in die Ferne starrten.

»Damek?«

»Der Choys, der uns beim Gefängniseinbruch geholfen hat«, erklärte ich. »Er wollte seinen Vater besuchen. Und seine Schwester finden.«

Eve runzelte die Stirn. »Davon haben wir nichts gehört.«

»Er konnte zusammen mit Daria abhauen, bevor wir eingesperrt wurden.«

»Weißt du, wie er mit Nachnamen heißt?«

Ich schüttelte den Kopf. »Er ist jung, vielleicht so um die sechzehn. Rote Locken, Sommersprossen. Ziemlich schüchtern und …«

»Admina!«, unterbrach sie mich. »Admina ist eine Choys und hat einen Zwillingsbruder. Und ihr Vater sitzt im Desmot. Ich habe bisher nicht viel mit ihr zu tun gehabt, aber das Alter passt und die Beschreibung auch.«

Na, immerhin eine gute Nachricht an diesem Tag. »Und was machen wir jetzt? Ich meine, was ist das Ziel? Wollen wir einfach so viele Leute wie möglich in dieses Versteck bringen? Und dann?«

»Rekrutieren ist wichtig, ja. Wir können nicht zuschlagen, bis wir die Mehrheit auf unserer Seite haben. Deshalb ist es für dich so wichtig, den Schein in der Omilia zu wahren und mit möglichst vielen vertrauenswürdigen Leuten zu reden. Du kannst niemanden von der Wahrheit überzeugen, wenn du hier festsitzt wie ich.«

»Wie soll ich die Leute von der Wahrheit überzeugen, Eve? Die hassen mich doch alle!«

Sie lachte. »Ich rede nicht von dieser Maila-Schnepfe. Sondern von Leuten wie Picabo Irving, der von Vorteil sein könnte, weil er eng mit Nero zusammenarbeitet.«

Ich zuckte bei dem Namen zusammen. Die heutige Erfahrung würde mich wohl so bald nicht loslassen. »Wusstest du, dass Nero früher mal so gedacht hat wie wir? Und eine Beziehung mit Gaia hatte? Anscheinend ist er nur durchgedreht, weil ihm alles weggenommen wurde.«

Eves Blick wurde auf einen Schlag glasig, ihre Gesichtszüge hart. »Mein Onkel ist ein Monster, Kia. Es ist sinnlos, nach seinen Beweggründen zu suchen – er ist hoffnungslos verloren. Uns bleibt nichts mehr übrig, als ihn zu stürzen.«

Ich verengte die Augen zu schmalen Schlitzen. Ihre Stimme klang seltsam. »Was ist mit Gaia? Was sagt die dazu?«

»Ich habe Gaia bisher noch nicht getroffen.«

Niyol hatte das Gleiche gesagt, als er bei Arielle aufgetaucht war. »Findest du das nicht seltsam?«

Abrupt drehte sie sich zu mir, packte mich an den Unterarmen und kam näher. »Kia, wir haben nicht viel Zeit. Wir können uns nicht mit solch trivialen Dingen aufhalten. Du musst alles dafür tun, dass Nero dir vertraut. Wenn er das tut, fühlt er sich sicher. Und dann können wir zuschlagen.«

Meine Nackenhaare richteten sich auf, während ich ihr in die so vertrauten Augen sah, die mir plötzlich fremd vorkamen.

»Ich habe ihm mein Talent verraten«, wisperte ich schließlich.

»Gut. Das ist gut.« Sie ließ mich los und brachte dann ein nicht ganz überzeugendes Lächeln zustande. »Wollen wir zurück zu den anderen? Ich bekomme langsam Hunger.«

Was war mit Eve passiert?

»Willst du nicht wissen, was mein Talent ist?«

Irgendetwas stimmte nicht.

Ihr Lächeln wurde breiter. »An allererster Stelle bist du meine Freundin. Keine Talentierte, kein mächtiger Hybrid, der die Welt retten oder zerstören kann. Einfach nur meine Freundin. Und wenn du mir von deinem Talent erzählen willst, dann darfst du das gerne tun. Aber ich werde dich sicher nicht dazu drängen.«

Wir sahen uns ein paar Sekunden wortlos in die Augen, dann nahm ich sie kurzerhand in den Arm. »Ich hab dich so vermisst.«

»Ich dich auch, Kia, ich dich auch …«

Die Zweifel wurden leiser, während wir den Rückweg einschlugen, doch sie verstummten nicht vollständig. Ich würde nie das Gespräch zwischen uns vergessen, als sie in meiner zweiten Nacht in Tessarect in mein Zimmer geklettert war. Sie hatte von Gehirnwäsche gesprochen. Sie hatte darauf beharrt, dass es gefährlich war, alles hinzunehmen und nichts zu hinterfragen. Und auch wenn der Gedanke an Nero Wut in mir auslöste, konnte ich mich nicht davon leiten lassen. Ich hatte zu viel verloren. Ich konnte es mir nicht leisten, auch noch meinen gesunden Menschenverstand zu verlieren.

Zurück bei den anderen erwartete uns ein würziger Essensgeruch. Wir gelangten über den Steg ins Innere des länglichen Hauses, wo wir direkt in einer Art Aufenthaltsraum landeten. In einer Ecke prasselte Kaminfeuer, direkt daneben befand sich ein Zimmerbrunnen. An einem massiven Holztisch in der Mitte saßen mehrere Menschen unterschiedlichen Alters mit dampfenden Tellern vor sich. Wills weißblonder Haarschopf fiel mir sofort ins Auge. Er saß zusammen mit Phos am linken Ende des Tisches, seinen Teller rührte er nicht an. Der Älteste der Pyro redete mit leiser Stimme und unergründlicher Miene auf ihn ein. Da neben ihnen kein Platz mehr frei war, ließ ich mich von Eve in die Mitte ziehen, wo drei leere Hocker standen.

»Sind die hier besetzt?«, fragte sie freundlich.

Da sie vor mir stand und mir so die Sicht zu unseren Sitznachbarn nahm, realisierte ich zu spät, zu wem wir uns da gesellt hatten.

»Na, hast mich schon vermisst?« Niyol schob seinen Teller mit duftendem Gemüseeintopf beiseite und rutschte näher. Es schien ihn nicht zu stören, dass Eve zwischen uns saß.

»Eve, wollen wir nach einem anderen Platz suchen?«, fragte ich rasch, doch ein Blick genügte, um festzustellen, dass alles besetzt war.

Unwillkürlich blickte ich zu dem jungen Mädchen mir gegenüber. Das musste Dameks verschollene Schwester sein! Sie hatte die gleiche mit Sommersprossen übersäte Haut und beneidenswerte rote Korkenzieherlocken. Im Gegensatz zu ihrem Zwillingsbruder schien sie keine Probleme mit ihrem Selbstbewusstsein zu haben. Lauthals schnatterte sie mit einem etwas älteren Mädchen zwei Sitze weiter, ohne die genervten Leute zwischen ihnen zu beachten.

Wie gern würde ich Damek noch in diesem Moment mitteilen, dass er sich keine Sorgen um sie machen musste …

»Jetzt stell dich nicht so an, Baby, ich beiße nicht.«

Eve und ich sahen uns beide augenrollend an. Doch bevor wir Niyol Beleidigungen an den Kopf werfen konnten, erklang eine hohe Stimme von der anderen Seite des Raumes.

»Evelyn! Könntest du mal bitte in Aufenthaltsraum B1 kommen? Wir haben ein kleines Problem.«

Sie stöhnte leise auf, schlang hastig ein, zwei Löffel vom Essen herunter, verschluckte sich prompt und sprang fluchend auf. »Sorry, Süße«, raunte sie mir noch zu, bevor sie den Raum verließ.

Das Universum hatte es heute wirklich auf mich abgesehen. Ich starrte stur auf mein Essen und versuchte, den stechenden Blick von links so gut es ging zu ignorieren. Natürlich entging mir nicht, dass Niyol sofort auf den freien Hocker direkt neben mir rutschte. Sein Geruch strömte mir in die Nase.

Ich hatte simuliertes Ertrinken überstanden, da würde ich auch mit ihm fertigwerden.

»Was willst du von mir?«, fragte ich möglichst ruhig und wandte mich ihm zu. Er war näher, als ich dachte, doch zu meiner Genugtuung brachte es mich nicht aus dem Konzept. Ich kannte die Verletzlichkeit hinter diesem kotzbrockigen Verhalten.

»Ich will mich nur mit dir unterhalten.« Das Lächeln gefror ihm auf den Lippen, als er meinen Blick ein paar Sekunden erwiderte und realisierte, dass ich nicht zu Scherzen aufgelegt war.

»Nein, willst du nicht. Du willst mich provozieren. Und ich verstehe nicht, wieso. Du hast deine Aufgabe erfüllt. Also warum lässt du mich nicht einfach in Ruhe?«

Er schluckte und senkte den Blick. Diese dunklen geschwungenen Wimpern … Wie oft hatte ich ihn angestarrt, wenn er mir gegenüber am WG-Küchentisch gesessen hatte? Jetzt konnte ich die Faszination nicht mehr nachvollziehen.

»Ich versteh's ja selbst nicht, Kia«, sagte er schließlich ganz leise.

»Mein Leben geht grade ziemlich den Bach runter, falls es dir nicht aufgefallen ist«, erwiderte ich. »Egal, was in Leeds war, egal, auf welche Spielchen mit dir ich mich eingelassen habe, ich bin nicht mehr dieser Mensch. Ich will einfach nur meine Ruhe haben.«

Ich seufzte und zwang mich, ein paar Bissen vom Essen zu nehmen. Es war hervorragend, leider war mir der Appetit vergangen.

Darauf fiel ihm wohl auch nichts mehr ein, denn die

nächsten Sekunden blieb er stumm. Ich konzentrierte mich auf das Gesprächswirrwarr um uns herum.

Schließlich räusperte er sich. »Ich weiß, dass ich mich wie ein Arschloch verhalten habe …«

»Du verhältst dich immer noch wie eines.«

Seine Berührung ließ mich zusammenzucken. Ich blickte auf. Er hatte mir die Hand auf den Arm gelegt und nahm sie angesichts meiner Miene sofort wieder weg.

»Ich habe keine Nerven für diesen Kindergarten«, zischte ich.

Nach ein paar Augenblicken glättete sich seine Miene. Er nickte kurz, dann erhob er sich, griff nach seinem Teller und ging mit zielstrebigen Schritten in die Richtung davon, in die auch Eve verschwunden war.

Na bitte. Warum nicht gleich so?

»Ich vertraue ihnen kein bisschen.«

Mit einem Stöhnen ließ ich mich rücklings aufs nächstliegende Sofa fallen. »Das sind ja mal ganz große Neuigkeiten«, erwiderte ich mit ironischem Unterton.

Draußen dämmerte es schon. Der Wind im Luft-Bezirk war eine leichte Frühlingsbrise, hier zog er heulend durch die Häuser und ließ die Blätter der Bäume rascheln. Zudem trommelte der Regen wütend gegen die Fensterscheiben.

Wir waren länger als gedacht bei den Pnoe geblieben, und

jetzt fühlte ich mich einfach nur erschlagen. Nach dem Mittagessen hatte Phos uns ein paar Leuten aus verschiedenen Bezirken vorgestellt, deren Namen ich fast alle wieder vergessen hatte. Schließlich hatten wir einen Blick in alle Räume werfen können – Aufenthaltsräume im industriellen Stil sowie Seminarräume mit Plänen und Notizzetteln an den Wänden, die an ein Polizeipräsidium erinnerten – und bei einem Kaffee besprochen, wie wir weiter vorgehen würden. Will war glücklicherweise nicht anwesend gewesen, als ich Phos schilderte, wie genau ich die Folterstunde heute beendet hatte. Er reagierte wie schon bei unserem letzten Treffen mäßig beeindruckt und gratulierte mir lediglich zu meinem Mut. Ich fühlte mich nicht mutig. Ich war einfach fertig mit den Nerven. Vielleicht hatte ich heute mein Limit erreicht.

Genau wie Eve hatte er mir aufgetragen, mit Menschen in der Omilia zu reden, die ich für vertrauenswürdig hielt. Ich sollte mich vorsichtig antasten, ja nicht mit der Tür ins Haus fallen. Und in Neros Anwesenheit sollte ich weiterhin auf heile Welt machen. Bei dem bloßen Gedanken kam mir bittere Galle hoch.

»Irgendwas ist komisch an diesem Kerl«, holte mich die Stimme meines Inventi zurück in die Gegenwart.

Er stand vor dem Kamin und fuhr sich durch die Haare.

»Ich kann nicht mehr denken, Will. Ich kann keinen klaren Gedanken fassen. Nicht heute.«

Na ja, nutzte nichts, oder? Es blieb keine Zeit zum Ausruhen.

Er schaute zerstreut auf mich hinab, als hätte er meine Anwesenheit ganz vergessen. Dann wurden seine Züge weich.

Mit einem leisen Seufzen richtete ich mich auf. Obwohl ich nichts lieber wollte, als diesen Tag aus meinem Gedächtnis zu streichen – wir hatten Dinge zu erledigen. Zuerst musste ich Arielle und Daria kontaktieren und ihnen erzählen, dass mit Eve alles in Ordnung war. Und dann musste ich mich irgendwie auf den morgigen Tag vorbereiten …

»Hast du dieses seltsame Board gesehen? Das ist doch genauso eine kranke Überwachung wie in der Omilia …«

Ich runzelte die Stirn. »Was für ein Board?«

»Ah, stimmt, da warst du grade mit Evelyn unterwegs. Es befindet sich in einem der Planungsräume. Irgendein Bildschirm mit einer animierten 3-D-Stadtkarte. Mit verschiedenen GPS-Punkten. Ungefähr so viele Punkte, wie es Mitglieder in der Rebellion gibt.«

»Du meinst, Phos lässt sie auch alle überwachen? Wie soll das funktionieren? So viele Inventi sind doch gar nicht dabei, oder?«

Will schüttelte gedankenverloren den Kopf und ließ sich hinter mir aufs Sofa nieder. »Das kann nicht über Inventi funktionieren. Keiner der normalen Inventi hat eine solch präzise Gabe. Es ist, als hätten sie alle irgendwas eingepflanzt bekommen …«

Ich riss die Augen auf. »Kommt dir Phos echt wie ein Psychopath vor?«

»Kia, jeder in dieser gottverdammten Stadt kommt mir wie ein Psychopath vor.«

»Touché.« Um ein Haar wäre mir ein Lachen rausgerutscht. Ich stützte mein Kinn auf meiner Hand ab und schaute zu ihm hoch. »Wieso hast du Phos eigentlich direkt von unserer seltsamen Verbindung erzählt?«

»Um seine Reaktion zu testen. Und außerdem sind wir sowieso schon geliefert, was das angeht. Wir haben nichts mehr zu verlieren.« Sein Kopf fiel nach hinten auf die Sofalehne, und er schloss die Augen. Nur Zentimeter trennten uns. Ich müsste lediglich ein kleines Stück nach hinten rutschen, um meinen Kopf in seinen Schoß zu legen.

»Es war genauso, wie du gesagt hast«, fuhr er fort. »Er schien nicht einmal wirklich interessiert an unserer Verbindung. Oder an deinem Talent.« Er öffnete wieder die Augen, und ich richtete hastig den Blick nach vorne, damit er mich nicht beim Starren erwischte. Als wäre es nicht genug, dass er meine Gefühle spürte …

»Eigentlich sollte ihn das vertrauenswürdig machen. Aber irgendwie wirft es die Frage auf, ob er nicht schon viel mehr weiß als Nero und Aria.«

»Wie meinst du das?« Ich richtete meinen Blick auf das verstaubte Bücherregal vor mir, um nicht der Versuchung nachzugeben und in seinen Augen zu ertrinken.

»Diese Gleichgültigkeit, mit der er uns behandelt … Da stimmt was nicht. Du bist eine Sensation in Tessarect. Eine Seltenheit. Etwas, das es noch nie gab. Egal, auf welcher Seite man steht, oder gerade *wenn* man die Vermischung der Elemente befürwortet, sollte man doch brennend an dir interessiert sein.«

»Ich werde mich sicher nicht beschweren, dass ich zu wenig Aufmerksamkeit bekomme«, antwortete ich trocken.

»Da stimmt was nicht«, wiederholte er leise ... Und dann war da plötzlich eine Berührung an meinem Hinterkopf. Ich erstarrte augenblicklich. Rührte mich keinen Millimeter, während seine Finger ganz langsam über mein Haar strichen. Als wäre es das Normalste auf der Welt. Als wären wir immer noch wir. Ohne Geheimnisse, ohne Schmerz oder Verrat.

Ich presste die Augen zu. Es bereitete mir körperliche Schmerzen. Unvermittelt kamen die Tränen. *Warum können wir nicht einfach die Zeit zurückspulen?*

Bevor alles nur noch schlimmer wurde, sprang ich auf und lief in Richtung Wendeltreppe.

»Ich geh mal Bescheid sagen, dass es Eve gut geht«, murmelte ich und griff mit zitternden Händen nach dem Geländer, ohne mich noch einmal nach ihm umzusehen.

A

Ich würde mir eine dicke Erkältung holen. Und es war mir selten so egal gewesen. Immerhin donnerte es nicht mehr, und die unbarmherzigen Tropfen hatten sich in feinen Sprühregen verwandelt. Ich knotete die gemusterte Strickdecke vor meiner Brust zusammen, stellte mich auf Zehenspitzen auf den Stuhl, den ich unter mein Dachfenster geschoben hatte und hievte mich mit beiden Händen nach draußen. Es war nicht halb so kalt wie erwartet. Die Luft roch nach Herbst.

So gut es ging, machte ich es mir auf der Dachschräge gemütlich, kuschelte mich tief in die Decke und verlor mich in den Lichtern der Stadt, die die Nebelschwaden durchbrachen.

Ich hatte mit Daria telefoniert, die Arielle benachrichtigen wollte. Ich hatte es nicht übers Herz gebracht, ihr von meinen Zweifeln zu erzählen. Will hatte recht – irgendetwas stimmte nicht. Auch Nate hatte ich zu erreichen versucht, jedoch nur die Mailbox erwischt.

Irgendwo da draußen waren sie alle und versuchten vielleicht in diesem Moment, Schlaf zu finden. Würden wir je wieder wirklich zur Ruhe kommen? Meine Ankunft in Tessarect hatte alles durcheinandergewirbelt. Davor hatten sie einen Alltag gehabt. Mit gewöhnlichen Problemen, nicht mit lebensbedrohlichen. Wo sollte das alles hinführen? Würden wir alle glücklicher sein, wenn Nero nicht mehr sein Unwesen in der Omilia trieb? Niemals würden wir alle Talentierten, Mentoren und Inventi davon überzeugen können, dass die ihnen jahrelang eingeimpften Regeln falsch waren – selbst, wenn wir meine Eltern befreien konnten.

»Hör auf, dir den Kopf zu zerbrechen, Wundermädchen.«

Ich fuhr zusammen. Neben mir schwebten zwei Tassen. Je ein Sahnehäubchen mit Schokostreuseln schwammen in dem duftenden Kakao.

»Nimmst du mal? Vorsicht, heiß.«

Ich befreite meine Hände aus der Decke und griff nach den Henkeln.

Keinen Augenblick später erschien Wills Kopf im Halbdunkeln. Er hatte sich die Kapuze seines Pullovers übergestülpt und zog sich am Fensterrahmen nach draußen. Seine Beine streiften mich, als er hochkletterte und es sich neben mir bequem machte, bevor er mir eine der Tassen abnahm.

Ich streckte mein Gesicht in den Dampf und atmete den Kakaoduft ein. »Wo hast du auf die Schnelle Schokostreusel aufgetrieben?«, fragte ich betont locker, weil sich ein Dankeschön zu schwer anfühlte.

»Ich bitte dich, das sollte zum Lebensmittelinventar jedes guten Haushalts gehören.«

Stille.

Wir schlürften leise unseren Kakao und ließen uns vom Regen berieseln.

Seufzend warf ich einen Blick über die Schulter zu ihm. »Willst du mit unter die Decke?«

Flackerte da Panik in seinen Augen auf?

Er klammerte sich mit beiden Händen an seiner Tasse fest. »Du fehlst mir«, flüsterte er und wich meinem Blick aus.

Verdammt, konnte er nicht einfach Ja sagen? Mein Puls schoss in die Höhe.

»Können wir die Parallelwelten zurückholen?«, unterbrach ich ihn schroff.

»Was?«

Ich nahm einen großen Schluck, genoss das Gefühl der heißen Flüssigkeit, die mich von innen heraus wärmte. »Ich brauche sie heute Nacht. Keine Entschuldigung oder Erklärung. Ich habe momentan keine Energie dafür, auf dich sauer zu sein.«

Weitere Sekunden verstrichen. Keiner von uns rührte sich.

»Waffenstillstand?«

Ich nickte, entknotete die Decke und schlang ihm das eine Ende um die Schulter, bevor ich zu ihm rückte. Seine Körperwärme war wie eine Droge. Meine Nervenenden standen unter Strom. Jedes einzelne war sich unserer Nähe bewusst.

»Ich weiß, was wir jetzt machen«, sagte er leise und sah mich wieder an.

»Uns vom Dach stürzen, hoffen, dass wir im Teich landen und dann ertrinken?«, schlug ich vor, um die Spannung zu lösen. Natürlich half es kein bisschen. Mein dummes Herz raste fröhlich weiter. Ich wollte mich einfach in seinen Armen verkriechen. Und er wusste es.

Sein heiseres Lachen erklang. »Der Teich ist nicht mal einen halben Meter tief, die Chancen stehen eher schlecht …«

»Hast du 'nen besseren Vorschlag?«

»Wir schreien.«

»Wie bitte?«

»Du hast mich schon richtig verstanden. Die Nachbarn haben sich in ihren Häusern verkrochen, und außerdem zieht das nächste Gewitter dahinten auf, siehst du? Niemand wird sich an uns stören.«

»Und was genau soll das an der Situation ändern?«

»Es ändert nichts. Du fühlst dich nur nicht mehr so hilflos.«

Ich überlegte kurz, dann trank ich meine Tasse aus und nickte. »Na gut. Aber du fängst an.«

A

Also schrien wir. Erst abwechselnd, dann gemeinsam. Ich brauchte drei Anläufe, um meine Hemmschwelle zu überwinden und mich nicht mehr darum zu kümmern, wie dämlich wir wirken mussten.

»Komm schon, das kannst du besser!«, feuerte er mich an.

Er behielt recht. Es tat so gut, loszulassen. Die ganze Wut, die Ohnmacht und die Verzweiflung einfach in die Nacht zu brüllen.

Ich machte so lange weiter, bis meine Stimmbänder sich anfühlten, als würden sie jeden Augenblick reißen.

Erst als wir nicht mehr schreien konnten und die Kälte unter die Decke und unsere Kleidung kroch, erst als der Regen stärker wurde und uns in Schlieren übers Gesicht lief, kletterten wir ins Warme. Rollten uns auf dem Bett zusammen. Fielen einander in die Arme. Fielen tiefer, immer tiefer, geradewegs in die Parallelwelt.

In wenigen Stunden würde die Sonne aufgehen, und wir würden zurückkehren in eine Realität, in der ich sein Leben ruiniert und er mir das Herz gebrochen hatte.

Aber solange die Dunkelheit ihren schützenden Mantel über uns legte, würde wir genau so hier verharren: sein Herzschlag an meinem Ohr, meine Finger in seinem Haar, und zwischen uns nichts als Unendlichkeit.

A

Der Morgen kam viel zu schnell und mit ihm die grausame Wirklichkeit. Im Tageslicht waren Will und ich plötzlich wieder Fremde, die gezwungen worden waren, zusammenzuwohnen und so viel Zeit miteinander zu verbringen. Distanzierte Höflichkeit und ausweichende Blicke.

»Ich mache Kaffee«, brummte er und flüchtete aus dem Bett, bedacht darauf, mich nicht mehr zu berühren. Mir ja nicht zu nahe zu treten.

Immerhin schien die Sonne, als wir uns auf den Weg zur Omilia machten.

Will fuhr mich bis zur Hinterseite des Hauptgebäudes, blieb allerdings sitzen, als ich den Gurt löste und die Beifahrertür öffnete.

»Kommst du nicht mit?«

Er schüttelte den Kopf und umfasste das Lenkrad eine Spur zu fest. »Nero meinte, er braucht mich heute nicht. Ich soll mich entspannen und über meine Fehler nachdenken.«

»Diesem Mistkerl wird schon noch das Lachen vergehen«, zischte ich.

Offensichtlich überrascht über den kleinen Ausbruch

schaute Will zu mir. Zögerte. »Wenn du … wenn du willst, kann ich trotzdem hierbleiben.«

»Wozu?«

»Falls du Angst hast.«

Ein hohles Lachen entwich mir. »Keine Sorge, nach gestern können sie mich nicht mehr so leicht aus der Fassung bringen.«

Ich fühlte mich innerlich taub. Dann sollten sie mich doch testen. Meine Gabe auslösen. Es war eine willkommene Abwechslung. Und trotzdem …

Wusste ich, worauf ich mich da einließ? Was, wenn Phos etwas Schlimmeres als Nero im Schilde führte? Was, wenn er im Geheimen mit ihm zusammenarbeitete und das alles nur ein abgekartetes Spiel war, um meinem Talent näherzukommen?

Ich schüttelte den Kopf über diese absurde Theorie und trat durch das Tor, das aufsprang, sobald ich am höchsten Punkt der Brücke angekommen war.

Drinnen erwartete mich ein schüchterner Inventi, der sich als Killian vorstellte und mich an den blauen Gemälden vorbei erst in einen Seitengang und schließlich eine Treppe hinunterführte. Ich verkniff mir den Kommentar, dass ich inzwischen sehr gut in der Lage war, allein zum Zentrum zu finden, und konzentrierte mich auf meine Fußspitzen, um keinen Schreikrampf zu kriegen.

Jeder Schritt in die Tiefe brachte die Übelkeit von gestern zurück. Erst als wir vor einer dunkelroten Tür angekommen waren, realisierte ich, dass wir eine andere Richtung eingeschlagen hatten und dass die Luft hier nicht schwül, sondern trocken war. Also heute keine Wasserfolter, sondern Feuer. Prima.

Die Tür flog auf, bevor Killian den Code eingeben konnte, und Nero stand uns gegenüber. Er trug keinen Anzug wie sonst, sondern schwarze Jeans und einen schlichten Pullover.

»Guten Morgen, Kiana. Killian, hatte ich nicht gesagt, ihr sollt oben warten?«

Der junge Inventi lief rot and stotterte rum, bis Nero ihn mit einer knappen Handbewegung wegschickte und sich wieder mir zuwandte. »Bitte entschuldige, du möchtest bestimmt etwas frühstücken, bevor wir loslegen, nicht wahr?«

Ich verzog keine Miene, während ich ihm in die fast durchsichtig wirkenden Augen blickte. »Um ehrlich zu sein, will ich es einfach nur hinter mich bringen.«

Nero nickte betrübt. »Ich verstehe. Wie geht es dir heute?«

Es würde mich nicht wundern, wenn er schon mit seiner Narbe auf die Welt gekommen war. Sie teilte sein Gesicht in zwei Hälften und war somit die perfekte Metapher für seine Persönlichkeit: höflich, schmeichelnd, nur um dir im erstbesten Moment das Messer in den Rücken zu rammen.

»Ist das eine ernst gemeinte Frage?«

Keine Ahnung, woher ich den Mut nahm. Keine Ahnung, wieso ich nicht schon längst zitternd zusammengebrochen war und um Gnade bettelte. Vielleicht lag es an Eves Worten, die nun in Dauerschleife in meinem Kopf widerhallten. *Mein Onkel ist ein Monster. Er ist hoffnungslos verloren.*

Sie stachelten meinen Kampfgeist an.

Er trat einen Schritt auf mich zu. »Es tut mir leid, Kiana. Es tut mir leid, mit welchen Mitteln wir gestern vorgegangen sind. Mir ist bewusst, wie schwer es dir fallen muss, uns nach dieser Sache noch zu vertrauen.«

Ja, genau, als wäre die gestrige Aktion der alleinige Grund gewesen, wieso ich ihm nicht vertraute.

Ich nickte knapp. »Was steht heute auf dem Programm? Werde ich bei lebendigem Leibe verbrannt?«

Nero sah mich einfach nur an.

»Und Sie dachten, ein *Frühstück* würde das besser machen?« Meine Stimme klang viel zu schrill.

Seufzend machte er mir Platz und hielt die Tür auf. »Direkt links von dir befindet sich ein Kleidungsbündel. Bitte zieh dich um. Es sollte nicht allzu viel Zeit in Anspruch nehmen.«

Ich runzelte die Stirn. Was genau war der Plan? Wozu sollte ich mich umziehen, wenn sie mein Talent auslösen wollten?

Anstatt ihn mit diesen Fragen zu bombardieren, zuckte ich lediglich die Schultern und trat ins Zentrum. Wozu Zeit verschwenden? Ich würde sowieso nichts Vernünftiges aus ihm herausbekommen.

Die Tür schnappte hinter mir ins Schloss. Weißer Sand, Hügel, Felsen, trockene Gräser. Und die gigantische, laut tickende Uhr am anderen Ende, in der kleine Flammen miteinander kämpften. Genau wie beim letzten Mal. Nur dass ich heute allein war und sie mir garantiert nicht Nate oder einen Pyro zu Hilfe schicken würden. Außerdem war es noch weit vor Mittag, also ging es hier nicht darum, die Feuer-Gabe auszulösen.

Ich holte tief Luft, in der surrealen Hoffnung, die Hitze würde in mein Inneres kriechen und mich wärmen. Dann entdeckte ich das Klamottenbündel auf einem Felsen neben mir und begann, mich ausziehen. Der Raum war mit Sicherheit genauso videoüberwacht wie der Rest der Omilia, aber wen scherte schon Privatsphäre?

Zugegeben, es war eine Erleichterung, mich aus meinem Outfit zu schälen und nur in Unterwäsche in dieser wüstenähnlichen Landschaft zu stehen. Das war mal eine Parallelwelt nach meinem Geschmack. Über dreißig Grad im November, am nördlichsten Zipfel Schottlands. Allein in diesem Raum fiel es mir nicht sonderlich schwer, die Realität einfach auszuknipsen.

Bis ich nach dem dunklen Shirt zu meinen Füßen griff. Es war komplett durchnässt, und es verströmte einen beißenden Geruch …

Ich hielt es mir an die Nase und ließ es fallen, als hätte ich mich verbrannt. Ha, welch ironischer Gedanke.

»Ihr habt doch alle einen Schuss«, stieß ich mit einem Stöhnen hervor, ehe ich mich bückte und wieder danach griff. Benzin. Die verfluchte Kleidung war in Benzin getränkt.

Ich zwang mich, durch die Nase zu atmen, und schlüpfte

in das Shirt und die – ebenso nasse – Stoffhose. Wäre der Gestank nicht gewesen, wäre es fast erfrischend gewesen.

Schließlich ging ich ein paar Schritte nach vorne, bis ich in der Mitte des Raumes stand.

»Los, ihr Volltrottel, wo bleiben die Flammen?«, murmelte ich so leise, dass sie mich unmöglich verstehen würden.

Es konnte nicht schlimmer werden als die Folter, oder? Wobei … bei der Folter war meine Gabe nicht ausgelöst worden, weil ich gewusst hatte, dass ich nicht sterben würde – weil Picabo mir das im Voraus bestätigt hatte. Jetzt musste es gefährlicher werden.

Immerhin wurde der Raum überwacht. Dieser Versuch war weitaus sicherer als die letzten, in denen ich meine Gabe getriggert und nur meinen Inventi als Unterstützung gehabt hatte. Unter der Voraussetzung, dass Nero und sein Gefolge eingreifen würden, bevor ich ernsthaft in Lebensgefahr geriet … Mit ein bisschen Glück würde ich mich sofort in meinem Kopf verlieren.

Ein Zischen unterbrach meine Überlegungen. Ich straffte die Schultern.

Wer sagt's denn!

Ich hatte den perfekten Fleck gewählt. Der Flammenteppich verbreitete sich in Sekundenschnelle, zog immer engere Kreise um mich. Erst schimmerte das Feuer bläulich, doch schon bald wurde die Umgebung in flackerndes Orange getaucht.

Egal, wie vorbereitet ich gewesen war, ich konnte mich

nicht gegen die Schockstarre wehren. Plötzlich gab es nur noch die Flammen und mich. Vor lauter Schreck atmete ich durch die Nase ein. Inhalierte eine Mischung aus Rauch, verbranntem Stoff und Hochprozentigem ein. Begann, heftig zu husten.

Die Hitze war an meinem Hosenbein angekommen. Ich schlang meine Arme fest um meinen Oberkörper.

Komm schon, zeig mir die Zukunft, bitte zeig mir die Zukunft. Ich will einfach nur wissen, welche Entscheidung die richtige ist. Wem ich vertrauen kann. Ob es sich alles lohnt.

Kein weißes Licht. Kein heftiger Windstoß. Nur ein stechender Schmerz an meinem Bein. Die Flammen hatten den benzingetränkten Stoff gefunden und gerieten jetzt so richtig außer Kontrolle. Ich blinzelte. Sie waren an meiner Hüfte angelangt. Jetzt an meinem rechten Ärmel. Das Blut rauschte in meinen Ohren.

Fluchend begann ich, mich zu bewegen. Nicht, dass es irgendetwas brachte, aber ich konnte keine weitere Sekunde mehr still halten. Die Hitze war unerträglich. Als würde man mir ein glühendes Bügeleisen an sämtliche Körperstellen pressen. Reichte es nicht langsam?

Ich riss meinen Kopf herum. Man konnte kaum mehr zwei Meter nach vorne blicken. Dicke schwarze Rauchschwaden, so weit das Auge reichte.

Ich nahm alles zurück. Wasser war nicht halb so schlimm wie Feuer. Noch ein Atemzug. Und noch einer. Der Rauch kratzte unerbittlich in meinem Hals, brannte mir in der

Lunge. *Komm schon, halte durch, halte durch, nicht mehr lange …*

Meine Lider flatterten zu. Der Kampf war vorbei. Das Letzte, was ich wahrnahm, war das Gefühl meiner zum Reißen gespannten Lippen, die sich zu einem Lächeln verzogen.

Wer hätte gedacht, dass Aufgeben so schön sein konnte?

Endlich.

Der Wind peitschte mir die Haare nach hinten, ich wurde herumgerissen, blind, immer noch blind, aber nicht wegen des Rauchs. Schuld war nun das stechende Licht, das meine Vision ankündigte. Es machte nichts. Die Hitze war weg, der Geruch von Feuer und Verzweiflung ebenfalls, und das war das Wichtigste.

Schon bald schmerzten Geschrei und Gelächter mein Trommelfell, und das Licht nahm ab, bis ich Bilder um mich sehen konnte. Ich lachte. Lachte über mein vergangenes Ich, das panisch gewesen war und die Nerven verloren hatte, als es zum ersten Mal passiert war. Das hier, das war Freiheit.

Zeig mir die Zukunft. Ich wiederholte den Satz so oft in Gedanken, dass die Worte an Sinn verloren.

Doch als ich im nächsten Moment in die Tiefe stürzte, in die gewohnte Dunkelheit, war es ein anderer Satz, der in meinem Kopf widerhallte.

Sie haben ein Monster aus einem liebenswerten jungen Mann gemacht.

Nein! Nein, nein, nein, ich wollte nicht in Neros Vergangenheit, verdammt, ich –

Mir blieb keine Zeit. Wie schon so oft rannte ich los, den Pfad entlang, über mir ein eisblaues Augenpaar. Sollte ich nicht langsam ein bisschen mehr Kontrolle darüber haben, welche Richtung mein Talent einschlug? Und seit wann konnte ich in eine andere Vergangenheit als meine eigene eintauchen?!

Japsend kam ich zum Stehen, als der Pfad ein jähes Ende fand. Keine Sekunde zu früh – ich war an einer Klippe angelangt, vor mir gähnende Leere.

Ich schreckte zurück und verlor prompt das Gleichgewicht. Bevor ich mich wieder aufrichten und meine Umgebung näher untersuchen konnte, traten zwei Gestalten in mein Sichtfeld.

»Sag mir nicht, du hast Schiss!« Die Stimme war hoch und melodisch, weckte keine Erinnerung in mir, gehörte aber offensichtlich zu der vorderen Gestalt. Eine Frau, die jemanden am Handgelenk zur Klippe zerrte. Sie stand mit dem Rücken zu mir. Eine Sanduhrsilhouette. Langes wallendes Haar.

»Jeder vernünftige Mensch hätte Schiss. Wie viele Meter sind das?«

Ich schnappte nach Luft. Von wegen Nero! Das war ich.

Hastig rappelte ich mich auf und lief um die beiden herum,

damit ich einen besseren Blick auf die Unbekannte erhaschen konnte.

Mein zweites Ich riss sich von ihr los und verschränkte die Arme. Ich konnte mir ein triumphierendes Geräusch nicht verkneifen, sobald ich meine dunkelbraunen Haare im Halbdunkeln schimmern sah. Zukunft. Sehr schön.

Ich kniff die Augen leicht zusammen und trat näher auf sie zu. Erfahrungsgemäß konnten sie mich sowieso nicht sehen.

»Ich hätte mehr von dir erwartet«, höhnte meine Gesprächspartnerin. Ihr Gesicht war herzförmig, die Augen groß und dunkel. Sie war bildhübsch, aber irgendetwas störte mich. Vielleicht das verächtliche Grinsen, mit dem sie mich besah. »Hat man dir nie den perfekten Moment zum Springen verraten?«

»Was für einen …«

»Wenn dein Atem stockt und die Angst dir die Kehle zuschnürt«, wisperte sie in den aufbrausenden Wind und schloss die Augen. Ihre Haare wurden nach hinten gewirbelt und entblößten die symmetrischen Gesichtszüge. Ihre Schönheit war hypnotisierend. Unheimlich.

»Wenn es am unmöglichsten scheint und sich alles in dir wehrt. Das ist genau der Moment, in dem du springen musst.«

Wer bist du? Wovon zum Teufel sprichst du?

Ich sprach die Worte aus, doch kein Laut war zu hören. Natürlich. Ich war nicht wirklich hier. Eigentlich sollte es mich nicht interessieren – diese Szene hier würde mir nicht weiterhelfen. Sie warf nur noch mehr Fragen auf. Und trotzdem wollte ich mich dagegen wehren, als der Luftzug nun auch mich traf, an mir zerrte, nach hinten, fort vom Abgrund, hinein in die Dunkelheit … Wahrscheinlich, weil ich inzwischen jede alternative Realität meinem Alltag vorzog.

Ich schloss die Augen und ergab mich dem Strudel.

Mein Kopf pochte. Ich schaffte es nur mit Mühe, meine Lider auseinanderzuzwängen. Es war viel zu hell. Ich wollte mich erheben, wurde jedoch sofort wieder nach hinten gedrückt.

»Schhhh, langsam, keine abrupten Bewegungen.«

Die Stimme war sanft, direkt an meinem Ohr. Die Hitze war verschwunden. Als hätten die Flammen mich nicht vor wenigen Minuten noch umkämpft.

Auch kein Wirbelsturm. Nur ein gut klimatisierter Raum. Normalität.

»Wasser«, krächzte ich. Mein Mund war wie ausgedörrt.

Sofort war da kühles Glas an meinen Lippen, zusätzlich zu dem Hauch einer Berührung an meinem Hinterkopf.

»Ganz langsam.«

Der erste Schluck tat weh, der zweite gab mir die nötige Kraft, meine Augen zu öffnen. Diesmal richtig.

Ich befand mich in einem lichtdurchfluteten Raum direkt neben einem hohen Fenster. Draußen glitzerte der See in einem mystischen Dunkelgrün. Mit beiden Händen stützte ich mich rechts und links ab. Eine weiße Liege.

Das Glas verschwand, und ich drehte leicht den Kopf zur Seite. Blickte geradewegs in das Gesicht von Picabo Irving. Ein besorgtes Lächeln.

Erleichterung durchflutete mich, auch wenn es idiotisch war. Er war gestern dabei gewesen. Dennoch war es nicht ganz so schlimm, beim Aufwachen in sein Gesicht zu blicken. Immerhin konnte ich mir bei ihm noch einbilden, dass er nichts Böses im Sinn hatte und einfach ein Opfer des Systems war.

»Was ist passiert?« Ich ließ meinen Blick durch den ovalen Raum schweifen. Bücherregale. Ein Glasschrank, in dem verschiedene Fläschchen und Tuben standen. Außer uns war keine Menschenseele zu sehen.

Wie lange war ich bewusstlos gewesen, dass sie Zeit gehabt hatten, mich nicht nur aus dem Zentrum zu schaffen, sondern mich nach oben zu tragen? Für gewöhnlich waren es doch nur ein paar Minuten.

»Sie haben dein Talent ausgelöst, nicht wahr?« Picabos Stimme klang brüchig. Sein Gesicht war jetzt nicht nur mit Sorge, sondern mit tiefer Trauer erfüllt.

Ich runzelte die Stirn. »Was ist los?«

Behutsam legte er mir eine Hand auf den Arm. »Du bist eine tapfere junge Frau. Du hast nichts von alldem verdient. Das hat niemand.«

»Es ist doch nichts Schlimmes pass-« Der Rest des Wortes blieb mir in der ausgetrockneten Kehle stecken. Ich schaute an mir herunter. Mein Gott, ich trug nichts als einen dünnen Kittel. Krankenhauskleidung. Wann hatten sie mich auszogen? Oder waren die Benzinklamotten vollständig dem Feuer zum Opfer gefallen? Wie hatte ich das nicht mitkriegen können? Meine Arme waren übersät von dunklen Flecken. Bis auf ein Pochen verspürte ich keine Schmerzen, doch der Anblick war ein Schock.

Brandnarben. Monatealte Brandnarben.

»Kiana.« Picabos Griff verstärkte sich, seine Stimme war belegt. »Hör zu. Du musst die Stadt verlassen. Es ist der einzige Weg. Ich … ich werde dir helfen. Ich habe versucht, mit Nero zu reden, ich war mir sicher, man könnte ihn zur Vernunft bringen …«

Mein Mund klappte auf, ohne dass ein Laut entwich. Was sollte ich auch sagen? Sie sind der zweite, der mir diesen Ratschlag gibt? Hey, halb so wild, mir geht es gut?

»Du bist hier nicht sicher.« Er beugte sich näher. Pfefferminz und Leder. Ein großväterlicher Geruch. »Bitte flieh! Rede mit William, er wird dir helfen können. Er hat nichts mehr zu verlieren.«

Wir zuckten beide zusammen, als Schritte hinter uns ertönten.

Picabo ließ mich los und wich zurück. Er erhob sich mit einem Ächzen von dem kleinen Hocker neben der Liege und stellte sich schützend vor mich. »Sie braucht eine Pause. Sie ist gerade erst zu sich gekommen.« Plötzlich klang er nicht nur bestimmt, sondern auch wütend.

Keine Antwort. Nero trat zu uns und würdigte ihn keines Blickes. Er hatte nur Augen für mich.

Es kostete mich sämtliche Kraftreserven, seinem Blick standzuhalten.

»Wie geht es dir, Kiana?« Seine Miene war nicht ausdruckslos und auch nicht aufgesetzt höflich. Für den Bruchteil einer Sekunde bildete ich mir ein, Sorge darin zu sehen, aber das war bestimmt nur die Nachwirkung meines jüngsten Nahtoderlebnisses. Wundern würde es mich nicht, wenn ich so langsam auch bei vollem Bewusstsein zu halluzinieren beginnen würde …

Ich brachte es nicht über mich, zu antworten.

Er nickte. Mein Anblick sprach wohl Bände. »Es hat funktioniert?«

Ich schaute aus dem Fenster auf den See. Mehrere Gondeln fuhren um die Trauerweide herum.

»Ja.«

Ja, es hat funktioniert, Sie herzloser Mistkerl. Und es hat mir gar nichts gebracht.

»Bleib noch ein paar Minuten liegen. Sammle deine Kräfte. Wir fahren anschließend zum Wasserfall.«

Scheiße. Der Wasserfall. Wie hatte ich den magischen Ort vergessen können, der die Visionen der Ydor widerspiegelte?

»Es tut mir aufrichtig leid, was heute geschehen ist. Wir werden uns für das nächste Mal nach humaneren Möglichkeiten umsehen.«

Mit einem Ruck saß ich aufrecht. »Humanere Möglichkeiten?«, rief ich.

Meine Stimme war immer noch brüchig. Es spielte keine

Rolle. Die Hitze war zurück, nur dass sie sich diesmal in mir befand. »Hören Sie sich eigentlich selbst zu?!«

»Du befindest dich vermutlich noch im Schock, das ist ganz normal. Wir werden …«

Neros Worte gingen in weißem Rauschen unter. Zusätzlich ertönte aus weiter Ferne ein Klingeln. Es kam immer näher. Ein kleiner Teil von mir war sich bewusst, dass ich jetzt einfach die Klappe halten und still sitzen sollte. Leider verschwand der Raum stückchenweise vor meinen Augen, und mit ihm verabschiedete sich auch mein Verstand.

Am Rande bekam ich mit, wie ich aufsprang. Kalte Fliesen unter meinen nackten Füßen.

»Was genau ist denn Ihr Vorschlag?«

Auch meine Stimme ertrank im Rauschen. Also wurde ich lauter. »Welche Methoden gibt es denn noch, um mich dem Tod nahe zu bringen? Ertrinken hab ich getestet, das ist ja fast schon langweilig. Soll ich mich eine Klippe hinunterstürzen? Mir die Pulsadern aufschlitzen? Oder wollen Sie das für mich übernehmen? Es bereitet Ihnen einen Höllenspaß, habe ich recht?!«

Große rote Punkte nahmen mir die Sicht. Ich konnte die Kälte an meinen Füßen nicht mehr spüren – die Hitze gewann die Überhand.

Und wieder stand ich in Flammen. Brannte. Schrie.

Durch das Rauschen drangen die Worte »hysterisch« und »Panikattacke« zu mir. Ganz leise. Sie rotierten zusammen mit ihren Gesichtern um meinen schwankenden Körper.

Kein Feuer. Es gibt hier kein Feuer. Konzentrier dich, das ist nicht real!

Einatmen. Ausatmen. Du schaffst das.

»Holen Sie William. Los! Fixieren Sie sie, und bringen Sie mir diesen nutzlosen Inventi!«

SIEBEN

Perlmutt

Ich blieb bei Bewusstsein. Nur das Zeitgefühl kam mir abhanden. Der Raum füllte sich mit Menschen. Zwei von ihnen zerrten mich zurück auf die Liege, schnallten mich fest. Redeten auf mich ein, maßen meinen Blutdruck. Ausgeliefert … wie gestern. Ich wehrte mich nicht einmal. Sie würden mir wohl kaum wieder Wasser übers Gesicht kippen, oder?

Stattdessen blendete ich die Geräusche aus, konzentrierte mich ausschließlich auf meine Atmung. Ich musste mich beruhigen. Meinen Herzschlag verlangsamen. Immerhin heulte ich nicht, das war ein Fortschritt.

»Raus.«

Es war nur ein einziges Wort, aber es drang in mein Bewusstsein, während die anderen Gespräche verstummten.

Ruckartig wandte ich den Kopf.

Will stand im Türrahmen. Seine Stimme bebte vor Wut, doch seine Gesichtszüge waren kontrolliert. Er starrte Nero an, der sich gerade mit zwei Typen in weißen Kitteln unterhalten hatte. »Schaffen Sie alle raus hier. Sofort.«

Neros Augen blitzten. Offensichtlich war er es nicht gewohnt, dass Will so mit ihm sprach.

Für ein paar Sekunden herrschte Stille. Dann klatschte Nero in die Hände und winkte die Leute nach draußen. Von Picabo war nichts mehr zu sehen.

Die Tür schloss sich hinter ihnen. Will schaute mich immer noch nicht an. Er legte den Kopf in den Nacken, sein Blick glitt über die Decke, suchte fieberhaft nach irgendetwas, während er sich in meine Richtung bewegte.

Seine Hände fanden mich zuerst und lösten die Fesseln mit aggressiven Bewegungen. Ich hielt ganz still. Ließ ihn nicht aus den Augen. Seine Haare waren zerzaust wie immer, sein Kiefer angespannt, und die Finger zitterten leicht, ansonsten deutete nichts darauf hin, dass er aufgewühlt war. Das half. Vielleicht war es auch einfach nur seine Nähe.

»Darf ich?« Jetzt senkte er den Blick, presste die Augen kurz zu. Er hatte die Narben entdeckt.

Ich ahnte sofort, worauf die Frage abzielte. Er wollte wissen, ob es wie gestern okay war, mir nahe zu sein, oder ob seine Berührungen alles schlimmer machen würden.

Anstelle einer Antwort richtete ich mich auf und schlang ihm die Arme um den Hals. Im nächsten Moment hatte er mich hochgezogen, meine Beine von der Liege gehoben und sich mit mir auf seinem Schoß darauf niedergelassen. Er hielt mich wie ein kleines Kind, schaukelte mich hin und her und vergrub die Nase in meinem Haar.

Ich war ihm dankbar dafür, dass er nicht nachhakte.

»Picabo hat genau wie Agnia gesagt, ich soll fliehen«, flüsterte ich an seinem Hals.

Eine Hand fand mein Gesicht, strich mir die Haare hinters Ohr. Ich wich zurück, um ihn anzusehen.

Seine Mitternachtsaugen wirkten noch dunkler als sonst. Das Braun legte sich wie ein Feuerring um die eine Pupille. »Willst du? Fliehen?«

»Spielt es eine Rolle?«

Er fuhr mit dem Daumen über meine Wange. »Du musst nur ein Wort sagen, und ich packe Lessa und dich in einen Wagen, hole meine Mum, und wir hauen ab.«

»Und was ist mit deinem Dad?«

Er verzog das Gesicht. »Meinem Vater bringt es nichts, wenn wir alle mit ihm im Gefängnis landen. Falls er überhaupt noch lebt.«

Ich richtete mich auf. »Ich möchte nicht fliehen, Will. Ich …«

Pause.

»Sprich weiter.«

»Was, wenn sie uns belauschen?«, raunte ich.

»Der Raum hat keine Kameras.« Er wies hinter uns. »Und die Tür ist verschlossen.«

Ich nickte und schaute ihm fest in die Augen. »Es ist mir egal, ob Phos vertrauenswürdig ist oder nicht. Er ist der Einzige, der Nero stürzen kann. Mit unserer Hilfe.«

Der erwartete Protest blieb aus. Wills Blick wurde starr.

»Er hat deinen Trigger herausgefunden, nicht wahr?«

Ich atmete zitternd aus. Er meinte nicht Phos, er meinte Nero. Würde jetzt der nächste Wutausbruch kommen?

»Ja.«

»In Ordnung. Du hast recht.«

Meine Augen wurden groß. »Wie bitte?«

»Meine Schwester ist eine Inventi, sie kennen den Auslöser deines beschissenen Talents und wissen, dass ich für dich sterben würde. Die Karten liegen auf dem Tisch, Kia. Wir haben nichts mehr zu verlieren. Also werden wir dieses Gebäude niederbrennen, wenn es sein muss. Sonst hat das alles ja nie ein Ende.«

Er meinte jedes Wort ernst. Vielleicht war es das, was auch bei Eve geschehen war. Es brauchte nur einen letzten Tropfen, der das Fass zum Überlaufen brachte. Mein Fass hatte spätestens gestern sein Limit erreicht, doch offenbar war der Punkt für Will erst mit dieser Aktion gekommen.

»Und jetzt?«, fragte ich.

»Jetzt machen wir gute Miene zum bösen Spiel.«

Will hielt die ganze Fahrt über meine Hand. Um Erlaubnis fragte er nicht mehr. Die Zeit der Maskerade war vorbei. Gemeinsam saßen wir auf der Rückbank, vor uns Nero neben seinem Inventi-Chauffeur, der mich schon öfter zur Omilia gefahren hatte. Auch als wir am Waldrand angekommen waren und durch den Regen in die Richtung stapften, aus der das tosende Rauschen erklang, ließ Will mich nicht los, er umklammerte mich nur noch fester.

Niemand stellte seine Anwesenheit infrage, und auch sonst wurde kein Wort gesprochen. Nachdem er mir meine Kleidung gebracht und ich mich angezogen hatte, waren wir zusammen in den Wagen gestiegen, der vor dem See auf uns wartete.

Widerstand war zwecklos. Und außerdem bestand kein Grund zur Sorge. Sollte Nero doch die Vision aus meinem Kopf sehen. Ich bezweifelte, dass er daraus schlauer wurde als ich.

Vier Menschen kamen uns auf der Lichtung entgegen. Im Vorbeigehen erkannte ich Maila. War ja klar, dass sie ausgerechnet die Ydor herbestellten, die mich am wenigsten leiden konnte. Auch jetzt funkelte sie mich an, während die beiden Mädchen neben ihr die Köpfe senkten. Die Boshaftigkeit verschwand jedoch schlagartig aus ihrem Gesicht, sobald ihr Blick tiefer wanderte und Wills und meine verschränkten Hände erfasste. Verwunderung blitzte in ihren Augen auf.

»Was ist dein Problem?«, zischte ich, aber Will hatte mich weitergezogen, bevor Maila reagieren konnte.

Ich versuchte, mich auf die Umgebung zu konzentrieren. Felsen, grünblaues Wasser, taufeuchtes Gras. Wie friedlich es gewesen war, als ich mit Casper, Nate und Daria nachts hier gesessen hatte.

»Halt.«

Wir blieben direkt vor dem ersten Felsenvorsprung stehen.

»Du weißt, was du zu tun hast, Kiana«, sagte Nero, ohne mich aus den Augen zu lassen.

Grimmig nickend starrte ich in den Wasserfall.

Ein sanfter Druck an meiner Hand. Ich drückte zurück. *Mach dir keine Sorgen*, hätte ich Will am liebsten zugeflüstert. *Alles unter Kontrolle.*

»William, achte darauf, dass sie das Gleichgewicht nicht verliert.«

Nero spielte auf meinen vermeintlichen Schwächeanfall beim letzten Mal an. Also hatte er mich nicht schon längst durchschaut?

Ich schnaubte. »Nicht nötig. Das habe ich letztes Mal nur vorgetäuscht, weil ich Ihnen nicht vertraut habe.«

Keine Antwort. Nur Wasserrauschen. Also reckte ich noch ein bisschen den Kopf.

Und da waren sie: Schattengestalten. Schemenhafte Umrisse dreier Menschen mitten im Wasserfall. Nicht nur wegen des Geräuschpegels hier hatte man keine Chance, ihr Gespräch zu verstehen. Ich kniff die Augen zusammen. Wieso war die Szene so undeutlich? Letztes Mal war sie gestochen scharf vor unseren Augen aufgetaucht. Jetzt konnte nicht einmal ich sagen, wer von den dreien mein zukünftiges oder mein jetziges Ich, geschweige denn die unbekannte Schöne war.

Die Minuten vergingen, und obwohl ich kaum blinzelte und den Blick nicht vom Wasser nahm, verblasste das Bild darin immer mehr.

»Erinnerst du dich an das, was du gesehen hast, Kiana?«

Neros Stimme klang jetzt eine Spur ungeduldig.

Ich zuckte die Achseln, bemühte mich um einen gleichgültigen Ton und deutete vor uns. »Ich erinnere mich auch nicht an mehr als das. Drei Menschen. Keine Ahnung, worüber sie gesprochen haben, es ging alles so schnell …«

»Und wieso sollte ich dir das glauben?«

Ich riss mich vom Anblick vor uns los, wandte den Kopf und traf auf eisiges Blau.

»Sie denken, ich habe noch etwas zu verbergen? Nachdem ich Ihnen meinen Trigger verraten habe?«

Ich würde nicht nachgeben. Wenn nötig, würde ich ihn in Grund und Boden starren. Keine Ahnung, wer oder was dafür verantwortlich war, dass meine Vision nur verschwommen sichtbar wurde, doch die Tatsache verlieh mir Selbstbewusstsein.

Das Einzige, was mich kurz aus dem Konzept brachte, war Wills Hand, die sich bei meinen Worten schlagartig von meiner gelöst hatte. Jetzt war wohl kaum der Augenblick für *dieses* Gespräch.

»Muss ich Sie daran erinnern, was ich die letzten Tage durchgemacht habe?«, zischte ich.

Ein paar Sekunden verstrichen, und plötzlich wurde Neros Blick weich. Sorgenfalten waren auf seiner Stirn zu sehen. Er nickte. »Bitte entschuldige, Kiana.«

Jetzt bloß nicht lachen … Er konnte sich sein falsches Mitgefühl sparen.

»Können wir gehen?«, fragte ich leise. Mit gesenkter Stimme klang ich hoffentlich verletzlich. In Wahrheit spürte ich nichts mehr von der vergangenen Stunde. Ich hatte ganz eindeutig die Richtung meiner Gabe bestimmen können. Auch wenn es mir nicht wirklich etwas gebracht hatte, war es ein Fortschritt. Außerdem würden die Narben auf meinem Körper in wenigen Tagen verschwinden, und dann war ich wie neu, doch das konnte er ja nicht wissen.

»Natürlich. Lasst uns fahren. Ich würde vorschlagen, du bleibst noch in der Omilia, Kiana. Isst mit den Ydor zu Mittag. Später haben wir noch einen Ausflug vor uns.«

»Was für einen Ausflug?« Die Frage war aus Will hervorgeschossen, bevor ich sie stellen konnte. Ich wagte es nicht, ihn anzusehen. Seine Stimme zitterte vor lauter unterdrückten Gefühlen.

»Zu den Pyro. Es gibt eine Theorie, der wir noch nachgehen müssen.«

Mein Herz sank tiefer. Ich verschränkte die Arme vor der Brust. »Sie wollen mich erneut testen?«

Mit müdem Blick schüttelte Nero den Kopf. »Nein, für heute reicht es. Keine Sorge, es wird nicht viel Zeit in Anspruch nehmen.« Dann sah er zu Will, und seine Lippen verzogen sich zu einem gewinnenden Lächeln.

»William, was hältst du davon, den Nachmittag mit deiner Schwester zu verbringen?«

Mir blieb genau eine Stunde, bis ich wieder im Hauptgebäude sein musste. Vor dem See saß eine kleine Menschengruppe, die ich mit voller Absicht ignorierte. Sie trugen alle blaue Kleidung. Phos hatte gesagt, ich sollte mich rantasten, versuchen, die Leute zu bekehren, aber Maila und die anderen Ydor, die ich bisher kennengelernt hatte, waren diesbezüglich pure Zeitverschwendung. Außer dem kleinen Daxton war niemand von ihnen nett zu mir gewesen, und den konnte ich wohl kaum entführen und ins Geheimversteck der Migma bringen. Außerdem benötigte ich jetzt ein paar freundliche Gesichter.

Will war beschäftigt. Was auch immer Nero damit bezwecken wollte, dass er ihn zu Alessa ließ – Mitgefühl war es sicherlich nicht –, es spielte keine Rolle. Er hatte ein bisschen Seelenfrieden verdient. Vor allem nachdem er jetzt wusste, wie Nero hinter das Geheimnis meines Triggers gekommen war.

Meine Beine fanden den Weg zur kleinen Einkaufsgasse ganz von allein, und schon bald mischte ich mich unter das Gewusel und zog mein Handy aus der Tasche.

Daria hatte mir eine Nachricht geschickt:

Darf gleich zu Wills Schwester!! Sehen wir uns heute Abend bei euch?

Lächelnd tippte ich eine Antwort, bevor ich Nates Kontakt heraussuchte. Vorsichtshalber unterdrückte ich meine Nummer und klickte auf das grüne Telefonsymbol. Erneut ging nur die Mailbox ran, also probierte ich es auch bei Casper. Nichts.

Mist, wo steckten sie?

Ich ließ das Handy zurück in meine Manteltasche gleiten. Na gut, dann erst zu Carla.

Die Tür stand offen. Ich trat ins Warme und inhalierte den gewohnten Duft nach frischer Backware. Das Glöckchen über der Tür kündigte bimmelnd meine Ankunft an, ging allerdings im lauten Lachen einer Frauengruppe unter.

Zur Mittagszeit war der Laden immer gut besucht, wie man an dem Stimmengemurmel hören konnte, auch wenn man von hier aus nur den schmalen Gang sehen konnte, der von dem Verkaufsraum in das Café führte. Vor der Theke warteten drei Leute, die von Carla höchstpersönlich bedient wurden. Ich musste lächeln, als mein Blick auf ihr krauses Haar und das runde freundliche Gesicht traf. Sie reichte einem Paar vor mir zwei Papiertüten über die Theke und strahlte sie an. »Guten Appetit, haben Sie einen wunderschönen Tag!«

Da entdeckte Carla mich. Ihr Lächeln wurde noch breiter, und sie zwinkerte mir zu, bevor sie sich an den nächsten Gast wandte, der seine Bestellung zum Mitnehmen herunterratterte.

Sobald sie ihn bedient und er sich an mir vorbeigedrückt hatte, kam sie hinter der Theke hervor und breitete ihre Arme aus. »Du kommst wie gerufen, mein Schatz!«

Ich erwiderte ihre Umarmung wohl eine Spur zu fest, denn als wir uns voneinander lösten, war von ihrem Lächeln nichts mehr zu sehen. Sorge stand ihr ins Gesicht geschrieben.

Sie strich mir über die Wange. »Alles in Ordnung?«

Ich schluckte. Wie machte sie das nur, dass die ganzen Gefühle, die ich gerade in Neros Anwesenheit unterdrückt hatte, auf einen Schlag zurückkehrten? Lag es an ihrer ehrlichen Zuneigung? Oder an ihrer Verbindung zu meiner biologischen Mutter?

»Ich … ich hab eine Stunde Zeit, bevor ich zurück in die Omilia muss«, brachte ich hervor. Diesmal musste ich den verletzlichen Ton nicht vortäuschen. Er kam ganz von allein. Zusammen mit den Tränen. Verdammt.

Sie nickte und zog mich erneut an sich. Ich blinzelte heftig.

»Ich weiß, was geschehen ist, Kia«, raunte sie mir ins Ohr und strich mir über den Rücken. »Und ich kann nur erahnen, wie es gerade in dir aussehen muss. Aber ich glaube, ich habe eine kleine Aufheiterung für dich.«

Die Neugierde übertrumpfte den Kummer in mir, und ich hörte auf zu weinen.

»Soll ich beim Abwasch helfen?«, bot ich an. Sie arbeitete heute offenbar allein, von einer Kollegin war nichts zu sehen. Die Teller und Tassen stapelten sich im Waschbecken neben der Spülmaschine.

»Nein, nein, das schaffe ich schon allein.« Sie beugte sich verschwörerisch zu mir. »Geh nach hinten durch die Backstube. Es stehen ein paar Brote bereit, und ich bringe euch gleich noch Teenachschub, sobald ich mich um die Gäste gekümmert habe.«

»Uns?«

Ihr Lächeln war zurück. »Na komm, Liebes.«

Ich ließ mich von dem köstlichen Brotduft leiten. Die Backstube war klein, das Herzstück bildete ein alter Holzofen. An der Wand hingen Bilder von verschiedenen Menschen mit Backhauben, größtenteils Schwarz-Weiß-Fotografien.

»Hi, Prinzessin.«

Auf der Stelle fuhr ich herum. Was –

Im Türrahmen neben Kartons und Holzkisten stand niemand Geringeres als Casper. Mit einer qualmenden Zigarette in der Hand und einem Grinsen auf den Lippen.

Ich überbrückte den Abstand zwischen uns und fiel ihm um den Hals. »Was machst du hier?«

Wir lösten uns voneinander, und er trat einen Schritt zurück. Die Tür führte zu einem kleinen Balkon, der zum Innenhof rausging. Ich konnte zwei Hocker und einen mit Leckereien bedeckten Tisch sehen. Um das Geländer war eine Lichterkette gewickelt, die gemütliches Licht spendete.

Casper lachte und schnippte Asche in ein schmales Porzellangefäß zu unseren Füßen. »Hab dich vermisst, was glaubst du denn?«

»Geht's dir gut? Was ist mit Nate? Wie bist du hergekommen? Ich dachte, du …«

»Jetzt mal ganz langsam.« Er machte eine einladende Armbewegung. »Setz dich.«

Ich gehorchte, ließ ihn jedoch nicht aus den Augen. Er sah aus wie immer: Sidecut, verwuschelte Locken, die ihm in die hellen Augen fielen. Makellose dunkle Haut. Schelmischer Blick. »Bist du okay?«, wiederholte ich drängend.

Er rollte mit den Augen und drückte die Zigarette aus. »Schieb nicht so ein Drama, Prinzessin. Mir geht's hervorragend. Hast du diese Dinger schon probiert? So was gibt's bei uns im Süden nicht.« Er griff nach einem Handbrot, aus dem geschmolzener Käse lief, und biss genüsslich hinein.

»Wir sind fast wahnsinnig geworden vor Sorge. Mein letzter Stand ist, dass ihr von mehreren Wächtern erkannt wurdet. Wir haben mit Nate telefoniert, er war außer sich und –«

Casper winkte ab. »Du kennst ihn doch, der muss auch immer übertreiben. Gut, es war beschissen, und wir haben kurz echt Bammel gekriegt, aber Natey hat seiner Mum erklärt, dass er auf eigene Faust abgehauen ist und dir geholfen hat. Ich bin ihm natürlich hinterhergerannt, weil ich so ein treuer Inventi bin, und hab in der Aufregung vergessen, Alarm zu schlagen.«

»Und das hat Dylara geglaubt?« Nates Mutter war alles andere als entspannt, das hatte ich bei unseren wenigen Begegnungen am eigenen Leib erfahren.

»Nein.« Auf einmal lag ein Funkeln in seinen Augen. »Die Gute will nie glauben, dass ihr Goldjunge ohne fremden Einfluss Mist baut. Erst war sie der festen Überzeugung, du hättest ihn manipuliert, dann wollte sie mir die Schuld zuschieben. Tja, und schließlich ist Nathaniel ausgerastet.«

Ich hob die Brauen. Nate und ausrasten?

»Jep, du hast richtig gehört. Bei ihm ist wohl endgültig die Sicherung durchgebrannt, hab ihn auch noch nie so erlebt. Er hat alles auf sich genommen und ihr an den Kopf geworfen, dass er es satthat, immer nach ihren Regeln zu spielen, dass er ein eigenständiger Mensch sei und so weiter. Sie war sichtlich schockiert, hat mich natürlich trotzdem weiter in die Mangel genommen. Meinte, sie hat mich noch nie gemocht, ich hätte nur Unsinn im Kopf und wäre so ein schlechter Einfluss, bla, bla, das übliche Gerede. Sie wollte wissen, wieso ich sie nicht sofort angerufen habe, als er mir entwischt ist. Und dann …« Casper fuhr sich mit dem Handrücken über den Mund und ließ das Brot sinken. »Dann hat Nate, unser kleiner Streber Nate, sie gefragt, wie bescheuert man überhaupt sein kann. O-Ton. Ob sie eigentlich blind sei und nicht den wahren Grund sähe, wieso ich ihm in den Norden gefolgt und mit ihm ins Gefängnis eingebrochen bin. Ihr Gesicht hättest du sehen sollen!«

Ich starrte ihn an. Wieso amüsierte er sich so? Das klang bisher nach einem ziemlichen Desaster. Und erklärte nicht, wie er es geschafft hatte, hierherzukommen. »Ihr hättet die Schuld doch einfach auf mich schieben können.«

»Hätten wir, aber erstens verpfeift man seine Freunde nicht, und zweitens wäre mir dann Nates Outing entgangen.«

»Sein *Outing*?«

»Weißt du, was seine genauen Worte waren?« Casper lehnte sich zurück und grinste breit. *»Er ist nicht nur mein Inventi,*

Mum, er ist der beste Mensch, den ich kenne. Und er würde mir überallhin folgen, weil man das so macht, wenn man sich liebt.«

Ich strahlte. Sein Glück war so allgegenwärtig, es übertrug sich auf mich.

»Das hat er gesagt. Mir hat's natürlich gründlich die Sprache verschlagen, ich dachte, ich bin im falschen Film. Und dann ist Dylara erst so richtig ausgerastet. Das hat weder Natey noch mich sonderlich gestört. Ich musste mich richtig zusammenreißen, ihn nicht an Ort und Stelle abzuknutschen.«

Ich kicherte. Das konnte ich mir bildlich vorstellen.

»Jedenfalls gab es einen riesigen Krach. Sie haben sich die schlimmsten Sachen an den Kopf geworfen. Als sie gemerkt hat, dass es ihm ernst ist, hat sie angefangen, mir zu drohen.« Caspers Miene verdüsterte sich zum ersten Mal. »Schließlich hat sie ihre Taktik geändert und uns einen Deal angeboten: Sie hat versprochen, die Sache in der Omilia zurechtzubiegen und mich zu *verschonen*. Als hätte ich Angst vor ihr.« Er schnaubte. »Unter der Bedingung, dass wir keinen Kontakt mehr zueinander haben und er die Beziehung mit dieser Candela publik macht.«

»Was für eine Beziehung?«

»Meine Rede. Ich weiß nicht, ob sie einfach nur verzweifelt ist und Angst um ihr Ansehen in der Omilia hat oder ob ihr wirklich so wenig an ihrem eigenen Sohn liegt, aber die Frau hat ein Rad ab.«

»Und was ist dann passiert?«

»Dreimal darfst du raten.« Er seufzte tief. »Der kleine Idiot dachte sich wohl, das sei ein guter Moment, um den Helden zu spielen, und hat zugestimmt.«

»Ist das dein Ernst?«

»Leider ja. Seine Mum hat mich dann weggeschickt, nachdem sie mir das Handy abgenommen hat, damit ich ihn nicht kontaktieren kann, und seitdem habe ich nichts mehr von ihm gehört. Mich haben sie tatsächlich in Ruhe gelassen. Keine Ahnung, was sie denen in der Omilia erzählt hat, offenbar hat es funktioniert. Ich kann mich nach wie vor frei bewegen. Nur leider wird mein frischgebackener Freund jetzt anscheinend auf Schritt und Tritt kontrolliert und, weil seine Mutter völlig abdreht, zwangsverkuppelt.«

»Ach du Scheiße.«

»Du sagst es.«

Ich vergrub mein Gesicht in den Händen. »Oh Gott, das tut mir so leid für dich, Casper, das muss furchtbar für dich sein.«

»Einerseits ja, andererseits hätte Nate sich niemals gegen seine Mutter gestellt und ihr endlich von uns erzählt, wenn wir nicht ins Gefängnis eingebrochen wären«, erwiderte er grimmig.

Ich hob den Kopf. »Und was bringt das? Wenn ihr euch jetzt nicht sehen könnt?«

»Zerbrich dir mal nicht den hübschen Kopf. Die können uns auf Dauer nicht voneinander fernhalten. Wir müssen einfach ein bisschen Geduld haben und unseren Plan weiterverfolgen. Ich habe gehört, du hast diesbezüglich Fortschritte gemacht.« Er warf mir einen vielsagenden Blick zu und schnappte sich eine halb volle Teetasse.

Bevor ich ausholen und von den letzten beiden Tagen berichten konnte, gesellte sich Carla mit einem vollgepackten Tablett zu uns.

»Na, ihr Süßen, alles in Ordnung hier hinten?«

Casper lachte. »Willst du uns mästen, Carla? Wir haben kaum die Hälfte geschafft, und Kia hilft mir nicht.«

»Das ist nur der Nachtisch.« Sie stellte das Tablett auf dem Boden ab und reichte mir eine der Tassen darauf. »Vorsicht, heiß! Und außerdem, mein Lieber, kann ich euch die Reste einpacken. Übrigens, Kia, draußen haben ein paar Ydor-Mädchen nach dir gefragt.«

Ich runzelte die Stirn. »Ydor-Mädchen?«

»Ja, ich habe ihnen gesagt, du bist noch beschäftigt, aber sie haben es sich grade erst gemütlich gemacht, also lass dir ruhig Zeit, sie warten sicher noch. Ich muss dann leider wieder rein, tut mir leid, dass wir uns nicht länger unterhalten können.« Sie schenkte uns ein Lächeln und verschwand.

»Wow. Ich habe sie heute das erste Mal gesehen, und sie behandelt mich jetzt schon wie ihren eigenen Sohn«, kam es prompt von Casper.

»Nicht wahr?« Ich schlürfte ein bisschen vom heißen Früchtetee. »Ich laufe irgendwie immer Gefahr, in Tränen auszubrechen, wenn sie mich umarmt oder mir Essen schenkt …«

»Das Gefühl kenne ich.«

Ich hielt inne und schloss die Augen. Wie dämlich war

ich eigentlich? Casper war obdachlos gewesen und hatte nie eine richtige Familie gehabt. »Sorry, Cas, ich wollte nicht … Ich wollte nicht rumheulen, bei dir ist das ja noch mal eine andere Sache …«

»Hey. Wir batteln uns jetzt nicht, wer mehr Gründe zum Heulen hat, ja? Ich bin mir momentan nicht so sicher, wer gewinnen würde.« Er zwinkerte mir zu. »Du wolltest mich auf den neusten Stand bringen.«

Also tat ich genau das. Zwischendurch packte mich auch der Appetit, und ich gönnte mir zwei Brote.

Casper unterbrach mich kein einziges Mal. Sein Gesichtsausdruck wechselte zwischen interessiert und bestürzt. Die Folter und das Auslösen meiner Gabe heute schilderte ich nur oberflächlich, dafür erzählte ich ausführlich vom Versteck bei den Pnoe.

»Wann bringst du mich hin?«, wollte er wissen, als ich fertig erzählt hatte.

»Morgen Abend! Und wenn dir noch jemand einfällt, der vertrauenswürdig ist, nur zu. Wir können jede Hilfe gebrauchen.«

»Wir sollten Damek so schnell wie möglich einweihen.«

Ich nickte. »Ich hatte keine Chance, mit seiner Schwester zu sprechen, aber ich bin mir sicher, das war sie.«

»Okay. Dann komme ich morgen Abend zu euch, ja? Mit der Kommunikation dürfte es sich sonst eher schwierig gestalten.«

»Kein Problem.« Ich erhob mich mit einem Blick auf mein

Handy. Die Zeit war wie im Flug vergangen. Und außerdem packte mich die Neugierde, was es mit den Ydor-Mädchen auf sich hatte.

»Ich hab mich so gefreut, dich zu sehen«, murmelte ich, als auch er sich erhob und beide Arme um meine Mitte schlang.

»Beruht auf Gegenseitigkeit.« Er drückte mich an sich. »Halte durch, ja? Es wird alles gut.«

»Das sollte ich zu dir sagen«, antwortete ich seufzend.

Er verdrehte die Augen. »Wir hängen alle zusammen dadrin, ja? Und jetzt geh schon.«

Schweren Herzens löste ich mich von ihm und lief nach vorn, vorbei an Carla, die Kaffee aufbrühte, gleichzeitig eine Bestellung aufnahm und mit dem Kinn in Richtung Gang wies.

Der Cafébereich war brechend voll – jeder der dreieckigen Tische war besetzt. Die meisten Gäste waren jung, etwa in meinem Alter, doch ich entdeckte auch eine vierköpfige Familie mit Kinderwagen sowie zwei Damen im Rentenalter, die kichernd die Köpfe zusammensteckten und sich an ihre Kaffeetassen mit Sahnehäubchen klammerten.

Ich ließ den Blick über die Menschengruppen gleiten. Hatte mir jemand einen Streich gespielt, oder waren sie schon gegangen?

Gerade wollte ich mich umdrehen und zu Carla laufen, da nahm ich eine Bewegung direkt am Erkerfenster wahr.

»Kiana!«

Ein winkender Arm, der in einem Pelzmantel steckte. Erst

als ich mich an zwei Tischen vorbeiquetschte, konnte ich das dazugehörige Gesicht sehen. Und blieb wie angewurzelt stehen. Ich widerstand dem Bedürfnis, mich umzudrehen, um herauszufinden, ob sie vielleicht nicht doch jemanden hinter mir meinte.

Nein, das war keine Halluzination. Da saß Maila, die noch vor einer Stunde auf der Waldlichtung versucht hatte mich mit Blicken zu töten, und bedeutete mir, mich zu ihnen zu gesellen. Und neben ihr das Mädchen, das ich für Daxtons Schwester hielt. Wie war noch mal ihr Name?

Ich gab mir nicht mal Mühe, ein Lächeln aufzusetzen, als ich mich in Bewegung setzte und zu ihnen an den Tisch trat.

Maila nahm ihre mit blauen Strasssteinen besetzte Handtasche vom Hocker zwischen ihnen. »Setz dich doch.«

Ich rührte mich nicht. »Was wird das?«

Jetzt streckte Daxtons Schwester eine Hand in meine Richtung und grinste mich fröhlich an. »Hallo, Kiana, wir hatten noch nicht die Gelegenheit, uns richtig vorzustellen. Ich bin Nahla.«

Ich gab mir einen Ruck und schüttelte ihre Hand, während ich mich widerwillig auf den Hocker sinken ließ.

»Hat Nero euch geschickt?«

»Wieso sollte uns Nero schicken?«, flötete Maila.

»Woher wusstet ihr, dass ich hier bin?«

»Wir sind dir gefolgt«, gab sie zu und lächelte mich nun auch an. »Um uns zu entschuldigen.«

Bitte was?

»Wofür genau möchtet ihr euch denn entschuldigen?«, hakte ich mit Unschuldsmiene nach und erwiderte ihr zuckersüßes Lächeln.

»Für unser ekelhaftes Verhalten«, kam ihr Nahla zu Hilfe und betrachtete ihre perfekt manikürten Nägel. »Wir hätten netter zu dir sein und mehr den Kontakt suchen sollen. Du kennst ja niemanden in Tessarect.«

Ich lachte auf. »Ich hab genug Freunde, kein Grund zur Sorge.«

»Was sie sagen will«, fuhr Maila energisch fort, ohne auf mich einzugehen. »Wir hatten nur ... einen gewissen Respekt vor dir. Daher unser forsches Auftreten.«

»Forsch?« Ich legte den Kopf schief und fixierte ihre dunklen Augen. Darin war nichts als falsche Höflichkeit zu sehen. »Ihr habt mich wie eine Ausgestoßene behandelt, nur weil ich neu bin und keine Ahnung von den bescheuerten Regeln hier habe.«

»Ja, das war nicht fair ... Du hast absolut recht. Es tut uns leid.«

Kopfschüttelnd sah ich zwischen ihnen hin und her. »Warum kommt ihr nicht einfach zum Punkt? Was genau wollt ihr von mir?«

»Wir wollten dich fragen, ob du Lust hast, morgen mit uns zu Mittag zu essen«, sagte Nahla. Ihr Lächeln wirkte eine Spur aufrichtiger, aber davon würde ich mich sicher nicht täuschen lassen. »Drei Straßen weiter hat ein neues mexikanisches Restaurant aufgemacht.«

»Als Waffenstillstand, sozusagen«, fügte Maila hinzu.

Abwartend sahen sie mich an.

Ganz kurz dachte ich an Phos und an die Aufgabe, die er uns aufgetragen hatte. Doch dann klinkte sich mein Verstand wieder ein. Hier war was faul. Ganz eindeutig. Und mir fehlte heute schlichtweg die Geduld dafür, herauszufinden, was genau das sein sollte.

»Danke fürs Angebot, leider bin ich morgen schon ausgebucht. Als Abnormität hat man leider unglaublich viele Pflichten.«

Ohne ihre Antwort abzuwarten, sprang ich vom Hocker und bahnte mir meinen Weg zurück zum Ausgang.

Dieser Tag konnte nicht seltsamer werden.

A̶

Ich sehnte mich nach Wills Hand. Nach irgendeiner Hand, an der ich mich festhalten konnte.

Erneut saß ich in Neros schnittigem Wagen auf der Rückbank, er vor mir mit dem Chauffeur.

Keinen Schimmer, wohin wir fuhren. Nero ignorierte meine Fragen. Alles, was ich wahrnehmen konnte, war mein viel zu schneller Herzschlag und die Übelkeit in meinem Magen. Ich hasste mich dafür, dass die Angst mich zu fassen bekam, obwohl ich gedacht hatte, darüber hinweg zu sein. Nicht mal die Wut auf Nero und die Omilia half. Oder die Hoffnung, die mir Casper durch sein Auftauchen für einen

Augenblick geschenkt hatte. Mir war so kalt. Und zu allem Übel kam das Bild meiner Mutter aus meiner Erinnerung gekrochen. Agnia hinter den Gitterstäben, die mich angefleht hatte, die Stadt zu verlassen.

Ich presste meine Nase gegen die Fensterscheibe und versuchte, mich auf meinen Atem zu konzentrieren.

Draußen wurden die dunkelgrauen Häuser von sandgelben ersetzt, und der Regen trommelte nicht mehr auf die Windschutzscheibe. Stattdessen blendete mich heller Sonnenschein.

Wir fuhren einen Berg hinauf, schraubten uns auf der Straße höher und höher.

Abrupt trat der Fahrer auf die Bremse und zog die Handbremse an. Der Gurt schnitt mir in die Haut, und ich musste mich am Vordersitz festhalten, um nicht zur Seite zu kippen.

»Hier hört die Straße auf, Sir.«

Mit einem Nicken schnallte Nero sich ab. »Warten Sie auf uns. Wir gehen das restliche Stück zu Fuß. Dylara meinte, es ist nicht mehr weit.«

Für einen Moment trat meine Panik in den Hintergrund. Dylara?

Wir waren ganz offensichtlich in den Süden gefahren. Zu welchem Zweck?

Nero lief hinkend um den Wagen herum und öffnete die Tür auf meiner Seite.

Draußen war es windstill, obwohl wir uns in luftiger Höhe befanden. Die Sonne ließ den Asphalt flimmern, der nur wenige Meter vor uns aufhörte und in Kieselsteine und trockenes Gestrüpp überging. Ich wandte im Gehen den Kopf. Wir befanden uns auf einem Berg, ungefähr so hoch wie der gestrige, nur nicht moosgrün. Im Tal war der Pyro-Bezirk zu sehen, der Marktplatz, dahinter ein glitzernder Fluss.

Ein ohrenbetäubendes Geräusch, das ich nicht zuordnen konnte, erfüllte die Luft. Sengende Hitze brannte auf meiner Haut und brachte die furchtbare heutige Erfahrung zurück. Sie stammte nicht von der Sonne. Oh bitte, nicht noch mehr Feuer …

»Wollen Sie mir sagen, was das hier soll?«, fragte ich, als Nero mich am Ellenbogen fasste und weiterzog. Seine Berührung verstärkte die Übelkeit, doch ich konnte nicht einfach still bleiben.

Wenn es hart auf hart kam, würde ich es mit ihm aufnehmen können, oder? Vor allem, wenn wir nur zu zweit waren. Vielleicht sollte ich ihn den Hang runterschubsen, ehe er die Gelegenheit bekam, mir etwas anzutun …

»Deine Gabe vereint die Zukunft und die Vergangenheit«, unterbrach er mein verlockendes Kopfkino. »Was bedeutet, dass die alternativen Realitäten in deinem Kopf in beide Richtungen funktionieren müssten. Der Wasserfall in unserem Bezirk ist nicht der einzige magische Ort, der die Erfahrungen der Talentierten bei ihren Sprüngen wiedergibt. Es gibt insgesamt vier in Tessarect. Einen für jedes Element.«

Ich biss mir auf die Unterlippe und drehte mich von ihm weg, damit er mir den Schock nicht von der Nasenspitze ablesen konnte. Was er da sagte, ergab leider ziemlich viel Sinn. Vor allem mit dem Hintergrund, dass meine heutige Vision mich in die Zukunft hatte blicken lassen.

Die Umgebung verschwamm vor meinen Augen, während wir immer höher stiegen und ich fieberhaft überlegte. Als sie mich das letzte Mal zum Wasserfall gebracht hatten, war die alternative Realität mit Sophia und meinem vergangenen Ich in unserer WG-Küche sehr deutlich zu sehen gewesen. Weil sie eine Szene der Vergangenheit gezeigt hatte. Verdammt.

Okay, kein Grund zur Panik. Die aktuelle Vision würde ihm nichts nutzen. Oder?

Ich stolperte über einen kleinen Felsen, der aus der Erde ragte, und wurde zurückgerissen, da Nero stehen geblieben war.

»Hier ist es.«

Ich atmete aus. Bitte kein Feuer …

Doch da waren keine Flammen vor uns zu sehen. Zu unseren Füßen, keine zehn Meter entfernt, war der Berg zu einer Schlucht aufgebrochen, in der glühende, wabernde Lava schwamm.

Als hätte sie unsere Anwesenheit gespürt, nahmen die Bewegungen an Tempo auf, und dichter weißer Rauch stieg empor.

Nero trat hinter mich und packte meine Unterarme.

»Keine Tricks«, raunte er mir zu. Jede falsche Höflichkeit war aus seiner Stimme verschwunden. »Und die Augen schön offen halten.«

Ich schauderte. Ob es an der Naturgewalt vor uns oder an seiner Berührung lag, konnte ich nicht einordnen. Seine Anweisung war überflüssig – selbst wenn ich gewollt hätte, hätte ich den Blick nicht von dem lodernden Orange nehmen können.

In Tessarect gab es also nicht nur einen riesigen Wasserfall mitten im Wald, alle Jahreszeiten gleichzeitig und verschiedene Stadtbilder innerhalb von vier Bezirken, sondern auch noch einen Vulkan. Einen aktiven, Feuer spuckenden Vulkan. Heilige Scheiße.

Der Rauch trieb mir Tränen in die Augen, doch ich hielt sie offen. Denn im nächsten Moment sah ich sie. Keine Schatten. Kein abstrakter Abklatsch der Vision. Es war realer als in meinem Kopf.

Mitten im Dampf stiegen die Gestalten empor. Die schöne Fremde, die mein zukünftiges Ich an den Rand eines Bergabhanges zerrte. Und mein jetziges Ich, gekleidet in die benzingetränkten Klamotten, das um sie herumschlich, um einen besseren Blick zu erhaschen.

»Sag mir nicht, du hast Schiss!«

Die Stimme der dunkelhaarigen Frau war glasklar. Lauter als vorhin. So laut, dass ich zusammenzuckte.

Das ist nicht echt. Das ist nur eine Wiederholung.

Ich versuchte, mich an dieser Gewissheit festzuhalten, doch es brachte nichts. Ich hätte schwören können, dass sie echt waren. Nur Zentimeter von uns entfernt.

Es war genau wie die Erfahrung, wenn ich meine Narben

berührte und zurück in die Vision schlüpfen konnte, um sie noch einmal zu erleben. Nur, dass es mich körperlich nicht fertigmachte. Es fühlte sich wie eine Projektion an, ein eigens für uns inszenierter Film.

Das Gespräch lief genau wie in meinem Kopf ab. Neros Griff lockerte sich, als die Haare der Fremden vom aufkommenden Wind nach hinten gepustet wurden.

»… das ist genau der Moment, in dem du springen musst«, sprach sie die bekannten Worte aus. Ihre Stimme klang noch geheimnisvoller als vorhin. Das verwirrte Gesicht meines heutigen Ichs war das Letzte, was ich wahrnahm, bevor die heiße Lava sich aufbäumte und die drei sich im Rauch auflösten.

Mein Herz klopfte mir bis zum Hals. Halb so wild. Es hätte deutlich schlimmer sein können. Zum Beispiel, wenn uns die Vision, in der ich mich mit meiner biologischen Mutter unterhalten hatte, gezeigt worden wäre. Das hier war nichts dagegen, ich hatte immer noch keine Ahnung, was …

Ich kam nicht dazu, den Gedanken zu vollenden. Nero packte mich an den Schultern, wirbelte mich herum und krallte seine Finger in meine Haut. Sein Teint hatte eine ungesunde Farbe angenommen.

»Was war das?«

Ich hob die Brauen. »Ich habe Ihnen schon gesagt, ich konnte mir keinen Reim darauf machen, es war viel zu wirr und –«

»*Was war das?*«, wiederholte er donnernd. Sein Blick

wurde glasig, wanderte hinter mich. Er starrte in den Rauch, als würde er versuchen, die Vision erneut heraufzubeschwören.

»Wer war das Mädchen?«

Das war es, was ihn interessierte? Nicht, wieso ich in doppelter Ausführung im Rauch erschienen war?

»Das wüsste ich auch gerne.«

Er schüttelte mich. »Wenn du mir irgendetwas verschweigst …« Der Rest des Satzes verlor sich im Nichts. Seine Atemzüge wurden heftiger.

»Ich verschweige nichts!«, rief ich, nun eine Spur panisch. Noch nie hatte ich ihn so außer Fassung erlebt. Es bestätigte nur noch mehr, was alle vermuteten: Er war wahnsinnig. Unberechenbar.

»Ich habe sie noch nie in meinem Leben gesehen.«

Abrupt ließ er mich los, sodass ich nach hinten stolperte. »Nein. Aber das wirst du.«

Er griff nach meinem Handgelenk und zerrte mich mit sich. Zurück zum Auto.

Ich wagte es nicht, zu protestieren.

Wir wechselten kein Wort mehr. Sein gesamter Körper bebte, und schon bald übertrug sich das Zittern trotz der Hitze auf mich.

Sah ganz so aus, als wäre ich nicht die Einzige, die heute die Fassung verlor.

Meine Hand lag schon auf der Klinke, da flog die Tür auf.

»Na endlich!«

Will hatte sich umgezogen. Er war barfuß, trug eine graue Jogginghose und ein weißes Shirt, seine Haare waren nass vom Duschen. Oder vom letzten Regenschauer. Die dunklen Augen funkelten seltsam.

»Bitte sag mir, dass du keine schlechten Nachrichten hast«, entfuhr es mir.

Er stutzte, dann erhellte ein Lächeln sein Gesicht. »Heute nicht mehr.«

Ich lief an ihm vorbei, streifte meine Jacke ab und warf sie über den Kleiderhaken, bevor ich mir die Stiefel von den Füßen kickte. »Hast du Alessa gesehen?«

Die Tür fiel hinter mir zu. Sein Lächeln vertiefte sich. Mein Gott, da waren sogar die Grübchen, die so selten zum Vorschein kamen.

Obwohl dieser Tag alles andere als zum Lachen war, zuckten meine Mundwinkel nun auch. »Geht's ihr gut?«

Er nickte. »Sie kommt gleich noch mal mit Daria vorbei. Frag mich nicht, wieso das plötzlich erlaubt ist, womöglich ist es Neros neue Masche, sich bei uns einzuschleimen. Lessa nimmt das alles viel gelassener als ich. Vielleicht liegt es an ihrem Alter, oder sie ist einfach mit mehr Optimismus gesegnet.«

Erleichtert stöhnte ich auf. »Das freut mich. Wirklich.«

»Sie wirkt so losgelöst, Kia. Als würde das alles *Sinn* ergeben. Als wäre es ihre Bestimmung. Es macht mich wahnsinnig, und gleichzeitig kann ich nichts dagegen tun. Ich kann es nur akzeptieren und hoffen, dass es ihr nicht so ergeht wie …« Er stockte und senkte den Blick.

»So wie uns, wolltest du sagen«, vervollständigte ich den Satz. »Es ist okay. Ich weiß, dass deine Sorge berechtigt ist, aber sie wird sich nicht so fühlen wie du. Sie ist eine Ydor-Inventi. Und Daria wird gut auf sie aufpassen.«

»Mit diesem Daxton hat sie sich anscheinend auch schon angefreundet.«

»Der Kleine ist völlig in Ordnung. Mal abgesehen von seiner Schwester.«

Er nickte. »Wie war es bei dir?« Sein Lächeln schwand beängstigend schnell.

»Ich glaube, ich hatte schon lange keinen so verrückten Tag mehr. Und das, obwohl die letzten Wochen einfach nur irre waren.«

Will legte den Kopf schief und sah mich durch seine blonden Wimpern an. »Ich werde mich nie daran gewöhnen, dich in Gefahr zu wissen. Ein Teil von mir hat geglaubt, es würde mit jedem Mal besser werden.«

»Du kannst dich nicht daran gewöhnen, wenn *ich* mich nicht daran gewöhne. Ich dachte auch, schlimmer als in der Badewanne ertrinken oder Waterboarding kann es nicht werden, aber es hat mich heute Morgen unvorbereitet erwischt. Ich war nicht gewappnet, ich …« Meine Stimme versagte.

Seine Augen glühten. »Wie auch? Wie soll das je zur Normalität werden?«

»Na ja, es ist meine Bestimmung. Irgendwann muss ich mich daran gewöhnen.«

»Wenn Nero erst mal besiegt ist, musst du dich an gar nichts mehr gewöhnen. Dafür werde ich sorgen.«

»Apropos Nero … Wir müssen sofort zur Migma. Du hättest seine Reaktion heute sehen sollen.«

Mit ein paar hastigen Sätzen beschrieb ich ihm, was sich beim Vulkan zugetragen hatte.

Mit jedem weiteren Wort von mir stand ihm das Entsetzen deutlicher ins Gesicht geschrieben.

Die Türklingel nahm ihm die Gelegenheit, zu antworten. Will sprang auf, und ich folgte ihm.

Daria kam mir entgegen, ehe ich in den Flur treten konnte. Ihre schmale Gestalt steckte in einem türkis glitzernden Rollkragenpullover, und ihre kurzen Haare waren streng nach hinten gekämmt, was sie irgendwie älter wirken ließ.

»Hey!« Sie riss mich in eine Umarmung. Für einen Moment verharrten wir so. Sie umarmte mich nicht nur, sie klammerte sich regelrecht an mir fest. Als ich sie eine Armlänge von mir schob, sprang mir die Frage in ihren kleinen, sonst so vergnügten Augen entgegen.

»Ihr geht's gut«, beeilte ich mich zu sagen. Wir hatten zwar schon gestern kurz am Telefon über Evelyn gesprochen, doch offenbar musste sie die Worte noch mal von mir persönlich hören. »Eve geht's gut, Daria. Du kommst am besten direkt mit. Es wird dir dort gefallen, und Phos hat uns ja sowieso angewiesen, Gleichgesinnte mitzubringen.«

»Ich habe heute noch eine Nachtschicht, aber morgen habe ich frei.« Ein tapferes Lächeln erschien auf ihren Lippen. »Und wie geht's dir?«

Ich verzog das Gesicht. »Kann mich kaum beschweren.«

»Also alles wie immer.«

Wir mussten beide lachen. Im nächsten Moment flitzte Alessa ins Wohnzimmer. Ihre langen weißblonden Haare waren zu einer komplizierten Flechtfrisur auf ihrem Kopf verschlungen. Ein unbekümmertes Lächeln lag auf ihren Lippen.

»Hi, Alessa.«

Sie zog ihren Bruder hinter sich her und ließ seine Hand erst los, sobald ihr Blick auf mich traf.

»Kia!«

Daria trat beiseite. Wills Schwester stürzte auf mich zu und schlang ihre Arme ohne Scheu um meine Taille.

Etwas verdattert strich ich ihr über den Kopf. Wir hatten uns nur ein einziges Mal mitten in der Nacht gesehen, als Will mich ihr und seiner Mutter als seine Kollegin vorgestellt hatte.

»Wer hat dir denn diese coole Frisur verpasst?«, fragte ich. Ich hatte vergessen, wie wunderschön ihre Augen waren. Die Ähnlichkeit zu Will war unverkennbar.

Sie zeigte stolz auf Daria, woraufhin diese einen kleinen Knicks machte. »Stets zu Diensten, Ma'am. Ich habe endlich eine lebendige Puppe gefunden, die still sitzen kann. An meinen eigenen Haaren kann ich mich ja schwer austoben.«

»Habt ihr Hunger?«

Wir schauten alle zu Will, der im Flur stehen geblieben war. Die Frage galt uns allen, doch seine Augen ruhten auf seiner Schwester. Da war so viel Liebe und Zärtlichkeit und unverfälschte Erleichterung, weil sie unversehrt vor ihm stand.

Sosehr ich mich freute, dass sie wieder vereint waren, heute waren viel zu viele irre Sachen passiert, um jetzt zur Ruhe kommen zu können und das bisschen Glück zu genießen.

Ich straffte die Schultern. »Wir müssen sofort los. Wir dürfen keine Zeit verlieren.«

Sofort blickte er wieder zu mir. »Warten wir bis morgen. Bitte! Wenn wir mitten in der Nacht aufbrechen, wird es zu viel Aufsehen erregen. Ich muss Lessa heute noch zu Daxton bringen und –«

»Und ich möchte mitkommen, wenn du das nächste Mal zu Phos gehst«, fiel Daria ihm leise ins Wort und sah mich flehend an. »Kia, ich *muss* sie sehen …«

Obwohl meine Nervosität immer noch allgegenwärtig war, gab ich mich geschlagen. »Okay. Morgen. So früh wie möglich.«

Daria nickte. »Versprochen.«

ACHT

Silber

Die schrille Türklingel erklang, und ich sprang sofort vom Sofa auf.

An Schlaf war nicht zu denken, obwohl es schon nach Mitternacht war. Ich hatte den Gesprächen von Will und Alessa nur mit halbem Ohr gelauscht, nachdem Daria zu ihrer Schicht aufgebrochen war. Sie schien ebenso unglücklich darüber wie ich, dass wir nicht sofort zu den Pnoe fahren konnten. Und auch Will nahm ich die entspannte Haltung nicht ab – er wollte nur vor seiner Schwester nicht in Panik verfallen, da war ich mir sicher.

Vor wenigen Minuten war er losgefahren, um sie bei Daxton abzuliefern, also würde er wohl nicht so schnell zurückkehren. Und vor allem würde er nicht klingeln …

Ich hastete zur Tür, während sich meine Gedanken überschlugen und mein Herz mir bis zum Hals klopfte.

Bitte niemand aus der Omilia.

Meine Bitte wurde nicht erhört. Auf der Veranda stand niemand Geringeres als Picabo Irving. Mit einem überdimensionalen Regenschirm, an dem der sintflutartige Regen abprallte, und finsterer Miene stand er in der Dunkelheit.

»Ich kann nicht«, entfuhr es mir, bevor er mich auch nur begrüßen konnte. Mein Mund war mal wieder schneller als mein Verstand. »Es tut mir leid, aber ich kriege das heute nicht hin.«

Seine Augen blitzten. »Guten Abend, Kiana. Geht es dir gut?«

»Ja. Nein. Bitte, sagen Sie Nero, ich brauche eine Pause. Ich schwöre, es ist keine Ausrede.«

Traurig lächelte er mich an. »Keine Sorge. Mitten in der Nacht würde dich niemand in die Omilia holen. Ich bin gekommen, um dir mitzuteilen, dass du morgen frei hast. Darf ich für einen Moment reinkommen?«

Die Anspannung fiel schlagartig von mir ab, während ich beiseitetrat.

»Klar. Wollen Sie was trinken?«

Wen interessierte es schon, dass er bei der Folter geholfen hatte? Er hatte mich gestern angefleht, die Stadt zu verlassen.

»Danke, ich brauche nichts. Bist du allein?«

»Ja.«

Ich zögerte. Picabo machte keine Anstalten, weiterzulaufen. Er hatte lediglich den Regenschirm zusammengeklappt, der jetzt den Flur volltropfte.

»Wollen wir uns nicht setzen?«

Kopfschüttelnd nahm er mich ins Visier. »Mir bleibt nicht

viel Zeit. Ich wollte dich nur fragen, was heute geschehen ist.«

Ich runzelte die Stirn. Dafür war er extra hergekommen?

»Wieso?«

»Weil sich Nero Lagarde, seit ich als Mentor im Zentrum der Elemente arbeite, noch keinen einzigen Tag freigenommen oder krankgemeldet hat. Bis heute.«

Meine Nackenhaare richteten sich bei der Erinnerung auf. Knapp erzählte ich vom Ausflug zum Vulkan und der Szene, die sich in der Lava widergespiegelt hatte.

»Es war irgendwas mit dieser Frau in meiner Vision. Ich vermute, ihr Anblick hat ihn in Panik versetzt. Vielleicht kannte er sie von irgendwoher?«

Picabo nickte langsam, sah aber nicht sonderlich überzeugt aus. »Er musste Beruhigungsmittel nehmen. Noch mehr als sonst.«

Wie bitte? Noch mehr als sonst?

Ich bekam keine Gelegenheit, nachzuhaken.

Die hellen Augen wanderten über meine zerzausten Haare und meinen verrutschten Pyjama. »Weshalb bist du noch immer hier?« Sein faltiges Gesicht wirkte so gar nicht mehr großväterlich und gutmütig. Sondern beinahe wütend. Als wäre es eine persönliche Beleidigung, dass ich seinen Ratschlag nicht direkt in die Tat umgesetzt hatte. »Wieso bist du nicht schon längst über alle Berge?«

Ich wollte lachen und ihn fragen, wo ich denn hingehen sollte, wenn die ganze Welt hier kopfstand. Stattdessen verschränkte ich die Arme vor der Brust und hielt seinem Blick stand. »Ich habe Sie schon einmal gefragt, als Sie mich auf diese Aussichtsplattform gebracht haben. Jetzt hört uns garantiert niemand zu. Also bitte, bitte, geben Sie mir ein Zeichen. Wem kann ich vertrauen? Sie sagten, Sie stehen auf meiner Seite.«

Er blinzelte nicht mal. »Du musst fliehen.«

Frustriert stöhnte ich auf. »Sie wiederholen sich! Was, wenn es eine andere Option gibt? Menschen, die mir helfen können? Wenn ich eine Alternative gefunden habe?«

»Die Migma ist keine Alternative, Kiana«, sagte er leise.

Ich erstarrte und merkte, wie meine Gesichtszüge entglitten. Woher zum Teufel …

»Hör mir zu«, fuhr er drängend fort. »Es gibt da jemanden, mit dem du reden könntest, jemanden, der dir mehr über den Ältesten der Pyro erzählen kann, wenn mein Wort dir nichts bedeutet. Du musst es schlau anstellen, niemand in der Omilia darf Verdacht schöpfen. Fahr dort hinaus, wenn sie abgelenkt sind, und nimm dir Verstärkung mit.«

Ich runzelte die Stirn. »Wovon sprechen Sie?«

»Sein Name ist Jonathan Slater. Er wohnt zurzeit am Rande der Stadt in einer verlassenen Hütte direkt an der Küste. Ist ein bisschen menschenscheu. Wechselt ständig seinen Standort.«

Sollte ich abstreiten, dass ich irgendetwas mit Phos zu tun hatte? Wenn Picabo es wusste, wusste Nero es somit auch?

»Ich kann Ihnen nicht folgen«, brachte ich hervor.

Er seufzte, doch sprach dann weiter, als hätte ich nichts

gesagt. »Er ist ein ehemaliges Mitglied der Asphalia. Eines der wenigen, das es schaffte, lebendig und ohne Freiheitsentzug aus der Sekte auszutreten. Weil sie ihn bisher noch nicht gefunden haben. Er befindet sich momentan am gegenüberliegenden Ufer von diesem Nachtclub bei den Pnoe. *Anema Inn.*«

Asphalia? Er wollte ernsthaft, dass ich jemanden aus der Sekte aufsuchte?

Und wieso kannte er sich bei den Pnoe aus?

Was zum Teufel ging hier vor sich?

»Was hat er mit dem Ältesten der Pyro zu tun?«, entfuhr es mir, bevor ich die Worte zurückhalten konnte.

»Alles«, flüsterte er. Ohne mich aus den Augen zu lassen, griff er nach der Türklinke hinter sich und drückte sie herunter. Kalte Luft strömte ins Haus. »Jonathan Slater«, wiederholte er mit eiserner Stimme und verschwand im Regen.

Ich stand noch immer unter Strom, als ich von zwei Paar Händen in die hinterste Ecke des Seilbahnwaggons und geradewegs in eine Gruppenumarmung gezogen wurde.

»Hey, ihr zwei«, raunte ich Casper und Daria zu, während wir uns in Bewegung setzten.

Picabos nächtlicher Besuch hatte nicht dazu beigetragen, dass ich gestern lange geschlafen hatte – er hatte die Nervosität in mir nur verdoppelt.

Der Ydor-Mentor und angebliche Freund meines verstorbenen Großvaters wusste offenbar mehr, als wir angenommen hatten. Was nach einer Krisensitzung verlangte.

»Ich bitte dich, wie könnte ich mir das jemals entgehen lassen?«, flüsterte Daria zurück, und Casper nickte.

»Dito.«

Er hatte eine Magen-Darm-Grippe vorgetäuscht, um seinen Schichten zu entkommen, Daria hatte heute sowieso frei. Das kam allen gelegen, weil Will so Zeit mit Alessa verbringen konnte, wie er mir per SMS mitgeteilt hatte. Wahrscheinlich würde es mir ganz gut tun, einen Tag lang nicht in seiner Nähe zu sein ...

Die Fahrt bis zum geheimen Stopp verging deutlich schneller als letztes Mal. Wir hingen alle unseren Gedanken nach und wagten es nicht, ein Gespräch zu beginnen. Der Waggon war nur halb so voll wie letztes Mal, aber das lag vermutlich am Wetter. Trotz frühlingshafter Temperaturen zog sich die Wolkenschicht bis in den Osten.

»Habt einen schönen Tag!«, rief uns Augustus Wellington hinterher, während Casper Daria und mir ins Freie half. Wir überquerten die Baustelle, kletterten den Baum nach oben und über die Seilbrücke.

Sobald wir ein paar Schritte auf das verglaste Gebäude zugelaufen und außer Hörweite waren, sprudelte alles aus mir hervor.

»Picabo weiß von Phos und der Migma?«, quietschte Daria.

Ich zuckte mit den Achseln. »Sieht ganz so aus. Warum hat er nie was gesagt? Und warum will er trotzdem, dass ich fliehe?«

»Weil er offensichtlich der Meinung ist, dass niemand in Tessarect so wirklich vertrauenswürdige Motive hat, wenn es um dich geht«, antwortete Casper.

Weder Daria noch Casper hatten je den Namen Jonathan Slater gehört, wie sich herausstellte.

»Ich bin wirklich gespannt, was ihr hierzu sagt«, sagte ich und deutete auf das Haus vor uns. »Eve scheint keine Zweifel zu haben.«

In der Aufregung hatte ich ganz vergessen, Phos anzurufen und ihm mitzuteilen, dass wir bei ihnen aufkreuzen würden.

Falls er überrascht war, zeigte er es nicht, als er auf uns zukam und sich bei Casper und Daria vorstellte. Er wirkte noch müder als vorgestern.

»Evelyn ist momentan beschäftigt«, gab er uns zur Antwort, als wir uns nach ihr erkundigten. Er winkte einen blassen Jungen heran.

»Ihr beide könnt euch mit dem Quartier vertraut machen, während Kiana mich auf den neuesten Stand bringt, in Ordnung?«

Daria und Casper waren zu verdattert, um zu widersprechen, und einen Augenblick später verschwanden sie schon mit dem Typen in Richtung Aussichtsplattform, während Phos und ich das Haus betraten.

»Werden wir Eve heute noch sehen können?«, beharrte ich. So einfach würde er meiner Frage nicht ausweichen können. »Womit ist sie denn beschäftigt?«

»Sie trägt momentan Informationen über ihren Onkel zusammen. Jedes Detail wird wichtig sein, wenn wir es gegen ihn aufnehmen wollen.«

»Kennen Sie Nero nicht besser?«

»Niemand kennt ihn besser als seine eigene Familie.«

Wir setzten uns an den großen Tisch, der heute menschenleer war. Wo waren nur all die Leute geblieben?

»Was genau ist gestern bei den Pyro geschehen, Kiana?«, fragte Phos mich dann und nahm mir so die Gelegenheit, weiter nachzubohren.

»Woher …« Ich verstummte und fuhr mir mit dem Handballen über die Stirn. Stechende Kopfschmerzen. Ich erzählte ihm von der Vision, und weil es nicht schaden konnte, dass Nero daraufhin nahezu ausgeflippt war.

Phos seufzte leise. »Seine Fassade bekommt Risse. Es ist kein Geheimnis, dass er viel zu viele Medikamente nimmt, um die Kontrolle zu wahren, anstatt das Problem zu bekämpfen.«

Picabo hatte etwas Ähnliches gesagt. Es passte. Was, wenn er einfach nur Hilfe benötigte?

Ich schüttelte den Kopf über mich selbst. Wieso verschwendete ich auch nur einen Gedanken an ihn? Meine Narben waren das jüngste Beispiel für seine Grausamkeit.

»Wann genau hat er überreagiert?«, riss mich Phos'

Stimme aus meinen Gedanken. »Nachdem er diese Frau in der Spiegelung deiner Vision gesehen hat?«

»Sie hat etwas gesagt. Irgendetwas in die Richtung, dass man springen soll, bevor man bereit ist.« Ihre Worte waren für immer in mein Gedächtnis gebrannt. Kein Grund, ihm das auf die Nase zu binden.

»Vielen Dank für deine Hilfe. Es freut mich, dass ihr uns heute einen Besuch abgestattet habt. Ihr dürft jederzeit herkommen, nur bitte kündigt euch das nächste Mal an. Und sprich mit mir, bevor du andere in das Geheimnis einweihst, ja? Es ist nicht böse gemeint, ich vertraue dir voll und ganz, aber wir können nicht riskieren, dass die Informationen in falsche Hände geraten.«

Das klang vernünftig. »Sorry, ich ...«

Er machte eine wegwerfende Geste. »Du bist immer noch neu in Tessarect. Ich kann mir vorstellen, wie verwirrend alles ist, und du hast das Richtige getan. In den nächsten Tagen werden wir sehr viel zu tun haben. Bisher haben wir immer aus dem Verborgenen operiert, doch es ist an der Zeit, dass wir auf uns aufmerksam machen. Der nächste große Schritt ist die Befreiung deiner Eltern, Kiana. Damit werden wir aus unserer Deckung kommen und uns Gehör verschaffen. Gemeinsam mit dir sind Kai und Agnia der lebende Beweis, dass in der Omilia etwas gehörig schiefläuft. Dafür ist es allerdings sehr wichtig, dass du dich vor Nero weiterhin kooperativ zeigst. Glaub mir, ich würde dich liebend gern hierbehalten, um dich vor ihm zu beschützen, doch Nero und Aria würden jeden Stein umdrehen, um dich zu finden, und damit all unsere Pläne gefährden.«

Mein Herz raste bei der Erwähnung meiner Eltern. Ich nickte. Eigentlich hatte ich überlegt, den Besuch von Picabo Irving anzusprechen, doch das erschien mir jetzt mehr als lächerlich.

Phos wollte meine Eltern befreien. War das nicht Beweis genug, dass er auf meiner Seite stand?

Mit einem Lächeln erhob er sich. »Lass dich noch von Niyol in die Pläne der Nacht einweihen. Ein paar unserer Freunde haben eine besondere Veranstaltung vorbereitet. Ich bin gleich zurück, ich sage nur oben Bescheid, dass wir uns zu einer kurzen Lagebesprechung versammeln sollten, wenn du schon da bist.«

Konnte mich nicht jemand anderes einweihen?

Mir blieb keine Gelegenheit, die Frage laut auszusprechen. Er war sowieso schon dabei, um den Tisch herumzulaufen und die Treppe nach oben zu nehmen.

»Träumst du?«

Ich blickte zur Seite und geradewegs in schwarz glänzende Augen.

Niyol lächelte mich an und streckte eine Hand nach mir aus. Eine unschuldige Geste. An diesem Kerl war nichts unschuldig.

»Gehen wir raus? Da ist die Luft besser.«

Ich stand auf, ignorierte jedoch seine Hand. Sein heutiges Outfit bestand aus einem hellen Jeanshemd, das an den Schultern spannte, schwarzer Stoffhose und schwarzen Dr. Martens. Die dunklen Haare waren zu einem Haarknoten auf seinem Hinterkopf zusammengebunden.

»Weißt du, wo Eve ist?«, fragte ich anstelle einer Begrüßung.

Seine Augen blitzten. »Oben, soweit ich weiß. Sie brainstormen, um Neros Schwachpunkt zu finden. Ich hatte auch schon die Ehre, als es um Aria ging. Nicht, dass ich etwas Hilfreiches dazu beigetragen hätte …«

Wir traten auf den Steg, und ich streckte mein Gesicht in den frischen Wind. Daria und Casper waren nicht zu sehen. Vielleicht wurden sie auch zu den Baumhäusern geführt, die waren hier eindeutig am beeindruckendsten.

Dafür saßen mehrere Grüppchen auf der Wiese und unterhielten sich angeregt. Zusammen mit dem leuchtenden Grün und der Stadt im Hintergrund wirkte alles wie eine perfekte Parallelwelt. Ein Ort inmitten der Berge, an dem Frieden herrschte.

Zu perfekt, um wahr zu sein?

»Wie löst ihr eigentlich euer Talent aus?«, wollte ich wissen, als wir unter der Vier-Elemente-Flagge angekommen waren und uns ans Geländer lehnten. Es war eine simple Frage, deren Antwort ich bereits irgendwann gehört hatte, aber obwohl ich mich jetzt schon mehrere Wochen in Tessarect befand, gab es immer noch so viele Unklarheiten. Wie sollte ich mehr über mein eigenes Talent herausfinden, wenn ich die bereits bestehenden nicht einmal verstand?

Eine kleine Falte erschien zwischen Niyols dunklen Augenbrauen, und er betrachtete mich nachdenklich. »Wir können die Zeit anhalten, wenn wir uns bei Sonnenuntergang im freien Fall befinden. Dabei spielt es keine Rolle, ob wir es mit Bungeejumping oder mit einem ungesicherten Sprung in ein Wasserbecken auslösen. Nur wenn wir zu zweit springen allerdings, was es deutlich weniger cool macht.«

»Also friert alles ein?« So war es immerhin in meiner Vision gewesen, als ich sie ein zweites Mal besucht hatte.

Niyol nickte. »Es bringt nicht wirklich was bei den dämlichen Übungsstunden in der Omilia. Viel lieber würde ich es im Alltag verwenden. Wenn ich mal wieder Mist gebaut habe und Zeit brauche, um zu überlegen, wie ich es wiedergutmachen kann. Dir ging's bestimmt auch schon oft so, oder? Dass du einfach auf die Pause-Taste drücken wolltest? Manchmal sogar nur, um der Realität für ein paar Minuten zu entfliehen …«

»Was hat es mit dieser Veranstaltung auf sich?«, fragte ich weiter, ohne auf seine Frage einzugehen. Auf ein tiefgründiges Gespräch mit meiner Ex-Affäre hatte ich definitiv keine Lust.

»Die zweite Rebellionsparty. Die erste war ein voller Erfolg, ich bin zufällig auch dabei gewesen, damals noch als Außenstehender natürlich, und bisher wurde wohl noch niemand verhaftet. Sie infiltrieren die vier Bezirke, verteilen Flyer, halten Reden, streuen Zweifel. Eine Art Demonstration, ins Nachtleben integriert. Und wenn es eng wird, hauen sie über die Tunnel ab. Phos meinte, sie haben so schon tatsächlich neue Mitglieder gewonnen. Und auf alle Fälle die Leute zum Nachdenken gebracht.«

»Wie kann das funktionieren? Wird die Untergrundstadt nicht auch überwacht?«

Ich dachte daran, wie Eve und Daria Casper und Nate kennengelernt hatten.

»Klar wird die überwacht, aber es gibt unzählige Eingänge in jedem Bezirk. Eingänge, von denen nicht einmal die Omilia etwas weiß. Nero und Aria kennen sich hauptsächlich bei den Ydor und den Pnoe aus. Außerdem haben sie die Locations in der ganzen Stadt schon Wochen im Voraus gebucht. Als unschuldige Party getarnt.«

»Und was machen wir, wenn wir erwischt werden?«

Niyol beugte sich vor, stützte sich mit den Ellenbogen auf dem Geländer ab und grinste zu mir hoch. »Du meinst, wenn wir dabei erwischt werden, wie wir tanzen und Spaß haben und aus Versehen einen Flyer der bösen Organisation in der Hand haben? Dann spielen wir natürlich die Ahnungslosen.«

Ich nickte und richtete meinen Blick in den Himmel, um seinen nicht erwidern zu müssen.

Er kam näher. Ich konnte ihn riechen. »Phos wird unsere Rettung sein«, flüsterte er mir zu, und sein Atem kitzelte mein Gesicht. »Bald geht es so richtig los, und das Versteckspiel hat ein Ende. Bald wird jeder Einzelne in Tessarect die Wahrheit erfahren, und diese Monster werden ihre Strafe erhalten.«

Der frühlingshafte Duft nach frisch gemähtem Gras und Blumen, der hier überall herrschte, wurde von Zimt ersetzt. Würzig. Dunkel.

Ich trat einen Schritt beiseite und warf ihm nun doch einen Blick zu. Pure Entschlossenheit zierte sein Gesicht. »Wo ist Gaia eigentlich?«

Er zuckte die Schultern. »Ich habe sie hier noch nicht gesehen. Ich vermute, sie ist mit einer wichtigen Mission beschäftigt.«

»Das klingt ziemlich schwammig«, murmelte ich und runzelte die Stirn.

Niyol bekam keine Gelegenheit, mir darauf zu antworten, denn in diesem Moment kam Phos mit ein paar Leuten aus dem Haus gelaufen, geradewegs auf uns zu.

»Liebe Freunde!«, rief der Älteste der Pyro und trat auf die Plattform, sodass alle Versammelten ihn sehen konnten. »Vielen Dank, dass ihr gekommen seid. Bevor wir mit unseren Pflichten fortfahren, wollte ich noch kurz ein paar Worte über unsere aktuelle Lage verlieren. Ich bin dankbar für jeden Einzelnen von euch, der heute Nacht Teil der Rebellionsfeier sein wird. Das Opfer, das ihr für unsere Gemeinschaft bringt, ist keinesfalls selbstverständlich für mich, und ich werde alles dafür tun, um es euch in naher Zukunft zu vergelten. Gemeinsam werden wir Zweifel schüren und uns in den Köpfen der Bewohner Tessarects einnisten.«

Ein Raunen ging durch die Menschenmenge. Phos'

Stimme war nicht besonders kraftvoll, und auch seine Gestalt war nicht gerade Respekt einflößend, nicht wie bei Nero zum Beispiel, doch jedes Wort schien die Stimmung zu verändern. Der Tatendrang, der in der Luft lag, die Motivation der Leute wirkten zum Greifen nahe.

»Wir sind nicht viele, aber das müssen wir nicht sein. Es braucht nur 3,5 Prozent einer Bevölkerung, um ein ganzes Land lahmzulegen, liebe Freunde. Wir haben das Herz am rechten Fleck. Wir werden überzeugend sein, dürfen aber nicht riskieren, dass jemand dabei verletzt wird. Denkt daran: Der Zweck heiligt nicht alle Mittel. Menschenleben sind unantastbar. Wir sind eine friedvolle Verbindung, und wir wollen unseren Mitbürgern beweisen, dass es nicht gefährlich ist, sich uns anzuschließen.«

Ich stellte mich auf die Zehenspitzen, um sein Gesicht besser betrachten zu können. Er schien diese kleine Rede nicht einstudiert zu haben – sie schien geradewegs aus seinem Inneren zu kommen. Niemand gab auch nur einen Mucks von sich, gebannt lauschten sie jedem seiner Worte.

»Nichtsdestotrotz ist es nun an der Zeit, härtere Geschütze aufzufahren«, fuhr Phos fort. »Wir werden die Omilia genau dort schwächen, wo es ihr am meisten wehtut. Wir müssen ein gewisses Gefühl von Bedrohung auslösen, damit die Touristen abreisen und die perfekte Idylle in sich zusammenbricht. Außerdem werden alle Talentierten die nächsten Tage darauf verzichten, ihre Talente auszulösen, um ein Unwetter hervorzurufen und Tessarect ins Chaos zu stürzen. Mir ist bewusst, dass dies eine sehr radikale Maßnahme ist, aber ich verspreche euch, bald wird so etwas nicht mehr nötig sein.« Er machte eine kurze Pause, um die Worte auf uns wirken zu lassen. »Zusätzlich werden wir am helllichten Tag demonstrieren, werden Plakate aufhängen und die Wahrheit verkünden. Und wenn Nero und Aria vollkommen damit beschäftigt sind, die Wogen zu glätten, dann werden wir zum zweiten Schritt unseres Planes übergehen und unsere Verbündeten aus dem Desmot befreien.«

Tosender Applaus und Jubelrufe. Euphorie und Kampflust.

Ich drehte mich zu Niyol. Auch er klatschte, doch von Begeisterung war nichts in seiner Miene zu sehen. Sein Kiefer war angespannt, sein Blick stur nach vorn gerichtet. Ob er an seine Mutter dachte, die mit ihrem Leben bezahlt hatte, weil sie sich gegen die Omilia gestellt hatte?

Phos gab den Versammelten ein Zeichen, und nachdem mir ein paar von ihnen zugelächelt hatten, verschwanden sie wieder in Richtung des Hauses.

»Ich geh dann mal nach meinen Freunden schauen«, sagte ich an Niyol gewandt.

»Alles klar.« Er klang doch tatsächlich wehmütig. »Ich schick dir die Details wegen heute Nacht zu.«

Ich begann schon zu laufen. *Nicht umdrehen.* Irgendwie konnte ich noch weniger mit ihm umgehen, wenn er freundlich zu mir war.

»Und, Kia?«

Es kostete mich einiges an Willenskraft, meine Schritte nicht zu verlangsamen.

»Es war schön, dich zu sehen.«

Kann nicht dasselbe behaupten.

Daria und Casper waren wie vom Erdboden verschluckt. Mein Handy hatte hier oben keinen Empfang, sodass ich sie nicht einmal telefonisch erreichen konnte.

Ich lief bis zum Waldstück, kehrte aber um, als der Wind immer heftiger wurde und der Himmel sich verdunkelte. Tatsächlich kamen auch ein paar Regentropfen herunter. Sah ganz so aus, als würden die unterschiedlichen Talentierten hier den Wetterhokuspokus tatsächlich aufheben.

Zurück beim Haus, fragte ich herum, ob jemand die beiden gesehen hatte, doch nach einigen gescheiterten Versuchen gab ich auf. Allgemein war hier viel weniger los als noch vor ein paar Minuten. Wo waren all die Menschen von draußen hin? Der Eingang zu den oberen Geschossen war mit mehreren silberfarbenen Absperrbändern blockiert, und selbst Niyol und Phos waren verschwunden. Wirklich seltsam …

Weil mir nichts anderes übrig blieb, verließ ich das Quartier, legte den Weg über die Hängebrücke und durch den Baumstamm zurück und nahm die nächste Seilbahn zurück in die Stadt, wo mich eine nur spärlich gefüllte Gondel zur nächsten Untergrundstadt-Station brachte. Je weiter ich mich vom Versteck der Migma entfernte, desto mehr klarte der Himmel auf. Es war wirklich verrückt. Und gruselig.

Sobald die Wolkenkratzer und schicken Neubauten in Sicht kamen, begann mein Handy, pausenlos zu vibrieren.

Drei Textnachrichten von Daria, zwei verpasste Anrufe von Casper, eine Nachricht von Will und eine von Niyol.

Ich öffnete sie der Reihe nach.

Wo bist du?

Ist das sein Ernst, dass er uns nicht zu Eve lassen wollte?
Ist sie überhaupt hier?

Okay, wir haben es geschafft. Keine Ahnung, wo du steckst,
aber wir reden später!

Wills Nachricht bestand aus einem Bild. Die Hälfte davon nahm Alessas lachendes Gesicht ein, die andere zeigte ihn, wie er offenbar versuchte, ihr sein Handy aus der Hand zu nehmen und dabei eine ernste Miene zu bewahren. Pulsierende Wärme erfüllte meinen Bauch und verteilte sich bis in meine Fingerspitzen. Wie ungewohnt es war, ihn unbeschwert zu sehen … in einer Alltagssituation. Es war so schön, dass seine Schwester diese Seite in ihm weckte.

Ein Blick auf die Uhrzeit verriet mir, dass das Bild eben erst verschickt worden war. Und schon erschien eine kleine Sprechblase in seinem Chatfenster.

Sorry, ich konnte sie nicht davon abhalten. Sie ist mindestens genauso stur wie du, wenn sie sich mal was in den Kopf gesetzt hat.

Ich konnte nicht anders. Wie eine Irre stand ich im geschäftigen Treiben der Leute, die an mir vorbei zum Gleis strömten, und grinste mein Handydisplay an. Es war mir sogar egal, dass ich angerempelt wurde.

Wie läuft dein Tag?

Das war alles? Kein Stress, weil ich wieder ohne Ankündigung zu den Pnoe gefahren war?

Wie in Trance ließ ich mich in der Masse treiben und stieg weiße Marmorstufen nach oben.

Lessa hat einen guten Einfluss auf dich.

Ich sendete die Nachricht, bevor ich zu lange darüber nachdenken konnte, und tippte direkt weiter:

Habe viel zu berichten, aber immerhin keine körperlichen Schäden heute. Und bei euch?

Während ich auf seine Antwort wartete, versuchte ich, Casper zurückzurufen. Es klingelte zwei Mal, dann drückte er mich weg.

Sind bei Eve. Heute Abend Treffen in der Untergrundstadt?

Ich schickte ihm eine schnelle Antwort und nahm die nächste blau-grau gemusterte Bahn Richtung Westen. Von Will kam nichts mehr. Es würde schon okay sein. Solange er mir Selfies schickte, war die Welt irgendwie in Ordnung.

Mal sehen, was er zur Migma-Party heute sagen würde. Womöglich waren ein paar Stunden Ablenkung genau das, was ich gerade brauchte, wenn ich schon nicht direkt zum Gefängnis unter dem Erdboden fahren und meine Eltern befreien konnte.

Ich öffnete Niyols Nachricht. Er hatte lediglich einen Standort geschickt, der sich mit einem Klick in Google Maps öffnete.

Thalassa Tavern.

»Nächster Halt: Nullpunkt«, ertönte die Computerstimme über uns. Wir waren an der Omilia angekommen.

Spontan sprang ich auf und betrat die überfüllte Plattform. Mit gesenktem Kopf lief ich los.

Ein Spaziergang nach Hause konnte nicht schaden, um meinen Kopf freizukriegen und die Ereignisse zu ordnen.

Das Kuppeldach und der See waren kaum aus meinem Blickfeld verschwunden, da lief ich geradewegs einem Geschichtenerzähler in die Arme.

Ich hatte bewusst einen Umweg gewählt, um den Touristen und bekannten Gesichtern zu entkommen, und lief eine enge Gasse zwischen dunkelgrauen Häusern entlang. Mein Blick war auf das Kopfsteinpflaster gerichtet, um nicht in eine der schlammigen Pfützen zu treten, und zusätzlich hatte ich meine Strickmütze tief ins Gesicht gezogen.

Die Straße mündete unerwartet in einen kleinen Platz, auf dem eine viktorianische Kirche thronte. Als ich den Kopf hob, brach der Himmel auf, und Platzregen stürzte auf mich nieder.

»Sehr schön, ich habe eine Zuhörerin!«, tönte die kratzige Stimme der Kapuzengestalt in Blau zu mir herüber, die sich nicht am Wetter zu stören schien. Mitten im Regen saß er oder sie – ich war mir nicht ganz sicher, die Kapuze verdeckte das Gesicht – im Schneidersitz auf dem nassen Treppenvorsprung.

»Ich bin keine Touristin!«, rief ich zurück und wollte mich schon umdrehen, um die Gasse zurückzulaufen und mich vielleicht doch auf die Hauptstraße zu konzentrieren. Ja, ich liebte die mystischen Geschichten, aber mein Gehirn konnte heute keine weitere kryptische Information verarbeiten. Irgendwann würde es platzen.

»Ich weiß«, kam sogleich die Antwort. Okay, definitiv männlich. »Diese Geschichte wird dich trotzdem interessieren.«

Toll. Wurde ich von Neros Gefolge gestalkt, obwohl er heute außer Gefecht gesetzt war?

»Du hast doch bestimmt eine romantische Ader, nicht wahr?«

Ich rollte mit den Augen, blieb allerdings stehen. Das wiederum klang wie das übliche Gerede, um die Aufmerksamkeit Fremder zu gewinnen. Wahrscheinlich war ihm einfach nur langweilig, weil sich kaum jemand hierherverirrte.

»Na gut, kurz habe ich Zeit«, gab ich nach und machte ein paar Schritte auf ihn zu. Wie immer siegte die Neugierde.

Als er begann, wurde seine Stimme noch kratziger, und ich konnte das Lächeln heraushören.

»Es waren einmal zwei junge Liebende, die durch die Meerenge des Hellesponts getrennt waren. Ihre Liebschaft war verboten, da der schöne Jüngling zu einer Adelsfamilie gehörte, die der Legende zufolge Nachfahren von Poseidon, dem Herrscher der Meere, waren. Die reizende Jungfrau am anderen Ufer stammte von Zeus höchstpersönlich ab, dem das Feuer, das angeblich mächtigste der vier Elemente, zugeteilt wurde. Feuer und Wasser harmonierten überhaupt nicht, das wusste jedes Kind, doch es hielt die beiden nicht davon ab, sich leidenschaftliche Briefe zu schreiben, die ein Fischer ihnen heimlich überbrachte. Nach monatelangem Liebesrausch und sehnsüchtigen Blicken aus ihren Turmfenstern stand ihr Entschluss fest: Sie mussten sich entgegen aller Vernunft treffen. So sprang der Jüngling eines Nachts von seinem Zimmer in die Fluten und schwamm, geleitet von der Flamme, die seine Liebste über die Zinne hinausstreckte, ans andere Ufer, wo sie freudig auf ihn wartete. Ihr erstes

Zusammentreffen war magisch – es übertraf all ihre Erwartungen und zerstreute die wenigen Zweifel, die ihre Familien in ihnen gesät hatten. Wen kümmerte es schon, dass sie den Regeln zufolge nicht zueinander passten? Wenn sie sich berührten, stand die Welt still. Das Meer kam zur Ruhe, jedes Feuer im Raum erlosch. Und beide fühlten sich mächtiger als je zuvor. Sie schworen, niemandem außer dem Fischer ihr Geheimnis anzuvertrauen, und der Jüngling begann, jede Nacht zu ihr herüberzuschwimmen, stets geleitet von der flackernden Flamme am Horizont. Es war kein hoher Preis, den er zahlen musste, um ihr nahe zu sein. Das Wasser schien ihm ohnehin zu gehorchen.

Eine Weile ging es gut. Die Liebenden waren glücklich. Mehr noch, sie waren lebendiger als je zuvor. Bis zu dem Moment, als die Schwester der Jungfrau hinter ihr Geheimnis kam und sie an ihre Familie verriet. Der Jüngling war außer sich – er fürchtete, sie würden die Insel verlassen, seine Angebetete in ein fernes Land senden, um sie von ihm fernzuhalten. Also schwamm er auch in dieser Nacht hinaus, obwohl ein Sturm am Himmel tobte. Blitze zerrissen die Luft, und die Wellen türmten sich meterhoch auf. Es würde schon gut gehen, dachte er sich. Die Liebe trotzte schließlich allen Hindernissen. Doch dann blies der heftige Wind das Feuer im Turm seiner Liebsten aus, und er verlor die Orientierung. Von Wind und Wellen getrieben, ermüdeten seine Glieder schließlich, und er ergab sich. Als die Jungfrau am nächsten Morgen aus dem Fenster blickte, entdeckte sie den ans Ufer gespülten Leichnam ihres Geliebten. Rasend vor Schmerz und Zorn auf ihre Familie zündete sie ein Feuer, das den gesamten Turm niederbrannte, stürzte sich in die Fluten und vereinte sich im Tode mit ihm.«

NEUN

Brillant

Der Geschichtenerzähler verstummte und neigte den Kopf.

»Ernsthaft?«, entfuhr es mir. »Dafür hast du mich jetzt angehalten?«

Sein heiseres Lachen erklang. »Die Fortsetzung der Geschichte …« Er unterbrach sich selbst. »Ach, stimmt ja, du bist keine Touristin, da kann ich mir den Rest sparen. Ich wünsche einen angenehmen Tag, Kiana Lyberth.«

Wütend drehte ich mich um und machte, dass ich wegkam. Das konnte nicht wahr sein!

Hatte er die Geschichte extra für mich zum Besten gegeben? Wann hatte er mich überhaupt erkannt? Er hatte doch kaum richtig aufgeschaut. Und außerdem war die Moral ein bisschen sehr gewollt, oder?

Ich schauderte. Gegen meinen Willen war ich voll und ganz in die Erzählung eingetaucht. Ich hatte das rauschende Meer vor mir gesehen. Die Burgfenster. Und zu allem Übel die Gesichter meiner Eltern. Das hatte mir gerade noch gefehlt!

Andererseits … andererseits hatte Picabo Irving, der eindeutig zu den Guten gehörte, mich auch vor dem Rausch gewarnt. Er hatte ihn mit Drogen verglichen. Möglicherweise verfielen tatsächlich nur Talentierte unterschiedlicher Elemente, die sich ineinander verliebten, dem Rausch, und Freundschaften blieben davon verschont. Das würde auch die geistige Verfassung von Nero erklären …

Apropos Nero: Weshalb hatte meine Vision mit ihm begonnen und dann mit etwas ganz anderem geendet? Normalerweise war das, was ich zu Beginn, bei der Auswahl des richtigen Pfads hörte und sah, ausschlaggebend für den Rest. Das erste Mal hatte ich meine Augen – beziehungsweise Agnias Augen – gesehen und war in einer Vision gelandet, in der ich mich mit ihr unterhalten hatte. Anschließend war es zweimal hintereinander Niyols Tattoo gewesen, und die nächsten beiden Szenen in meinem Kopf hatten ebenfalls mit ihm zu tun gehabt.

Was hatte es mit der geheimnisvollen Frau und der Klippe auf sich?

Es führte wohl kein Weg daran vorbei – ich musste die Vision früher oder später noch einmal besuchen, um herauszufinden, ob anschließend auch Nero zu uns stieß. Hoffentlich konnte ich mir dann einen Reim darauf machen.

Meine Gedanken überschlugen sich, jede Theorie warf neue Fragen auf.

Vor mir kam unser Haus in Sicht. Der Efeu wuchs inzwischen so hoch, dass er sich um das schwarze Treppengeländer schlängelte. Wenn das so weiterging, würde es bei uns bald wie in Arielles Wintergarten aussehen.

Und schon wieder zuckte ein Lächeln über meine Lippen. Es kam einfach aus dem Nichts.

Ich würde meine Eltern befreien. Mich eines Tages richtig um sie kümmern. Und dann würde ich meine Adoptiveltern besuchen. Auch wenn ich ihnen nicht verzeihen konnte, dass sie mir all die Jahre nie die Wahrheit gesagt hatten.

Ich stieg die Treppe langsam hinauf. Ließ mir bei jeder laubbedeckten Stufe Zeit. Und meine Freunde. Eines Tages würde ich sie wiedersehen. Leo, Ellie, Sophia. Falls wir das hier überlebten, konnte mich niemand mehr davon abhalten, nach Leeds zu fahren.

Falls.

Ich drückte die Tür auf und trat ins Innere. Wie konnte es sein, dass das Haus nach Heimat roch? Wie konnte ich mich hier wohlfühlen, obwohl jeder Zentimeter mich an all die schrecklichen Dinge erinnern sollte, die mir hier widerfahren waren?

Stattdessen war das Knarzen des Holzbodens wie eine längst vergessene Melodie, die die glücklichen Zeiten auf einen Schlag zurückbrachte. Der Anblick der Schuhpaare im Flur war so vertraut. Sie lagen verstreut neben der Fußmatte, weil weder Will noch ich sonderlich ordentlich waren. Die Einrichtung, die mir beim ersten Mal so inszeniert vorgekommen war, strotzte nun nur so vor Leben. An jedem Möbelstück klebte eine Erinnerung. Der Fellteppich vor dem

Kamin, der zu Wills Schlafzimmer führte. Das Sofa, auf dem wir uns vor wenigen Wochen noch geküsst und dann meine Narbe entdeckt hatten. Die Bücher im Regal, die eigens auf meinen Lesegeschmack ausgerichtet waren und die ich in einem anderen Leben, in einer Parallelwelt, in der ich ein ganz gewöhnliches Mädchen mit gewöhnlichen Problemen war, sofort verschlungen hätte.

Ich machte mir einen Tee, checkte mein Handy nach neuen Nachrichten von Will – nichts, seine Schwester beanspruchte wohl seine ganze Aufmerksamkeit – und schnappte mir meine Tasse, um nach oben zu gehen.

Wie es aussah, hatte ich Zeit totzuschlagen, bis er zurückkam und wir über die Party heute Nacht reden konnten. Der Will vor ein paar Tagen hätte sofort seine Zweifel geäußert und versucht, mich am Gehen zu hindern. Bei der neuen, rachsüchtigen Version meines Inventi war ich mir da nicht so sicher.

Mit einer vorsichtigen Bewegung schob ich meinen Pullover nach oben, sodass die Narben freigelegt waren. Die roten Linien auf meiner hellen Haut erinnerten an ein groteskes 3-D-Tattoo. Sie wirkten nicht wie eine frische Wunde, sondern mehrere Tage alt. Aus Erfahrung wusste ich, dass sie schon bald verschwinden würden. Und mit ihnen die Gelegenheit, mehr über meine Zukunft herauszufinden.

Ich trat ins offene Geschoss und erstarrte mitten in der Bewegung. Der Tee schwappte über und tropfte auf einen dunkelroten Flechtteppich.

»Sag mal, wie lange brauchst du bitte für deinen Nachhauseweg?«

Da saß Niyol. Im Schneidersitz. Auf meinem ungemachten Bett.

»Sag mal, haben wir uns nicht vor einer Stunde verabschiedet?«

»Kann mich nicht daran erinnern, dass du dich verabschiedet hast. Du bist einfach abgehauen. Ziemlich unhöflich.«

»Sollte das kein eindeutiges Zeichen sein, dass ich meine Ruhe haben will?«

Ich lief zum Schreibtisch und stellte die dampfende Tasse ab, um irgendetwas zu tun zu haben und ihn nicht weiterhin ansehen zu müssen, wie er auf der Matratze saß, als sei es das Normalste auf der Welt.

»Wieso zur Hölle rufst du nicht einfach an, wenn was ist?«

»Die Tür stand offen, das habe ich als Einladung gesehen. Und ich wusste nicht, ob du heute Nacht kommst, weil du nicht auf meine Nachricht geantwortet hast.«

Ich wandte mich um und verdrehte die Augen. Setzte mich auf den Stuhl. Schön viel Abstand zwischen uns. »Das war wohl kaum eine Frage. Du hast mir einen Link geschickt.«

»Dein Aufpasser ist nicht mit dir nach Hause gekommen, oder?«, fragte Niyol, ohne darauf einzugehen. Seine Züge waren neutral, doch die Augen funkelten. Er amüsierte sich köstlich.

»Nein, ist er nicht. Was willst du?«

Er seufzte theatralisch und verschränkte die Arme hinterm Kopf, bevor er sich in die Kissen fallen ließ. Über seinem Hemd trug er jetzt einen weiten schwarzen Kapuzenpullover, der währenddessen hochrutschte, sodass ich seine weißen Boxershorts und die gebräunte Haut sehen konnte.

Glühender Hass kam in mir hoch. Erst richtete er sich gegen ihn, weil er hier war, und Sekunden später gegen mich selbst, weil ich immer noch so heftig darauf reagierte.

»Ich schätze, ich habe keine andere Behandlung verdient«, murmelte er. Als würde es auch ihm schwerfallen, mir in die Augen zu sehen, richtete er seinen Blick auf die Decke.

Ich wollte mir gar nicht vorstellen, dass ich heute Nacht in mein Bett fallen und ihn auf der Bettwäsche riechen würde. Ich wollte nichts mit ihm zu tun haben. Warum machte er es mir so verdammt schwer?

»Also, wie du dir vielleicht denken kannst, war es ein Vorwand, dass ich wegen der Party hergekommen bin. Ich wollte mich bei dir entschuldigen.«

Schwungvoll setzte er sich auf und fixierte mich mit seinem Blick. Noch immer war da ein Glitzern in seinen Augen, doch jetzt zeugte es nicht von Amüsement. Sein Adamsapfel hüpfte.

War das Angst?

»Ich hätte es schon viel früher tun sollen. Also – auch wenn es zu spät kommt und dir nichts bringt: Es tut mir leid, was in Leeds passiert ist. Was ich mit dir gemacht habe. Es tut mir leid, dass ich deine beste Freundin ausgenutzt habe.

Und dann dich. Obwohl du so gut zu mir warst. Es tut mir leid, dass du mir stundenlang nachts zugehört hast und ich dich kein einziges Mal gefragt habe, wie es dir geht. Und am meisten tut es mir leid, dass ich dich gegen Sophia ausgespielt, dich geküsst und mit dir geschlafen habe. Das war richtig beschissen.«

Der Hass verpuffte so schnell, wie er gekommen war. Verzweifelt klammerte ich mich an den letzten Rest des Gefühls. Wollte es wieder heraufbeschwören. Damit konnte ich besser umgehen. Ganz im Gegensatz zu dem Kloß in meinem Hals, der mir die Luft abschnürte und mir heiße Tränen in die Augen trieb.

Sekunden verstrichen. Das Prasseln des Regens auf dem Dach vermischte sich mit meinen abgehackten Atemzügen. Sein inzwischen hilfloser Blick ruhte auf mir.

»Wie kann ich helfen?«, schienen mich die schwarzen Augen zu fragen. »Sag mir, wie ich helfen kann.«

Der Mensch, der dich zerstört hat, kann nicht derjenige sein, der dich zusammenflickt.

Doch es fühlte sich nicht wie Zerstörung an, diese Worte aus seinem Mund zu hören.

»Darf ich … darf ich dich in den Arm nehmen?« Noch nie hatte ich diese Stimme so gehört. Traurig, ja, am Boden zerstört, verführerisch, ironisch. Nie unsicher.

Und trotzdem, oder vielleicht gerade deshalb, schüttelte ich den Kopf. »Bleib, wo du bist«, presste ich hervor.

»Okay. Okay, sorry.«

Gefühlte Ewigkeiten vergingen. Schwarzgraue Wolken zogen an den Fenstern vorbei, und die Nacht kroch hervor.

Wenn er seinen Stolz herunterschlucken und sich entschuldigen konnte, dann durfte er auch sehen, was es mit mir anrichtete.

»Alles klar.« Meine Stimme klang normal, und ich stieß erleichtert die Luft aus. »Es geht wieder. Also, wegen der Party werde ich erst mit Will reden müssen. War das alles, wofür du gekommen bist?«

Ich sah den Schmerz in seinen Augen. Ich hatte ihn oft genug in Wills gesehen, wenn er meine Gefühle wie ein Schwamm aufsaugte. Kaum zu fassen, Niyol schien doch tatsächlich zur Empathie fähig zu sein …

Glücklicherweise fing er sich schnell und setzte eine neutrale Miene auf. Schritte ertönten auf der Wendeltreppe.

»Kia?«, rief Will. »Bist du alleine?«

Er musste sich schon auf der Hälfte befinden. Das Gewitter war laut wie immer, doch die Tür unten überhörte ich so gut wie nie.

Du warst eben ziemlich vertieft …

Ich sprang vom Stuhl auf. Keine Ahnung, was ich vorhatte. Vielleicht Will den Weg abschneiden und ihn nach unten lotsen. Oder Niyol zwingen, sich unterm Bett zu verstecken. Lächerlich. Es wäre die perfekte Gelegenheit, um meinem Inventi eins reinzuwürgen. Trotzdem hatte ich einfach nur ein schlechtes Gewissen.

Wieso eigentlich, verdammt?

Niyols Gesichtsausdruck wandelte sich innerhalb von Sekunden. Breit grinsend beobachtete er, wie ich in Panik geriet, rutschte dann ein Stück weiter nach hinten, bis er gegen das Bettgestell stieß. Mit einer Hand löste er den Zopf, sodass seine Haare wild über seine Schultern fielen, mit der anderen zog er sich die Decke über die Beine. Es fehlte nur noch, dass er sich den Pullover und das Hemd über den Kopf zog.

Ich warf ihm einen mörderischen Blick zu und trat ans Geländer, wo schon Wills blonder Haarschopf erschien.

»Hi!«, rief ich, viel zu laut und aus unerklärlichem Grund außer Atem.

Unsere Blicke trafen aufeinander. Wills erster Reflex war es, mich anzustrahlen. Zunächst spiegelte sich Erleichterung in dem Lächeln. Hatte er sich also doch Sorgen um mich gemacht? Als Nächstes kam die Zufriedenheit. So sah er auch aus, wenn er seine Schwester betrachtete. Und dann war da noch etwas anderes. Etwas, das über die letzten Tage verschwunden war und jetzt schleichend zurückkehrte. Sehnsucht, mit einer Portion Unsicherheit.

Ein wild gewordener Schmetterlingsschwarm machte sich in meinem Bauch bemerkbar.

Eins-a-Timing, Kia.

»Hallo, William.«

Wills Augen wurden schmal, und er nahm die letzte Stufe, schaute an mir vorbei zum Bett und erstarrte.

»Er wollte gerade wieder gehen«, rutschte es mir heraus. Am liebsten hätte ich mich selbst geohrfeigt. War das nicht die exakte Wortwahl, die Will benutzt hatte, als Niyol an unserer Türschwelle erschienen war?

»Ach, ich weiß nicht, ich find's eigentlich ganz gemütlich hier …«

Ich wandte den Kopf und funkelte Niyol an. »Wir sind immer noch keine Freunde, nur weil du zum ersten Mal bewiesen hast, dass du einen Hauch von Anstand besitzt.«

War ja klar, dass er das Arschloch raushängen lassen musste, sobald Will in der Nähe war.

Er öffnete den Mund, sicherlich um etwas Dummes zu antworten, doch ich drehte mich wieder zu Will um. Egal, was er gerade empfand, er gab sich alle Mühe, es nicht zu zeigen.

»Ich bin unten, falls du mich brauchst«, sagte er mit reservierter Stimme, drehte sich auf dem Absatz um und verschwand.

Verdammt.

»Was ist das eigentlich zwischen euch?«, fuhr Niyol mit einem Kichern fort. Immerhin raschelte die Bettdecke, und im nächsten Moment erhob er sich. Er ahnte wohl, dass er den Bogen ziemlich überspannt hatte. »So richtig zusammen seid ihr nicht, oder? Sonst würde er ausrasten …«

Ich fuhr herum. »Hau bitte einfach ab! Und das nächste Mal, wenn du reden willst, ruf mich an, du Idiot.«

Kurz bildete ich mir ein, Enttäuschung in seinem Lächeln zu sehen, dann hob er die Schultern. »Schreib mir, wenn er dir später Ausgang gewährt, Baby.«

Mit diesen Worten drückte er sich an mir vorbei, streifte

meinen Arm dabei mit voller Absicht, und rutschte auf dem Treppengeländer nach unten.

Ich wartete, bis ich die Tür zufallen hörte, dann traute ich mich auch nach unten. Will stand in der Küche, hatte inzwischen seine Jacke abgelegt und war gerade dabei, sich ein Sandwich zu machen.

»Willst du auch eins?«, fragte er, ohne sich nach mir umzudrehen.

»Gerne«, sagte ich, obwohl ich nicht wirklich hungrig war.

»Ich wusste nicht, dass er hier ist. Er hat auf mich gewartet, als ich nach Hause gekommen bin.«

»Du musst dich nicht rechtfertigen.« Er klang freundlich und distanziert, doch ich traute seiner Stimme nicht, solange er sich nicht umdrehte und mich sein Gesicht sehen ließ. »Ich habe kein Recht darauf, eifersüchtig zu sein.«

»Es gibt sowieso keinen Grund dafür.«

Er hatte gerade zwei Toastscheiben aufeinandergetürmt, um sie in der Hälfte durchzuschneiden, und hielt inne. Legte das Messer beiseite. Seine Schultern entspannten sich und fielen nach unten. »Na schön, ich bin trotzdem eifersüchtig.«

Mein Herz hämmerte schmerzhaft gegen meinen Brustkorb.

»Und jetzt werde ich wahnsinnig, weil ich nicht weiß, wie ich das interpretieren soll.« Ganz langsam drehte er sich um. In seinem Blick lag Vorsicht.

»Wie du was interpretieren sollst?« Wieso, wieso, wieso flüsterte ich?

Ich wollte ihm erklären, weshalb Niyol hergekommen war. Das Missverständnis aus dem Weg räumen. Doch je länger wir uns ansahen, desto komplizierter wurde es, einen klaren Gedanken zu fassen.

»Deinen Herzschlag.«

Es war alles zu viel. Ich ertrug es nicht. Kopfschüttelnd unterbrach ich diesen viel zu intensiven Blickkontakt und lief ins Wohnzimmer. Sicherheitsabstand.

Oh Gott, was lief nur falsch bei mir?

»Sorry, ich wollte nicht …«, ruderte er sofort zurück.

»Hör auf, dich zu entschuldigen!« Stöhnend setzte ich mich auf den nächsten Sessel und vergrub mein Gesicht in meinen Händen. »Und hör auf, so zu tun, als wüsstest du nicht ganz genau, wieso ich so auf dich reagiere.«

Er kam um die Theke herumgelaufen, die Schritte waren nicht zu überhören. »Ich …«

»Nein«, fiel ich ihm ins Wort und schaute auf. »Wir reden jetzt über Phos. Und die Party heute Abend. Über Alessa und Picabo Irving. Nicht über unsere bescheuerten Gefühle, verstanden?«

Beim vorletzten Wort schwand seine Zurückhaltung. Darunter kam pure Glückseligkeit zum Vorschein.

»Hör auf, so zu grinsen!«

Jetzt lachte er, und auch ich musste mich sehr zurückhalten, um nicht mit einzustimmen. Stimmungsschwankungen vom Feinsten heute.

»Mach uns jetzt die Sandwiches, komm her und setz dich.

Auf den Sessel dahinten.« Ich deutete in die andere Ecke des Wohnzimmers.

»Dein Wunsch sei mir Befehl.«

Ein paar Minuten später saßen wir beide im Wohnzimmer und hatten fertig gegessen. Schweigend. Die Stille zwischen uns war zum Verrücktwerden. Obwohl wir uns wirklich über alles andere unterhalten sollten, konnte ich an nichts anderes als an *uns* denken.

»Du hast gesagt, du kannst dich nicht damit beschäftigen, aber wann dann, Kia?«, begann er leise. »Wann wird es einfacher? Das hier, das jetzt ist unser Leben, ob wir es wollen oder nicht. Wir können das nicht gemeinsam durchstehen, wenn wir nicht reden.«

Ich war nicht bereit für dieses Gespräch. Vielleicht würde ich nie bereit sein.

Das ist genau der Moment, in dem du springen musst …

Meiner Stimme vertraute ich nicht. Stumm nickte ich.

»Ich kannte ihn nicht. Niyol. Nicht persönlich. Nicht einmal seinen Namen wusste ich. Nero hat mir seine Nummer gegeben und mich angewiesen, ihm Informationen über dich zu schicken. Ich war vor ihm in Leeds, ich kannte dein Leben in- und auswendig. Also habe ich ihn mit allen möglichen Details versorgt. Dein Schichtplan in der Bar und der Galerie. Die Stammcafés deiner Freunde und dir. Deine

Lieblingsmusik. All diese beschissenen Dinge, die es einfacher machen würden, an dich ranzukommen. Es fühlte sich ekelhaft an, ich hatte keine Ahnung, zu welchem Zweck ich es tat, aber Nero drohte mir immer wieder damit, Alessa zur Inventi und meiner Familie das Leben zur Hölle zu machen, wenn ich zu viele Fragen stellte oder nicht gehorchte.« Sein bitteres Lachen erfüllte den Raum. »Ironisch, aus unserer jetzigen Perspektive. Jedenfalls tat ich, was er von mir verlangte, auch wenn es mir das Herz zerriss, dich ins Verderben laufen zu sehen. Immer wenn die Gewissensbisse zu groß wurden, erinnerte ich mich daran, dass du schuld warst, dass *du mein* Leben zerstört hattest, nicht andersherum. Dann lernte ich dich kennen. Dein wahres Ich, nicht die Dinge, die ich mir im Laufe der Monate beim Beobachten zusammengereimt hatte. Du weißt, was dann passiert ist. Nein, das stimmt nicht ganz. Du hast keine Ahnung davon, wie ich dich gesehen habe. Da war immer dieser Hass, weil ich mich nicht gegen die Verbindung zu dir wehren konnte. Darüber hinaus … darüber hinaus habe ich noch nie in meinem Leben einen Menschen getroffen, der so stark ist. Und sich nie unterkriegen lässt, egal, wie hart es wird, egal, wie sehr die Angst ihn zerfrisst. Du hast alles verloren, und du hast trotzdem nie aufgegeben, Kia. Diese Eigenschaft ist deine wahre Begabung. Vergiss die Visionen und die alternativen Realitäten.«

Er atmete zittrig ein und aus.

»Als du Niyol erwähnt hast, war ich ein Feigling. Du warst so am Ende wegen allem, was geschehen ist, aber das war nicht der einzige Grund, wieso ich nichts gesagt habe. Ich hatte Angst vor deiner Reaktion. Ich war selbstsüchtig und wollte das, was sich zwischen uns entwickelte, nicht gefährden. Es war wie eine Droge, in deiner Nähe zu sein. Ich wollte einfach nur, dass du mich für immer so ansiehst wie auf dem Westdach der Omilia, in der Nacht der Jubiläumsfeier. Wenn ich die Zeit zurückdrehen könnte, ich würde es tun. Dir von Anfang an alles erzählen.«

»Ich hätte dir wahrscheinlich verziehen«, sagte ich leise, als er nicht weitersprach.

Immer noch konnte ich ihm nicht in die Augen sehen, doch schweigen funktionierte ebenso wenig. »Eigentlich ist es logisch, dass du involviert warst, du hast mich ja seit Monaten verfolgt. Und du warst genauso sehr ein Opfer des Systems wie meine Eltern oder ich. Außerdem kanntest du mich nicht. Ich war irgendein dahergelaufenes Mädchen, das wegen ihrer bloßen Existenz deine Welt auf den Kopf gestellt hat. Du hattest keine Wahl. Das hast du immer wieder betont. Ich weiß nicht, wozu ich fähig wäre, würde Nero meine Familie oder meine Freunde bedrohen. Wahrscheinlich hätte ich es genau wie du gemacht. Darum geht es nicht, Will. Es geht darum, dass du jede Sekunde bei mir warst und zugelassen hast, dass ich … diese Gefühle bekomme. Du hast mich ins offene Messer laufen lassen. Ohne mir die Wahrheit zu sagen.«

»Schau mich an.«

Alles in mir zog sich zusammen, sobald unsere Blicke aufeinandertrafen.

»Verstehst du nicht?«, fuhr ich fort und konnte den wütenden Ton nicht aus meiner Stimme verbannen. »Ich habe dir vertraut. Es war verdammt schwer, dir zu vertrauen, und ich habe es trotzdem getan. Obwohl ich wusste, dass du mein Inventi bist und das alles verfälscht.«

»Es tut mir leid.« Will erhob sich vom Sessel und setzte sich neben mich aufs Sofa.

Ich schüttelte den Kopf. Bitte nicht. Bloß kein Körperkontakt.

»Hör zu, es tut mir leid, dass ich dein Vertrauen missbraucht habe, aber das hat nichts mit meinen Gefühlen für dich zu tun. Oder doch. Ich war selbstsüchtig, gerade *weil* ich Gefühle habe. Und … ich konnte dir nicht wehtun.«

»Weil du mein Inventi bist?«, höhnte ich.

»Ich habe versucht, es dir zu sagen. Mehrmals. Ich konnte die Worte nicht aussprechen.«

»*Das* ist deine Rechtfertigung? Dich hat irgendein übernatürlicher Zwang davon abgehalten?«

»Ich bin ein Feigling«, wiederholte er.

»Und ich bin einfach nur bescheuert.«

»Nein, bist du nicht. Es tut mir leid, dass ich dir die Wahrheit verschwiegen habe, weil ich deine Reaktion nicht ertragen konnte. Trotzdem habe ich alles andere ernst gemeint. Jedes einzelne Wort.«

»Ja.« Ich schnaubte. »Klar hast du das. Du bist auch mein …«

»Hör auf damit«, unterbrach er mich, griff nach meiner Hand und umschlang sie fest, bevor ich sie wegziehen konnte.

»Ich bin verliebt in dich. Ob du es willst oder nicht. Ich werde weiterhin in dich verliebt sein, auch wenn deine Gefühle weg sind. Du warst die letzten Tage wütend auf mich, nicht wahr? Du hast mich gehasst. Nichts davon hat sich in mir widergespiegelt. Ich habe es gespürt, und es hat nichts daran geändert, dass ich dich angesehen und Herzrasen bekommen habe. Am Anfang war ich mir selbst nicht sicher, okay? Ich wusste nicht, was das ist. Jetzt weiß ich es, Kia. Ich wünschte, ich könnte was dagegen unternehmen. Vielleicht wäre es dann nicht so schlimm, wenn du wieder einmal in Gefahr bist und ich dir nicht helfen kann. Ich habe einen Fehler gemacht. Es wird nicht noch einmal vorkommen. Wenn du mir nicht mehr zu nah kommen willst, werde ich es akzeptieren, auch wenn es mich umbringt, dass du jedes Mal vor meiner Berührung zurückzuckst. Wenn du nur Freundschaft willst …«

»Freundschaft?« Für einen Moment löste sich die Spannung zwischen uns, und ich musste lachen. »In welchem Universum siehst du uns beide denn als Freunde?«

Er lächelte mich schwach an. »Wir könnten eine neue Parallelwelt erfinden. Sag mir einfach, was du willst. Wir kriegen es hin.«

»Nein, Will.« Ich seufzte. »Sag mir, was *du* willst.«

Als hätte er nur darauf gewartet, hob er die Arme, richtete sich auf und nahm mein Gesicht zwischen die Hände. Er hielt Abstand, auch wenn sein Blick zu meinen Lippen zuckte.

Ach, Scheiße.

»Ich will alles«, sagte er heiser. »Aber vor allen Dingen will ich, dass du mir verzeihst und daran glaubst, dass das hier echt ist.«

»Wie soll ich das je wissen? Woher willst *du* das wissen? Wie können wir uns sicher sein?«

»Nichts im Leben ist sicher, Wundermädchen. Das solltest du am besten wissen. Es geht nur darum, wie man sich entscheidet.«

Mit diesen Worten gab er mich frei und wich zurück. »Und ich werde da sein, egal, wie deine Entscheidung ausfällt. Ich habe meine schon getroffen.«

Ich setzte den Kajalstift ab und betrachtete zufrieden mein Werk. Es war Monate her, dass ich Make-up aufgetragen hatte. Meine hellbraunen Augen sahen nicht mehr ganz so müde aus.

Tatsächlich hatte ich im Badezimmerschrank Schminke gefunden und Will erst mal damit aufgezogen.

Ich trat einen Schritt vom Ganzkörperspiegel zurück und zupfte meinen schwarzen Lederrock zurecht. Hineingesteckt hatte ich einen smaragdgrünen Rollkragenpullover aus Samt. Meine Haare waren zur Abwechslung glatt geföhnt. Sah wirklich nicht übel aus. Mit ein wenig Fantasie konnte man sich fast vorstellen, dass ich auf dem Weg zu einer normalen Party mit meinen Freunden war.

Seltsamerweise war es nicht schwer gewesen, Will von der Party zu überzeugen. Ich hatte einfach erzählt, dass Phos sie organisierte und es nicht schaden könnte, um uns einen Überblick zu verschaffen.

»Na schön, wir gehen hin, aber sollten wir auch nur den kleinsten Verdacht haben, dass irgendwas faul ist, hauen wir ab. Keine Widerrede.« Er versuchte, streng zu klingen, was ihm nicht richtig gelang.

Natürlich stimmte ich zu. Von Picabos Vorschlag erzählte ich vorerst nichts. Dafür wäre auch morgen noch Zeit. Ich war mir sowieso nicht sicher, ob es Sinn machte, freiwillig den Kontakt zu einem Mitglied der Sekte, die mich umbringen wollte, zu suchen. Auch wenn der Kerl Niyol zufolge ausgestiegen war. Allerdings war ich mir ziemlich sicher, was Will von der Idee halten würde. Kein Grund, seine gute Laune heute zu gefährden.

Ich schnappte mir meinen Mantel, steckte mein Handy in die Tasche und lief nach unten.

Die Bar befand sich eine halbe Stunde von uns entfernt und war wohl am schnellsten mit einer kurzen Gondelfahrt und einem anschließenden zehnminütigen Fußweg durch den Untergrundtunnel zu erreichen.

Wir verließen die Wohnung, liefen den Berg zwischen den viktorianischen Reihenhäusern und den Trauerweiden hoch und bogen irgendwann links in eine unscheinbare Seitengasse ab. Das sanfte Plätschern des Flusses war bereits zu vernehmen. Hier hatte mich Picabo Irving an meinem zweiten

Morgen in Tessarect abgefangen, als ich gerade auf der Flucht gewesen war, und mich auf meine erste Gondelfahrt geschickt.

Damals war es früh am Morgen gewesen, jetzt tauchte die Nacht alles in Dunkelblau, und nur wenige Fenster waren erleuchtet. Nebelschwaden hingen in der Luft und vermischten sich mit unserem weißen Atem.

Will war vorgelaufen und wirkte nicht so, als hätte er den Fluss im Blick, also griff ich nach seinem Arm. Ich erinnerte mich sehr genau daran, wie abrupt die Gasse hier endete.

»Was …« Er verstummte und ließ sich bereitwillig zurückziehen. Plötzlich befand sich sein Gesicht direkt vor meinem. Ich konnte es im Dunkeln nur schemenhaft erkennen, was definitiv besser für meine Fassung war. Leider traf mich sein Geruch noch konzentrierter. Leicht süßlich, mit einer unbekannten würzigen Note. Hatte er Parfüm aufgetragen? Das eng anliegende schwarze Hemd, das unter seiner offenen Lederjacke zu sehen war, trug auch nicht wirklich zu meiner Selbstbeherrschung bei …

»Der Fluss beginnt gleich hier«, sagte ich, sobald ich meine Stimme wiedergefunden hatte. Er kam immer näher. Wenn er so weitermachte, würden sich unsere Nasenspitzen jeden Augenblick berühren.

»Oh.«

Was hatte er erwartet? Dass ich ihn aus einer Laune heraus an mich zog?

Hitze stieg mir ins Gesicht.

»Hast du mich schon wieder gerettet, Wundermädchen?«

»Nur aus Reflex. Brauchst dir nichts drauf einzubilden.«

»Schade. Ich habe mir schon Hoffnungen gemacht.«

Seit wann flirteten wir eigentlich wieder?

Er suchte nach meiner Hand und verschränkte unsere Finger miteinander, ohne sich von der Stelle zu bewegen.

»Sicher ist sicher.«

Ich sollte protestieren. Meine Hand wegziehen. Ihn zurechtweisen. Stattdessen drückte ich das Gesicht in meinen Schal, um mein Grinsen zu verbergen.

Und war fast enttäuscht, als das Klingeln einen Moment später die nächste Gondel ankündigte. Wir tasteten uns rechts und links an der Mauer entlang und traten ans Ufer.

Ein kleines Licht am vorderen Bootsrumpf war das Einzige, was wir sehen konnten, bis die Gondel direkt vor uns hielt. Der Rest wurde von Finsternis verschluckt.

»Schönen guten Abend«, hauchte der Gondoliere uns entgegen, während er ein Seil um einen Mast am Uferrand wickelte. Keine Ahnung, wie er unsere Gestalten überhaupt hatte ausmachen können. An seiner Stelle wäre ich wahrscheinlich weitergefahren. »Wohin des Weges?«

Bis auf einen leise winselnden Hund, der sich unter der hintersten Bank zusammengerollt hatte, waren wir die einzigen Passagiere. Der Gondoliere reichte Will eine Hand und zog ihn aufs Boot, anschließend half Will mir hinein. »Wir wollen zum Hafen.«

Er ließ meine Hand los, sobald wir saßen. Statt Erleichterung durchfuhr mich Wehmut.

Der Gondoliere stieß das Paddel in die schwarzen Wellen, und wir setzten uns schaukelnd in Bewegung. Zeitgleich setzte eine schaurig-schöne Melodie ein.

Ich inhalierte die salzige Luft, schloss die Augen und lehnte mich an den warmen Körper neben mir, bevor mein innerer Moralapostel die Überhand gewann. Nur ganz leicht. Im Zweifel könnte es als Versehen durchgehen.

Kurz versteifte sich sein Körper, dann schlang mir Will einen Arm um die Schultern und legte sein Kinn auf meinem Kopf ab. *Das* war ganz sicher kein Versehen.

»Hör auf zu grinsen«, wiederholte er meine Worte von vorhin mit gesenkter Stimme, die der Gondoliere bei der Lautstärke der Musik von vorne unmöglich verstehen konnte. »Ich will sichergehen, dass du nicht ins Wasser fällst. Bilde dir nichts drauf ein.«

»Du kannst gar nicht wissen, ob ich grinse. Es ist viel zu dunkel.«

»Also spätestens jetzt kann ich es an deiner Stimme hören. Und von deinem Innenleben will ich erst gar nicht anfangen.«

»Pass bloß auf, Will. An dem Punkt sind wir noch nicht wieder.«

»Noch nicht?« Er hob den Kopf, um mich anzusehen. »Hast du gerade *noch* nicht gesagt?«

Widerstand war zwecklos. Ein ersticktes Lachen brach aus mir hervor. Wann hatte ich mich zuletzt so leicht gefühlt?

»Also wirst du mir eines Tages verzeihen, dass ich ein Volltrottel war? Habe ich das richtig verstanden?«

»Halt die Klappe.«

»Du siehst übrigens heute besonders gut aus, hatte ich das schon erwähnt?« Seine Lippen befanden sich inzwischen an meinem Ohr. »Du bist immer umwerfend, aber wenn du für einen Moment den Mist um uns herum vergisst und dir erlaubst, glücklich zu sein, strahlst du diese Aura aus.«

»Rumschleimen wird den Prozess auch nicht beschleunigen«, gab ich in derselben Tonlage zurück. Meine Stimme passte nicht zu meiner Körpersprache. Unsere Beine waren aneinandergedrückt, und ich wich keinen Millimeter zurück.

»Ich male mir immer aus, wie es gewesen wäre, dich in Leeds kennenzulernen und öfter so zu erleben. Es richtig zu machen. Vielleicht an der Uni oder durch gemeinsame Freunde oder so.«

Eine Gänsehaut breitete sich auf meinen Armen aus. »Ich find's auch immer wieder überraschend, dass du lächeln kannst«, gab ich betont ironisch zurück.

»Ich kann sogar flirten, wenn ich will. Und als Freund bin ich auch ganz brauchbar. Nur mit der Liebe war es bisher ein bisschen kompliziert, wie du weißt, aber ich schwöre, ich kann romantisch sein. Und als Mitbewohner bin ich doch auch nicht so übel, oder?«

»Du meinst, wenn du gerade nicht wütend auf mich bist, weil ich etwas Unüberlegtes getan habe, oder du mir lebenswichtige Dinge verschweigst?«

»Ja«, flüsterte er. »Und du verschweigst mir auch Dinge.«

»Nur zu deinem Besten.«

»Oder weil du Angst vor meiner Reaktion hast.«

Ich befreite mich aus seiner Umarmung, rutschte weg und warf ihm einen bösen Blick zu. Auch wenn er es nicht sehen konnte, er fühlte garantiert, wie die Stimmung zu kippen drohte. »Du willst die Sache mit Niyol damit gleichsetzen?«

»Das habe ich nicht gesagt!« Er hob beide Hände. »Kia, das habe ich nicht gemeint. Du hast recht, ich sollte die Klappe halten.«

»Solltest du.« Der kleine Anflug von Wut verschwand. »Und jetzt komm wieder her, mir ist kalt.« Ich richtete den Blick stur nach vorne, als seine Arme sich erneut um mich schlossen.

Sein Atem kitzelte mich an der Wange. »Ich hab dich wirklich vermisst, weißt du das?«

Anstelle einer Antwort suchte ich nach seiner Hand. Sie ruhte auf seinem Schoß. Hob sich weiß vom Schwarz ab. Ich drückte meinen kleinen Finger gegen seinen, strich behutsam darüber. Er hielt ganz still. Wartete.

»Ich weiß nicht, ob ich bereit bin für alles, was davor war«, gab ich im Flüsterton zu.

»Dann lass es uns langsam angehen, in Ordnung?«

Perplex blinzelte ich.

»Ich werde dir beweisen, dass du mir vertrauen kannst. Auch wenn es Jahre dauern wird.«

»Du bist ziemlich schräg«, erwiderte ich, um die Stimmung ein wenig aufzulockern. Und um meinen Körper abzulenken, der schreiend nach seiner Nähe verlangte.

»Romantisch nennt sich das.«

Ein Räuspern erklang. Unsere Köpfe ruckten zeitgleich hoch.

»Wir haben unser Ziel erreicht, ihr Turteltäubchen.« Der Gondoliere hatte sich zu uns umgedreht und hielt eine Laterne hoch. Keine Ahnung, wann die Musik verstummt war. Er betrachtete uns mit einem halb genervten, halb belustigten Blick. Offensichtlich hatte er das Boot schon festgebunden und wartete nun darauf, dass wir es verließen.

Als wir festen Boden unter den Füßen hatten, sprangen mir mehrere Dinge gleichzeitig ins Auge. Wir waren in einer Felsenbucht gelandet, an deren Spitze ein Leuchtturm thronte. Dahinter lag der Hafen. Segelboote reihten sich bis zum Horizont am Ufer, allesamt in Blautönen, wie ich im Schein der zweiarmigen Straßenbogenleuchten erkennen konnte.

Vereinzelt spazierten ein paar Leute am Wasser entlang oder saßen auf der anderen Straßenseite in Pubs und urigen Restaurants. Trotz des Sprühregens saßen sie im Freien. Die Lichter der Schaufenster spiegelten sich auf dem feuchten Asphalt. Autos waren keine in Sicht, und anstelle von Verkehrsgeräuschen dröhnten die Brandung und Möwengeschrei in meinen Ohren.

Ich holte mein Handy heraus, um auf unsere Route zu schauen. »Hier links müssen wir irgendwo runter.«

Neben dem Felsen befand sich nur ein antiker Steinbrunnen, bevor das Geländer begann. Er war halb von alten Fischernetzen bedeckt.

»Lass mich mal schauen.«

Wir steckten die Köpfe zusammen und betrachteten die Karte auf dem Display. Will hob eine Braue. »Um was wetten wir, dass wir da runterklettern müssen?«

Ich warf einen misstrauischen Blick ins Tunnelinnere und schaltete die Handytaschenlampe ein. »Na toll, du hast recht.« Eine nicht wirklich stabil aussehende Leiter befand sich an der grauen Wand, an der Wasser heruntertropfte. Ich konnte beim besten Willen nicht sagen, wie tief es heruntergging, dafür reichte die Leuchtkraft nicht aus.

»Soll ich zuerst?« Er zog mich auf. Das Funkeln seiner Augen war selbst in der Dunkelheit nicht zu übersehen.

Mit einem Schnauben steckte ich das Telefon weg und stützte mich am kalten Brunnenrand ab. Hievte mich nach oben, ohne mir die Chance zu geben, daran zu denken, was alles schiefgehen konnte.

Schon spürte ich seine Hände an meinen Hüften. »Warte, ich helfe dir.«

»Gute Ausrede, um mich anzufassen«, murmelte ich, und ein leises Lachen folgte.

Tatsächlich war es gar nicht so übel. Wahrscheinlich schockte mich nach dem Abstieg ins Gefängnis und nach dem mehrfachen Überqueren der Hängebrücke vor dem Versteck der Migma nichts mehr. Dadurch, dass es stockdunkel war, konnte ich mir einfach einbilden, es wäre nicht wirklich tief. Die Sprossen waren rutschig, sodass ich mich hauptsächlich auf meine Hände konzentrierte. Auch nach oben hin wurde mir die Sicht versperrt, sobald Will hinterherstieg. Er bewegte sich extra langsam, wahrscheinlich aus Angst, meine Finger zu erwischen.

Nach einer kleinen Ewigkeit trat ich endlich ins Leere und spürte einen Luftzug an meinen Beinen. Wir hatten das Ende des Brunnens erreicht.

»Ich glaube, wir haben's geschafft«, rief ich nach oben. Meine Stimme hallte unheimlich von den Wänden wider.

Ich schaute an mir herab. »Leider kann ich noch immer nichts sehen, also besteht die Chance, dass wir gleich mitten im Wasser landen.« Laut Google Maps befand sich unter uns noch ein Stückchen Land, aber das Wellenrauschen war wirklich beängstigend laut.

»Was wäre das Leben ohne ein bisschen Risiko?«, kam die zähneknirschende Antwort. Will bereute es sicherlich schon, der Idee mit der Party zugestimmt zu haben.

Na ja, etwas anderes blieb uns nicht übrig. Also kniff ich die Augen zusammen, löste meine Finger von der Sprosse und ließ mich fallen.

Mein Magen rutschte eine Etage tiefer, und sofort wurde ich in meine Visionen zurückversetzt. Der Luftzug an meinem Körper, der unwiderstehliche Strudel. Gesichter, Worte, Lärm. Und ich mittendrin.

Entscheide.

Der Flashback verschwand so schnell, wie er gekommen war, als ich in dem Bruchteil einer Sekunde aufkam. Schwarzer Sand unter meinen Füßen. Kieselsteine. Kein Wasser.

Ich legte den Kopf in den Nacken. »Alles gut, ich lebe noch!«

»Das will ich doch hoffen. Ich brauche dich noch.«

Genau in dem Moment, in dem ich beiseitetrat, glitt Will nach unten. Er strauchelte kurz und hielt sich an meiner Schulter fest. Erst als unsere Blicke sich trafen, bemerkte ich, wie viel heller es hier unten war. Ich konnte jede einzelne seiner blonden Wimpern sehen. Und selbst die geröteten Wangen und den fast verschwundenen Veilchenabdruck unter seinem Auge. Am Mond lag es nicht, der versteckte sich gerade hinter zwei dicken Wolken. Ich drehte mich suchend um. An der Mauer neben uns flackerten dicke Kerzen, in der nebligen Ferne nur als leuchtende Punkte erkennbar. Das weiße Wachs tropfte das Gestein hinab, bildete ein skurriles Muster. Keine fünf Meter trennten uns vom Wasser. Die Wellen leckten an unseren Schuhen, die Gischt spritzte bis auf die Mauer. Seltsamerweise schafften es weder Wind noch Wasser, das Feuer zu löschen. Als hätte es jemand verhext, damit es die ganze Nacht durchbrannte.

»Hier«, flüsterte Will und deutete auf ein schmutziges Schild unter zwei Kerzen. Es war so dunkel, dass es eins mit der Mauer schien. »Thalassa Tavern« stand da in blauer Schnörkelschrift. Darüber war ein Pfeil eingraviert, der nach rechts zeigte. Also folgten wir dem Kerzenmeer, das uns tiefer und tiefer in den Untergrund führte. Immer mehr Steinchen mischten sich unter den Sand, und auch wenn die Wellen nicht mehr bis hierher reichten, waren meine Socken inzwischen durchnässt.

»Den meisten Menschen wäre es hier mulmig zumute«, durchbrach Will die Stille.

»Hm?« Zerstreut schaute ich zu ihm rüber. Ich war viel zu sehr damit beschäftigt gewesen, auf alle Details zu achten. Die Stimmung hier war unschlagbar. Geheimnisvoll. Magisch. Das Meer hatte mich schon immer fasziniert.

Wie lang beobachtete er mich schon? »Das ist genau dein Ding, stimmt's? Dieses Düstere?«

»Kannst du mal für eine Minute aufhören, meine Gefühle zu stalken?«, gab ich zurück, musste jedoch lächeln.

»Vergiss nicht, dass ich Menschen auch so ganz gut lesen kann. Man muss kein Inventi sein, um die Begeisterung in deinem Gesicht zu erkennen.«

Erst wollte ich etwas Schnippisches entgegensetzen, doch dann kehrte der Gedanke von vorhin zurück. »Wahrscheinlich hättest du mir damals einfach ein paar Panoramabilder von Tessarect zeigen müssen, und ich wäre widerstandslos mit dir mitgegangen … Es ist absolut verrückt, es unter diesen Umständen zu sagen, aber ich habe mich Hals über Kopf in die Stadt verliebt.«

Dummerweise nicht nur in die Stadt.

Er nickte und senkte den Blick. »Ich habe mir nie erlaubt, die Schönheit in ihr zu sehen. Bis du mit mir hier warst.«

Und so schnell hatte ich keine Augen mehr für unsere Umgebung. Selbst die Geräusche entfernten sich. Ich wollte sein Gesicht in die Hände nehmen, meine Finger durch das weiche Haar gleiten lassen. Seine warmen Lippen auf meinen.

Zur Hölle mit dem *Langsam-Angehen*. Er hatte sich entschuldigt. Und früher oder später würden wir wieder in Gefahr sein. Wer wusste schon, wie viel Zeit uns noch blieb.

»Du treibst mich in den Wahnsinn«, sagte er leise.

Wann waren wir stehen geblieben?

»Das ist nur fair«, gab ich mit brüchiger Stimme zurück.

Er versuchte, zu lächeln, doch es gelang ihm nicht richtig. Das nackte Verlangen stand ihm ins Gesicht geschrieben, und trotzdem bewegte er sich nicht von der Stelle.

»Ich will das auch alles. Ich will ... Du weißt, was ich will. Aber ich will es richtig. Ich kann mir keinen Fehltritt leisten, verstehst du? Nicht noch einen. Nicht mit dir.«

Ich wollte ihm die Sorgenfalten aus dem Gesicht streichen, war allerdings wie gelähmt.

»Du bist dir noch nicht sicher, Kia. Du bist dir nicht sicher, ob du mir verzeihen kannst, ich spüre es. Und dann ist da noch die Sache mit ... Niyol.« Es kostete ihn sichtlich Überwindung, den Namen auszusprechen. »Er verwirrt dich noch immer. Das verstehe ich. Er war der Erste, für den du echte Gefühle hattest. Für mich bist du dieser Mensch.«

Ich starrte ihn an. Er sah genauso aus, wie ich mich fühlte: bereit, jeden Moment die Flucht zu ergreifen. Offensichtlich war es für Will mindestens genauso hart wie für mich, über dieses Thema zu sprechen.

»Falls du dich dazu entscheidest, mir wieder zu vertrauen, musst du dir sicher sein. Ich kann dich nicht ... nein, ich *will* dich nicht teilen. Und auch wenn ein Teil von mir sich gerade fragt, was für ein Idiot ich bin: Ich möchte auch nicht, dass du mich küsst, bevor du dir nicht hundertprozentig sicher bist. Das verkrafte ich nicht.«

War das eine Taktik? Seit wann ging es um die Echtheit *meiner* Gefühle? Drehte er den Spieß einfach um, um mich zu verwirren?

Nein, dafür klang er zu gequält.

»Lass uns weitergehen, okay?«

Ohne meine Antwort abzuwarten, stapfte er los. Mir blieb nichts anderes übrig, als ihm zu folgen. Wir kamen unserem Ziel immer näher. Musik und Gelächter waren zu hören, und im Schein der Kerzen zeichneten sich vor uns die Umrisse zweier Menschenschlangen ab.

»Das ist die Fast Lane«, erklang eine genervte Stimme von vorne. »Könnt ihr nicht lesen?«

»Ich nehme an, wir gehören zu den VIPs …?«, raunte Will mir zu, als wir vorne ankamen. Der Eingangsbereich sah wenig spektakulär aus: zwei Türen, vor denen zwei bärtige Männer in dunklen Uniformen standen und die Leute kontrollierten. Links über dem Türrahmen war das »Fast Lane«-Schild angebracht. Nur zwei Leute standen davor, während die andere Schlange aus bestimmt über zwanzig Menschen bestand.

Wir versuchten unser Glück in der Fast Lane, auch wenn der Blick des Türstehers wenig einladend wirkte.

»Namen«, schnauzte er uns an, nachdem er das Paar vor uns weggeschickt hatte.

»William Lowe und Kiana Lyberth«, sagte ich mit gesenkter

Stimme. Nur ein dünnes Seil trennte uns von der zweiten Schlange, und ich spürte jeden einzelnen neugierigen Blick in meinem Nacken.

Der Kerl hielt ein dunkles Klemmbrett in der Hand, auf dem wohl die Gästeliste befestigt war, doch er machte sich nicht einmal die Mühe, einen Blick darauf zu werfen, bevor er die Tür hinter sich mit einem Fuß aufkickte und uns durchwinkte.

Empörtes Gerede ertönte hinter uns, doch ehe ich der Versuchung nachgeben und mich nach den Leuten umschauen konnte, legte mir Will eine Hand auf den Rücken und drückte mich ins Innere.

Dröhnender Bass und weißer Rauch erwarteten uns. Entgegen meiner Erwartungen roch es nicht nach Alkohol und Zigaretten, sondern nach Seetang und Meerwasser.

Wir liefen einen schmalen Gang entlang, ohne wirklich etwas zu erkennen.

»Ich würde ihm zutrauen, dass er uns in eine Falle lockt«, vernahm ich Wills Stimme irgendwo vor mir. Sehen konnte ich ihn nicht. War das eine Nebelmaschine?

Ich streckte meine Arme aus und tastete mich an den gläsernen Wänden entlang.

»Ach Quatsch, das ist einfach nur irgendein Club. Das waren doch normale Leute da draußen.«

Das Stroboskoplicht zerriss die Dunkelheit. Blau-gelb-weiß-rot. Hell, dunkel, hell, dunkel. Ich wollte nach Will schauen, blieb allerdings an der Aussicht links von mir hängen. Hinter der Glaswand thronte ein meterhohes Aquarium. Mein überraschtes Gesicht spiegelte sich immer wieder vor Fischschwärmen und sanft hin und her schwingenden Algen. Ich legte den Kopf in den Nacken. Ach du Scheiße, das war kein Aquarium. Wir befanden uns in einem U-Boot-artigen Raum. Mit direktem Blick auf die Unterwasserwelt. Wie tief waren wir hinabgestiegen? Jedenfalls war kein Ende in Sicht. In der Ferne schwammen nur noch mehr Fische.

»Super, wir sind in Tessarects Seaworld gelandet.« Will stand am Ende des Gangs und schien darauf zu warten, dass ich mich loseiste. »Das würde Les gefallen.«

Durch einen silbrig-durchsichtigen Vorhang gelangten wir zur Garderobe. Hier hingen ankerförmige Lampions von der Decke, und anstelle von Fenstern waren Bullaugen in die Holzwände eingelassen. Vier Treppen führten zu Falltüren über uns, aus denen bunter Rauch quoll. Musik dröhnte durch die Ritzen.

Wir tauschten unsere Jacken gegen kleine Plastikchips, auf denen der Name des Ladens prangte. Eine Mitarbeiterin grinste uns fröhlich zu. Ihre Arbeitskleidung bestand aus einer blauen Latzhose und einem rot-weiß gestreiften Shirt, dazu eine Matrosenmütze, unter der zwei blonde Zöpfe hervorschauten.

»Herzlich willkommen in der *Thalassa Tavern*! Auf dem ersten Deck erwarten euch eigens für die heutige Nacht kreierte Drinks, und Deck zwei bietet einen fantastischen Ausblick über den Hafen. Das Code-Wort lautet *Symbiose*. Sollte es zu irgendeinem Zeitpunkt aus den Lautsprechern ertönen, verlasst bitte zu eurer eigenen Sicherheit unverzüglich das Schiff. Genießt euren Aufenthalt und seht zu, dass ihr nicht über Bord geht.«

»Danke für den Tipp«, sagte Will eine Spur zu laut und mit deutlicher Ironie. Schnell zog ich ihn zu der nächsten Treppe.

»Mit dir kann man echt nirgendwo hingehen«, zischte ich, musste dabei aber ein Lachen unterdrücken.

Oben angekommen, landeten wir direkt neben der Tanzfläche und konnten auf den ersten Blick wieder nichts außer Rauch erkennen, in dem die exzessiv tanzenden Menschen wie Gespenster auf LSD wirkten. Er hatte die Farben der vier Elemente, und schon bald kristallisierten sich vier abgetrennte Tanzbereiche heraus. Über jedem hing eine Neonleuchte in Form eines der Elementen-Symbole, in der Mitte das Zeichen aller vier, das mir auf der Flagge im Hauptquartier der Migma aufgefallen war.

»Ziemlich dezent«, rief ich Will ins Ohr.

Wie konnten sie damit durchkommen? Es reichte doch schon, wenn nur einer der Partygäste in der Omilia Alarm schlug.

»Das war eine schlechte Idee«, kam sogleich die Antwort meines Inventi.

In mir kochte das altbekannte Rebellionsgefühl hoch. Es war schon ziemlich beeindruckend, wie sie hiermit ein Zeichen gegen die bescheuerte Trennung setzten. Also schnappte ich mir Wills Hand und zog ihn zu einem der Bartresen. Davon gab es natürlich auch vier.

Die Kellner trugen die gleichen Outfits wie die Frau unten. Ein jüngerer mit langen roten Haaren und einem beeindruckenden Schnäuzer wurde auf uns aufmerksam und lehnte sich über den Tresen. »Was darf's sein, Freunde? Darf ich euch einen unserer Spezialdrinks ans Herz legen? Vier Eigenkreationen des Barchefs, mit oder ohne Alkohol genießbar.« Ohne unsere Antwort abzuwarten, schob er uns eine Getränkekarte hin, auf der vier illustrierte Drinks zu sehen waren, darunter Bezeichnungen und eine Zutatenliste.

Ein Martiniglas mit roter Flüssigkeit, aus dem grauer Nebel aufstieg – *Burning Tornado.* Erdbeerpüree, Lavendelsoda, Limettensaft und ein Schuss Grenadine. Ein Mason Jar, gefüllt mit goldener Flüssigkeit und einem himmelblauen Sahneberg als Topping – *Splattering Sandstorm.* Baileys, Bourbon Vanille, Schlagsahne mit Minzaroma.

Bevor ich die anderen beiden betrachten konnte, spürte ich eine Hand auf meiner Schulter und sah auf – in hellblaue Augen, umrahmt von schwarzem Eyeliner, der meinem Konkurrenz machte.

»Du bist auch schon hier«, rief ich und drückte Casper einen Kuss auf die Wange. Er trug ein glänzendes übergroßes Hemd mit Blättermuster, dazu Skinny Jeans und eine Bauchtasche im Metallic-Look. In einer Hand hielt er ein Martiniglas, das verdächtig nach einer Spezialkreation aussah.

»Seit 'ner halben Stunde. Hab gerade angefangen, mir

Sorgen zu machen, dass ich mir neue Freunde suchen muss.« Er drückte mich an sich und begrüßte anschließend Will mit Handschlag, den dieser ungewöhnlich enthusiastisch erwiderte.

»Alles gut bei dir, Kumpel?«

Casper schaute ziemlich verdutzt drein, und auch meine Augen weiteten sich leicht.

»Wow, du kannst ja richtig nett sein«, erwiderte er und klopfte Will auf die Schulter.

Und der? Der lächelte doch tatsächlich. Ohne die Grübchen, aber trotzdem. »Das hebe ich mir für Leute auf, die zusammen mit mir Straftaten begehen.«

Casper hob eine Braue, während er einen Schluck von seinem Cocktail nahm. »Also hat es einen gemeinsamen Gefängniseinbruch gebraucht, damit wir beide Freunde werden, Spielverderber?«

Will warf einen Blick zur Bar. »Nicht so laut.«

»Immer noch der Alte, wie ich sehe.« Casper wandte sich mir zu. »Ich hab versucht, Damek zu überreden, mich zu begleiten, wenn Natey schon verhindert ist, der Kleine antwortet seit unserer Aktion allerdings nicht mehr auf meine Nachrichten.«

»Vielleicht solltest du ihm erzählen, dass wir seine Schwester gefunden haben.«

»Also bist du sicher, dass sie es ist?«

»Sie ist Teil der Migma«, rief ich ihm ins Ohr, woraufhin ich einen strengen Blick von Will erntete. »Apropos, du musst mir noch alles über euren Besuch erzählen. Wie zum Teufel konnten wir uns aus den Augen verlieren? Und wie habt ihr es zu Eve geschafft?«

Er öffnete den Mund, doch sein Satz ging im Heulen einer Sirene unter. Die Musik verstummte schlagartig, und die zuckenden Körper gefroren. Ungehaltenes Raunen.

»Bedankt euch bei demjenigen, der euch heute Nacht hierhergeführt hat!« Die Stimme ging mir durch Mark und Bein. Köpfe drehten sich um, versuchten den Sprecher zu lokalisieren, selbst die Kellner schienen verwirrt.

»Dies ist keine gewöhnliche Party. Wir sind nicht zum Spaß hier. Das hier ist für jeden, der sich schon einmal gefragt hat, ob das alles ist. Für jeden, der an seiner Identität gezweifelt hat. Und daran, ob der Sinn seines Lebens wirklich darin liegt, ein paar alten traditionsverliebten Säcken hinterherzurennen. Seit Jahren akzeptieren wir die Bezirksgrenzen. Es sei zu unserem eigenen Schutz. Sie wollen nur unser Bestes.« Es war ein Mann, der sprach, und er betonte jedes Wort einzeln. »Wenn wir doch ach so viel Macht besitzen, liebe Ydor, wieso hören wir nicht auf, andere für uns denken zu lassen, und nutzen endlich unser eigenes Gehirn?« Eine Pause entstand. Die Gespräche waren vollständig verstummt. Niemand schien es zu wagen, auch nur zu laut zu atmen.

»Gegensätze ziehen sich an, und unsere Unterschiede machen uns stark, hört ihr?«

Der Satz hallte von allen Seiten wider, und plötzlich setzten elektronische Klänge ein, unterstrichen die Worte wie in einem gewöhnlichen Remix. Zeitgleich schossen Gestalten aus allen Ecken und verteilten kleine bunte Zettelchen in der Meute.

Irgendwo hatte ich diesen letzten Satz schon einmal gehört, nur wo?

War es eine Vision gewesen? Oder in meinem alten Leben?

»Fuck, wir müssen sofort die Ältesten benachrichtigen«, hörte ich jemanden hinter der Bar sagen. Aus den Augenwinkeln beobachtete ich, wie der Barkeeper, der uns bedient hatte, zusammen mit seinem Kollegen dem Mädchen, das gesprochen hatte, einen Arm um die Schulter legte und sie zu einer Hintertür lotste. »Das wirst du schön bleiben lassen, Tina«, vernahm ich noch, dann verschwanden sie in einer frischen blaugrünen Rauchwolke.

Der Raum tobte jetzt. Die Musik wurde wieder bis zum Anschlag aufgedreht, und falls jemand empört auf die kleine Rede reagierte, ging der Protest im Gedränge unter. Vielmehr hatte ich das Gefühl, die Worte hatten die Partymenge angeheizt. Ob es sich hier hauptsächlich um Migma-Mitglieder oder -Sympathisanten handelte?

»Wir müssen weg hier«, hörte ich Will sagen, aber Casper nahm uns beide an die Hand und zog uns auf die Pyro-Tanzfläche.

»Niemals! Nicht jetzt, da der Spaß erst richtig losgeht.«

»Du kennst ihn schlecht«, wollte ich schon sagen. »Der Spaß ist eindeutig vorbei, wenn er diesen Blick draufhat.«

In diesem Moment geschah etwas wirklich Schockierendes:

Mein Inventi warf seine Prinzipien über Bord und den Kopf in den Nacken und tanzte. Tanzte, als gäbe es kein Morgen mehr. Als säße sein Vater nicht im Gefängnis. Als wäre er nicht für immer an mich gebunden.

Und ich stand wie die größte Idiotin einfach nur da und starrte ihn an. Es war mir egal, dass Casper es mitbekam und neben mir feixte. Es war mir egal, dass in wenigen Augenblicken vielleicht die Welt um uns herum untergehen würde.

Entscheide, Kia.

Weißblondes Haar und Mitternachtsaugen und all die Parallelwelten.

Wem machte ich noch was vor? Ich hatte mich schon längst entschieden.

ZEHN

Frost

Die Welt ging nicht unter. Nicht, als wir zu The Kooks tanzten, auch nicht bei Arctic Monkeys oder Parov Stelar. Letzterer brachte Will dazu, mit ekstatischem Gesichtsausdruck meine Hände in seine zu nehmen.

Wir hatten alle eine Razzia erwartet, stattdessen bekamen wir die perfekte Musikauswahl. Überall lachende Gesichter. Kreisende Hüften. Und Nebel. So viel Nebel, der die Nähe zwischen unseren Körpern erträglich machte. Immer wieder ließ ich mich von Casper wegziehen. Ich hatte keinen Tropfen Alkohol zu mir genommen, trotzdem war mir schwindelig. Die gute Sorte. Die riskante. Keine Ahnung, was ich tun würde, wenn ich zu lange mit Will tanzte. Er wollte es *richtig*. Ihm mitten im Club auf einer Rebellionsparty um den Hals zu fallen, fühlte sich nicht richtig an.

»Daria!«

Casper hatte mich gerade mehrmals um meine eigene Achse gewirbelt, und der Raum rauschte in einem farbigen Strudel an mir vorbei. Sein Gesicht war das Einzige, das ich für ein paar Sekunden fokussieren konnte, als er die Hand sinken ließ und mich an der Hüfte stützte, damit ich nicht das Gleichgewicht verlor.

Ich drehte mich um und blinzelte ein paarmal, bis ich die Gestalt im blauen Rauch auch erkannte. Daria trug ein eng anliegendes hellgrünes Korsett, dazu schwarze Shorts und Spitzenstrumpfhose. Sie strahlte uns alle drei an, und ich wollte sie grade begrüßen, als ich Wills Gesichtsausdruck registrierte. Zusammengepresste Lippen, angespannter Kiefer. Was war sein Problem?

Sein Problem trat in diesem Moment hinter Daria hervor. Ich hatte sie kaum wahrgenommen, da sie nicht nur Smokey Eyes hatte, sondern Daria sie offenbar auch an ihren Kleiderschrank gelassen hatte: Alessa hatte ein türkisfarbenes Tüllkleid und Glitzerstrumpfhosen an, ihr weißblondes Haar fiel ihr in sanften Wellen über die nackten Schultern. Sie konnte sich kaum sattsehen an den glitzernden Lichtern und den tanzenden Menschen. Und auch als sie sich endlich loseisen konnte und den Blick ihres Bruders registrierte, nahm die Faszination in ihrem Gesicht nicht ab.

»*Was fällt dir ein?*« Wills polternde Stimme hob sich deutlich von der Geräuschkulisse ab.

Daria öffnete den Mund, aber er baute sich vor ihr auf und ließ sie nicht zu Wort kommen.

Ehe ich mich versah, schnappte sich Casper meine Hand und zog mich an die Seite der Tanzfläche. »Das muss die Kleine selbst regeln«, rief er mir lachend ins Ohr. »Sie kennt den Spielverderber doch, was hat sie gedacht, wie er reagieren würde?«

»Ich frage mich eher, wie Daria Les hier reinbekommen hat. Ganz abgesehen davon, dass sie minderjährig ist – die Türsteher sahen alles andere als großzügig aus, was Leute in der normalen Schlange anging.«

Casper hob die Schultern. »Wahrscheinlich hat jemand aus der Migma sie auf die Liste setzen lassen.« Er warf einen Blick zu ihnen. »Jedenfalls liegt das gute Aussehen in der Familie.«

Ich musste lachen. »Jep, sie wird definitiv mal eine Menge Herzen brechen. Apropos Migma …«

Wir schlängelten uns zwischen mehreren Grüppchen hindurch zur Bar und ließen uns auf zwei Hockern nieder.

»Was war nun mit Eve?«, wollte ich wissen, nachdem Casper uns Nachschub bestellt hatte.

»Sie haben uns von alleine zu ihr gebracht, nachdem sie uns eine Tour durchs Haus und das Waldgrundstück gegeben haben. Keine Ahnung, was die Geheimniskrämerei vor dir sollte. Mit ihr war jedenfalls alles okay. Wir haben uns riesig gefreut, sie mal wieder zu sehen, das wird ja immer mehr zur Seltenheit.«

Langsam nickte ich.

»Ich muss kurz auf Toilette«, murmelte ich und sprang vom Hocker. Will und Daria waren allem Anschein nach immer noch in eine hitzige Diskussion vertieft. Ich zwinkerte Alessa im Vorbeigehen zu, als ich mich an ihnen vorbeidrückte. Sie grinste mich an.

Durch eine hölzerne Schwingtür gelangte ich in einen ebenfalls im Schiffsstil eingerichteten Waschraum mit dunkelblauen Fliesen. Rettungsringe und überdimensionale Seepferdchen schmückten die Holzwände, und der Geruch von Meerwasser lag in der Luft. Ich steuerte die erstbeste freie Kabine an und verriegelte sie hinter mir.

Auch wenn es vermutlich sinnlos war, ich musste die Vision erneut aufrufen, bevor die Brandnarben verschwanden. Und wenn nicht jetzt, während Will abgelenkt war, wann dann?

Also klappte ich den Toilettensitz nach unten, setzte mich darauf und krempelte behutsam die Ärmel meines Samtoberteils hoch.

Ich konnte die Richtung meiner Visionen sehr wohl lenken. Während ich mich in diesem seltsamen Luftwirbel befunden hatte, hatte ich mich mit aller Kraft in die Zukunft gewünscht, und genau das war geschehen. Außerdem war der Wegweiser in den Visionen immer ein Satz, gefolgt von einem Symbol, das mit der jeweiligen Situation zu tun hatte. Beim letzten Mal hatte ich herausfinden wollen, wem ich vertrauen konnte, und es waren Neros Augen gewesen, die mich durch die Dunkelheit geleitet hatten.

Nur ergab das keinen Sinn. Nero war in meiner Vision nicht einmal aufgetaucht – das war noch nie geschehen. Möglicherweise wäre er also noch hinzugekommen, und ich hatte die Szene nur frühzeitig verlassen, weil die Leute in der Omilia mich zu schnell aus der Gefahrenzone gezogen hatten. Vielleicht könnte ich dieses Mal mehr sehen. Ich durfte keine Chance ungenutzt lassen.

Adrenalin rauschte durch mein Blut und verlieh mir den nötigen Mut. Ich lehnte den Kopf an die kalten Kacheln hinter mir, dann berührte ich die größte der Brandnarben und schloss im selben Moment die Augen.

Die erwartete Übelkeit setzte sofort ein, doch zeitgleich spürte ich den vibrierenden Bass an meinen Füßen. Der Strudel riss mich mit, aber genau wie letztes Mal verlor ich nicht vollständig den Bezug zum Hier und Jetzt.

Selbst das Tuscheln zweier Frauen vor meiner Kabine drang ganz leise an mein Ohr, während die Klippe vor mir erschien.

»Dieses Mal brauchen sie wirklich lange für die Razzia …«

»Weißt du noch, wie sie letztes Mal die Bude nach anderthalb Stunden gestürmt haben?«

Konzentration, Kia!

Mein Körper krümmte sich zusammen. Mir war so schlecht. Und trotzdem war Lockerlassen keine Option. Bei der Vision mit Sophia hatte ich bei Berührung der Narbe viel mehr gesehen. Mehr Zeit gehabt …

Sattgrüne Berge. Der Geruch nach frischem Gras und Blumen. Sanfte Brise. Leicht bewölkter Himmel wie an einem perfekten Frühlingstag.

Die Fremde zerrte mein zukünftiges Ich nach vorne an den Rand der Klippe, das Gespräch zwischen den beiden verschmolz zu einem dumpfen Stimmenwirrwarr. Ich fixierte das schöne Gesicht der Unbekannten. Und je länger ich es ansah, desto unleugbarer wurde dieses mulmige Gefühl in meiner Magengrube, das nichts mit der Übelkeit der Vision gemein hatte. Ich war jetzt keine unbeteiligte Zuschauerin mehr, ich war ich. Spürte ihre warmen Finger, die sich erbarmungslos um mein Handgelenk schlossen. Ihre dunklen Augen funkelten. Schadenfreude, ganz eindeutig.

»Wer bist du?«, wollte ich sagen. »Wer zur Hölle bist du, und wie kannst du mir dabei helfen, die Wahrheit herauszufinden?«

Allerdings verließ kein Laut meine Lippen. Und auch das Gespräch war verstummt. Stattdessen war alles eingefroren. Ihre dunklen langen Haare hielten mitten in der Luft inne, als ein Windstoß sie gerade nach hinten geweht hatte. Das Talent der Pnoe. Auch ich konnte die Zeit zum Stillstehen bringen. Nur zu welchem Zweck?

An irgendwen erinnerte sie mich. Diese schwarzen geschwungenen Augenbrauen, der olivfarbene Teint …

Ich riss mich von ihrem Anblick los, und im selben Moment rauschte der Wind wieder, und sie zog mich nach vorne, sprach die letzten Worte aus. Zur Sicherheit presste ich meinen Finger noch fester auf die Narbe, spürte am Rande meines Bewusstseins, wie ich würgte. Es durfte nicht enden, es durfte nicht hier enden …

Die Vision endete nicht. Der Griff des Mädchens lockerte sich an meinem Gelenk, ihre Hand glitt tiefer und mit Gewalt verschränkte sie unsere Finger. Ihr Grinsen wurde breiter, entblößte eine Reihe strahlend weißer Zähne. Dann trat sie mit einem Ruck nach vorne, direkt ins Leere.

Mein gellender Schrei zerfetzte die Luft.

»Hey, alles okay dadrinnen?«

Zitternd schlug ich die Augen auf. Automatisch wanderten meine Hände zu meinem Mund, um den Laut zu ersticken.

Hatte nur ich geschrien? Oder auch mein zukünftiges Ich?

Mehrmals atmete ich tief durch, dann strich ich mir eine schweißnasse Strähne aus der Stirn. »Alles gut, sorry!«, rief ich mit krächzender Stimme.

»Können wir irgendwie helfen?«, fragte die Stimme nach einer kurzen Pause. »Sollen wir jemanden holen?«

»Nein, nein, bitte nicht. Ich habe nur zu viel getrunken.«

Glücklicherweise entfernten sich die Schritte nach einem Augenblick.

Ich krempelte meinen Ärmel nach unten und wartete, bis ich nichts mehr hören konnte. Dann schloss ich auf und erhob mich. Meine Beine waren Wackelpudding. Mein Gesicht kalkweiß, wie ich im Spiegel über dem schwarzen Waschbecken sehen konnte. Mit einem Papiertuch trocknete ich mir die nasse Stirn ab und spritzte mir ein bisschen kaltes Wasser auf die Wangen. Dann schaute ich mir selbst fest in die Augen. Die goldenen Sprenkel darin wurden eins mit dem rot geränderten Hellbraun.

Seit dem ersten Auslösen meines Talents hatte ich zwei Zukunftsvisionen gehabt. Eine mit meiner biologischen Mutter, eine mit Niyol. Woher sollte ich wissen, wie weit sie in der

Zukunft lagen? Hatte ich irgendeinen Einfluss darauf? Der Moment mit Agnia war nur wenige Tage nach der Vision zur Realität geworden.

Fragen über Fragen. Ich musste mit jemandem reden. Will war beschäftigt und viel zu angepisst, also vielleicht Casper. Vielleicht half die objektive Sichtweise eines Unbeteiligten …

Ich wollte gerade die Schwingtür aufdrücken, als Geschrei sich unter die dröhnende Musik und das Stimmengewirr mischte. Das klang nicht wie ein gewöhnlicher Streit betrunkener Menschen, die ihrer Aggressivität freien Lauf lassen mussten, weil jemand ihre Freundin angemacht oder sie auf der Tanzfläche angepöbelt hatte. Das klang eher nach Massenpanik.

Ich versuchte, irgendetwas zu verstehen – vergeblich. Mehrere Stimmen riefen durcheinander, die Musik hämmerte immer noch aus den Lautsprechern. Die Mädchen vor meiner Kabine hatten von einer Razzia gesprochen. War es nun so weit? Die Omilia war auf die verbotene Party aufmerksam geworden?

Ganz vorsichtig stieß ich die Tür auf und streckte meinen Kopf hinaus. Bevor ich irgendetwas zwischen dem bunten Nebel erkennen konnte, wurde ich mit voller Wucht wieder nach drinnen geschleudert.

»Bleib, wo du bist!«

Taumelnd stieß ich gegen das Waschbecken. Meine Augen brannten. Und trotzdem erkannte ich sofort, wer da in die Damentoilette gekommen war.

Niyol trug ein weißes, hochgekrempeltes Shirt, darüber schwarze Hosenträger. Seine Haare waren zu einem unordentlichen Zopf zusammengebunden, seine Augen zugekniffen.

»Was zum …«

»Tränengas«, zischte er und blinzelte mehrmals. »Sie werden immer radikaler.«

»Wie hast du mich gefunden?«

»Ich habe den Pyro-Inventi gefragt, bevor das Drama losging.«

»Sie haben Tränengas im Club versprüht?«, hakte ich nach und starrte ihn an. Oh Gott, Will und Alessa und Daria und Casper.

Halb blind stolperte Niyol zum Waschbecken, drehte den Wasserhahn auf und tastete nach dem Seifenspender. »Kannst du mir helfen?« Er klang gereizt.

Ich gab mir einen Ruck und führte seine Hand unter den Spender, während ich daraufdrückte. Mit fahrigen Bewegungen wusch er sich die Hände und beugte sich anschließend unter den Hahn. Immer, wenn er nach Luft schnappte, entwichen ihm Flüche.

Nach etlichen Momenten schaffte er es, die Augen vollständig zu öffnen. Er richtete sich auf und drehte den Hahn zu. Das Rot meiner Augen war nichts im Vergleich zu seinen.

»Und jetzt?« Entgeistert erwiderte ich seinen Blick.

Anstelle einer Antwort packte er sein Shirt am Saum und riss es auseinander.

Ich hob die Brauen, verkniff mir aber einen Kommentar. Er wirkte nicht, als sei er zu Scherzen aufgelegt.

»Du brauchst gar nicht so schauen. Wir müssen unsere Nasen und Münder bedecken, wenn wir hier halbwegs sicher rauskommen wollen.«

Ich deutete auf die Tür hinter uns. »Was bringt das, wenn wir blind sind, sobald wir da reinlaufen?«

»Bist du irre?« Er riss den Stofffetzen in seiner Hand noch mal in der Mitte durch, bevor er hinter mich trat. »Wir laufen da natürlich nicht wieder rein. Trotzdem, sicher ist sicher.«

Sein überheblicher Ton ließ die Wut in mir brodeln. Er nahm mir jedoch die Chance, etwas zu erwidern, indem er mir das Stück Stoff ums Gesicht band.

»Da die Frauentoiletten genau wie unsere gebaut sind, müsste es neben den Kabinen eine Luke geben. Durch sie gelangen wir ins Freie. Und dann in die Tunnel. Phos und die Migma haben diese Location nicht willkürlich ausgewählt.«

Er wandte sich um und lief an den Spiegeln vorbei, wohl um sich zu vergewissern. Ich folgte ihm.

Tatsächlich schwebte da ein rundes Fenster kaum zwei Meter über dem Boden neben einer Tür, die mit dem Wort ›Putzraum‹ gekennzeichnet war.

»Wieso sollten wir in den Tunnel?«

»Nur zu, wenn du 'ne bessere Idee hast, ich bin ganz Ohr, Kia«, fuhr er mich an, während er mit dem Ellenbogen die Tür aufstieß und sich einen Besenstiel schnappte, mit dem er die Klinke hochzudrücken versuchte. Das Fenster hatte einen Durchmesser von maximal einem halben Meter.

»Vergiss es«, sagte ich und verschränkte die Arme. Der Nachgeschmack meiner Vision war immer noch nicht weg, und ich hatte heute bereits eine dubiose Kletteraktion hinter mir.

»Wie du willst, dann warte hier, damit du ihnen schön in die Arme laufen kannst.«

»Warum bist du so ein Mistkerl?«, fauchte ich. Er hatte recht, und ich verfluchte ihn dafür.

Mit einem Poltern bekam er das Fenster auf. Ein kalter Luftzug fegte hinein und bescherte mir eine Gänsehaut.

»Ja, schieb die Schuld auf mich. Das macht alles einfacher. Wenn ich so ein Mistkerl bin, wieso habe ich nach dir gesucht und will dir zur Flucht verhelfen?«

»Was weiß ich, welchen dubiosen Plan du wieder verfolgst.«

Er hielt inne, warf den Besenstiel beiseite und steckte den Kopf in die dunkle Putzkammer. Einige Sekunden später zog er eine rostige Leiter hervor. Mit einem triumphierenden Blick in meine Richtung lehnte er sie gegen die Wand.

»Du hast nur Schiss, mit mir alleine zu sein, Baby.«

Ich verdrehte die Augen, während er sich ebenfalls den Stoff um den Mund band und dann mit einer einladenden Bewegung auf die Leiter zeigte. »Ladies first.«

Wir kletterten die Außenwand des Schiffes nach unten. In das Holz waren Sprossen eingelassen, zusätzlich hingen dicke Seile vom Deck herunter, an denen man sich entlanghangeln konnte. Die dumpfen Schreie vermischten sich mit dem Meeresrauschen, doch unten angekommen, erwartete uns kein Wasser. Wie Niyol es prophezeit hatte, landeten wir am Eingang eines engen Tunnels. Entweder begann das Meer erst ein Stück weiter, oder wir befanden uns in einem Unterwassergang.

Niyol packte meine Hand. »Taste dich an der Wand entlang und halte die Augen geschlossen, so lange es geht.«

»Hast du 'ne Ahnung, in welche Richtung wir laufen?«

»Nicht nötig. Der Tunnel führt nur nach Osten. Wir folgen einfach den Geräuschen.«

Also gehorchte ich ihm. Ließ zu, dass er unsere Finger miteinander verschränkte. In Leeds waren wir genau ein einziges Mal Hand in Hand gelaufen. Auf dem Weg zu seiner Wohnung, in der Nacht, die alles zerstört hatte. Ich war mit jedem Schritt ein bisschen mehr verloren gewesen. Die Wärme seiner Haut war alles gewesen, woran ich denken konnte. Die verbotene Nähe.

Mit Will war diese Geste immer anders gewesen. Wir kannten uns viel kürzer als Niyol und ich, und trotzdem hatte ich den Überblick darüber verloren, wie oft er meine Hand in seine genommen hatte. Mal hatte es mich wütend gemacht, am Anfang etwa, wenn mich seine bestimmende Art auf hundertachtzig brachte. Andere Male war seine Hand der einzige Anker zur Realität gewesen. Und dann gab es da noch die Situationen, in denen mein Herz mir beinahe aus der Brust sprang und ganze Schwärme von Schmetterlingen meinen Bauch beherrschten. Nicht weil es verlockend oder riskant war. Sondern weil diese unschuldige Geste so viel beinhaltete, was ich nie in Worte fassen konnte. Ein Versprechen. Das Zeugnis unserer Verbundenheit. Eine Chance auf Glück.

»Hör auf, dir Sorgen zu machen. Sie werden es schon geschafft haben.«

Ich widerstand dem Bedürfnis, die Augen aufzuschlagen. »Was?«

»Dein nerviger Inventi und deine Freunde.«

Er hatte meine Stille eindeutig falsch interpretiert.

»Danke für die beruhigenden Worte, vor allem, da du keinen Schimmer hast, ob das stimmt oder nicht, aber daran habe ich gerade nicht gedacht.«

»Ach, woran hast du dann gedacht?« Sein einfühlsamer Ton wurde von dem altbekannten anzüglichen ersetzt.

»Will und du kennt euch schon eine Weile, nicht wahr?«, stellte ich eine Gegenfrage. Ich versuchte vergeblich, die Verletzlichkeit aus meiner Stimme zu tilgen.

»Jep, wir sind die besten Freunde, wie dir sicherlich schon aufgefallen ist.«

»Ich mein's ernst.«

Eine Weile sagte er nichts. Das Stimmengewirr wurde in der Ferne lauter, genau wie die Schritte.

Schließlich seufzte er. »Als ich nach eurem spektakulären

Gefängniseinbruch zu eurem Haus gekommen bin, habe ich ihn zum ersten Mal live und in Farbe gesehen. Davor hat er mir nur immer knappe Nachrichten geschickt. War nicht besonders gesprächig.«

Ich erwiderte nichts. Was hatte ich mir erhofft? Will hatte mir die Geschichte bereits erzählt.

»Ich war eifersüchtig auf ihn«, setzte er nach, jetzt flüsternd. »Er hat sich dir gegenüber auch wie ein Arschloch verhalten, trotzdem hast du ihn angeschaut, als sei er …«

Obwohl ich es besser wissen sollte, schlug ich die Augen auf. Blinzelte ein paarmal. Und löste meine Hand aus seiner.

Eifersüchtig?

Also war das der Grund, wieso er sich mir gegenüber so ekelhaft verhalten hatte? Wieso er jeden Moment genutzt hatte, um mit mir zu flirten und mich zur Weißglut zu treiben?

Auch er öffnete die Augen. »Ich habe nur das getan, was sie von mir verlangt haben. Genau wie er. Und trotzdem ist es bei ihm okay und bei mir nicht.«

Ich schüttelte den Kopf. »Wer sagt, dass es okay ist?«

»Du …«

»Nein! Will und du habt beide Aufgaben bekommen, die ekelhafter nicht sein konnten, aber du hast es *genossen*. Du hast dir anschließend einen Spaß daraus gemacht, auf meinen Gefühlen herumzutrampeln. Hast du eine Ahnung, was das alles mit mir angerichtet hat? Und mit Sophia? Ich wollte nie wieder einer Menschenseele vertrauen.«

»Ich war nicht der Einzige, der Sophia hintergangen hat.«

Tränen nahmen mir die Sicht. Von dem Gas lag nichts mehr in der Luft, doch seine Worte waren mächtiger als jede chemische Substanz. »Ich weiß. Es wird mich mein Leben lang verfolgen, dass ich dazu in der Lage war, meine beste Freundin für ein bisschen Aufmerksamkeit zu verraten.«

»Du hast es nicht für die Aufmerksamkeit gemacht. Du warst verliebt in mich.« Seine Stimme war laut geworden.

Was zur Hölle?

»Nein. Ich *dachte*, ich sei verliebt in dich. So fühlt sich Verliebtsein nicht an. Das wüsstest du, wenn du es selbst erlebt hättest.«

»Du hast keine …«

Seine Worte verklangen im Lärm. Wir waren an einer Abzweigung angelangt – unser Tunnel mündete in einen breiteren. Dieser war mit Kerzen beleuchtet und offenbar gut besucht. Mehr als ein Dutzend Menschen rauschten an uns vorbei. Sie riefen wildes Zeug durcheinander, und an ihren roten Augen und nassen Wangen konnte ich erkennen, dass es sich ebenfalls um Clubbesucher handelte.

»Schnell, bewegt euch!«

»Maxiiiime, wo ist Maxime?«

»Wir haben keine Zeit, los, weiter! Oder wollt ihr alle festgenommen werden?«

Niyol und ich wechselten einen schnellen Blick. Diesmal griffen wir beide zeitgleich nach der Hand des anderen. Vergessen war unser Gespräch, selbst die Wut rückte in den Hintergrund. Uns blieb keine Wahl.

Deshalb stürzten wir uns im nächsten Moment in die Meute und schwammen mit dem Strom. Es kamen immer mehr Menschen nach, ihre Schatten flackerten im Schein der Glühbirnen an den Wänden. Doch egal, wie oft ich mich umdrehte, ich erkannte weder Wills Gesicht noch das seiner Schwester oder Caspers und Darias. Blieb nur zu hoffen, dass sie es rechtzeitig rausgeschafft hatten. Keiner von ihnen konnte sich einen Fehltritt gegenüber der Omilia leisten.

»Ich kann nicht mehr«, keuchte ich, nachdem mein Zeitgefühl sich verabschiedet hatte und meine Beine bei jedem Schritt schmerzten. Wie lang *war* dieser beschissene Tunnel?

Inzwischen waren es weniger Leute, die meisten waren zurückgefallen, nur ein, zwei hatten uns überholt und befanden sich außer Sichtweite.

Niyol blieb unwillkürlich stehen. »Es ist nicht mehr so weit.«

»Wir müssen irgendwie Will und die anderen kontaktieren.« Ich kramte in meiner Handtasche und zog mein Handy hervor.

»Du glaubst nicht wirklich, du hast hier unten Empfang.«

Mist. Er hatte recht.

Ich stöhnte auf. »Wo führt dieser Tunnel hin?«

»Ins *Anema Inn*. Auch dort findet die Rebellionsparty statt.«

»Bei den Pnoe? Und wer sagt uns, dass sie dort nicht auch schon mit Tränengas vorgerückt sind?«

»Niemand.« Er verdrehte die Augen und lief los, ohne sich nach mir umzudrehen.

Zähneknirschend tat ich es ihm nach. Allerdings kamen wir nicht weit – ein Schrei hallte durch den Tunnel. Dann Stille.

»Super«, zischte ich, sobald ich mich einigermaßen von dem Schrecken erholt hatte. »Klingt richtig verlockend.«

Niyol wandte sich um. »Komm her. Wir müssen zusammenbleiben.«

Mein Herz ratterte unregelmäßig in meiner Brust.

Ganz langsam gingen wir weiter. Noch immer trugen wir den improvisierten Atemschutz, aber dieser Schrei klang nicht nach Gas. Er klang nach etwas Schlimmerem.

»Ich lasse nicht zu, dass dir was passiert«, wisperte Niyol.

Leise schnaubte ich. »Spar dir den Mist. Ich muss nicht beschützt werden. Und außerdem hab ich keine Angst.«

»Dann bist du mir einen Schritt voraus.«

Nichts als unsere Atemzüge war zu vernehmen. Vor uns lag eine Kreuzung. Zwei Tunnel, rechts und links von uns. Ich versuchte, mich so geräuschlos wie möglich zu bewegen, während ich zu Niyol schaute. Er zögerte kurz, dann wies er mit dem Kinn nach links und griff nach meiner Hand.

Okay. Keine große Sache. Ich hatte wirklich schon Schlimmeres hinter mir, nicht wahr?

Leider half diese Erkenntnis wenig, da die letzten Tage bewiesen hatten, dass es immer schlimmer ging, wenn ich glaubte, den Tiefpunkt erreicht zu haben.

Niyol atmete ganz ruhig, doch unsere Hände waren inzwischen schweißnass. Unwillkürlich durchfuhr mich eine

Welle der Zuneigung. Von seiner aufgesetzten Coolness war nichts mehr übrig.

Mit angehaltenem Atem trat ich einen Schritt nach vorn, in den linken Tunnel. Er tat es mir nach, und plötzlich war da nichts als Licht. Stechend weißes Licht – wie in meiner Vision.

»Fuck!«, ertönte es neben mir, und Niyols Hand entglitt meiner.

Eine Sekunde später nahm die Helligkeit ab.

»Du bleibst schön hier, Freundchen«, säuselte eine ekelhaft süße Stimme. Ich konnte nicht erkennen, zu wem sie gehörte. Mein Blick lag auf dem silbrig behaarten Arm, der Niyol in den Schwitzkasten genommen hatte. Und auf der Hand, die ein Messer an seinen Hals drückte.

»Wir … wir hatten keine Ahnung, was das für eine Party ist«, brachte er hervor und starrte mich mit weit aufgerissenen Augen an. Der Stoff war von seinem Mund gerutscht.

Ich trat einen Schritt nach vorne. Zu den Füßen unseres Angreifers stand eine dreieckige Laterne, die den unteren Bereich des tristen Steintunnels mit Licht durchflutete.

»Sie haben irgendein Gas versprüht!«, kam ich ihm zu Hilfe. Den weinerlichen Ton musste ich nicht mal vortäuschen. »Wir hatten keine andere Wahl, wir mussten da raus …«

Das Messer drückte sich gegen Niyols glatte Haut. Seine Adern traten hervor. Scheiße.

»Bitte, wir haben nichts getan!«, rief ich.

»Zur falschen Zeit am falschen Ort«, erwiderte die Stimme. Ich konnte nicht einordnen, ob sie zu einem Mann oder einer Frau gehörte, doch die Gestalt war eindeutig kleiner als Niyol. Auf Zehenspitzen stand sie hinter ihm. »Wer's glaubt, wird selig ... Wie lauten eure Namen?«

Mit Reden würden wir nicht weit kommen. Vermutlich auch nicht, wenn wir falsche Namen nannten. Bei meinem Glück würde ich wahrscheinlich sogar erkannt werden.

Also ließ ich das Adrenalin die Kontrolle übernehmen. Holte mit einem Bein aus und trat mit voller Wucht gegen das schmächtige Knie hinter Niyols.

Ein Schmerzenslaut erfüllte den Tunnel, Niyol wand sich in der Umklammerung, das Messer drehte sich in der Hand, streifte seine Wange, bohrte seine Spitze in die dunkle Haut ... Sein Gesicht war verzerrt, doch es blieb keine Zeit für Entsetzen. Im nächsten Moment trat er hinter sich, rammte seinen Fuß in die gleiche Stelle, die ich attackiert hatte, und riss sich los.

»Na wartet, ihr kleinen Biester!«, schrie uns die Stimme hinterher. Ich sah nur noch einen grauen Haarschopf, dann wurde ich nach vorne gerissen. Von Müdigkeit war nun keine Spur mehr. Mein Körper holte sämtliche Kraftreserven hervor, und so sprinteten wir ins Halbdunkel, gejagt vom Widerhall der fluchenden Stimme.

Die Gestalt machte nicht einmal Anstalten, uns hinterherzurennen. Entweder wir hatten sie wirklich ernsthaft verletzt, oder sie hatte ein einfacheres Opfer gefunden.

Wir wurden trotzdem erst langsamer, als ein kleiner Lichtpunkt vor uns das Ende des Tunnels ankündigte. Statt Wellenrauschen war jetzt Vogelgezwitscher zu hören. Mitten in der Nacht. Erfolglos suchte ich die steinernen Wände nach Lautsprechern ab. Das gehörte wohl zum Zauber des Luft-Bezirks. Unter anderen Umständen wäre ich beindruckt gewesen.

Niyol fand seine Stimme zuerst wieder. »Du bist ja richtig krass, Baby!«

Ich ließ seine Hand los, um sie mir auf die stechende Brust zu drücken. »Nur weil ich dich nicht leiden kann, heißt das nicht, dass ich dich tot sehen will.«

Grinsend winkte er ab. »Das war nur eine Farce. Der wollte uns Angst einjagen, mehr nicht.«

Mit hochgezogenen Augenbrauen zeigte ich auf seine Wunde. Ein blutiger Riss zierte seine Wange. »Fühlt sich das nach Spielerei an, du harter Kerl?«

Sein Lächeln verblasste, und er blieb stehen. Versperrte mir den Weg. »Danke fürs Retten.«

Ich verdrehte die Augen. »Nicht der Rede wert.«

Er machte einen Schritt auf mich zu, jetzt trennten uns nur wenige Zentimeter. Wir hatten uns beide von den improvisierten Atemmasken befreit. Ich gab mir alle Mühe, seinen Blick zu halten und nicht auf sein zerrissenes Shirt und die halb entblößte Brust zu starren.

»Unser Gespräch vorhin wurde unterbrochen.«

Hastig schüttelte ich den Kopf. »Es ist alles gesagt.«

»Nein, ist es nicht.«

»Niyol, hör auf.«

Ich drückte mich an ihm vorbei und lief los.

Sofort schloss er wieder zu mir auf und hielt Schritt mit mir. Im nächsten Augenblick stellte er sich vor mich. Irgendwann während unserer Flucht hatte sich sein Zopf gelöst, sodass ihm seine dunklen Haare über die Schulter fielen.

»Lass mich in Ruhe!«, sagte ich nun etwas säuerlich.

»Ich kann dich nicht in Ruhe lassen.«

»Du …«

Schon kam er näher. Diesmal mit glühendem Blick. Und er besaß doch tatsächlich die Dreistigkeit, mir einen Finger auf den Mund zu legen.

Vorbei war es mit meiner Gelassenheit. Ja, er hatte mir aus dem Club geholfen und war gerade angegriffen worden, aber das gab ihm nicht das Recht, mich …

»Ich weiß, dass du mir nie dafür verzeihen wirst.« Seine Lippen zitterten, genau wie seine Stimme. »Und ich werde auch nicht leugnen, dass es zu der Zeit mehr eine willkommene Ablenkung als eine Überwindung für mich war. Ich hatte kein schlechtes Gewissen, und ich habe mich auch nicht gefragt, wie es ihr oder dir ergehen würde, aber alles, was danach kam, alles, was ich dir gesagt habe, war echt. Ich wollte meinen Job nicht vermasseln, glaub mir, das war das Letzte, was ich wollte. Aber du –«

Auf einen Schlag sah ich Sophias Gesicht vor mir. Ihr tränenüberströmtes Gesicht, als ich ihr die ganze Wahrheit erzählt hatte. Ich packte seine Hand und stieß sie beiseite. Trat näher, um ihn mit meinem Blick zu durchbohren. »Du hast deinen Job nicht vermasselt. Du hast genau das erreicht, was man von dir verlangt hat.«

Sein Geruch war nun alles, was ich wahrnehmen konnte. Ich hasste ihn dafür, wie vertraut er mir war.

»Seltsam, ich kann mich nicht daran erinnern, den Auftrag bekommen zu haben, mich in dich zu verlieben, Kiana.«

Meine Wut verpuffte augenblicklich.

Eine unheimliche Stille legte sich über meinen Körper. Selbst mein Herz schlug langsamer.

Déjà-vu. Déjà-vu. Déjà-vu, verdammt!

Am liebsten hätte ich gelacht. Oder geweint vor Freude.

Niyol trat zurück, und jetzt sah ich alles ganz klar vor mir. Wusste, was sich jeden Moment in seiner Miene widerspiegeln würde. Denn nein, er hatte das Geständnis nicht geplant, es war ihm unangenehm. Sein Verhalten in den vergangenen Tagen ergab wirklich Sinn. Vermutlich hatte er um jeden Preis verhindern wollen, dass ich merkte, wie sehr es ihm zusetzte, Will und mich zusammen zu sehen.

Er schlug die Augen nieder. Wollte davonlaufen. Die impulsiven Worte zurücknehmen. Ich wusste genau, was kommen würde, weil ich es schon einmal erlebt hatte.

Es ist nur wichtig, wie du dich entscheidest.

Das war sie. Meine Chance. Den Moment in Leeds konnte

ich nicht ungeschehen machen, denn die Vergangenheit ließ sich nicht ändern. Meine Zukunft schon.

Wie in Zeitlupe hob ich einen Arm und strich ihm eine Strähne hinters Ohr. »Es tut mir leid«, flüsterte ich. »Es tut mir leid, aber ich werde dich nicht küssen. Ich habe aus meinen Fehlern gelernt, weißt du?«

Sein Blick zuckte zu mir. Die schwarzen Augen schimmerten verdächtig. »Ich … ich erwarte nicht von dir, dass du mich küsst.« Er gab auf und offenbarte mir all den Schmerz, den er sonst so gut verbarg. »Ich weiß, dass du meine Nähe nicht willst …«

Ich ließ meine Hand sinken, als ich spürte, wie er vor meiner Berührung zurückzuckte. Auch das war mir nicht fremd. Nicht weil ich es in meiner Vision gesehen hatte, sondern weil ich wusste, wie es sich anfühlte. Von jemandem berührt zu werden, den man liebte, wenn dieser es nicht erwiderte.

»Es tut mir leid«, wiederholte ich und wischte mir über die Wange. »Ich habe diese Gefühle für jemand anderen.«

Er biss die Zähne zusammen. Schüttelte verächtlich den Kopf und wandte sich ab. »Als wüsste ich das nicht.«

Mit wütenden Schritten lief er los.

Erleichterung durchströmte mich, als wir im nächsten Augenblick am Ende des Tunnels anlangten.

»Na endlich«, sagte Niyol plötzlich in neutralem Ton und drehte sich zu mir um. Ein Lächeln, das ich ihm nicht ganz abnahm, erhellte sein Gesicht. »Sieht nicht so aus, als wäre die Omilia bis hierher vorgedrungen.«

Vor uns lag ein silberner Aufzug. Das Wummern von Technomusik war zu hören. Bläuliches Licht fiel von oben herab. Bevor wir weiterlaufen konnten, sprangen die Türen auf, und ein platinblondes Mädchen mit Pagenschnitt trat heraus. Sie trug ein hautenges glitzerndes Cocktailkleid, und ihre glänzenden Lippen waren zu einem breiten Lächeln verzogen. Dieses gefror augenblicklich, sobald ihr Blick auf Niyol traf.

»Himmel, was ist mit dir passiert?«, rief sie und trat nach vorne.

»Hi, Wendy.« Niyol griff nach ihrer Hand und hauchte ihr einen Kuss auf. Sie riss sich los und baute sich vor ihm auf. Trotz ihrer hohen Absätze ging sie ihm nur bis zur Schulter.

Ihre dunkel geschminkten Augen wurden ganz schmal. »Hast du dich wieder geprügelt? Kannst du nicht *ein einziges Mal* …«

»Wir wurden im Tunnel abgefangen, mein Engel«, unterbrach Niyol sie grinsend. »Die Ydor-Party hat ein ziemlich abruptes Ende gefunden, als unsere Freunde Tränengas herumgesprüht haben.«

»Was?!« Ihre Stimme klang drei Oktaven höher. »Und wieso hat uns niemand Bescheid gegeben?«

»Der Großteil war wohl damit beschäftigt, nicht in die Fänge der Omilia zu geraten«, sagte er sarkastisch. »Also hier läuft alles nach Plan?«

Sie nickte und drückte mehrmals auf den Aufzugknopf. »Rein mit euch, die sollen dich oben verarzten. Und danach gehen dein Anhängsel und du direkt nach Hause, verstanden? Sonst kriegen wir beide großen Ärger miteinander.«

Niyol lachte. »Kia, darf ich dir meine Lieblingsinventi vorstellen? Sie ist ungefähr so nervtötend wie William.«

Ich reichte ihr die Hand. Sie schenkte mir immer noch keine Beachtung. »Kiana Lyberth«, stellte ich mich vor.

Ihre Züge entgleisten ihr, sie starrte mich fassungslos an, bevor sie ein entschuldigendes Lächeln aufsetzte und mir die Hand schüttelte. »Wendy Kensington. Tut mir leid, ich stehe heute neben mir.«

»Nicht nur du«, murmelte ich, während die Türen des Aufzuges auseinanderglitten.

Mit sanfter Gewalt schob sie uns in den Aufzug. »Ich werde den anderen Bescheid geben. Bitte geht auf direktem Weg hinter die Bar und kümmert euch um die Wunde. Und dann haut ab. Es ist viel zu riskant hier. Wenn die *Thalassa Tavern* schon gesperrt wurde, ist es nur noch eine Frage der Zeit, bis sie auch uns entdecken.«

Die Türen schlossen sich hinter uns. Gerade noch konnte ich sehen, wie sie in die Richtung lief, aus der wir gekommen waren. Direkt in den Tunnel.

»Wo läuft sie hin?«

»Das *Anema Inn* ist nicht nur über den Aufzug zu erreichen«, sagte Niyol und lehnte sich gegen die verspiegelte Wand, nachdem er auf einen der Knöpfe gedrückt hatte. Geräuschlos setzten wir uns in Bewegung.

Anema Inn.

Siedend heiß fielen mir Picabos Worte ein, als er nachts bei mir aufgetaucht war: *Er befindet sich momentan am gegenüberliegenden Ufer von diesem Nachtclub bei den Pnoe.* Anema Inn.

»Jonathan Slater«, entfuhr es mir.

Niyol runzelte die Stirn. »Was?«

»Gibt es eine Möglichkeit, von hier ans andere Ufer zu kommen?«

»Hä?«

»Ich muss jemandem einen Besuch abstatten. Heute Nacht, während alle abgelenkt sind. Es ist der perfekte Zeitpunkt. Niemand wird uns in dem Tumult vermissen.«

Das war meine Chance, um herauszufinden, ob ich Phos wirklich vertrauen konnte. Und Picabo hatte gemeint, ich sollte Verstärkung mitnehmen, oder?

»Woher kennst du Slater?«, flüsterte Niyol.

»Also kennst du ihn auch?«

Er nickte langsam. »Er gehörte früher zur Asphalia.«

»Lass uns hinfahren. Ich möchte mich nur mit ihm unterhalten. Bitte.«

Ein paar Sekunden sahen wir uns an. Dann wurde sein Blick plötzlich weich. »Okay. Ich bringe dich hin.«

Will würde auch etwas daran liegen, dass ich heute die Wahrheit herausfand, oder?

Ich war müde, überfordert und außerdem voller Sorge, solange ich nicht wusste, ob Will und die anderen entkommen waren. Ich brauchte irgendeine Ablenkung.

Meine Gedanken waren mir wohl an der Nasenspitze abzulesen, denn Niyol seufzte. »Ruf ihn an. Oben haben wir Empfang. Ruf ihn an und frag ihn, ob er okay ist. Und dann erzähl ihm von dem Plan. Meinetwegen kann er mitkommen.«

»Seit wann bist du eigentlich so … nett?«

Er stieß sich von der Wand ab. Anstatt näher zu kommen, wandte er mir den Rücken zu und stellte sich direkt vor die Türen. »Seit ich versehentlich meine Gefühle ausgeplaudert habe und es keinen Zweck mehr hat, so zu tun, als sei ich ein herzloses Arschloch.«

A

Das *Anema Inn* war eine gigantische Kugel, die sich um ihre eigene Achse drehte und einen 360-Grad-Panoramablick über die Stadt bot. Fluchtwege konnte ich keine entdecken, allerdings mussten wir an drei Securitys vorbei, bevor wir den Clubbereich betreten durften. Sie durchbohrten uns mit bösen Blicken. Als sie unsere Namen hörten, winkten sie uns genauso schnell durch wie die vor der *Thalassa Tavern*.

Die Getränkekarte war die gleiche wie auf der Ydor-Party, und die Besucher schienen ebenso bunt gemischt. Ich hatte keine Gelegenheit, das Geschehen näher unter die Lupe zu nehmen. Wie Niyols Inventi uns befohlen hatten, liefen wir geradewegs hinter die Bar, wo einer der Kellner uns mit einem Verbandskasten in Empfang nahm. Wir befanden uns hier in einer gewöhnlichen Gastroküche. Das Geschirr stapelte sich im Waschbecken, und die gigantische Spülmaschine brummte.

Während einer der Kellner sich um Niyols Wunde kümmerte, wählte ich Wills Nummer.

Obwohl ich Empfang hatte, zeigte mein Handy weder neue Nachrichten noch verpasste Anrufe an. Definitiv kein gutes Zeichen. Unruhig lief ich vor der Glasfront auf und ab.

Es klingelte sieben Mal, bevor es in der Leitung klickte. »Wer ist da?«

Die Stimme war dank der Geräuschkulisse zwar nicht ganz deutlich zu verstehen, aber sie klang definitiv männlich … nur leider ganz und gar nicht nach meinem Inventi – dessen Stimme würde ich trotz Lärmpegel überall erkennen. Scheiße. Mit bebenden Fingern beendete ich das Gespräch.

»Hast du ihn nicht erreicht?«, rief Niyol zu mir herüber.

Ich drehte mich um. »Da ist jemand Fremdes rangegangen.«

»Mal jetzt nicht den Teufel an die Wand. Das muss nichts heißen.«

Oder es bedeutete, dass sie geschnappt worden waren. Ich gesellte mich zu ihnen und beobachtete geistesabwesend, wie der Kellner Niyol die Wunde desinfizierte, der sich Mühe gab, seine Schmerzen zu verbergen. Er hielt meinen Blick fest. »Ich mein's ernst, steiger dich nicht rein. Versuch's mal bei deinen Freunden.«

Genau das hatte ich vorgehabt. Ich klickte auf meine Kontakteliste und probierte es erst bei Daria, dann bei Casper. Bei beiden ging die Mailbox ran.

»Verdammt.« Ich raufte mir die Haare.

»Wenn du nach Hause willst, kann ich das verstehen.«

»Soll das umgekehrte Psychologie sein?«

Er grinste und zuckte im selben Moment zusammen, als der Kerl ihm ein Pflaster aufklebte.

Bevor er antworten konnte, vibrierte es in meiner Hand. Mein Blick zuckte zum Display. Die Nummer war nicht eingespeichert. Mit gemischten Gefühlen drückte ich auf den grünen Hörer.

»Ja?«, fragte ich vorsichtig.

»Kiana? Bist du das?«

Ich atmete geräuschvoll aus. Irgendwo hatte ich die Stimme schon mal gehört …

»Hier ist Arielle. Zum Glück erreiche ich dich, Schätzchen. Ist alles in Ordnung bei dir?«

»Ja, ja, ich …«

»Warum hat mir niemand von dieser idiotischen Feier erzählt?«, fiel sie mir ins Wort. »Versteh mich nicht falsch, ich begrüße es normalerweise, meinen Bruder auf die Palme zu bringen, aber *das*? Das ist einfach nur wahnsinnig! Nero ist gerade wirklich reizbar.«

»Hast du was von Daria gehört?«

»Nein, deshalb rufe ich ja an. Sie wollte mich heute Abend besuchen, zusammen mit Williams Schwester. Stattdessen ist der ganze Bezirk in Aufruhr wegen der Rebellion.«

»Ich bin bei den Pnoe. Mit Niyol. Wir konnten abhauen, als sie mit Tränengas vorgerückt sind. Ich habe versucht, sie zu erreichen, sie und Casper und Will und Alessa … Mein Gott, was, wenn sie gefasst wurden?«

Kurz herrschte Stille. Als Elle sprach, klang ihre Stimme deutlich sanfter. »Das hätte ich mitbekommen, Kiana. Hörst du? Mach dir keine Sorgen. Ich war bis eben in der Omilia und habe mit ein paar der Mentoren gesprochen. Es ist euer Glück, dass mein werter Bruder noch immer in Behandlung ist und die Zügel für heute Nacht aus der Hand gegeben hat.«

Die Hoffnung löschte jeden vernünftigen Gedanken aus. Unter anderen Umständen hätte ich mich für Neros Zustand interessiert – und vor allem für den Grund, weshalb er so durchdrehte –, doch jetzt zählte nur eines. »Soll ich zu dir kommen? Dann können wir gemeinsam nach ihnen suchen?«

»Das halte ich für keine gute Idee. Sie belagern euer Haus. Suchen die Straßen nach euch ab. Bleib besser, wo du bist. Sobald William auftaucht, sage ich ihm, dass es dir gut geht. Dir geht es doch gut, oder? Ärgert dich dieser arrogante Pnoe?«

Gegen meinen Willen musste ich lachen. »Nein, nein, keine Sorge. Ich habe alles unter Kontrolle.«

»Okay, Liebes. Wir bleiben in Kontakt, ja? Pass auf dich auf. Und falls du meine Nichte siehst, richte ihr aus, dass ich ihr bald einen Besuch abstatten werde.« Mit diesen Worten beendete sie den Anruf.

Niyol sprang vom Hocker, auf dem er sich hatte verarzten lassen. Der Kellner warf mir einen neugierigen Blick zu, bevor er zurück nach vorne an die Bar lief.

»Sehe ich da Erleichterung?«

»Das war Arielle«, teilte ich ihm mit. »Sie meinte, ich soll hierbleiben.«

»Hervorragende Idee. Könnte von mir stammen.« Er zwinkerte mir zu, dann wurde er ernst. »Wieso macht dich das glücklich?«

»Sie war in der Omilia und hat gesagt, sie hätte es mitbekommen, wenn sie einen meiner Freunde erwischt hätten.«

»Na siehst du. Also zerbrich dir den Kopf lieber über was Sinnvolles.« Er trat näher zu mir, schaute sich prüfend um und senkte die Stimme. »Wenn wir uns beeilen, können wir in einer Stunde an der Küste sein.«

»Glaubst du, der Typ wird um diese Uhrzeit wach sein?«

»Für dich wird er seine Nachtruhe opfern wollen. Falls er überhaupt schläft. Würde mich nicht wundern, wenn er jede Sekunde auf der Hut ist. Immerhin versteckt er sich vor einer fanatischen Sekte.«

Wir hatten sowieso Zeit totzuschlagen. Ich würde garantiert nicht in diesem schicken Laden rumsitzen und Däumchen drehen.

»Lass uns gehen.«

Nachdem uns die hilfsbereiten Kellner je einen Pullover mit dem Club-Logo geschenkt hatten, nahmen wir den gleichen Aufzug wie vorhin, nur fuhren wir nicht ganz nach unten, sondern stiegen im zweiten Stock aus, wo wir dem ersten Security-Kerl in einem schwach beleuchteten Gang begegneten.

»Ihr Boot wartet bereits«, sagte er, an Niyol gewandt, und nickte mir höflich zu. »Angenehme Fahrt.«

»Wie schnell hast du das denn in die Wege geleitet?«, zischte ich, während ich durch die Tür schlüpfte, die sich direkt neben dem Aufzug befand und die er uns aufhielt. Kühle Luft kam uns entgegen.

Statt einer Antwort grinste er mir bloß fröhlich zu.

Wir befanden uns auf einer Plattform, von der eine schmale Hängebrücke wegführte. Ihre Tragseile waren mit kleinen Lämpchen versetzt.

»Wann hast du eigentlich herausgefunden, wer ich bin?«, durchbrach Niyol die Stille.

»In der Nacht der Jubiläumsfeier. Ich habe Aria und dich gemeinsam auf dem Ostdach gesehen, als ich auf dem gegenüberliegenden Dach stand.«

Auf ein Neues. Ich griff nach dem gespannten Seilgeländer. Die Brücke schwankte im Wind. Nicht besonders verlockend, aber mir blieb wohl nichts anderes übrig. Außerdem hatte ich inzwischen Übung. Ich klammerte mich rechts und links fest, straffte die Schultern und machte den ersten Schritt.

»Ich wusste es! Du warst viel zu gefasst, als ich bei euch vor der Tür aufgetaucht bin. Du hast erst die Nerven verloren, als dir klar wurde, dass William und ich uns kennen.«

»Schöner Zufall, oder?«

»Hast du dir je überlegt, mich zur Rede zu stellen?« Er befand sich direkt hinter mir. Die Brücke ächzte unter unserem Gewicht.

»Nein«, gab ich trocken zurück. »Das war die erste Nacht, in der ich mein Talent bewusst ausgelöst habe, und ich hatte wirklich dringendere Probleme.« Es war mir egal, dass ich vorsichtig mit Informationen zu meinem Talent umgehen sollte. Ich musste über irgendetwas sprechen, um die Panik fernzuhalten, die ihre kalten Finger nach mir ausstreckte.

»Was? So spät erst?« Seine Stimme hatte mit einem Mal einen seltsamen Unterton angenommen. Er presste die Worte regelrecht hervor.

»Sag mir nicht, du hast auch Höhenangst.« Ein irres Lachen entfuhr mir. »Du bist ein Pnoe!«

»Was hat das eine bitte mit dem anderen zu tun?« Er versuchte mit aller Macht, lässig zu klingen, aber mich konnte er nicht täuschen.

»Oh Gott, du hast wirklich genauso viel Schiss wie ich.« Erneut musste ich lachen.

Anstatt mir zu widersprechen, fiel er mit ein.

»Halt die Klappe und beweg dich«, japste er. »Je schneller wir von diesem Teufelsding runterkommen, desto besser.«

Ich gehorchte. Schon bald tat mir der Bauch weh vor lauter Lachen. Und auch wenn meine Beine schlotterten und mein Herz wie verrückt klopfte, konnte ich nicht damit aufhören.

Das war das Leben, nicht wahr? Furcht einflößend und zum Totlachen zugleich.

Nach einer gefühlten Ewigkeit sah ich das Licht vor uns. Eine einzelne Straßenlaterne. Mitten auf einem dicht bewachsenen Hügel.

Das letzte Stück rannten wir, obwohl die Brücke dadurch nur noch mehr wackelte.

Wir stolperten auf den festen Boden und grinsten uns atemlos an.

»Ich fange an, meinen Plan zu bereuen«, sagte Niyol.

»Ja, hättest du erwähnt, dass er den Gang über eine Hängebrücke inklusive Todesangst erfordert, hätte ich nicht so schnell zugestimmt.«

Wir liefen auf den höchsten Punkt, bis zwischen dem Gestrüpp ein schmaler Pfad sichtbar wurde, der steil nach unten führte. Leider konnte man lediglich die ersten paar Meter erkennen – bis auf die eine Straßenlaterne gab es keine Beleuchtung.

»Du gehst vor.« Ich verschränkte die Arme und blieb stehen, während ich mein Handy wieder hervorzog, um die Taschenlampe einzuschalten. »Ich habe wenig Lust, mir den Hals zu brechen.«

»Das sind weniger als zehn Meter, du Schisser. Hörst du das Meer nicht schon rauschen?«

Er hatte recht. Ich hatte mich wohl zu sehr auf mein Innenleben konzentriert, doch jetzt war das unverkennbare Geräusch von Wellen, die sich an Klippen brachen, ganz deutlich zu hören.

»Wir sehen uns am Ufer«, flüsterte er geheimnisvoll, dann nahm er Anlauf und schlitterte den Pfad hinunter. Innerhalb von Sekunden verschwand seine Silhouette zwischen dornigem Gebüsch.

»Mistkerl«, brummte ich und warf noch einen letzten Blick zurück. Das *Anema Inn* hing glitzernd im Nachthimmel. Die Farben der vier Elemente erhellten die Kugel abwechselnd.

Ich schaute nach vorn. Wenn seine Höhenangst genauso ausgeprägt war wie meine und ihm die Entfernung nichts ausmachte, konnten es wirklich nur wenige Meter sein. Hoffte ich zumindest.

»Hey, wir haben nicht die ganze Nacht Zeit!«, tönte seine Stimme zu mir hoch. Na bitte, er befand sich ganz in der Nähe.

»Stress mich nicht!«, rief ich zurück, kniff dann aber die Augen zu, streckte die Arme aus und rutschte den Abgrund hinab.

Es war vorbei, bevor es richtig gruselig werden konnte. In einem Moment spürte ich die Äste, die sich in meine Hände und Beine bohrten, im nächsten stolperte ich schon gegen etwas Weiches.

Ich blinzelte.

Niyols Arme schlossen sich um meine Taille. »Was habe ich gesagt?«

Hastig machte ich mich los und hob mein leuchtendes Handy in die Höhe. Zeitgleich schwappte eine Welle über meine Füße, und das kalte Wasser durchtränkte meine Strumpfhose. Reflexartig sprang ich zurück.

Wie angekündigt wartete ein Boot auf uns. Es war mit zwei Seilen an einem Holzpfosten angebunden und größer als die Touristengondeln. Außerdem deutlich schnittiger.

»Elektromotor«, raunte mir Niyol ins Ohr und machte sich am Seil zu schaffen. »Wir stehen nämlich nicht auf den Nostalgie-Mist wie die Ydor.«

»Mir ist auch schon aufgefallen, dass die Pnoe die Schnösel unter den Talentierten sind«, gab ich mit einem zuckersüßen Lächeln zurück.

Mit einem Lachen sprang er aufs Boot und streckte mir eine Hand entgegen. »Hör bloß auf. Immer, wenn du mit Schlagfertigkeit auf meinen Bullshit antwortest, verlieb ich mich noch ein Stückchen mehr in dich.«

Ich erstarrte.

»Guck nicht so, das war ein Scherz. Also zur Hälfte. Und jetzt komm her.«

Befangen griff ich nach seiner Hand und ließ mir aufs Boot helfen. Er hatte sich erstaunlich schnell von meiner Abfuhr erholt, wenn er schon Witze darüber riss. Vielleicht lag das wirklich daran, dass er nie ernsthaft angenommen hatte, ich würde seine Gefühle erwidern …

Er zog das Seil aufs Boot und startete den Motor.

»Kaum ein Wölkchen am Nachthimmel bei einer Windgeschwindigkeit von höchstens zwanzig Kilometern pro Stunde. Lehnen Sie sich zurück und genießen Sie die Fahrt, Miss Lyberth!«

Etwa zehn Minuten ging alles gut. Wir flogen über die Wasseroberfläche, der Fahrtwind blies meine Haare nach hinten und füllte meinen Bauch mit der guten Sorte Kribbeln. Für ein paar köstliche Herzschläge war ich frei. Frei von Verpflichtungen, frei von Sorgen. Niyol ließ mich in Ruhe, und ich beobachtete abwechselnd die weiße Gischt, die vom Boot wegspritzte, und den Sternenhimmel über uns. Nur meine ständigen Blicke aufs Handy trübten die Stimmung, da der Bildschirm schwarz blieb.

Als Regentropfen auf mein Gesicht trafen, klingelten noch keine Alarmglocken in meinem Kopf. Das Gefühl war mir seit meiner Ankunft in Tessarect viel zu vertraut, um mich in Panik zu versetzen.

Erst als sich Niyol mit aufgerissenen Augen zu mir umdrehte, wachte ich aus meinem Trancezustand auf. Seine Lippen bewegten sich, doch die Worte gingen in krachendem Donner unter.

Ich legte den Kopf in den Nacken und bekam prompt eine intensivere Regendusche ab. Die Tropfen vergrößerten sich in Rekordgeschwindigkeit.

»Das muss das Unwetter sein, das Phos heraufbeschwören wollte!«, schrie Niyol mir zu, während er die Hände um das Lenkrad klammerte. Weit und breit waren wir die Einzigen auf dem Wasser.

»Glaubst du wirklich?«, gab ich in derselben Lautstärke zurück. Ich zuckte zusammen, als ein Blitz den Himmel zerriss.

»Ich hab so was noch nie erlebt! Wir sind in meinem Bezirk, verdammte Scheiße! Sturmböen, ja, aber was soll der Regen?«

»Das bisschen Wasser stört dich?« Nackte Angst flackerte in seinen Augen auf. »Nicht der Wind oder die Blitze?«

»Wir verlieren jetzt nicht die Nerven, okay?«

»Zu spät!« Das konnte doch nicht wahr sein! Wann war denn bitte ein verdammter Sturm aufgezogen, ohne dass wir es mitbekommen hatten? »Wenn wir es lebendig an Land schaffen, drehe ich dir den Hals um für diese dämliche Idee!«

Er lachte und klang dabei, als sei er dem Wahnsinn nahe. »Wir müssen da jetzt durch. Umdrehen ist Selbstmord, der Wind ist viel zu stark. Siehst du den Leuchtturm da vorne? Ganz schwach in der Ferne? Da müssen wir hin. Das schaffen wir. Hörst du? Wir schaffen das.«

Ich stockte. Tatsächlich – ein diffuses Licht schimmerte in der Nacht. Doch das war nicht der Grund, wieso alles in mir zu Eis wurde.

Der Geschichtenerzähler! Die Legende der zwei Geliebten. Ich schüttelte den Kopf, um die Erinnerung zu verscheuchen.

»Die Geschichtenerzähler«, rief ich nach vorne. »Passen

sie ihre Erzählungen immer an die Zuhörer an? Oder gibt es eine feste Vorgabe?«

Er musterte mich verwirrt, dann zuckte er die Achseln. »Das ist Touristen-Hokuspokus. Keine Ahnung, was die erzählen.« Sein Gesicht war inzwischen genauso triefend nass, wie meines sich anfühlte.

»Du hast dir nie die Mühe gemacht, ihnen zuzuhören?«

»Ich habe meine Tage in den letzten Jahren damit verbracht, mir regelmäßig die Kante zu geben. Für Märchen blieb da wenig Zeit.«

»Das sind keine Märchen«, protestierte ich. »Sie basieren auf etwas Wahrem. Und diese Geschichtenerzähler scheinen mich immer zu erkennen.«

»Was 'ne Überraschung. Du bist der böse Mischling. Jedes Kind in Tessarect würde dich erkennen.«

Ich kniff die Augen zusammen und klammerte mich am Bootsrand fest, als ein weiterer Windstoß an mir schüttelte. »Wieso hattest du eigentlich keine Angst vor mir? Du bist doch mit derselben Gehirnwäsche wie alle anderen aufgewachsen.«

»Du sprichst vom Rausch, oder? Aria hat mir versichert, ich wäre nicht in Gefahr. Der Rausch würde nur die Talentierten treffen, die ihre Gabe vor einem fremden Talentierten auslösen.«

»Und das hast du ihr geglaubt? Wird in der Omilia nicht gepredigt, der bloße Kontakt zu einer anderen Elementengruppe würde ausreichen, um verrückt zu werden?«

»In der Omilia wird viel gepredigt, wenn der Tag lang ist.«

Wir fuhren beide zusammen, als ein weiterer Blitz das Boot erleuchtete.

Kalte Angst fraß sich durch meine Gliedmaßen. Meine Finger fühlten sich wie Eiszapfen an. Ich konnte nicht mehr sagen, ob der Regen oder die peitschenden Wellen meine Kleidung durchnässt hatten. Jedenfalls klebte der Stoff an meiner Haut.

»Meine Mum …«, rief Niyol, löste eine Hand vom Steuer und griff nach meiner. Ich protestierte nicht.

»… meine Mum war von der rebellischen Sorte. Ich bin zwar auch mit der Gehirnwäsche in der Omilia konfrontiert worden, aber bei uns zu Hause sah es ganz anders aus. Mum hat mir, seit ich denken kann, eingetrichtert, dass es gefährlich sei, blind irgendwelchen Regeln zu folgen. Selbst – oder gerade wenn – diese Regeln jahrhundertealt sind.«

»Kluge Frau.« Ich krallte meine Finger in seine Haut.

»Sie hat mit ihrem Leben dafür bezahlt. Das darf mir nicht passieren.«

Ich schüttelte den Kopf. Ich konnte kaum etwas erkennen. Der Wind hatte etwas abgenommen, und auch der Donner klang nun weiter entfernt, dafür war der Regen stärker denn je. Sintflutartig ergoss er sich über das Boot, bildete Pfützen zu unseren Füßen.

Boote sinken nicht aufgrund des Wassers, das sie umgibt, sondern wegen des Wassers, das in ihr Inneres gelangt.

Schwarz auf weiß sah ich die Worte vor mir. Sophia hatte

eine Pinnwand voller Zitate über ihrem Bett hängen gehabt. Motivierende Sprüche für jede Lebenslage. Dieses war eines davon gewesen, und ich erinnerte mich genau an den letzten Satz: *Lass nicht alles in deiner Umgebung in dein Inneres gelangen und dich herunterziehen.*

ELF

Diamant

»Das wird dir nicht passieren!« Ich rutschte weiter nach vorn, drückte mich an seinen klatschnassen Rücken, ohne seine Hand loszulassen.

Das Wasser zu unseren Füßen stieg höher und höher.

Sein Griff verstärkte sich. »Sophia hat immer von dir gesprochen, als ich sie kennengelernt habe. Sie hat auch über eure anderen Freunde geredet, allerdings nie so wie über dich. Ihr ganzes Gesicht hat geleuchtet, und ich war fast neidisch, dass ich nie eine solche Verbindung zu einem anderen Menschen erfahren habe. Ihr wart eindeutig Seelenverwandte. Ich dachte, nichts und niemand könnte sich je zwischen euch stellen. Ich kenne sie nicht mal halb so gut, wie du sie kennst, Kia, aber weißt du, ich glaube, sie hätte dir eines Tages verziehen.«

Warmes Nass mischte sich unter die kalten Regentropfen auf meinen Wangen. »Ich weiß.«

Zusammengekauert verharrten wir so. Mir fielen die Augen zu.

»Und trotzdem habe ich es zugelassen, dass du dich zwischen uns stellst«, sagte ich, ohne mich darum zu scheren, dass meine Stimme von Tränen erstickt war.

Ich hob den Kopf von seinem Rücken, und meine Lider flatterten auf. Das Wasser lief in Schlieren an meinem Gesicht herab, doch es kam kein neues nach. Ich ließ seine Hand los und war drauf und dran, aufzuspringen. »Niyol, der Regen hat aufgehört!«

Er schenkte mir ein triumphierendes Lächeln und löste auch die andere Hand vom Lenkrad, um seine Arme in die Luft zu recken. »Nicht nur der Regen.«

Windstill. Auf einen Schlag war es windstill. Das Wasser glatt. Vor uns hoben sich Klippen empor, auf denen der rotweiß gestreifte Leuchtturm thronte, der seinen Lichtkegel über das Wasser wandern ließ.

»Ich muss mich gerade wirklich am Riemen reißen, um dich nicht zu küssen«, rief Niyol über die Schulter und senkte die Arme.

»Benimm dich!« Ich konnte und wollte das Kichern nicht aufhalten, das meiner Warnung folgte.

»Geht doch nichts über eine nächtliche Nahtoderfahrung mit deiner Ex-Affäre, oder?«

Kopfschüttelnd senkte ich den Blick. Das Wasser hatte sich am Boden angesammelt. Ein paar Zentimeter noch und wir wären den Fluten zum Opfer gefallen.

»Obwohl – für dich ist das ja nichts Neues. Du bist ja so etwas wie die Expertin in Nahtoderlebnissen.«

Die Erleichterung hatte mein Gehirn in Watte gepackt, und trotzdem hielt ich bei seinen Worten inne. »Wie meinst du das?«

Er blinzelte mir flüchtig zu, bevor er sich wieder aufs Steuer konzentrierte. »Ist das nicht der Trigger deiner Gabe? Die Nähe zum Tod?«

»Woher willst du das wissen?«

Ich erhielt keine Antwort. Im nächsten Augenblick wurden wir ans Ufer gespült, krachten mit einem unschönen Geräusch gegen eine Klippe und wurden nach vorne geworfen.

»Die Qualität unseres Transportmittels lässt also doch zu wünschen übrig«, sagte Niyol und erhob sich. »Raus hier. Wir wollen unser Glück nicht überstrapazieren.«

Hand in Hand sprangen wir vom Boot und zogen uns an der felsigen Uferkante hoch, hinter der zu meiner Erleichterung ein schwarzer Sandstrand lag. Schaudernd beobachtete ich, wie die Wellen das Boot immer wieder gegen das Gestein warfen, bis sich ein großer Riss über den vorderen Rumpf zog.

»Komm, weiter geht's, wir können ihm jetzt auch nicht mehr helfen«, kommentierte Niyol meine schockierte Miene.

»Von wegen schlechte Qualität.« Ich schnaubte. »Das Ding hat uns das Leben gerettet.«

Mit einem Ächzen richtete ich mich auf. Als wir beide festen Boden unter den Füßen hatten, fixierte ich sein Gesicht. »Zurück zum Thema. Woher kennst du den Trigger meines Talents?«

Er schien ernsthaft verwirrt. »Phos hat ihn mal im Nebensatz erwähnt. Warum ist das eine große Sache? Hätte er das nicht weitererzählen sollen? Ich werd's schon nicht in der Gegend rumposaunen. Wollen wir nicht weiter? Mir ist arschkalt.«

Ich schüttelte den Kopf. »Ich habe Phos nie den Auslöser meines Talents anvertraut.«

»Dann hat er ihn halt erraten, na und?«

»*Erraten?* Dir ist schon bewusst, was für einen Aufstand die in der Omilia deswegen gemacht haben?«

»Wollen wir das im Gehen ausdiskutieren? Wir haben immer noch einen kleinen Fußweg vor uns.«

Widerstrebend nickte ich. Jetzt war nicht die Zeit dafür – ich würde Phos damit konfrontieren, sobald ich das nächste Mal im Hauptquartier der Migma war. »Du weißt, wo wir langmüssen?«

Niyol zog sein Handy hervor, wischte das Display an seinem Pullover ab und tippte darauf herum, bevor er nach rechts wies. »Nach Westen. Etwa eine Meile an der Küste entlang. Die Hütte liegt wohl am Waldrand, versteckt zwischen den Bäumen.«

»Klingt, als wäre sie mitten in der Nacht garantiert nicht zu verfehlen«, kommentierte ich trocken.

»Wir haben gerade einen Sturm überlebt, also werden wir auch diese Herausforderung mit Bravour meistern.«

Ich verdrehte die Augen, pflichtete ihm aber im Stillen bei.

Schon bald schlugen meine Zähne wegen der Kälte aufeinander.

»Sag Bescheid, falls du meinen triefend nassen Pullover willst.«

»Du bist zu gütig.«

Außer schwarzem Sand und unheimlichen Baumumrissen links von uns war wenig zu erkennen, sobald wir uns ein Stück vom Leuchtturm entfernt hatten. Zweifellos hatte sich heute Nacht keine Menschenseele außer uns hierher-verirrt. Die Wellen zu unserer Rechten rauschten gemächlich, die Sterne am Himmel funkelten deutlich sichtbar. Ein friedlicher Anblick. Wäre ich nicht von Kopf bis Fuß durchnässt, hätte ich schwören können, die letzte halbe Stunde war ein Produkt meiner blühenden Fantasie.

»Wie konnte der Sturm so schnell aufhören?«, murmelte ich und schlang die Arme um meine Mitte, rieb mit schnellen Bewegungen darüber.

»Keine Ahnung. Wie gesagt, wir befinden uns immer noch bei den Pnoe, wenn auch am Rand des Bezirks. So einen Regen gibt es normalerweise nur im Westen. Oder wenn das Gleichgewicht durcheinander ist.«

»Welches Gleichgewicht?«

Niyol besah mich mit einer vielsagenden Miene. »Das Gleichgewicht der Elemente. Das, was Phos auch meinte.«

»Die Geschichtenerzähler meinten da was in die Richtung«, gab ich spöttisch zurück.

»Natürlich, deine geliebten Geschichtenerzähler.«

»Hör auf, dich über mich lustig zu machen. Ohne sie hätte ich überhaupt keinen Überblick über die Geschehnisse in

Tessarect gehabt. In der Omilia wurde ich nur mit kryptischen Allgemeinweisheiten abgespeist. Irgendwo musste ich ja mein Wissen hernehmen.«

»Ich vergesse erstaunlich oft, dass du erst seit ein paar Wochen Teil dieser Welt bist«, lenkte er ein. »Also: Das Gleichgewicht der Elemente gerät außer Kontrolle, wenn wir nicht regelmäßig unsere Talente auslösen. Oder wenn eine böse, böse Energie ihr Unwesen in unserer Nähe treibt.«

»Böse Energie? Meinst du mich?«

Er schnaubte und kickte einen schwarzen Ast beiseite. »Wen sollte ich sonst meinen? Das ergibt nicht wirklich Sinn, du hast ja gesagt, du hast deine Gabe schon öfter ausgelöst. Bisher sind mir keine Natur- oder Wetterkatastrophen aufgefallen, mit Ausnahme des Sturms, den ein paar Pnoe neulich ausgelöst haben, als sie einen Termin geschwänzt haben.«

»Die Natur reagiert darauf, wenn ich mein Talent auslöse?«, hakte ich zweifelnd nach.

»Hat man dir nicht die Legende der verbotenen Göttertochter erzählt? Ein Menschenkind, das die böse Energie in sich trägt und die ganze Welt damit zerstören könnte? Dessen Fähigkeiten hervortreten, wenn es dem Tod nahe kommt?«

Ich war mir nicht ganz sicher, ob er mich auf den Arm nahm oder tatsächlich von seinen Worten überzeugt war. Lässig hob ich die Schultern. »Doch, habe ich. Und ich kann dir versichern, an meiner Gabe ist nichts böse.«

»Erzähl mir mehr.« Jetzt grinste er.

»Erzähl du mir lieber, wieso die Geschichtenerzähler diese Legende in der Stadt verbreiten und sie offenbar zum Basiswissen gehört, Nero und der Rest aber bis vor Kurzem trotzdem kleinen blassen Schimmer hatten, was mein Trigger ist?«

Abrupt blieb er stehen und fasste mich an der Schulter. Seine dunklen Brauen zogen sich zusammen. »Du hast diese Legende bei den Geschichtenerzählern gehört?«

Ich nickte. »Siehst du, sie sind doch ganz nützlich.«

Er schüttelte den Kopf. »Das ist nicht möglich. Die Geschichtenerzähler gehören zur Omilia. Das sind Inventi, die in ihrer Freizeit nichts Besseres zu tun haben, als ihren heiligen Meistern zu dienen, indem sie den Tourismusbetrieb am Laufen halten. Niemals würden sie so eine Geschichte von sich geben. Ich habe diese Legende in der Migma gehört.«

»Laufen da auch Geschichtenerzähler rum?«

Ungläubig sah er mich an. »Natürlich nicht. Phos besitzt einige Überlieferungen von rebellischen Organisationen. Bücher, Artikel. Verbotenes Zeug, das die Lackaffen in der Omilia, ohne zu zögern, verbrennen würden, sollten sie es je zwischen die Hände kriegen.«

»Bücherverbrennung? In welchem Jahrhundert leben wir?«

»Tja.«

Niyol hatte recht. Irgendetwas passte hier nicht zusammen. Ein merkwürdiges Ereignis jagte das andere. Meine Vision. Picabos Warnung. Die Tatsache, dass Phos über meinen Trigger Bescheid wusste und ich die angeblich verbotene Legende am helllichten Tag in der Stadt gehört hatte. All diese Ereignisse schienen auf dieselbe Frage zurückzuführen: Wem konnte ich vertrauen? Der Omilia? Der Migma? Niemandem außer mir selbst?

Vielleicht kam ich der Wahrheit heute Nacht ein Stück näher. Die Hoffnung starb bekanntlich zuletzt.

Der Sandweg verschmälerte sich mit jedem Schritt und verlor sich schließlich vollständig in Kieselsteinen. Nach einigen Metern blieb uns nichts anderes übrig, als direkt in den Wald zu laufen – die Alternative war das Meer, und davon hatte ich heute eindeutig die Nase voll.

Das Unterholz knackte unter unseren Füßen, und das Heulen einer Eule drang an meine Ohren, während etwas an meinen Beinen entlanghuschte. Unsere Handys verschafften uns nur wenige Meter Sicht, aber schnell wurde klar, dass dieses Waldstück deutlich unberührter war als das im Ydor-Bezirk. Wahrscheinlich, weil viel mehr Leute zum Wasserfall pilgerten als hierher. Das Unkraut wuchs meterhoch, und die Baumstämme standen so dicht beieinander, dass wir immer Haken schlagen mussten, um ihnen auszuweichen. Mein Herz schlug schneller, und ich inhalierte den Waldgeruch. Die Kombination aus Moos, Blättern, Pilzen und Farnen beruhigte mich ein wenig. Schwer und süßlich und erdig.

»Hab gehört, es gibt hier Bären«, wisperte Niyol in die Dunkelheit. »Und Wildschweine.«

»Die werden deine kleinste Sorge sein, wenn du so weitermachst«, erwiderte ich und wich einem dicken Ast über meinem Kopf aus, an dem etwas Undefinierbares baumelte. Schnell weiter. Ich hatte wenig Lust, herauszufinden, ob es lebte. »Hatte ich nicht versprochen, dir den Hals umzudrehen, sollten wir es ans Ufer schaffen?«

»Ach komm, du magst mich doch auch ein bisschen.«

Ich hob den Arm und beleuchtete meine nähere Umgebung, als ein Zischen ertönte.

»Was war das?« Ich drehte mich zu Niyol um und leuchtete ihm ins Gesicht. Er schüttelte den Kopf, seine Miene war schlagartig ernst.

»Das ist nicht lustig«, fauchte ich.

»Ich war's nicht!«

Da. Schon wieder. Ein scharfer Gegenstand, der blitzschnell durch die Luft flog und mit einem Rascheln irgendwo im Gebüsch verschwand. Das Geräusch war viel zu nah.

»Wenn das nicht auf deine Kappe geht«, flüsterte ich und trat einen weiteren Schritt nach vorne, »dann werden wir attackiert.«

»Es sind nur noch wenige Schritte. Dort drüben müsste es sein.« Niyol quetschte sich zwischen zwei Stämmen hindurch und holte mich ein. »Hier, schau. Wir befinden uns ganz in der Nähe.« Er hielt mir seine Karte vor die Nase.

»Prima. Meintest du nicht, der Kerl will nicht entdeckt werden? Sieht ganz danach aus, als hätte er Sicherheitsvorkehrungen ge–«

Der Rest blieb mir im Hals stecken. Niyol war vor mich getreten, nur ein halber Schritt trennte uns.

Hatte uns getrennt.

Das Zischen ertönte erneut, diesmal begleitet von seinem erstickten Schrei. In einer ruckartigen Bewegung wurde sein Körper vor meinen Augen in die Luft geschleudert. Wie von Zauberhand gezogen, flog er in die Dunkelheit, nur um Sekunden später kopfüber am nächstliegenden Baum zu baumeln.

Automatisch hob ich die Hand, in der sich mein Handy befand.

»Ach du Scheiße …«

Er befand sich mindestens zwei Meter über dem Erdboden. Sein Körper steckte in einem zusammengezogenen Netz, seine Fußgelenke waren an einen dicken Ast gebunden.

Ein paar Schrecksekunden rührte ich mich nicht von der Stelle.

»Kia!«, gellte seine Stimme zu mir herunter und riss mich aus der Trance. »Finde Slater und sag ihm, wer du bist. Und pass auf deine Füße auf.«

»Nicht nötig.« Eine heisere Stimme erklang aus der Dunkelheit. »Slater ist bereits hier.«

Ich schluckte hart und drehte mich um meine eigene Achse. Erfolglos. Nichts als Gewächs und Baumstämme. Mein Mund war trocken.

»Wir wollen Ihnen nichts Böses«, rief ich. »Wir möchten nur reden.«

»Reden.« Ein rasselndes Lachen. »Reden wollen sie alle.«

»Das ist Kiana Lyberth, verdammt!«, brüllte Niyol von

oben. Die Anstrengung verzerrte seine Stimme. »Wir gehören der Migma an.«

Für den Moment war nichts als der leise Gesang einer Nachtigall zu hören.

»Phos hat euch geschickt?«

»Nein.« Ich versuchte, die Unsicherheit aus meiner Stimme zu vertreiben. »Wir wollen die Wahrheit. Ich werde angelogen, seit ich nach Tessarect gekommen bin. Von Nero, von allen.«

»Woher soll ich wissen, dass du nicht auch lügst?«, krächzte die Stimme.

Ich dachte an Niyols Worte von vorhin. Jedes Kind kannte mich hier. Auch im Gefängnis war ich sofort von einem Asphalia-Mitglied erkannt worden. »Schauen Sie mich an! Schauen Sie mir ins Gesicht und überzeugen Sie sich selbst. Ich bin die Tochter von Kai und Agnia Lyberth.«

Ein Husten ertönte. »Wäre es nicht ziemlich töricht von einer Mischlingsbrut, ausgerechnet ein Mitglied der Asphalia aufzusuchen?«

»Oh bitte«, mischte sich nun Niyol ein. »Sie werden mindestens genauso sehr von dieser bescheuerten Sekte gejagt wie Kia.«

»Und wer bist du, Freundchen?«, gab die Stimme zurück. Bildete ich mir es nur ein oder klang sie eine Spur beeindruckt?

»Ich bin ein Niemand. Meine Mutter wurde von der Ältesten der Pnoe getötet, von ihrem eigenen Fleisch und Blut, weil sie sich gegen die Omilia gestellt hat.«

Die Pause dauerte diesmal länger an. Ich wagte kaum, zu atmen, geschweige denn mich zu bewegen.

»Niyol Festida. Was verschafft mir die Ehre eures Besuchs?«

»Können wir das besprechen, sobald Sie mich runtergelassen haben?«, keifte dieser zurück. »Wir sind vor einer halben Stunde beinahe ertrunken, und das Blut, das mir gerade in den Kopf steigt, macht die Sache nicht besser.«

Der hatte echt Nerven! Allerdings schien sein Tonfall zu wirken.

Im nächsten Augenblick wurde ich geblendet. Stechendes Licht malte große helle Kleckse vor meine Augen und ließ den dunklen Wald verschwinden.

»Tritt vor.« Die Stimme war ganz nah. »Langsam. Und heb die Hände. Wenn das eine Falle ist, wird dein Freund dafür büßen.«

Ich kniff die Augen zusammen, um etwas zu erkennen, doch der Strahl war viel zu grell. Ein Schatten hatte sich vor mir aufgebaut. Oder war das nur ein weiterer Baum?

»Tu, was ich dir sage, Fräulein.«

Also ergab ich mich. Gehorchte seinen Anweisungen und schloss die Augen vollständig, als der Schmerz zu stark wurde.

Ein paar Sekunden geschah überhaupt nichts. Lediglich das Feuer hinter meinen Lidern ließ nach.

Dann pfiff jemand durch die Zähne. »Na so was. Man kann gar nicht sagen, wem von beiden du ähnlicher siehst.«

Ich konnte dem Drang nicht widerstehen. Ich musste die

Augen aufschlagen. Unmittelbar vor mir stand eine dürre Gestalt mit einer Taschenlampe in der Hand, die jetzt auf den verwurzelten Boden anstatt auf mich gerichtet war. Ein Mann. Mit langen Fingernägeln, unter denen sich der Schmutz sammelte, und nichts als hellem Flaum auf dem Kopf. Dafür verbarg ein buschiger rotbrauner Bart die Hälfte seines Gesichts und kringelte sich bis zu seiner Brust. Ein dichtes weißes Fell lag über seinen Schultern, auf einer Seite hing ein heller Fuchskopf herunter. Ich schaute in die kleinen, wachsamen Augen. Ihr Blick schien mich zu durchbohren.

Wo hatte Niyol uns da nur reingeritten?

Der Kerl war breit gebaut und ungefähr so groß wie Will. Ohne Hilfe konnte ich es jedenfalls nicht mit ihm aufnehmen.

»Guck nicht so, ihr habt mir mindestens genauso einen Schrecken eingejagt wie ich euch. Ich tu dir nichts«, sagte er nach sekundenlangem Starr-Contest.

Die Wurzeln unter seinen ebenfalls mit Fell überzogenen Schuhen gaben kaum einen Laut von sich, als er an mir vorbei zum Baum lief, an dem Niyol in die Falle getappt war. Trotz seiner stämmigen Statur schien er geradezu über den Boden zu schweben.

»Komm her. Richte die Lampe auf mich.« Er hielt sie mir hin, ohne sich nach mir umzusehen.

Es war wohl am klügsten, ihm zu gehorchen.

Mit seinen prankenähnlichen Händen tastete er den bemoosten Stamm ab, nur um im nächsten Moment nach dem niedrigsten Ast zu greifen und sich vom Boden abzustoßen. Mit unmenschlicher Geschwindigkeit hangelte er sich von Ast zu Ast, ich konnte ihm kaum schnell genug mit der Taschenlampe folgen.

»Nicht in die Augen. Willst du, dass ich erblinde?« Mit unwirscher Miene hielt er sich einen Arm vors Gesicht, was seinem Gleichgewicht nichts anzuhaben schien.

Schnell senkte ich meinen Arm.

»Ich lass dich am Seil runter, Junge«, hörte ich ihn zu Niyol sagen, der sich verdächtig ruhig verhielt. Er gab ein Geräusch von sich, das sowohl als Zustimmung als auch als Argwohn interpretiert werden konnte.

Möglicherweise hatte die Angst ihn doch noch überwältigt.

Ich kam mir ziemlich nutzlos vor, während ich mit der Lampe in der Hand dastand und das Geschehen beobachtete. Erst nestelte der Typ am Seil herum, dann packte er es mit beiden Händen und ließ es ganz langsam nach unten gleiten. Falls ihm Niyols Gewicht etwas ausmachte, ließ er es sich nicht anmerken. Er schaute nicht einmal konzentriert. Eher genervt, weil er sich darum kümmern musste.

Ich klemmte mir die Lampe unter den Arm und griff in die Luft, sobald Niyol sich auf meiner Höhe befand.

»Bist du okay?«, fragte ich leise. Ich suchte seinen Blick vergeblich.

»M-hm«, nuschelte er. »Ich versuche mich nur davon zu

überzeugen, dass jetzt ein denkbar schlechter Moment wäre, um sich zu übergeben. Das erfordert meine ganze Konzentration.«

Ich stützte ihn so gut wie möglich und ging in die Hocke, um ihn möglichst sanft auf dem Boden niederzulassen.

Sobald das geschafft war, ließ der Kerl das Seil hinterherplumpsen. Es kam haarscharf neben uns auf.

»He!«, meldete er sich ungehalten zu Wort. »Licht, wenn ich bitten darf! Ich bin leider Gottes nicht nachtsichtig.«

Ebenso schnell, wie er den Baum hinaufgeklettert war, befand er sich wieder neben uns. Mit flinken Handgriffen machte er sich am Netz zu schaffen und zog es auf, bevor er Niyol davon befreite und ihm eine Hand hinhielt, um ihn hochzuziehen.

Im Licht der Taschenlampe wirkte sein Teint ganz grün.

»So.« Der Kerl schaute zwischen uns hin und her, schließlich griff er nach der Lampe und deutete mit einem Kopfrucken hinter uns. »Mein Name ist Jonathan Slater, wie ihr ganz richtig festgestellt habt. Und ich würde sagen, ich lade euch auf einen hausgemachten Punsch ein.«

Irgendwie hatte ich mir die Mitglieder der Asphalia furchteinflößender vorgestellt. Auch wenn es ehemalige waren. Der Kerl, den ich im Gefängnis gesehen hatte, passte da eindeutig besser ins Bild.

Jonathan Slaters Hütte war winzig und roch nach Holz und Waldbeeren. Falls es Fenster gab, wurden sie von verschiedenfarbigen Tüchern bedeckt, die an allen vier Wänden wild übereinanderhingen. An der Decke war ein kleiner Rauchabzug zu sehen. In der Mitte knisterte ein Lagerfeuer, und von der Decke hingen brennende Laternen neben etwas, das nach Räucherfleisch aussah.

Niyol und ich ließen uns von ihm auf eine Pritsche drücken und nahmen die qualmenden Tassen entgegen, die er uns hinhielt. Sie verströmten denselben Duft wie der schwankende Kupfertopf, der über dem Feuer hing.

Slater warf uns je eine Strickdecke hin, bevor er einen Holzhocker ans Feuer zerrte und sich auf der gegenüberliegenden Seite des Feuers niederließ.

»Was tut ihr hier, Kinder?«, wollte er schließlich mit einem Seufzen wissen.

Niyol nahm meine Tasse, und im Gegenzug zog ich ihm eine der Decken über die Schultern, bevor ich mich in die andere wickelte. Ich war mir sicher, mein Gesichtsausdruck sprühte nur so vor Dankbarkeit. Ein heißes Getränk und eine warme Decke waren gerade mehr, als wir zu hoffen gewagt hatten.

»Wie ich schon sagte«, antwortete ich, nachdem ich meine Tasse wieder in Empfang genommen und jeden einzelnen Finger daraufgepresst hatte. »Wir wollen die Wahrheit wissen.«

Jonathan Slater verzog keine Miene. »Worüber?«

»Über Phos und die Migma. Dass Nero mich umbringen lassen wollte – also nicht wirklich, sondern um mich zu retten –, weiß ich schon …«

»Nero.« Der Typ gluckste und strich sich über den Bart. »Nero Lagarde ist eine Witzfigur.«

»Stehen Sie nicht unter seinem Schutz?«, klinkte sich Niyol ein.

Das Glucksen verwandelte sich zu einem ausgewachsenen Lachen. Höhnisch streckte Slater den Zeigefinger in unsere Richtung. »Du glaubst, ich muss Fallen im Wald aufstellen und mich in dieser Bruchbude verschanzen, während ich unter Lagardes Schutz stehe? Bist du wirklich so dämlich oder tust du nur so?«

Niyol ließ sich nicht beirren. »Wie kann es sein, dass Sie in Tessarect wohnen, wenn Nero nichts damit zu tun hat?«

Verständnislos schaute ich zu ihm hinüber.

»Asphalia-Mitgliedern ist es strengstens verboten, die Stadt zu betreten«, fügte er, an mich gewandt, hinzu.

»Ich habe nichts mit diesen Wahnsinnigen am Hut«, zischte Slater. »Also zähl mal eins und eins zusammen, du Fuchs. Warum habe ich mir wohl ausgerechnet einen Unterschlupf in der Elementenstadt gesucht?«

»Sie werden gejagt«, wiederholte ich Niyols Worte von vorhin. »Sie werden von ihnen gesucht, weil Sie ausgetreten sind?«

Slater fuhr sich über die rissigen Lippen, die unter den roten Barthaaren verschwanden. »Man kann nicht so einfach austreten. Aber ja. Ich stehe ganz oben auf der Liste der Übriggebliebenen.«

Ich beugte mich instinktiv nach vorne. »Übriggebliebene? Was soll das heißen?«

»Du willst die Wahrheit wissen, Mädchen? Ich kann dir die Wahrheit geben. Wem du vertrauen willst, ist deine Entscheidung. Ich kenne mich nicht aus in eurer übersinnlichen Welt. Für mich zählen nur die Fakten. Wie ich höre, bist du nicht ganz unwissend. Ein Gesandter kam im Namen von Lagarde vor ein paar Monaten zu uns. Hat von dem Teufelsding erzählt, das im Verborgenen in einer englischen Stadt aufwuchs. Eine Abnormität: eine verbotene Kreuzung zwischen Feuer und Wasser, die das Gleichgewicht auf der Erde durcheinanderbringt.«

Ich nickte grimmig. »Nero hat ein Kopfgeld auf mich angesetzt.«

»Ein Kopfgeld?« Sein Lachen dröhnte nun lauter als zuvor durch die Hütte. »Du hast offenbar keine Ahnung von der Asphalia. Es geht nicht um Geld. Die Talentierten sind wie Götter für uns.« Er hustete. »Für sie, meine ich. Du warst eine Gefahr für das ganze System. Also haben sie versucht, dich zu töten.«

»Ich weiß«, fuhr ich ungeduldig dazwischen. »Ich war dabei. Dann wurde ich wiederum von Nero gerettet, das war alles so eingefädelt, damit ich ihm vertraue … und weil er einen Dachschaden hat.«

»Lagarde war nicht der Einzige, der dich gerettet hat.«

»Ja klar, es war natürlich mein Inventi, der immer zur Stelle war …«

»Wie gut kennst du Phos Colville?«, fragte er mit einem Funkeln in den Augen, als hätte ich nichts gesagt. »Kennst du seine Vergangenheit? Seine Familiengeschichte?«

Ich runzelte die Stirn. Irgendwas klingelte in meinem Hinterkopf … Phos hatte seine Familie kurz erwähnt … Er hatte sie als Rebellen bezeichnet, oder?

»Das deute ich als ein Nein.« Slater stützte sich mit beiden Händen auf seinen Oberschenkeln ab und starrte geistesabwesend in die Glut. »Die Asphalia besteht hauptsächlich aus Familienmitgliedern von Inventi und Talentierten. Außenseitern, die nie am großen Spaß teilhaben durften und als Folge ein bisschen durchgedreht sind. Es ist ein hartes Leben, immer nur seine Nase gegen die Glasscheibe zu drücken und vergeblich auf die Einladung in den Privatclub zu hoffen. Manche haben ihr Zuhause verlassen. Und dann gab es ein paar ganz besondere Kandidaten, die all die negativen Gefühle nahmen und sie in etwas Gutes umwandelten. Das war zumindest die anfängliche Intention. Sie vergötterten die Talentierten und sogar ihre Inventi. Sammelten Informationen wie Wahnsinnige, folgten ihnen auf Schritt und Tritt. Asphalia nannten sie sich. *Wahrheit.* Das Ganze geriet außer Kontrolle, nahm krankhafte Züge an. Schon bald bekamen die Ältesten Wind davon. Zunächst wurden sie belächelt, bis sich immer mehr Talentierte wegen der Belästigung beschwerten. Als eine junge Ydor entführt worden war, wendete sich das

Blatt. Die Ältesten verbannten die Asphalia aus der Stadt und schworen, jeden Sympathisanten der Sekte ins Gefängnis zu werfen. Nun war der Abschaum Tessarects gezwungen, am Stadtrand herumzulungern. Man hatte sie nicht nur von der Omilia ausgeschlossen, sondern ihnen regelrecht ihre Heimat genommen. Anstatt ihr Leben in den Griff zu kriegen und ihre Energie in gesunde Dinge zu stecken, wurden sie noch fanatischer.«

Eine Gänsehaut überzog meinen Körper. Fröstelnd zog ich die Decke fester um mich. »Was hat das mit Phos und seiner Glaubwürdigkeit zu tun?«

»Alles.« Jonathan Slater schloss die Augen und lächelte traurig. »Colville war der Einzige in seiner Familie, der das Gen erbte. Seine Mutter war eine gewöhnliche Frau, und sein Pyro-Vater erlitt einen Herzinfarkt, als er gerade mal fünf Jahre alt war. Von früh an entwickelte er enormen Ehrgeiz. Er verbrachte doppelt so viel Zeit in der Omilia wie andere Gleichaltrige, saugte jede Information auf wie ein Schwamm. Dass die Beziehung zu seiner Familie darunter litt und es auch sonst eher mager aussah, was sein Sozialleben anging, schien ihn nicht davon abzuhalten.«

»Woher wissen Sie so viel über ihn?«, beeilte ich mich zu fragen, bevor er weitersprach. »Wenn Sie doch zur Sekte gehörten?«

Er schlug die Augen nicht auf. Schmerz verzog plötzlich sein Gesicht. »Ich war der beste Freund seines Bruders«, sagte er und atmete geräuschvoll ein. »Kurzum: Es wunderte wohl niemanden, als er den Posten des Ältesten der Pyro einnahm. Schon zuvor hatte er sich besser mit der Ältesten der Choys als mit denen der Ydor und der Pnoe verstanden. Konservative Ansichten prallten auf experimentellen Liberalismus, wie das nun mal so ist in der Politik.«

Die Geschichte war zweifellos fesselnd, trotzdem sollte er endlich zum Punkt kommen. Bisher hatte ich noch nichts gehört, das mir weiterhalf. Möglichst geräuschlos zog ich mein Handy aus der Tasche, während er eine kleine Pause einlegte. Aus den Augenwinkeln sah ich, dass Niyol mich beobachtete. Ich drückte auf den Anschaltknopf, und der Bildschirm leuchtete auf. Immerhin war es nicht dem Wasser zum Opfer gefallen. Der kurze Triumph hielt nicht lange vor. Immer noch keine Nachricht, verdammt.

Niyol stupste mich an und schenkte mir ein halbes Lächeln, das wohl aufmunternd wirken sollte. Aus Reflex wollte ich die Augen verdrehen, hielt mich aber zurück. Zwischen uns hatte sich etwas verändert. Ob es am gemeinsamen Höllentrip oder an seinem Geständnis lag, wusste ich nicht. Für einen Moment erwiderte ich den Blick, bis die Erkenntnis mich traf.

Die Abwesenheit von Schmerz. Das war es, was anders war. Es tat nicht mehr weh, ihm in die tiefschwarzen Augen zu schauen.

»Du willst herausfinden, ob du ihm vertrauen kannst. Ob seine Motive rein sind«, unterbrach Slater den Moment.

Er beobachtete mich aufmerksam. Wie jemand, der die

Reaktion seines Zuhörers vorhersehen wollte, bevor er weitersprach, um die größtmögliche Wirkung zu erzielen. »Die Colvilles zählten fast ausschließlich zur Asphalia. Manche waren radikaler als die anderen, doch alle waren sie mehr oder weniger Mitglieder. Außer seiner kleinen Schwester hatte niemand aus der Familie ein besonders enges Verhältnis zu Phos, doch trotzdem brach der Kontakt nie ab. Er meldete sich regelmäßig bei ihnen, besuchte sie sogar außerhalb der Stadt, nachdem er zum Ältesten wurde. Und jedes Mal versuchte er, sie davon zu überzeugen, sich von der Sekte abzuwenden. Ohne Wirkung, wie ihr euch vorstellen könnt. Ich habe mich immer gefragt, wieso er sich überhaupt die Mühe machte.«

Er hob einen Ast auf, der neben ihm auf dem Boden lag, und begann, damit im Feuer herumzustochern.

»Als die Situation in der Omilia eskalierte und die Ältesten getrennte Wege gingen, brach der Kontakt abrupt ab. Von einem Tag auf den anderen hörten die Colvilles nichts mehr von ihm. Jahre vergingen, und immer wieder waren Gerüchte im Umlauf. Gerüchte über deine Existenz.« Ohne aufzusehen, nickte er in meine Richtung. »Ich war zu diesem Zeitpunkt schon längst ausgestiegen. Aber der Kontakt zu Phos' Bruder blieb. Unsere Bindung ging tiefer als diese abgedrehte Religion. Selbst auf der Flucht bekam ich mit, was für ein Trubel gemacht wurde, als die Gerüchte zur Realität wurden und die Hetzjagd auf dich begann. Es war nicht Lagarde, der ein Kopfgeld auf dich aussetzte, sondern die Asphalia selbst.

Dein Mörder sollte reich belohnt werden. Immerhin würde er die Menschheit vom personifizierten Teufel befreien.« Ein hohles Lachen, das nach Verzweiflung klang, folgte seinen Worten. »Und dann kam der Anschlag.«

Weder das heiße Getränk zwischen meinen Händen noch das Feuer half gegen die Kälte, die in mein Inneres kroch. »Auf meine Wohnung?«

Sein rechtes Auge zuckte. »Auf die Asphalia. Phos wusste genau, wo die meisten von ihnen sich versammelten. Er kannte die Baracken, die sie ihr Zuhause nannten. Also zog er eines Nachts mit seinen neu gewonnenen Anhängern los, denn wie ihr wisst, ist auch er inzwischen zum Außenseiter geworden. Die Migma. Die Migma ist dafür verantwortlich, dass du noch am Leben bist, Kiana Lyberth. Sie haben das Hauptquartier der Asphalia einfach niedergebrannt, bevor sie dich erwischen konnten. Über zwanzig Menschen waren in dem Haus, in dem jeden Sonntag eine Versammlung stattfand.«

»*Was?*« Niyol und ich riefen das Wort zeitgleich.

Slater hielt den Blick gesenkt. »Er hat seine eigene Familie für dich geopfert. Für das Richtige.« Seine Stimme klang nicht verbittert, sondern einfach nur resigniert.

»Er … er hat sie umgebracht?«, brachte ich irgendwann hervor. »Und das nennen Sie richtig?«

»Welch wunderbare Ironie des Schicksals. Die Teufelsbrut hat ein reineres Herz als all ihre Feinde zusammen.« Er zog die Nase hoch. »Hörst du mir nicht zu, Kleine? Sie haben dich gejagt, um dich zu vernichten. Und das nur, weil deine Existenz nicht in ihr krankes Weltbild passte.«

Niyol sah genauso entsetzt aus, wie ich mich fühlte: Seine Augen waren aufgerissen, und er starrte Slater an. »Wieso hat niemand in Tessarect etwas davon mitbekommen?«

»Wen schert es schon, was mit dem Gesindel geschieht?«, wisperte Slater. »Deine Großtante und Lagarde haben sicher Wind davon bekommen, als die Anschläge auf das Mädchen aufhörten. Wieso sollten sie es an die große Glocke hängen? Die meisten wären wahrscheinlich erleichtert.«

Ich stellte die Tasse neben mir auf dem Boden ab und sprang auf. Keine Sekunde mehr konnte ich still sitzen. »Warum? Warum sollte Phos so etwas für mich tun? Er kannte mich bis vor wenigen Tagen überhaupt nicht!«

»Du lebst eine Illusion, wenn du dir nicht eingestehst, dass ganz Tessarect dich kennt. Ich schätze, es ging weniger um dich als Individuum, als um die Grundsatzdiskussion. Um alles, wofür du stehst.«

Ich schüttelte den Kopf. Wie scharfe Pfeile bombardierten mich seine Worte. Lieber wollte ich die Kälte zurück. Oder die Angst. Alles war besser als die Gewissheit, dass noch mehr Menschen meinetwegen ihr Leben verloren hatten. Ja, sie hatten mich umbringen wollen – konnte das ihren Tod rechtfertigen?

»Phos Colville war immer ein Eigenbrötler, ein manisches Arbeitstier und ein Streber. Herzlos war er nicht. Dafür würde ich meine Hand ins Feuer legen. Ich möchte mir nicht ausmalen, was für Höllenqualen er durchleidet, seit er all diese Leute auf dem Gewissen hat. Versteh mich nicht falsch, ich will ihn nicht in Schutz nehmen. Nichts auf der Welt könnte mich dazu bringen, einem anderen Menschen das Leben zu entreißen. Das war nur einer der vielen Gründe, weshalb ich irgendwann gegangen bin. Wenn du dir darüber im Klaren bist, dass die Omilia dir unberechenbare Mörder auf den Hals geschickt hat, wie kannst du noch daran zweifeln, wem du dein Vertrauen schenkst?«

Verzweifelt schaute ich auf ihn herab. »Ist Phos nicht genauso ein unberechenbarer Mörder?«

Slater schüttelte den Kopf. »Man kann ihm einiges vorwerfen, aber gewiss keine Impulsivität. Diese Entscheidung war gut durchdacht. Er hat im Voraus alle Optionen abgewogen, da bin ich mir sicher.«

»Und trotzdem hat er sie alle umgebracht. Seine Familie.«

»Um dich zu schützen.« Diesmal war es Niyol, der sprach. Er erhob sich ebenfalls von der Pritsche. »Kia, hörst du nicht? Er hat es für dich getan.«

Ich fuhr mir durch die Haare. »Aria redet sich bestimmt auch ein, dass sie deine Mum umgebracht hat, weil es dem größeren Wohl dient.«

Wut flammte in seinen Augen auf. »Das ist nicht das Gleiche. Meine Mutter war keine Gefahr für andere Menschen.«

»Aber für deren beschissene Ideologie, nicht wahr?«

Er nickte und schüttelte die Decke ab. »Wie ich sagte: Du kannst das eine nicht mit dem anderen vergleichen.«

Ich wollte etwas entgegensetzen, doch im nächsten Moment unterbrach uns ein lautstarkes Klopfen. Jemand hämmerte mit voller Kraft gegen die Holztür.

Jonathan Slater sprang sofort auf und lief zur Tür. Bevor er sie einen Spaltbreit öffnete, griff er nach dem Gewehr, das hinter ihr lehnte. Ich erstarrte.

»Wer ist da?«, raunzte er.

Er bekam keine Antwort. Stattdessen erklang mein Name. Erst leise, dann mit mehr Nachdruck.

Auf einen Schlag fiel die Verzweiflung von mir ab.

In drei großen Schritten war ich bei der Tür. »Das ist mein Inventi«, meinte ich zu Slater, der sich nicht von der Stelle rührte.

Mit schmalen Augen fixierte er mich. »Ich lasse nicht noch einen weiteren Unbekannten hier rein.«

Ich seufzte und warf einen schnellen Blick über die Schulter zu Niyol. Seine Wut war offensichtlich verraucht, er nickte mir zu. »Geh. Ich komme gleich nach.«

»Danke für Ihre Ehrlichkeit und Ihr Vertrauen«, sagte ich zu Jonathan Slater und hoffte, er hörte die Aufrichtigkeit in meinen Worten, auch wenn sich ein Teil von mir nicht sicher war, ob ich das Gesagte lieber ungehört machen wollte. »Passen Sie auf sich auf.«

Ohne seine Antwort abzuwarten, zwängte ich meine Hand zwischen Tür und Angel, drückte sie auf und huschte nach draußen.

Die Tür fiel hinter mir ins Schloss, und ich fand mich

in tiefster Finsternis wieder. Doch ich brauchte kein Licht, um die Hände zu erkennen, die nur einen Herzschlag später nach mir griffen. Wills Duft hüllte mich augenblicklich ein, und die vertraute Wärme durchfuhr mich wie Millionen Stromschläge.

Bevor ich darüber nachdenken konnte, tastete ich mich an seiner Brust entlang und nahm sein Gesicht zwischen die Hände. Vermutlich war es besser, dass ich seine Miene nicht sehen konnte.

»A-alles okay?«, flüsterte ich, während meine Augen sich allmählich an die Dunkelheit gewöhnten.

Seine Finger gruben sich in meine Hüfte. »Alles okay.«

»Alessa? Daria und Casper?«

»Allen geht es gut. Sie sind in Sicherheit. Niemand hat uns gesehen.« Er zog mich mit einem Ruck näher. Seine Lippen an meiner Stirn.

»Oh Gott sei Dank«, stöhnte ich. »Wie …«

»Was tust du hier?«, unterbrach er mich. Ich konnte keine Wut heraushören.

»Ich …« Meine Stimme versagte. Was sollte ich sagen? Wo sollte ich beginnen?

»Du bist mit ihm hier, oder?«

Der Schmerz in seiner Stimme war allgegenwärtig.

Niyol. Flucht. Asphalia. Massenmord. Niyol. Alles, was Will wusste, war, dass ich mit dem Typen, für den ich Gefühle gehabt hatte, mitten in der Nacht ans andere Ende der Stadt gekommen war. *»Du bist dir noch nicht sicher«*, hatte er gesagt und geglaubt, dass es die Wahrheit war, weil er die Verwirrung in meinem Inneren spürte. Doch die Verwirrung kam nicht von meinen Gefühlen, das wurde mir jetzt bewusst. Sie zeugte davon, dass jede verdammte Sekunde eine neue Information ans Tageslicht kam und alles durcheinanderwirbelte.

Worte würden nicht helfen. Und wenn Worte nicht mehr halfen, gab es nur noch eines, was man tun konnte.

Wenn ich auf Sicherheit wartete, auf hundertprozentige Sicherheit, würde ich mein ganzes Leben mit Warten verbringen.

Deshalb begrüßte ich die Angst mit offenen Armen, trat an meinen ganz persönlichen Abgrund und sah ihr geradewegs in die Augen.

Vielleicht würde ich nie erfahren, ob Wills Gefühle für mich echt waren. Garantiert würde ich ihn keinen Augenblick länger daran zweifeln lassen, ob meine es waren. Also sprang ich. Stellte mich auf die Zehenspitzen, zog sein Gesicht näher, suchte seine Lippen und küsste ihn. Ich gab nicht nach, als er zusammenzuckte und nach Luft schnappte. Auch nicht, als er vollkommen überrumpelt meinen Namen murmelte. Ich drückte meinen Mund so lange auf seinen, bis er unter mir nachgab. Heiß auf kalt. Ob wir es wollten oder nicht, wir waren für immer miteinander verbunden – dann sollte er alles fühlen. Mein Leid und meine Verzweiflung und den Zorn und die Ohnmacht. Und wie sich alles in weißem Rauschen auflöste, sobald er meinen Kuss erwiderte. Mit einem Stöhnen griff er mir in den Nacken, und unsere Zungen begegneten sich. Ich presste mich an seine Brust und griff in sein feuchtes Haar. Fiel und fiel und fiel. Zwischen abgehackten Atemzügen und hämmernden Herzen und Nähe, so viel Nähe, wurde mir endlich klar, dass der harte Aufprall nicht kommen würde. Nicht heute Nacht.

»Sag mir bitte, dass das nicht nur ein Ablenkungsmanöver ist«, sagte er heiser, als wir beide zurückwichen. Meine Augen hatten sich inzwischen so sehr an die Dunkelheit gewöhnt, dass ich seine Umrisse ausmachen konnte.

Schwer atmend presste ich mein Gesicht an seinen Hals. »Nein. Das ist eine Entscheidung.«

»Was ... was ist mit dem Mistkerl dadrinnen?«, flüsterte er in mein Haar.

Ich hob den Kopf und suchte seinen Blick. »Der Mistkerl dadrinnen ist auch nur eine arme Seele. Erinnerst du dich an die Zukunftsvision, die ich hatte, als ich ihn geküsst habe und dir nicht davon erzählen wollte, damit du nicht wütend wirst?«

Er nickte und presste die Lippen aufeinander.

»Der Moment ist heute eingetreten. Und ich habe mich anders entschieden. So ist das nämlich mit der Zukunft, weißt du. Es gibt nicht nur eine Version.«

Ein schwaches Lächeln erleuchtete seine Züge. »Und was ist das für eine Hütte?«

»Da wohnt ein ehemaliges Asphalia-Mitglied. Und bevor du durchdrehst: Nein, ich habe mich nicht in Gefahr gebracht.

Niyol und ich sind hergekommen, um die Wahrheit über Phos herauszufinden.«

Bewegungslos starrte er mich an. Wartete.

In wenigen Sätzen fasste ich die schreckliche Geschichte zusammen.

»Am liebsten würde ich mich mit dir irgendwo vergraben«, schloss ich. »Und das alles vergessen.«

Er nickte. »Die Sonne geht bald auf. Für heute reicht es, findest du nicht?«

»Definitiv. Und es tut mir leid, dass wir auf die Rebellionsparty gegangen sind. Es war eine dumme Idee«, gab ich zu.

»Du kannst nichts dafür. Wäre Daria nicht auf die grandiose Idee gekommen, meine minderjährige Schwester mitzunehmen, wäre ich nicht abgelenkt gewesen und hätte mit dir flüchten können. Aber wie es aussieht, war diese Nacht nicht umsonst.« Mit dem Daumen fuhr er mir über die Wange. »Wir werden alles besprechen, sobald wir zu Hause sind und ein bisschen Schlaf bekommen haben, ja?«

»Klingt gut.« Ich reckte den Kopf ein bisschen, und sofort kam er mir entgegen, um mir einen Kuss auf die Lippen zu hauchen. Meine Mundwinkel zuckten. »Es ist absolut verrückt. Es war schon damals verrückt, als du mich nach Tessarect entführt hast und mein Leben auf den Kopf gestellt wurde. Ich hätte nie gedacht, dass man sich so glücklich fühlen kann, während die ganze Welt um einen untergeht.«

Er lächelte nicht. Wie hypnotisiert schaute er mich an. »Heißt das, du hast mir verziehen?«

»Was hast du gerade gespürt, als ich dich geküsst habe?«

»Was ich *gespürt* habe? Ist das dein Ernst? Habe ich mich nicht klar genug ausgedrückt, was ich dir gegenüber empfinde?«

Ich grinste. »Meine Gefühle, meine ich. Was waren meine Gefühle?«

»Alles. Und dann nichts.«

»Genau.«

»Und das soll gut sein?«, fragte er zweifelnd.

»Will.« Unsere Nasenspitzen berührten sich. Sein Atem wurde zu meinem. »Du lässt den Schmerz verschwinden. Egal, wie beschissen es mir geht, wenn du da bist, ist es okay. Irgendwie. Nein, es ist nicht okay, aber es ist … erträglich. Ich weiß dann, dass ich es schaffen kann. Selbst als ich verletzt war und wütend, warst du an meiner Seite und hast es besser gemacht. Du hast gesagt, das ist mein Talent. Mein wahres Talent, nicht dieses dumme Talent, das mir meine armen Eltern vererbt haben. Dass ich niemals aufgebe.« Meine Kehle schnürte sich zu. Doch die Worte mussten raus. Er musste sie hören.

»Ich gebe nicht auf, weil *du* nicht aufgibst. Weil ich etwas habe, wofür es sich zu kämpfen lohnt. Nicht nur meine Freunde und meine Eltern – beide, meine ich – sind meine Motivation, lebendig aus der Sache herauszukommen. Verstehst du nicht? Dein Trick mit den Parallelwelten funktioniert nur, weil ich mit dir dorthin flüchten kann. Diese Welt hier ist absolut irre, sie bringt mich an meine Grenzen, aber du bist ein

Teil davon. Deshalb mache ich weiter. Ich möchte keine Alternative ohne dich. Und ich bin es leid, darüber nachzudenken, ob das echt ist. Du fühlst dich echt an. Für diesen Moment. Das reicht mir.«

Mit kühlen Fingern streichelte er mir über die Wange. »Ich bin echt. Das hier ist echt. Kia, ich verspreche dir, ich werde niemals –«

»Ich habe dir verziehen«, unterbrach ich ihn. »Ich habe dir schon längst verziehen, du Idiot. Und das mit ihm … das mit Niyol ist meine Vergangenheit. Daran kann ich nichts ändern, sosehr ich es will. Er war damals, und er war ein Fehler. Du bist jetzt.«

»Ich will dich so, wie du bist. Hier und jetzt und für jeden weiteren Moment, den ich kriegen kann. Ich nehme weiterhin jeden Herzinfarkt in Kauf, wenn du mal wieder abhaust und ich nicht weiß, was du dir in den Kopf gesetzt hast. Ich nehme alles in Kauf. Scheiß aufs Schicksal, das uns verbindet. Du bist nicht mein Schicksal, Kiana. Du bist die beste Entscheidung, die ich je getroffen habe.«

Als unsere Lippen diesmal aufeinandertrafen, gab es keine Zurückhaltung. Der Wind heulte, die Kälte wäre unter anderen Umständen unerträglich gewesen, doch hier, zwischen uns, gab es nichts als Hitze und Nähe und Geborgenheit. Für einen köstlichen Augenblick gab es nur uns beide in der Nacht. Hungrige Lippen und wandernde Hände. Butterweiche Knie und zu wenig Sauerstoff.

Doch dann flog die Tür der Hütte auf.

»Ihr sollt sofort ins Quartier kommen.«

Wir stoben auseinander, auch wenn sich alles in mir dagegen wehrte.

Niyol blieb ruckartig stehen. »Sorry«, nuschelte er und wandte den Blick ab.

»Wir wollten gerade nach Hause gehen«, protestierte Will, während er mein Gesicht freigab, nur um einen Arm um meine Taille zu legen.

Niyol warf ihm einen bösen Blick zu, setzte sich in Bewegung und zog die Tür hinter sich zu. Von Jonathan Slater war nichts mehr zu sehen. »Es ist wohl dringend.«

»Bist du nicht müde?«, fragte ich, um meine Verlegenheit zu überspielen.

»Glaubst du, Phos interessiert es, ob wir müde sind? Er hat mich angerufen und gesagt, ich soll euch alle beide einsammeln und zu ihm bringen. Er hat euch etwas Wichtiges mitzuteilen, das nicht warten kann. Warum gehst du eigentlich nicht an dein Telefon?«

Auch ich sah nun zu meinem Inventi. Das interessierte mich allerdings auch.

Will verdrehte die Augen. »Weil ich es in dem Durcheinander verloren habe. Dumm sind sie ja nicht, das muss man ihnen lassen. Das Tränengas hat alle außer Gefecht gesetzt.«

»Das erklärt, wieso irgendeine fremde Stimme geantwortet hat, als ich dich erreichen wollte«, murmelte ich. »Seid ihr auch durch den Tunnel entkommen?«

Er schüttelte den Kopf. »Sie haben Fluchtboote organisiert.

Einer der Türsteher hat uns an Bord geholfen, während sein Kollege Neros Leute abgelenkt hat.«

»Und wie bist du hierhergekommen?«, bohrte ich weiter. Seltsam, wie es inzwischen ganz normal war, dass er mich jederzeit orten konnte. Seltsam und praktisch.

»Ich habe mit Arielle gesprochen. Sie meinte, sie haben unser Haus bei den Ydor belagert. Also ihr seid übers Wasser geflüchtet, und dann?«

»Dann haben wir erst mal dem Himmel gedankt, dass wir die Fahrt überlebt haben.« Er zog mich unmerklich näher zu sich.

Niyol schaltete schneller als ich. »Der Sturm hat auch bei den Ydor getobt?«

»Hier etwa auch?« Will sah erst zu ihm, dann zu mir, als müsste er sich vergewissern, dass ich wirklich neben ihm stand.

»Irgendetwas läuft richtig schief«, sagte Niyol. »Das Wetter spielt nie so verrückt.«

»Daria hat Les zu sich genommen, auch wenn ich wirklich daran gezweifelt habe, ob ich sie ihr jemals wieder anvertrauen sollte«, fuhr Will nach einer kleinen Pause zähneknirschend fort. »Und sie hat mir ihr Cabrio geliehen. Damit bin ich bis zum Waldanfang gefahren, bevor ich hergelaufen bin.«

»Ach. Schön zu wissen, dass man auch übers Festland hierhergelangt.« Ich warf Niyol einen empörten Blick zu, der seine düstere Miene vertrieb.

»Also bitte, unser Ausgangspunkt war das *Anema Inn*. Wir hatten keine andere Wahl.«

»Du hast mir nicht die ganze Geschichte erzählt, oder?«, raunte Will mir stirnrunzelnd zu, während wir uns von der Hütte entfernten.

Tatsächlich hatte ich den pikanten Teil weggelassen. Ich war mir sicher, er hatte meine Panik miterlebt. Außerdem würde die ganze Wahrheit in dieser Situation nur zu mehr Spannungen zwischen den beiden führen.

Ich zwang mich zu einem Lächeln und winkte ab. »Nicht der Rede wert.«

Dann drehte ich mich zu Niyol. Erst jetzt fiel mir auf, wie gut ich ihre Gesichter erkennen konnte. Die Nacht wich dem Morgen, und ich erkannte das Moos, das Unkraut und die dornigen Äste. Außerdem war immer mehr Vogelgezwitscher zu hören.

»Was genau ist der Plan? Wie wollen wir zur Migma kommen? Um die Zeit fährt doch sicher keine Seilbahn.«

»Kia, wir sollten nach Hause«, protestierte Will mit Resignation in der Stimme.

Ich sah ihm fest in die Augen und legte auch meinen Arm im Gehen um seine Mitte. »Auf eine Stunde mehr oder weniger kommt es jetzt auch nicht an, oder? Und vielleicht schadet es auch nicht, wenn wir wegbleiben, bis sich die Wogen bei den Ydor ein wenig geglättet haben.«

Er stöhnte auf. »Dieser Blick ist unfair. Kannst du nicht ein einziges Mal auf mich hören?«

Ich senkte die Stimme. »Hast du nicht gesagt, du magst es, wenn ich unvernünftig bin?«

»Ich bin mir ziemlich sicher, dass ich es nicht so formuliert habe …« Mit aller Kraft versuchte er, sein Lächeln zurückzuhalten.

»Die Seilbahn wird eine Ausnahme für uns machen«, kam es von Niyol. Er beschleunigte seine Schritte und lief vor uns, als könne er unseren Anblick keine Sekunde länger ertragen.

»Wo läufst du hin, Festida? Sollst du uns da nicht hinbringen?«, rief Will ihm hinterher.

»Das bedeutet nicht, dass ich mir währenddessen euer ekelhaftes Pärchengetue antun muss«, folgte sogleich die Antwort. Seine dunklen Haare wehten hinter ihm her.

»Was ist mit dem passiert?«, fragte Will, an mich gewandt. Der leicht triumphierende Ton entging mir nicht.

Betreten biss ich mir auf die Unterlippe, bevor ich aus den Augenwinkeln zu ihm sah. »Dreimal darfst du raten.«

Die Sonne ging gerade über den Bergen auf, als die Seilbahn sich in Bewegung setzte. Gleißendes Licht durchflutete das Glashäuschen und ließ uns kurzzeitig erblinden.

Will hatte Darias Auto direkt am Strand geparkt, und es hatte kaum zwanzig Minuten in Anspruch genommen, zum Touristenspot zu fahren, an dem uns ein ziemlich müde wirkender Augustus Wellington erwartete. Wir hatten die Fahrt über kein Wort gesprochen. Niyol hatte auf dem Rücksitz gesessen und die Nase gegen die Scheibe gepresst, während Will beim Fahren ganz selbstverständlich eine Hand auf meinen Oberschenkel legte. Ich war hin- und hergerissen zwischen schlechtem Gewissen und Glückseligkeit. Hätte mir jemand vor ein paar Wochen gesagt, dass ich Mitleid mit Niyol haben würde, hätte ich wahrscheinlich gelacht. Doch die Zeit in Tessarect schien nicht den üblichen Regeln zu folgen. Sekunden vergingen wie Stunden. Innerhalb eines Tages konnte sich alles verändern. Eine einzige Nacht hatte mir meine Zweifel bezüglich der Migma und Phos genommen.

Auch als die Sonne hinter einer Wolke verschwand, hörten meine Augen nicht auf, zu brennen. Die Erschöpfung zehrte an mir, und ich wünschte, Will und ich hätten wirklich einfach nach Hause fahren können. Die Vorstellung, sich gemeinsam ins Bett zu kuscheln und Arm in Arm einzuschlafen, war zu verlockend.

Doch dann kehrte der Gedanke an Phos zurück. Und an Slaters Geschichte. Würde Phos mir eine Aufgabe zuteilen? Den konkreten Plan anvertrauen, wie wir Nero und die Omilia stürzen und meine Eltern befreien würden? War es nun endlich so weit?

Oder wurden wir zu einer Krisensitzung einberufen, weil die Rebellionsparty schiefgegangen war?

Ich kehrte erst in die Realität zurück, als der Waggon ratternd zum Stehen kam und Mr Wellington uns das Türchen aufhielt.

Nebeneinander liefen wir über die verlassene Baustelle zum richtigen Baum, kletterten nacheinander hoch und über die Brücke. So langsam gewöhnte ich mich daran.

Das Tor war verlassen, und so hatten wir freien Zugang zum Haus. Dicke Tautropfen hingen an den sattgrünen Grashalmen, und außer dem Gesang der Vögel herrschte Totenstille. Es war so friedlich, hier, fernab der Stadt.

Als wir das Gebäude umrundeten, sahen wir drei Menschen am Rand des Plateaus stehen. Phos sprach mit einem Mann und einer Frau, gab ihnen wohl irgendwelche Anweisungen, denn sie nickten nur. Sobald er auf uns aufmerksam wurde, schickte er sie mit einer Handbewegung fort und kam mit großen Schritten auf uns zu. Sein beigefarbener Trenchcoat flatterte hinter ihm her.

»Ich danke dir«, sagte er an Niyol gewandt, bevor er Will und mir ein Lächeln schenkte. Seine Augen waren blutunterlaufen, doch er schien sich aufrichtig zu freuen, uns zu sehen.

»Schön, dass ihr es zu dieser frühen Stunde hergeschafft habt«, sagte er. »Vermutlich habt ihr genauso wenig geschlafen wie der Rest von uns.«

Zustimmendes Nicken.

»Meine Freunde bringen uns allen einen Kaffee, und dann werden wir einen kleinen Spaziergang unternehmen. Ich habe eine ernste Angelegenheit mit euch zu besprechen.« Er warf Niyol einen Blick zu, der diesem wohl zu verstehen gab, dass seine Arbeit getan war, denn er machte auf der Stelle kehrt und lief zum Haus.

»Mit uns beiden?«, hakte Will nach.

Phos nickte. »Allerdings. Wir haben heute zwei Mitglieder an die Omilia verloren. Dennoch waren die Rebellionsfeiern in allen vier Bezirken ein voller Erfolg. Ich bedauere, dass ihr ausgerechnet bei der anwesend wart, die am schnellsten ein Ende gefunden hat, aber ich bin stolz, euch zu unserer Runde zählen zu dürfen.«

Ich starrte ihn an. Konnte es wahr sein? Konnte dieser freundliche, gutmütig wirkende Mensch, der da vor mir stand, mutwillig ein Haus angezündet haben, in dem sich seine eigene Familie befand? Um *mir* das Leben zu retten?

Wills Räuspern unterbrach meine dunklen Gedanken. »Entschuldigen Sie, inwiefern waren die Partys ein Erfolg? Haben Sie neue Mitglieder dazugewonnen?«

»Das will ich hoffen. Dieses Mal waren viel mehr Außenstehende als beim letzten Mal anwesend. Und deutlich mehr von ihnen sind geblieben, auch nachdem meine mutigen Freunde die Wahrheit verkündigt und Flugblätter verteilt haben. Das ist mehr, als wir zu hoffen gewagt haben.«

Ein Mädchen mit kupferroten Locken und unzähligen Sommersprossen auf der Nase trat mit einem Tablett in der Hand zu uns. Dameks Schwester. Sie grinste uns fröhlich an und reichte uns jeweils einen weißen Thermosbecher.

»Herzlichen Dank, Admina«, sagte Phos, woraufhin sie sich genauso schnell aus dem Staub machte wie Niyol.

Sollte ich ihn auf die Geschichte ansprechen, die Slater uns erzählt hatte?

Wir liefen los, in Richtung Wald, wo auch Eve mich beim ersten Mal hingeführt hatte. Eve. Mein Gott.

»Wie geht es Evelyn?«, sprudelte es aus mir hervor. »Sie meinten, die Omilia hat zwei unserer Mitglieder. Sind sie nur geschnappt worden? Oder Schlimmeres?« Meine Stimme versagte.

Phos legte mir für einen Moment eine Hand auf den Rücken. »Keine Sorge. Evelyn wurde hier im Quartier benötigt. Sie war nicht auf der Feier. Und was die anderen beiden angeht, wissen wir bedauerlicherweise noch nichts Genaues. So lange wollen wir nicht vom Schlimmsten ausgehen. Es war ein großes Glück für uns, dass Nero nicht persönlich anwesend war. Das haben wir dir zu verdanken.«

Ich erwiderte nichts. Ich hatte nichts getan, außer seinen Befehlen zu folgen. Außerdem konnte ich mir noch immer keinen Reim darauf machen, wieso Nero aufgrund meiner Vision so durchgedreht war. Eine der Tausenden Fragen, auf die ich keine Antwort hatte …

Der Wald war viel freundlicher als der, durch den wir uns noch vor ein paar Stunden gekämpft hatten. Die hohen Bäume wuchsen mit viel mehr Abstand zueinander, und die Sonnenstrahlen blinzelten zwischen ihnen hindurch. Trotzdem konnte ich das Naturspektakel nicht genießen. Ich wurde das Gefühl nicht los, etwas zu übersehen. Etwas Wichtiges.

Ich ließ die Ereignisse der Nacht Revue passieren. Die *Thalassa Tavern*, meine Vision, das Gas, Niyol, unsere Flucht durch den Tunnel. Dann die Fahrt übers Meer. Wie in der Geschichte.

Nein. Nein, nicht wie in der Geschichte. Wir waren keine Liebenden. Und außerdem lebendig am anderen Ufer angekommen, anstatt dem Sturm zum Opfer zu fallen.

Das war es!

Ruckartig blieb ich stehen, während Niyols Worte in meiner Erinnerung widerhallten: *»Du bist die Expertin in Nahtoderlebnissen.«*

Will und Phos drehten sich beide nach mir um und blickten mich fragend an.

»Woher kennen Sie den Trigger meines Talents?«, entfuhr es mir, bevor ich die Frage zurückhalten konnte.

Verwirrung zeichnete sich auf Phos' Gesicht ab. »Wie bitte?«

Nicht aus dem Konzept bringen lassen. »Ich habe Ihnen nie davon erzählt. Und trotzdem kennen Sie ihn. Haben ihn sogar mit Niyol geteilt, obwohl niemand in der Omilia darüber Bescheid wusste. Sie haben zu mir gesagt, Sie interessieren sich nicht dafür. Das war einer der Gründe, wieso ich Ihnen vertraut habe.«

Will sah ebenso verwirrt aus, doch jetzt war nicht der Moment, um ihn aufzuklären. Je länger ich den Ältesten der Pyro ins Visier nahm, desto schneller klopfte mein Herz.

Das Rätsel. Das Rätsel, das uns das erste Mal vor der Migma vorgetragen worden war und danach nie wieder – als sei es eigens für mich geschrieben worden.

Bis nichts als Staub von dir bleibt … du fällst … ohne Erbarmen erfülle ich meine Pflicht … ich verschlucke dich … immer nehme ich meinen Lauf … bedecke dich, begrabe dich, du wünschtest, ich wäre eine Legende.

Es ging um den Tod. Um den Tod durch die vier Elemente. Um Extremsituationen. Genauso wie in der Sage des Geschichtenerzählers.

Irgendetwas lief hier gewaltig aus dem Ruder.

Plötzlich entspannte sich Phos' Gesicht. Ein trauriges Lächeln umspielte seine Lippen. »Du wirst alle Antworten bekommen, Kiana. Ich bitte dich nur um ein bisschen Geduld, es ist nicht mehr weit.«

Die nächsten Minuten zogen sich wie eine Ewigkeit. Der Wald schien kein Ende zu nehmen. Ich griff nach Wills Hand. Ich konnte ihn nicht anschauen, wollte die Sorge in seinen Augen nicht sehen, brauchte ihn aber trotzdem ganz nah bei mir.

Um mich abzulenken, legte ich den Kopf in den Nacken und betrachtete die silbrigen Zelte, die in den Baumkronen hingen. Die Stämme waren innen hohl, hatte Eve gesagt. Vielleicht konnte ich irgendwann mit Will in einem übernachten. Für die Aussicht würde es sich bestimmt lohnen …

Will drückte meine Hand, und ich richtete meinen Blick nach vorn. Zwischen den Bäumen blitzte der hellblaue Himmel hervor. So weit war ich mit Eve nicht in den Wald hervorgedrungen. Es sah ganz danach aus, als würden wir auf eine Lichtung zulaufen.

»Ihr habt es bestimmt mitbekommen«, meldete sich Phos wieder zu Wort. »In der gestrigen Nacht hat ein bezirksübergreifendes Unwetter über Tessarect gewütet.«

»Wir haben davon gehört«, sagte Will. Respekt für sein Pokerface.

»Das Wetter und auch die Flora passen sich den Talentierten an, wie euch bestimmt schon aufgefallen ist. Nur wenn verschiedene Elemente aufeinandertreffen, herrscht ein Gleichgewicht, und die natürlichen Jahreszeiten treten zum Vorschein. Das ist nur eines der vielen Argumente, die für eine Vermischung der Talentierten sprechen. Ich schweife ab. Was ich sagen möchte: Das Unwetter war kein Zufall. Und es stellt keine Normalität dar. Deshalb kann ich keinen Moment länger warten. Deshalb habe ich euch heute herbestellt.«

Phos beschleunigte seine Schritte, und wir folgten ihm. Spannte er uns absichtlich auf die Folter?

Ich krallte mich an Will fest. Er fuhr zusammen, so fest drückte ich ihm meine Fingernägel in die Haut. Wir waren auf keiner Lichtung gelandet. Sondern auf der Spitze eines Berges. Eine grüne Wiese erstreckte sich vor uns. Dahinter gähnender Abgrund. Wie in meiner verdammten Vision …

Heute war wirklich nicht mein Tag.

»Du möchtest wissen, woher ich den Auslöser deines Talents kenne, Kiana.« Phos wandte mir sein Gesicht zu, ohne seinen Gang zu verlangsamen. »Diese Frage kann ich dir beantworten. Aber zunächst möchte ich, dass ihr jemanden kennenlernt.«

Ganz am Rand der Klippe stand ein Haus. Ein kleines Glashaus mit Schrägdach, das an der Vorderseite eins mit dem Gestein wurde. Kaum dreißig Meter von uns entfernt. Die Tür öffnete sich, und sofort wusste ich mit absoluter Gewissheit, dass ich die Person, die auf die Wiese trat, schon kannte.

Ihre langen dunklen Locken. Ihre symmetrischen, attraktiven Gesichtszüge. Die Sanduhrfigur. Das arrogante Grinsen.

Die junge Frau aus meiner Vision. Sie trug ein schwarzes, flatterndes Kleid, und ihr Haar wehte im Wind. Doch sie machte keine Anstalten, näher zu kommen. Sie sah mich nicht an. Ihr Blick bohrte sich in das Gesicht meines Inventi.

Mein Kopf ruckte zu ihm, als er seine Hand mit sanfter Gewalt aus meiner Umklammerung befreite.

»Will?«

Was ging hier vor sich?

Er schien mich nicht zu hören. Sein Gesicht war ganz starr, als er wie in Trance nach vorne lief. Schnurstracks auf die Unbekannte zu.

»Wer … wer ist sie?« Meine Stimme klang fremd in meinen Ohren.

Phos erwiderte etwas, doch ich konnte die Worte nicht verstehen, die seine Lippen verließen. Denn die junge Frau war soeben am Rand der Klippe angelangt. Am höchsten Punkt. Ihr Blick lag auf Will. Er war fast bei ihr angekommen, als sie sich abrupt von ihm abwandte und dann, ohne auch nur eine Sekunde zu zögern, Anlauf nahm und sprang.

Ein markerschütternder Schrei zerriss die Luft. Ich verharrte in Schockstarre, während Will zu Boden ging. Meine Beine setzten sich in Bewegung, während ich verstand, dass es mein Inventi war, der geschrien hatte.

Ich sank neben ihm auf die Knie. Das Blut war ihm aus dem Gesicht gewichen, er zitterte am ganzen Körper. Das war kein normaler Schmerz. Das waren unmenschliche Qualen.

Am Rande nahm ich wahr, wie Phos mir folgte. Panisch sah ich auf. »Was passiert mit ihm?« Meine Stimme überschlug sich.

Er lächelte.

Wieso, verflucht noch mal, lächelte er?

»Das, was auch mit ihm geschieht, wenn du dem Tod nahe kommst und deine Gabe auslöst«, sagte er.

»Was reden Sie da?« Ich packte Will an den Schultern, versuchte, ihn in meine Richtung zu drehen. Vergeblich.

»Will. Will, schau mich an. Was ist los?«

Keine Reaktion.

»Wer ist dieses Mädchen?«, schrie ich. »Wieso …« Ich brach ab.

»William.« Phos ging mit einem Ächzen direkt vor ihm in die Hocke und streckte eine Hand aus. »William, sie ist nicht in Gefahr. Sie ist gesichert.«

Urplötzlich wich die Anspannung aus Wills Körper. Sein Atem ging heftig.

Sprachlos sah ich zwischen den beiden hin und her und dann zum Abgrund.

Will hob den Kopf. Seine Augen waren geöffnet. Er öffnete den Mund und schloss ihn ohne ein Wort, während Phos seine Hand in seine nahm, sich aufrichtete und ihn mit sich zog.

»Sie ist nicht in Gefahr. Es ist alles in Ordnung. Vergewissere dich selbst.«

Gemeinsam liefen sie zum Abgrund. Mir blieb nichts anderes übrig, als ihnen zu folgen.

»Siehst du? Da ist das Seil. Sie klettert gleich nach oben.«

Ich wollte auch nach unten schauen, wollte sehen, wovon er sprach, doch etwas hielt mich ab. Stattdessen stolperte ich zurück.

»Wer ist sie?« Diesmal würgte ich die Worte hervor. Aber das war nicht die Frage, die mir Übelkeit bereitete.

Wieso reagiert Will so auf sie?

Phos wandte sich zu mir um, als wäre ihm meine Anwesenheit erst jetzt wieder in den Sinn gekommen.

»Ihr Name ist Melamarcia«, verkündete er in feierlichem Tonfall.

Will holte geräuschvoll Luft, ohne den Blick vom Abgrund zu wenden. Ich wollte ihn schütteln. Ihn zwingen, mich anzusehen. Mit mir zu sprechen.

»Sie ist ein Mischling wie du, Kiana«, fuhr Phos fort. »Eine Kreuzung zwischen einer Choys und einem Ydor.«

Die Welt blieb stehen, während die Erinnerungen in meinem Kopf verrücktspielten. Während ich wie festgenagelt dastand und mich nicht bewegen konnte.

Eine Choys und ein Ydor. Erde und Wasser. Genauso verboten wie jede andere Vermischung der Elemente.

»Wir waren zur richtigen Zeit für ihn da, um seine eigene Sünde ungeschehen zu machen.«

»Seine verbotene Beziehung zu Gaia. Zu einer Choys! Das schlimmste aller Vergehen.«

»Er hat sie geliebt. Das hat er zu Kai gesagt.«

»Du bist alles, was er nie hatte, Kiana. Du bist die Zukunft, die ihm verwehrt geblieben ist.«

Phos räusperte sich. »Sie ist Neros und Gaias Tochter.«

Will riss sich vom Anblick des Abgrunds los und sah zu ihm. Ungläubig. Ehrfürchtig.

Phos nickte. Er öffnete den Mund, doch ich kam ihm zuvor. Plötzlich war alles ganz klar. Plötzlich fügten sich die Puzzleteile.

Ich wollte nicht dort sein, wenn das Mädchen wieder hinaufkletterte. Ich wollte ihr perfektes Gesicht nicht sehen. Aber vor allem wollte ich nicht die Erleichterung und die Hingabe in Wills sehen.

Nie hatte ich bezeugt, was mit ihm geschah, wenn ich mein Talent triggerte. Wenn er mich in Lebensgefahr glaubte. Bis jetzt.

»Und Will ist gerade ihr Inventi geworden.«

Danksagung

Ich danke dem gesamten Oetinger-Team und meiner unfassbar tollen Lektorin Lena, die nicht nur für Ordnung in meinen Manuskripten sorgt, sondern mir auch mit ihren witzigen und motivierenden Kommentaren die Arbeit versüßt und mich davon abhält, es mit dem Drama zu übertreiben (keine leichte Aufgabe).

Wie immer danke an Klaus und Micha von meiner wunderbaren Agentur erzähl:perspektive, ich bin so froh, dass ich euch beide habe.

Vielen Dank an meine Familie für die Unterstützung – an meine Mama, weil sie CoE1 innerhalb kürzester Zeit gelesen und jedem in ihrem Umkreis aufgedrückt hat, an meinen Papa, weil er sich wieder und wieder meine Selbstzweifel anhört und mich auf den Boden der Tatsachen zurückholt.

Ich danke Effi, weil es niemanden gibt, mit dem ich besser plotten kann, und weil ihre erste Reaktion auf diesen Teil »IT WAS F****** GLORIOUS« war. Danke an Maria, die die Geschichte spannend findet, obwohl sie immer noch alle romantischen Szenen überspringt und mit Entsetzen auf das Ende reagiert hat (»Wieso ist er ihr Inventi????«).

Danke an Lea für die Illustrationen – du übertriffst dich jedes Mal aufs Neue, und es gibt nichts Schöneres, als mit dir zusammenzuarbeiten (na gut, mit dir reden). Danke an Jonas, weil du in so ziemlich jeden Buchladen in Berlin gegangen bist und mein Buch gefunden hast.

Ein riesiges Dankeschön an Kathinka für die erste Rezension zu CoE und deine Begeisterung, obwohl du nicht die größte Fantasy-Leserin bist. Sophie – danke für deine tollen Leseupdates und deine lieben Worte zur Geschichte, hach. Jess – wie immer danke für gemeinsame Schreibsessions, für die Symbiose-Magic, für das krasse Gedicht und weil ich mir dein Aussehen für Marcia ausleihen durfte. Michelle – weil du Will (& Kia … aber hauptsächlich Will) im Laufe eines Abends ins Herz geschlossen hast. Emily – danke für unzählige Schreibtreffen und Motivationstalks – egal, ob im echten Leben oder über WhatsApp. Melanie – für deine Hilfe bei der Website, für deine Kreativität und die Inspiration.

Rebecca und Julia – danke für medizinisches Fachwissen bzw. Antworten auf Fragen à la »Äh, wie kann man jemanden umbringen und dann ganz schnell wieder zum Leben erwecken?!«, epische Songtipps, eure Begeisterung und die schönen Gespräche seit 2017. Steffi, weil du als Allererste Niyols Namen gegoogelt und mir mit deinen lieben Worten so viel Mut gemacht hast.

Sabrina, weil du jeden Tiefpunkt und jede Hochphase miterlebt hast und immer an meiner Seite bist. Corinna, weil du live dabei warst, als ich dieses Buch beendet habe und mit mir gefeiert hast. Louise, danke für alles, ich kann deine Reaktion zu diesem Buch kaum erwarten. Diana, danke für deine Unterstützung und dafür, dass du im Wittwer rausposaunt hast, dass ich Autorin bin.

Und last, but not least: Danke, danke, danke an meine Leserinnen und Leser. Ungefähr die Hälfte meines Arbeitsalltags besteht aus Zweifeln, und genau deshalb bin ich euch besonders dankbar für eure Begeisterung. Ob über Instagram, LovelyBooks, Amazon, Thalia etc. – ihr macht mich mit jeder Nachricht, mit jedem Bild und jeder Rezension so glücklich und erinnert mich daran, wieso sich dieser Job immer lohnen wird. Für mich wird es niemals selbstverständlich sein, dass ihr meinen Büchern eine Chance gebt. Ich hoffe, wir lesen uns im Finale, und bin schon sehr gespannt, wie euch dieser Teil gefallen hat (Live-Reactions auf das Ende sind besonders gerne gesehen :D). Wie immer erreicht ihr mich am schnellsten über Instagram (@nenatramountani) und auf Messen & Co.

Ich bin ~~nicht~~ Wynter!

Evelyn Uebach
Wonderful Intrigues
Wenn die Masken fallen
448 Seiten · Ab 14 Jahren
ISBN 978-3-8415-0635-1

Willkommen in *ClassyGardens*, der exklusiven Wohnanlage für die Stars der Hitserie *Wonderful Intrigues*! Hierhin verschlägt es Elodie: Sie soll für Hauptdarstellerin Wynter eine Fake-Beziehung mit Co-Star und Frauenschwarm Nord eingehen. Denn Elodie kann die Gestalt anderer Menschen annehmen. Blöd nur, dass Nord und Wynter sich in Wahrheit nicht leiden können und Nord nichts von Elodies Existenz wissen soll.
Presse und Fans jedenfalls lieben das Spektakel, und Elodie taucht immer tiefer in ihre neue Rolle und das glamouröse Leben in *ClassyGardens* ein. Wie lange kann das Versteckspiel gut gehen? Und was, wenn die Rolle, die man spielt, verlockender wird als das eigene Leben?
Geheimnisse, Intrigen, Romance: *Wonderful Intrigues* has it all!

Auch als eBook

Weitere Informationen unter:
www.oetinger-taschenbuch.de

Wo ist dein Zuhause, wenn du aus zwei Welten kommst?

Kathy Tailor
Lioness
Wohin dein Herz dich führt
400 Seiten · Ab 14 Jahren
ISBN 978-3-8415-0631-3

Ihr Wald. Grün, abgeschieden, *friedlich*. Hier lebt die 18-jährige Borka inmitten eines Löwenrudels.
Der Königshof. Laut, machthungrig, *grausam*. Hier lebt Prinz Fjodor, der sich als Thronfolger im Kampf gegen zwei Löwen behaupten soll.
Beide Welten prallen an einem schicksalhaften Tag aufeinander, und Borkas Leben ändert sich für immer. Wohin gehört sie wirklich? Und wird sie jemals die Wahrheit über ihre Vergangenheit herausfinden?
Zwei Welten, ein Prinz, ein Löwenmädchen: Romantasy, wie du sie noch nie gelesen hast.

Auch als eBook

Weitere Informationen unter:
www.oetinger-taschenbuch.de